SAM CHRISTER

LE SANG DU SUAIRE

PÔLE NOIR

88 ter, avenue du Général-Leclerc
92100 Boulogne-Billancourt

1ère Édition française - Mars 2012

Auteur : Sam Christer
Traductrice : Véronique Gourdon

Titre original : THE TURIN SHROUD SECRET publié par © Sam Christer 2012.
First published in Great Britain in 2012 by Sphere.

ISBN : 978-2-822-400824

À Donna et Billy qui m'ont fait le cadeau précieux de leur temps et de leur compréhension.

Les adeptes ôtent une à une les briques du sanctuaire vieux de plusieurs siècles. Ils savent qu'ils sont en train de libérer une force prête à tuer de la façon la plus horrible, une force qui sauvera tout ce qu'ils ont de sacré – ou le détruira à tout jamais.

PREMIÈRE PARTIE

Joseph prit le corps, l'enveloppa dans un linceul blanc, et le déposa dans un sépulcre neuf, qu'il avait fait tailler dans le roc ; puis, il roula une grande pièce à l'entrée du sépulcre.

Bible, Évangile selon saint Matthieu, XXVII, 59

1

MERCREDI SOIR
BEVERLY HILLS, LOS ANGELES

Il y a de nombreuses raisons pour lesquelles il tue. Pour lesquelles, à cet instant précis, il s'apprête à tuer à nouveau.

C'est un besoin. Une envie maladive. Un désir compulsif. Comme le sexe. Quand il ne le fait pas, il y pense. Il fantasme, planifie, se répète la scène. Pour lui, tuer est aussi nécessaire que de respirer. Mais plus agréable. Plus mémorable. Cette fois, ce sera facile. Parfait. Le meilleur… pour l'instant. C'est toujours ainsi avec les non-tuées. C'est ainsi qu'il les appelle. Ce n'est ni une personne vivante, ni la prochaine victime.

C'est une non-tuée.

Un quartier calme. Une femme vivant seule. Et elle n'a même pas conscience que, tandis qu'elle était occupée dans ce joli jardin, il est entré furtivement dans sa vie, et dans sa maison. Il se tient à l'affût depuis des heures, passant aussi inaperçu qu'un chien dans sa cachette favorite, les sens aux aguets. Il écoute tous les bruits qu'elle fait dans la maison lentement gagnée par l'obscurité, son esprit imaginant chacun de ses mouvements.

Il entend un léger cliquetis – elle débarrasse après avoir mangé seule.

Un bruit sourd – la porte du lave-vaisselle qui se referme.

Clac, ding, brrr – la porte du micro-ondes claque, il se met en marche, le ventilateur s'active pendant quelques secondes. Elle a dû sortir son plat avant qu'il ne soit chaud, peut-être était-elle affamée en sortant du travail.

Des *glings* en cascade. Elle remplit un verre de glaçons au distributeur du grand réfrigérateur, près de la porte de la cuisine. Un verre d'eau qu'elle emportera près de son lit.

Clic, clic, clic. Elle éteint les lumières. Ferme les portes.

Tap, tap. Tap, tap. Des bruits de pas. De plus en plus forts. Elle vient à l'étage. Des pas lourds. Elle est fatiguée. Éreintée après une dure journée. Elle n'a qu'une envie, s'allonger dans son grand lit moelleux et dormir. Dormir longtemps.

Il y a un léger *clic*. La lampe de chevet s'illumine et une douce lumière jaune réchauffe la pièce. Elle tourne une poignée de porte. De l'eau coule. C'est bien. Elle prend une douche. Une bonne douche bien chaude pour être propre avant d'aller se coucher.

Impeccable pour la mort.

Il attend. Compte les secondes et les minutes. Sept cent vingt secondes. Douze longues minutes. Maintenant, il entend le bruit du sèche-cheveux. Il est préférable de ne pas se coucher les cheveux mouillés. C'est très mauvais pour la santé. Un autre *clic*.

Le murmure de la télévision. Un modeste écran plat fixé au mur. Discret, sans laideur apparente. Un homme en aurait choisi un plus grand. Celui-ci correspond à une femme de goût. De la musique. Un film. Les informations. Elle zappe. Elle cherche quelque chose pour se distraire après une dure journée.

Clic. Le grésillement de l'électricité statique sur l'écran plasma.

Silence.

Un dernier *clic*. La lampe.

L'obscurité.

Il est étendu là. Sous le lit. Savourant l'écho des derniers sons qui flottent dans l'air – comme l'hostie de la communion se dissolvant sur la langue. Maintenant, il n'y a plus que le calme. Le silence de la tombe. Bientôt, il entend le bruit de sa respiration, de légers soupirs qui montent comme une douce lumière se levant à l'aube. Le sommeil la prépare doucement pour Dieu, et pour lui. Il sort de son refuge en roulant sur lui-même. Lentement. Avec grâce. Prudent. Un animal meurtrier sortant de l'endroit où il était tapi. À découvert, en liberté. Se rapprochant de sa proie. Brûlant du plaisir anticipé.

Il place une main autour de sa gorge, l'autre sur sa bouche. Les yeux de la femme s'ouvrent en un éclair sous le choc. Il lui sourit et murmure :

— *Dominus vobiscum* – Que le seigneur soit avec toi.

2

JEUDI MATIN
MANHATTAN BEACH, LOS ANGELES

C'est le mois de novembre, mais il fait encore plus de trente degrés dans les dunes. Cela arrive parfois en Californie. L'automne venu, l'été indien vient compenser la médiocrité de l'été. L'inspecteur Nic Karakandez, trente ans, met la main en visière et plisse ses yeux gris bleu vers les rouleaux du Pacifique, étincelants comme des diamants. Vêtu d'un jean délavé et d'un blouson en cuir noir, le grand flic ne passe pas inaperçu sur les dunes de sable.

Il promène un regard attentif autour de lui, et voit plus de choses que n'importe qui. Certainement davantage que le macchabée couvert de sable sur lequel sont penchés le médecin légiste et les agents du CSI.

Nic voit l'avenir.

Il voit ce qu'il se passera dans un mois pour être plus précis. Son bateau prenant le large, le vent gonflant les voiles, et une ou deux cannes à pêche à l'arrière. Un temps où le triste spectacle des corps échoués sur le rivage ne sera plus qu'un lointain souvenir.

— Nic ! Ramène tes fesses par ici.

Il n'y a qu'une femme au monde pour lui parler ainsi. Il se tourne vers sa collègue et chef, le lieutenant Mitzi Fallon.

— J'arrive. Une minute.

La femme de trente-neuf ans – mère de deux enfants – se tient à vingt mètres devant lui. Elle est agenouillée dans le doux sable de Californie.

— Hé, Big Foot, es-tu le policier qui se déplace à la vitesse de l'éclair, comme je lui ai appris, ou est-ce que je te confonds avec un aï au visage pâle ?

Il ne peut s'empêcher de rire.

— Je suis le policier aussi rapide que l'éclair, m'dame. Qu'est-ce qu'un aï, exactement ?

— Un mammifère qui a un cou minuscule et un gros derrière. Il a soixante millions d'années et passe son temps à dormir.

— En rêve !

Mitzi est une emmerdeuse, et cela depuis le premier jour où elle est entrée dans le service, cinq ans plus tôt. Il marche à ses côtés tandis qu'ils se dirigent vers le cordon de sécurité secoué par le vent, du côté de l'océan. Très bientôt, la scène de crime aura disparu. Lavée par madame la marée, la vieille complice de tant de meurtres.

Nic et Mitzi montrent rapidement leur plaque aux officiers en uniforme qui surveillent la zone de sécurité, enfilent des couvre-chaussures et rejoignent le médecin légiste, Amy Chang – une toubib chinoise de la seconde génération, dont le cerveau est aussi impressionnant que le déficit de l'État.

— Salut, docteur, dit Mitzi d'une voix enjouée. Y a-t-il une chance pour que cette pauvre femme soit morte d'une cause naturelle ? Je dois assister à un match de foot ce soir.

La légiste ne lève pas les yeux. Elle connaît bien Mitzi et Nic. *Trop* bien.

— Aucune chance. À moins qu'on considère qu'il est normal d'aller se baigner tout habillé juste après s'être fait arracher deux dents, un œil et trancher la gorge.

— On peut dire que le dentiste n'est pas du genre méticuleux ! lance Nic en se penchant sur le corps.

Mitzi se rapproche à son tour.

— Obama va avoir pas mal de comptes à rendre. Il n'aurait jamais dû mettre son nez dans le système de santé.

— Il a quand même mis la main sur Ben Laden, et rien que pour ça, il a tout mon respect, enchérit Nic.

Amy lève les yeux et secoue la tête, feignant d'être écœurée.

— Hé, les deux rigolos de service, avez-vous le moindre respect pour ce qu'il se passe ici ?

Nic croise son regard. Il y a comme une étincelle entre eux. Légère, mais indéniable. Il la balaie aussitôt d'une phrase.

— Beaucoup, dit-il. On le cache très bien, c'est tout. Nous n'avons que l'humour noir pour protéger nos fragiles constitutions.

Amy le regarde fixement avec de la malice dans le regard.

— Je dirais plutôt que vous avez l'esprit dérangé !

Mitzi contourne un agent du CSI cherchant dans le sable tout ce qui aurait pu tomber du corps, et être enterré ou piétiné. Elle tourne autour du cadavre, l'observant sous des angles différents, comme une œuvre d'art moderne qui n'a pas encore de sens.

— Avait-elle le moindre papier d'identité sur elle ?

— Aucun, dit Amy. Tu savais bien qu'on ne serait pas aussi chanceux, n'est-ce pas ?

— Ça ne coûte rien de poser la question. (Mitzi tourne autour du corps à nouveau, s'arrêtant pour observer les mains et les pieds de la victime.) À tout hasard, tu ne saurais pas depuis combien de temps elle était dans l'eau ?

Amy lève à nouveau les yeux.

— Enfin, Mitzi, j'ai besoin de vérifier la température du corps et les marées… Il est bien trop tôt pour que je puisse te donner une réponse polie.

— Je posais juste la question.

Amy fait pénétrer de force un thermomètre dans l'orbite, pour atteindre le cerveau. Cela lui donnerait l'heure de la mort, à trois heures près. Elle lève les yeux vers le flux et le reflux des vagues. Après avoir consulté l'expert en marées, elle aurait une bonne idée de l'endroit où cette pauvre femme avait été tuée. Elle note la température du corps et, à l'aide de ciseaux, coupe les ongles de la victime, qu'elle met sous plastique.

Mitzi rôde toujours au-dessus d'elle, et Amy se sent obligée de lui donner quelque chose.

— Ça se compte en heures, et non en jours. Elle a passé moins d'une journée dans l'eau. C'est tout ce que j'ai pour le moment.

Elle se redresse, ôte le sable de ses vêtements et fait un signe aux deux officiers qui attendent, une housse mortuaire à la main.

— OK, vous pouvez y aller.

— Quel genre de monstre a pu faire ça ? demande Nic, tandis que son regard s'égare sur la chair mutilée.

— Aucun mystère là-dessus, dit Amy en enlevant ses gants en caoutchouc violet, avant de refermer sa valise en métal d'un geste brusque. Un fils de pute de la pire catégorie – vous savez, le genre de monstre qui l'a déjà fait, et qui recommencera bien trop tôt.

3

Midi
Centre-ville, Los Angeles

L'espace restauration du centre commercial est bondé. Les clients de la galerie marchande et les employés de bureau se bousculent comme un troupeau courant vers son auge. Les serveurs stressés aboient les commandes dans l'atmosphère étouffante et martèlent les touches de la caisse.

Un jeune homme au teint olivâtre, d'une vingtaine d'années, aux cheveux noirs et aux yeux encore plus noirs attend patiemment dans l'agitation ambiante. Un îlot de calme au milieu d'un fleuve déchaîné de brutalité inhumaine. Avec indifférence, il attend son tour, puis paie une soupe miso, une boîte de sushis et un café noir. C'est un régime qui le rend plus mince que musclé – svelte si on veut le décrire de façon aimable – trop petit et maigre pour les femmes qui aiment être au bras d'hommes grands et larges d'épaules. Cela lui a également valu le surnom de « Face de poisson », à l'usine où il travaille.

— Laissez-moi vous aider.

Il se précipite pour déplacer chaises et tables afin de permettre à un homme de pousser sa femme dans une chaise roulante au milieu de cette jungle et poser leur plateau quelque part.

— C'est très gentil, dit le vieil homme tandis qu'ils s'installent.

— Je vous en prie.

Il emmène son propre plateau vers une table située quelques mètres plus loin. Il adresse un sourire au couple tout en mélangeant le wasabi qui emporte la bouche à la sauce soja. Il prend ses baguettes pour y plonger un sushi au thon, avant de tourner son attention vers la marée humaine qui se déverse devant lui. Ils le fascinent. Tous. Sans exception. Même les petits sont intéressants. De minuscules êtres humains ne sachant ce que leur réserve l'avenir, ni quel rôle ils joueront dans la vie de centaines d'autres gens.

Un enseignant dirige un cortège d'écoliers étrangers – chinois, pense-t-il – alignés en file, deux par deux, comme de petits chérubins se tenant par la main. Tous portent les mêmes hauts et casquettes orange et ressemblent à des poupées tout droit sorties de la chaîne de production. Il se rappelle avoir vu quelque part une affiche proclamant qu'il y a cinq fois plus de Chinois parlant anglais que de gens vivant en Angleterre. Le monde change, et lui aussi.

Son regard se tourne vers une blonde d'âge mûr en tailleur cherchant à la hâte un téléphone portable qui sonne dans son petit sac en cuir noir. Une cougar ayant passé son heure de gloire. Des vêtements élégants et un régime alimentaire sain ne peuvent cacher les effets de l'âge et du climat californien sur les cheveux et la peau.

Elle trouve son iPhone juste à temps mais ne semble pas ravie. Ce n'est pas un appel de son mari, ni de son amant, suppose-t-il. Plus probablement la plainte d'un collègue désespéré – un appel à l'aide venu du lieu de travail qu'elle vient juste de quitter.

Le jeune homme sourit lorsqu'elle le croise. Les yeux de la femme ont quelque chose de familier. Il claque des doigts et sourit davantage encore lorsqu'il comprend ce que c'est. Elle lui rappelle la femme avec qui il était la nuit précédente.

La femme qu'il a assassinée.

4

Le camion de la morgue, un Dodge blanc aux vitres teintées, creuse des ornières silencieuses dans le sable immaculé, tandis qu'il disparaît avec sa triste cargaison. Des groupes de badauds retournent comme des zombies vers leurs serviettes et leurs chaises longues, comme si rien ne s'était passé. La vie continue – même après la mort.

Nic Karakandez sort de la zone délimitant la scène de crime désormais dépourvue de cordon de sécurité, et traverse la ligne de grève entre le sable et la mer, où l'eau sombre s'échoue sur le sable blanc, puis se transforme en mousse écumante accompagnant la vague descendante. Un vent de nord-est se lève tandis qu'il scrute l'horizon scintillant.

Il en a assez d'être dans la police criminelle.

Il en a assez d'être policier tout court d'ailleurs. Il a déjà envoyé sa démission. Cela fait des années que l'homme baraqué d'un mètre quatre-vingts a pris sa décision, après un incident dont il ne parle pas – le genre d'incident qui ferait démissionner presque n'importe quel flic. Depuis, il fait du sur-place, fait les choses machinalement, comptant les jours jusqu'à ce qu'il ait réuni assez d'argent, obtenu son permis bateau et terminé les réparations sur son petit sloop[1]. Dans trente jours, au coucher du soleil, il voguera vers une nouvelle vie.

Mitzi regarde en arrière, vers les policiers en uniforme en train d'enlever le cordon de sécurité, à qui elle vient de donner l'ordre de commencer à interroger les zombies au regard ébahi.

— D'après toi, comment monsieur le Monstre l'a-t-il larguée ici ? demande Mitzi. Je n'ai vu aucune trace de pneus, et le sable est aussi ramollo que mon bide.

Nic fait un signe vers l'est, en direction d'un ruban d'asphalte noir qui s'étend de la route qui longe la côte jusqu'à la plage, et mène à un squat les pieds dans l'eau.

— Là-bas, il y a la rotonde. Je suppose qu'il est allé au bout de la jetée en voiture, puis qu'il a ouvert son coffre et a simplement laissé tomber le corps jusqu'en bas.

— Ça se tient. D'après sa corpulence, elle ne pesait sans doute pas plus de quarante kilos, on peut donc facilement la lâcher dans le vide.

Mitzi regarde en direction de la jetée, du laboratoire marin et de l'aquarium, une attraction pour les riches du coin et leurs gamins. Pas ses filles cependant, qui sont allergiques à tout ce qui est intello. Elles préfèrent courir après un ballon de foot, jouer à des jeux vidéo ou embêter leurs petits voisins.

Tandis que Nic et elle avancent péniblement en direction de la jetée, Mitzi revoit mentalement les images de la femme morte. Bonne alimentation, cheveux et peau sains. Probablement une vie agréable – du moins jusqu'à ce qu'elle rencontre le monstre qui l'avait inscrite sur sa liste.

— As-tu remarqué que notre victime portait encore ses bijoux ?

---

1. Petit navire à mât vertical gréé en cotre. (Note du Traducteur)

demanda-t-elle en désignant à Nic la minuscule alliance qu'elle portait au doigt depuis près de deux décennies. Elle portait un caillou presque assez gros pour que des boy-scouts puissent l'escalader et camper dessus.

— Le mobile n'était certainement pas le vol. Compte tenu de la brutalité des autres blessures, notre tueur n'aurait pas hésité à lui couper le doigt s'il avait voulu ce diams.

— Alors, qu'est-ce que c'est ? Un kidnapping qui a mal tourné ?

— Peut-être, mais dans ce cas, il y aurait eu une demande de rançon. Même si le mari – en supposant qu'il y ait un mari – nous avait tenus à l'écart à cause des menaces qui pesaient sur lui.

Mitzi repense au corps.

— Oui, ça ne colle pas. Les kidnappeurs arnaquent leur victime quand les négociations sont terminées, pas avant. Et quand celles-ci échouent, la famille se précipite aussitôt chez nous. Donc, s'il s'agissait d'un enlèvement, on en aurait entendu parler.

Elle se retourne et observe de nouveau la scène de crime.

— Ce que le type lui a fait au visage – à ses dents et ses yeux – était vraiment important pour lui.

— S'il envisage de faire carrière en tant que chirurgien plasticien, il est mal parti.

— Pas de doute là-dessus, mais… que dis-tu du code de conduite ? Même les gangs de décérébrés qu'on trouve à tous les coins de rue à Compton ne font pas ce genre de choses. Et c'est la lie de l'humanité !

Tandis qu'ils parcourent la dernière étendue de sable qui mène à la jetée, il pense que le meurtre porte la marque d'un professionnel – même s'il s'agit d'un dingue.

— La dernière fois que j'ai vu un truc de ce genre, les tueurs étaient des Italiens, dans la vallée, dit-il. Ils ont taillé en pièces un des leurs qui les avait trahis. Une revanche, pure et simple.

Mitzi fait une moue sceptique.

— Tu penses qu'elle fréquentait le crime organisé ?

— C'est possible. Imagine un instant que ce soit la femme d'un type de la mafia et qu'il ait découvert qu'elle le trompait. (Karakandez tend la main à Mitzi et l'aide à monter.) D'abord, elle refuse de donner le nom du type qui la baise, puis, quand elle finit par céder, Don Juan s'avère être le frère ou le meilleur ami du mari. Boum. (Nic frappe dans ses mains.) Le mec perd les pédales. Il a l'impression de ne pas avoir d'autre choix que de la faire massacrer, avant de la tuer.

— T'as une imagination de tordu.

— C'est toi qui m'as appris à penser comme ça.

Il regarde derrière elle, vers la large jetée qui mène au bâtiment anguleux couvert de tuiles rouges. De chaque côté, un garde-fou composé de quatre barres de métal surplombe la mer. Il lui arrive à la hauteur du torse. Il avait raison. En venant jusqu'ici en voiture, il serait assez facile de faire passer un corps par-dessus la rambarde.

Mitzi s'accroupit.

— Il y a beaucoup de traces de pneus ici, dit-elle en désignant la zone, devant elle. Et une belle couche de sable qui a marqué l'empreinte de toutes les allées et venues récentes.

— Les gens qui viennent jusqu'ici en voiture en pleine nuit ne courent pas les rues, dit-il. Je vais demander aux policiers en uniforme de relever les traces de pneus sur la jetée et aux agents du CSI de s'occuper des empreintes de pas, dit Nic en sortant son téléphone portable tout en s'asseyant sur la rambarde.

Mitzi sort un petit appareil photo qu'elle a toujours sur elle et prend quelques clichés. Parfois, les techniciens arrivent trop tard, et les preuves ont disparu. On n'est jamais trop prudent.

Dix minutes plus tard, un flic rougeaud et obèse arrive dans un uniforme maculé de sueur en compagnie d'un jeune photographe de la police scientifique. Tandis que Mitzi leur donne des instructions, Nic va quelques mètres plus loin regarder les vagues s'échouer au pied de la jetée. Des images se forment dans l'écume blanche bouillonnante. Des images abstraites, ouvertes à l'interprétation.

Certains voient des chevaux au galop, des Vikings ou des dieux de la mer.

Nic voit la femme et le bébé qu'il a perdus.

Ils sont étendus dans la mer de leur propre sang. Les yeux chavirés comme des Saint-Jacques devenues rances.

Et chaque fois qu'il les voit – quand leur apparition inattendue lui brise le cœur – il ne fait rien pour les repousser, rien pour rejeter la responsabilité sur un autre que lui-même.

Caroline voulait qu'il sorte de l'appartement et promène le bébé dans la poussette. Max pleurait et un tour du pâté de maisons semblait toujours le calmer. Mais Nic resta bloqué au téléphone : un appel du boulot pendant son jour de congé. Elle en avait eu assez d'attendre et avait fini par y aller sans lui. Deux pâtés de maisons plus loin, elle s'était arrêtée dans une épicerie. Si Nic avait été avec elle, cela aurait été différent. Il aurait immédiatement su ce qui se passait – l'accro au crack qui braquait la caisse, agité et parano, une bombe humaine prête à exploser. L'abruti d'épicier qui veut jouer les héros et prend un revolver scotché sous le comptoir et les clients qui paniquent et hurlent, faisant monter l'affolement d'un cran.

Ce fut Armageddon. Une fois l'arme sortie de sous le comptoir, le junkie a massacré tout le monde. Puis, il est juste resté là, hébété. Il avait encore les yeux fixés sur le carnage quand les flics sont arrivés. La minute de folie d'un vaurien quelconque avait mis fin à l'existence d'une douzaine de personnes et condamné leurs familles à une vie de souffrances.

— Si le tueur a choisi cet endroit pour se débarrasser de sa victime, ce n'est pas un type du coin, dit Mitzi, faisant de nouveau les cent pas.

— Quoi ? demande Nic, dont les pensées traînaient encore trois ans en arrière.

— L'océan, dit-elle en faisant un signe au-dessus de la rambarde pour attirer son attention. L'eau n'est pas assez profonde. Quand il l'a fait basculer sur le côté, il a dû penser que le corps disparaîtrait à tout jamais.

— C'était peut-être à marée haute, dit Nic, dont le corps et l'esprit étaient revenus dans le même espace-temps. Ou alors il s'en foutait. Peut-être voulait-il seulement qu'elle disparaisse juste assez longtemps pour qu'il ait le temps de quitter la ville.

— T'es doué, dit-elle avec un sourire. (Chaque fois qu'il voit ce sourire, Nic comprend pourquoi, dix ans plus tôt, tous les flics des environs faisaient des haltes régulières dans son bureau.) Tu vas me manquer quand tu seras en train de pêcher des crabes sur Discovery Channel.

Il se met à rire.

— Est-ce que Discovery Channel passe autre chose que ce genre d'émissions débiles ?

— Rien qui vaille la peine d'être vu.

Ils avancent en file indienne sur le bord de la jetée, près du garde-fou, pour ne pas effacer les empreintes de pneus dans le sable. Il fait lentement le tour de l'aquarium et du bâtiment dans lequel se trouve le laboratoire marin, se protégeant les yeux en regardant vers le ciel. Il finit par trouver ce qu'il cherche.

— Des caméras de surf, dit-il en désignant deux petites caméras perchées à l'extrémité de longs poteaux. On peut voir des images filmées là-dessus en temps réel sur Internet.

— Tue-moi avant que ma vie soit devenue ennuyeuse au point de penser à faire un truc pareil.

— Chacun son plaisir, Mitz, dit-il, avant de montrer du doigt un autre poteau en acier, en haut duquel il y a une caméra de surveillance. Voilà qui est plus à ton goût, dit-il en mimant un animateur de télé-achat : Une chaîne exclusivement dédiée aux beaux et talentueux flics de Los Angeles, avec, dans le rôle principal – *espérons-le* – le tueur de « La Femme au gros caillou ».

5

Fin d'après-midi

Amy Chang ferme sa combinaison, enfile des gants en latex et entre dans la morgue flambant neuve. C'est une voûte sans âme en acier inoxydable, éclairée par une lumière verte et bleue. Elle est fraîchement équipée de nouveaux frigos, éviers, chariots, tables et instruments entassés sur la table d'autopsie centrale, avec ses robinets inélégants et ses cruels conduits d'évacuation, destinés au sang et aux fluides corporels du dernier défunt. Il y a bien trop de métal triste et mortuaire au goût d'Amy. Un univers aux antipodes de l'élégante maison de la célibataire de trente-deux ans, totalement dépourvue d'acier, à l'exception des couteaux de cuisine devant la jolie baie vitrée qui donne sur un jardin – petit, mais bien entretenu.

Même si elle a moins d'une semaine d'existence, la morgue sent déjà les désinfectants en tous genres. Amy jette un regard compatissant sur la chair et les os étendus sur la table d'autopsie. Pour elle, la dépouille mortelle est encore une personne, une femme désespérée qui a besoin de son aide experte.

— Alors, qui es-tu ? Que peux-tu me dire, ma chérie ? Quels secrets vas-tu nous révéler ?

Au premier regard, il est évident que la victime a atrocement souffert avant de mourir. Toutes les blessures ont eu lieu premortem. Les lèvres sont fendues, il lui manque plusieurs dents et il y a une horrible cavité là où aurait dû se trouver son œil gauche – un terrible tableau du niveau de torture qu'elle a enduré.

Amy organise l'espace pour pouvoir travailler. Elle ajuste le double faisceau de la lampe de dissection fixée au plafond et y installe une petite caméra vidéo pour les gros plans. Elle veut filmer tout ce qu'elle dit et voit pendant l'examen.

— La victime est une femme bien nourrie d'environ cinquante ans. Elle porte de profondes blessures au visage infligées pre-mortem, dont la perte de son œil gauche et de deux dents. (Amy observe de plus près les contusions sur les deux côtés du visage.) Il y a des traces de chirurgie plastique récente au niveau des oreilles et du cou.

Amy sent sa voix se briser légèrement et devenir plus sombre lorsqu'elle pense que la défunte avait certainement espéré qu'une rencontre bénigne avec un scalpel lui permettrait de rester jeune et désirable, puis elle reprend :

— Sur ses joues droite et gauche, il y a des blessures d'une tout autre nature : elles ne sont plus cosmétiques mais correspondent à une série de coups, probablement portés de face, et à des coups donnés du revers de la main. (Amy se penche pour l'observer de plus près.) Elle a subi un puissant trauma à la joue gauche, qui pourrait être dû à un coup de poing. Elle porte une plaie ouverte jusqu'à l'os. (Amy descend vers le cou.) La victime s'est vidée de son sang par une blessure horizontale de huit centimètres qui a sectionné les vaisseaux de la gaine carotidienne. Une incision fatale. Elle serait morte d'une embolie si elle avait survécu à ses blessures.

Amy ne peut s'empêcher de remarquer la précision des coups portés. Aucune hésitation. Juste un acte confiant et sans pitié. Puis, elle prend la main manucurée de la victime – elle lui a déjà coupé les ongles pour faire un prélèvement de matières et un examen toxicologique et a également prélevé ses empreintes.

— Aucun élément indiquant qu'elle se soit défendue, mais elle porte des marques autour des poignets, indiquant qu'elle a peut-être été attachée.

Amy utilise un ruban adhésif pour prélever ce qu'elle croit être de façon presque certaine des petits fragments de corde sur la peau grise. Elle recule légèrement et passe en revue l'ensemble du corps, prêtant particulièrement attention aux pieds, genoux, coudes et mains.

— Aucune marque de frottement ni écorchure sur les surfaces de contact habituelles. Aucune indication que le corps a été traîné sur une surface quelconque.

Ensuite, elle examine l'orbite rouge et vide. Le tueur a utilisé quelque chose pour extraire le globe oculaire de la victime. Mais quoi ? Il n'y a aucune trace à l'intérieur de la cavité indiquant qu'un instrument en métal a été enfoncé de force. Puis, elle comprend ce qui s'est passé. Il s'est servi de ses doigts. L'agresseur a enfoncé le pouce dans l'orbite et a fait sortir l'œil de force. Il a ensuite sectionné le muscle apparent et les nerfs. Il faut être un monstre d'une espèce très particulière pour faire ce genre de choses. Elle fait une grimace – ce qu'Amy Chang fait rarement. L'agonie a dû être insoutenable. Au coin des fines lèvres violettes de la femme, elle voit des écorchures, révélatrices d'un bâillon serré ayant étouffé ses cris.

Amy regarde à nouveau l'orbite. D'après ce qu'il reste des tissus, il semble que le tueur a simplement tenu le nerf optique entre ses doigts, avant de tirer jusqu'à la rupture. La pauvre femme a été forcée à regarder son propre œil être arraché.

Un téléphone fixé au mur sonne en clignotant, puis l'appel bascule sur la messagerie. Amy continue. Elle réfléchit à la question des dents manquantes. Elles ont probablement été arrachées avant les lésions infligées à l'œil. Elle regarde de nouveau dans la bouche de la femme. Elle porte des marques sur les dents du fond et sur le palais. On lui a enfoncé quelque chose à l'intérieur de la bouche pour qu'elle garde la mâchoire ouverte pendant qu'il vaquait à ses occupations. Quelque chose d'étrangement rond. Amy incline la tête de la défunte en arrière et rapproche la lampe située au-dessus de la table. À l'aide d'une pincette, elle extrait de petites traces de plastique à l'intérieur des molaires supérieures et inférieures. Si elle ne se trompe pas, le tueur lui a enfoncé une balle de golf dans la bouche pour pouvoir accéder aux dents de devant.

Amy avait vu beaucoup de choses horribles sur sa table, mais elle avait un haut-le-cœur chaque fois qu'elle voyait quelque chose de ce genre. L'œuvre unique du pire prédateur de ce monde – le tueur en série.

Un tueur qui surpasse tous les autres.

Le genre de ceux qui n'arrêteront jamais.

6

FIN DE SOIRÉE
CARSON, LOS ANGELES

L'homme aux cheveux noirs, aux sourcils épais et à la peau olivâtre s'assure qu'il a bien refermé les portes de devant et de derrière, et bien fermé les fenêtres. Il ne veut certainement pas être victime d'un cambriolage – l'ironie serait intolérable.

Il traverse la cuisine au décor spartiate et ouvre le vieux réfrigérateur qui ne contient jamais que trois choses : du lait UHT – celui qui se conserve entre six et neuf mois – une boîte d'œufs et de la margarine allégée. S'il a vraiment faim, il se sert de tous les ingrédients et se fait une omelette. Autrement, comme ce soir, il boit seulement du lait. Du poisson et de la soupe pour le déjeuner, du lait et des œufs pour le dîner – la totalité de son régime alimentaire.

Il se sent un peu bizarre tandis qu'il évolue dans la maison en buvant à même le carton. À cran. Perturbé. Nerveux. Mais rien de tout cela ne le surprend. Le jour d'après, c'est toujours comme ça – contradictoire et déroutant. C'est une période d'anxiété et d'allégresse. Un moment où il s'enivre d'un cocktail grisant d'émotions conflictuelles.

Avant, les sautes d'humeur le déconcertaient, mais plus maintenant. Il a l'habitude à présent – il comprend qu'après chaque meurtre vient le contrecoup. Comme le mouvement de recul d'une arme à feu. Le contrecoup qui laisse un bleu sur le muscle de l'épaule. Le bleu violacé de la culpabilité apparaît en premier, puis la peur jaune de la capture, et enfin l'ivresse rouge de la conquête.

Il a passé une journée comme les autres, à faire un boulot indigne de lui, à travailler pour des gens qui ne l'apprécient pas et ne le comprennent pas. Même si, par ailleurs, personne ne l'apprécie ni ne le comprend. Malgré tout, la routine est une chose importante. Un changement d'habitudes attire l'attention pour le cas où la police viendrait à mettre le nez dans ses affaires. De plus, il avait appris que juste après un meurtre, il était bon d'être avec des gens, de rester dans le flot de ceux qui naviguent entre leur travail et leur domicile. Il aime la distraction, et tout ce qui fait passer le temps. Et il apprécie de se camoufler sous le masque de la banalité, la nécessité de la dissimulation que lui apporte cette vie quotidienne monotone.

Mais à présent, c'est la nuit. Et la nuit, tout est différent. Il se sent différent. Il est différent. C'est le temps de l'énergie et de la puissance. Le moment où il peut savourer ses meurtres. L'obscurité apporte une justification, une approbation de ce qu'il fait, de qui il est. Tout au long de la journée, il attend avec impatience le coucher du soleil et la montée de l'énergie brute en lui.

La maison louée dans laquelle il vit est plongée dans le noir. Toujours. Les épais rideaux sont tirés à tout jamais. Il n'y a d'ampoule dans aucune des douilles. Ni gaz, ni électricité. Il fait du feu pour se chauffer et les rares fois où il cuisine.

Le silence de la maison est rompu par le bruit d'une allumette qu'on gratte. Une lumière pâle vacille tandis qu'il allume des bougies dans sa chambre. Il se met nu et se prépare au coucher. Il n'y a pas de lit. Pas de couette. Pas d'oreiller. Dans un coin de la pièce, il y a les quelques objets qui lui seront nécessaires. Il ouvre le mouchoir plié, et prend l'hostie sacrée – la lame d'acier bien aiguisée – et se marque le torse d'une croix, puis fait de même sur ses jambes et bras. Avant que le sang n'apparaisse vraiment, il essuie la lame. Il l'embrasse et la tient en l'air, comme un prêtre montrant l'Hôte béni à son assemblée de fidèles. Puis, tandis que le sang s'étale sur son torse, il remet l'instrument dans le mouchoir et le replie en quatre avec précision.

Étendu sur le dos, il met les pieds contre une plinthe, déployés de façon bien perpendiculaire.

Avec soin, il glisse un drap sous ses talons et s'enveloppe étroitement des pieds à la tête.

Bien au chaud. Serré. Protégé.

Comme s'il était enveloppé dans un linceul.

7

VENDREDI MATIN
POSTE DE POLICE DE LA 77e RUE, LOS ANGELES

La salle du poste de police empeste encore les burritos de la veille, et ressemble à une pièce dévastée après une soirée étudiante. Le bureau de Mitzi Fallon est comme un îlot d'ordre compulsif au milieu d'un vaste océan de détritus masculins.

— Je t'ai resservi un café, dit Nic en posant la tasse « Meilleure maman du monde » offerte par ses deux jumelles deux ans plus tôt, pour la fête des Mères. Qu'est-ce qui t'est arrivé à la main ? demande-t-il en montrant le bandage qui entoure deux doigts de la main droite de Mitzi.

— C'est mon gros balourd de mari qui m'est tombé dessus pendant qu'on était en train de batifoler. Le célibat a peut-être du bon, après tout.

— Épargne-moi les détails, dit-il en buvant son café.

Elle porte le café à ses lèvres avec difficulté et exprime son contentement.

— Hum… Il est très bon, mais c'est le dernier de la matinée, je crois que j'ai atteint mon quota de caféine !

Ses yeux reviennent brusquement sur les enregistrements des caméras de surveillance qui défilent en accéléré sur son écran plat.

— T'as vu quelque chose ? demande-t-il.

— Oui, mon équilibre mental… Je l'ai vu se jeter par-dessus cette rambarde, au bout de la jetée, il y a trois heures de cela.

Nic s'installe sur une chaise, à côté d'elle.

— Les policiers en uniforme n'ont trouvé que dalle.

— Et c'est une nouveauté ?

— Je suppose que non. Je jurerais que certains de ces types sont trop jeunes pour traverser la rue tout seuls.

Elle se met à rire.

— Écoutez le grand vétéran ! Tu n'es pas dans la police depuis assez longtemps pour pouvoir te moquer des bleus ! (Elle jette un coup d'œil à la grande horloge qui se trouve près du bureau du commissaire.) Encore une cassette, et je vais déjeuner. Tu viens ?

— D'accord, mais pas de pizza. Il faut que je commence à retrouver la forme avant le grand voyage.

— T'es en pleine forme – va te baigner quand tu seras en mer, et tu verras que les dames baleines viendront te faire la cour !

— Très drôle, dit-il en se tapant sur le ventre, là où se trouvaient ses tablettes de chocolat, avant. Il faut juste réduire les féculents, supprimer la bière, passer sur la pizza, et tout rentrera dans l'ordre. Je serai affamé, je mourrai d'ennui, mais ça ira à peu près.

— *À peu près* n'est pas une situation très enviable. Tu es pris entre deux feux : entre s'empiffrer et être heureux… et entre crever de faim et avoir un corps parfait. Ne te résous à l'à-peu-près que quand tu seras marié.

— Tu oublies… que j'ai été marié.

— Eh bien, remarie-toi. Ça t'a réussi la première fois – ça te réussira à nouveau, dit-elle en levant les yeux vers lui, espérant ne pas avoir fait ressurgir ses vieilles blessures. Je voulais juste plaisanter.

Tu es encore un beau parti. Et pas seulement pour les baleines !

Le téléphone de Nic sonne sur son bureau. Il fait rouler sa chaise en arrière et tend la main au milieu d'un tas de paperasses pour décrocher.

— Karakandez.

Mitzi continue de siroter son café tout en le regardant. Quel dommage qu'il ne se décide pas à faire de nouvelles rencontres. Il pourrait rendre une femme heureuse. Il était gentil, modeste et franc. Plutôt beau mec, sans être une gravure de mode qui ne se préoccupe que de son apparence. Elle sourit. Quand Nic Karakandez se décidera enfin à sortir de sa coquille, il y aura une petite veinarde qui gagnera le jackpot.

Il raccroche, prend le carnet sur lequel il avait pris des notes et roule sur son siège vers le bureau de Mitzi.

— Du nouveau ? demande-t-elle.

— Regarde qui est notre victime, dit-il en lui montrant son carnet.

Mitzi tente de déchiffrer ses pattes de mouche.

— Tamara Jacobs, dit-elle en haussant les épaules. Je suis censée la connaître ?

— Le type des empreintes m'a dit que tu la connaissais peut-être. Ses empreintes indiquent qu'elle était la propriétaire d'une arme à feu qui a été dérobée dans sa Merco il y a quelques années. Elle est scénariste. C'est un grand nom du cinéma, qui a fait des grands films historiques, et des trucs romantiques aussi, sur l'Empire romain et les rois d'Angleterre. C'est ton genre de films ?

— Tu te fiches de moi ? Dans le genre de films que je vois, Harry Potter est ce qui se rapproche le plus des films d'époque.

Elle tape « Tamara Jacobs » dans Google. Une page du *Hollywood Reporter* s'affiche, avec une photo de la victime, et un gros pavé de texte au-dessous. Nic se penche vers l'écran et lit.

— Comment s'appelle son nouveau film ?

— *Le Suaire*, dit Mitzi. Elle travaillait sur un film qui s'appelait *Le Suaire*. Peut-être que ses films vont me plaire, après tout.

8

DÉBUT D'APRÈS-MIDI
BEVERLY HILLS, LOS ANGELES

Les *desperate housewives* et leurs maris très importants observent à l'abri du porche de leurs somptueuses propriétés les voitures de police qui viennent briser le calme du tranquille cul-de-sac où vivait Tamara Jacobs.

Les policiers en uniforme bouclent rapidement le périmètre de ce qui pourrait être une importante scène de crime – le lieu où la victime a rencontré le tueur avant d'être kidnappée, et peut-être même là où elle a été tuée. Mais ils savent également qu'il n'avait peut-être jamais mis les pieds dans les environs, et l'endroit ne serait peut-être qu'une source de paperasses et d'interrogatoires inutiles.

Après avoir sonné pendant une éternité à la porte de la résidence de la scénariste – qui semblait valoir des millions de dollars – Mitzi demande à deux policiers d'enfoncer la porte de derrière. Nic et elle entrent avec précaution dans une vaste cuisine remplie de meubles en acajou et de plans de travail en marbre. Ils ont tous deux leur arme à la main, même s'ils sont à peu près sûrs que l'endroit est désert. Mais on n'est jamais trop prudent.

— Rien à signaler ! crie Mitzi dans un coin.

— Rien à signaler ! répète Nic en traversant le salon.

Le tueur est venu ici. Il le sait. Il le sent, il est comme parcouru d'un frisson. Ils passent au crible les pièces du rez-de-chaussée d'abord. Aucun signe de lutte. Ensuite, ils vérifient chacune des cinq chambres du premier étage, toutes équipées d'une salle de bains attenante et d'un dressing séparé rempli de vêtements, de chaussures et de sacs à main. À première vue, rien ne semble avoir été déplacé.

Mitzi fait coulisser la porte d'une penderie de la taille d'un mur, et recule sous l'effet du choc.

— Nom de Dieu ! Même Bloomingdale's n'a pas un stock aussi important ! Combien de vêtements une seule femme peut-elle porter ?

Nic tourne le dos à l'étalage de robes, hauts, jupes et chemisiers.

— Je descends voir le bureau, dit-il. Les écrivains sont d'étranges créatures, alors voyons ce qui se cache dans leur habitat naturel.

Mitzi jette un dernier regard envieux aux robes glamour, et descend derrière Nic au rez-de-chaussée. Elle rejoint les experts de la police scientifique et le photographe dans la cuisine. Rien ne laisse suggérer que quelqu'un soit entré par effraction avant eux. Aucun cadre de porte fracturé, aucune serrure forcée, ni de vitre brisée. Le tueur n'est même peut-être jamais venu ici. Ou peut-être l'a-t-il rencontrée ailleurs, avant de la forcer à revenir ici. Tamara pouvait également connaître le tueur et l'avoir laissé entrer – c'était une possibilité.

Le bureau est encore plus luxueux que le dressing. Il est entièrement en chêne du sol au plafond, le bureau semble fait sur mesure et il y a un fauteuil en cuir marron – un meuble ancien apparemment – et la bibliothèque est remplie de livres de référence. Nic se dit que Tamara était sans doute de la vieille école, le genre qui ne se fie qu'aux livres publiés et non aux sources d'informations qu'on trouve sur Internet. Elle faisait certainement partie de ces gens qui cherchent des sources solides pour étayer leur travail.

Il lui faut une seconde pour remarquer ce qui manque. Il y a une imprimante Apple, un scanner et un tas de câbles et de chargeurs.

Mais pas d'ordinateur.

Ce frisson instinctif qu'il a ressenti prend de l'ampleur. Il ouvre un placard. Pas d'unité centrale à l'intérieur non plus. OK, rien de surprenant à cela, les écrivains préfèrent souvent les ordinateurs portables – ils sont moins encombrants et leur permettent de noter les idées étranges et merveilleuses qui leur traversent l'esprit quand ils voyagent. Mais il ne trouve aucun câble d'ordinateur portable, ni station d'accueil. Il fouille dans d'autres placards et finit par trouver un disque d'installation, ainsi que la garantie d'un MacBook Air 11 pouces. Sympa. Bien plus cool que le vieux Dell qui prenait une place folle dans son appartement. Mais il y avait encore une chose qui le contrarie.

Les écrivains font des sauvegardes. Les écrivains professionnels sauvegardent tout. Tout le temps. Sur de multiples sources.

Nic cherche, mais il ne trouve même pas une seule clé USB, et aucun disque dur externe.

Il est venu ici. Il a tout emporté.

— Nous avons une scène de crime, crie Nic. Je suis à peu près sûr que notre type a emporté des trucs qui étaient dans le bureau.

Il sait qu'avec ce cri, il vient de tout changer. Les scènes de crime en intérieur sont le rêve de tout flic. Il n'y a pas de vent pour faire envoler les cheveux, pas de pluie pour effacer les traces de sang, et pas d'imbécile pour piétiner les fibres et les enfouir sous la terre ou le sable. Les scènes d'intérieur sont ce qu'on peut trouver de mieux. C'est leur meilleur espoir.

Nic jette un œil par la fenêtre et voit un policier en uniforme en train de fouiller le jardin, à l'arrière de la maison. Il n'y a pas de gazon, juste une terrasse en teck, une petite piscine d'eau de mer, un coin-repas entouré de pierres et un barbecue en brique. Il se dit que la scénariste ne faisait sans doute pas la cuisine elle-même quand elle recevait, elle faisait certainement appel à un chef.

— Nic, viens voir ça, dit Mitzi, d'une voix semblant plus triste qu'excitée.

Quoi qu'elle ait trouvé, il sait que ça ne va pas lui plaire. Il sort du grand bureau en chêne et avance en direction d'un épais tapis blanc, dans la salle à manger.

— Le chat est mort. (Son visage trahit le fait qu'elle avait elle aussi un chat quand elle était enfant.) Il a été tué, apparemment.

Tom Hix, un agent du CSI barbu âgé de quarante ans, vêtu d'une combinaison en Tyvek, tient un persan blanc à bout de bras.

— On lui a cassé le cou. Il y a des traces de ligature sous les poils et il a les yeux dilatés. Je dirais qu'il a été étranglé avec un genre de nœud coulant – peut-être même qu'on l'a balancé au bout d'une corde.

Mitzi secoua la tête.

— Il faut vraiment être tordu !

— Mais c'est un tordu intéressant, dit Nic en observant l'animal de plus près. Il n'y a pas beaucoup de gens qui se promènent avec une corde et qui savent comment s'en servir pour tuer.

— Peut-être aura-t-on de la chance… Notre minet a peut-être griffé ou mordu notre tueur, répond Mitzi.

L'agent du CSI met le chat dans un grand sac en papier qu'il étiquette.

— On va le confier au vétérinaire de la scientifique, il est très doué. S'il y a le moindre élément de preuve ou s'il porte une trace de l'ADN de l'agresseur, il la trouvera et il découvrira précisément comment le chat est mort.

Nic continue de fouiller dans une pile de courrier en silence, puis il s'intéresse à un petit téléphone sans fil posé sur sa base, sur le rebord de la fenêtre.

L'écran indique qu'il y a quatorze appels manqués. Il prend le téléphone sur son socle, observe les différentes icônes et trouve la fonction répertoire. Cela ne lui prend que quelques secondes pour découvrir qu'il y a trois cent six contacts, tous référencés par leur nom de famille. Il appuie sur Jacobs, et un nom s'affiche – Dylan. Il jette un nouveau coup d'œil sur le tas de courrier, puis sur l'enveloppe adressée à Monsieur D. et Madame T. Jacobs. Il la prend et constate qu'elle a été ouverte. À l'intérieur, il y a un bristol blanc avec une écriture dorée les invitant à un gala de charité. Nic les tend vers Mitzi pour qu'elle puisse voir ce qu'il venait de trouver.

— On dirait qu'on a trouvé le mari de la dame au caillou, dit-il.

Elle s'éloigne des agents du CSI, le chat mort est maintenant oublié, et son émotion et sa colère laissent place à de nouvelles sensations. Soit le mari de Tamara Jacobs est son meurtrier et il sait qu'elle est morte, soit sa vie est sur le point d'être dévastée.

— Si tu as le numéro, appelle-le, dit Mitzi.

Nic reprend le téléphone, retrouve le nom dans le répertoire et l'appelle. La pièce est soudain plongée dans le silence. Tous les yeux sont braqués sur lui tandis qu'il écoute le numéro en train d'être composé. Aucun numéro ne s'affiche, juste le nom Dylan – il pouvait se trouver à un kilomètre, comme sur un autre continent. Le cœur de Nic se met à battre plus fort.

La sonnerie s'arrête.

On entend une voix grave : « Vous êtes bien sur le répondeur de Dylan, je ne suis pas disponible pour l'instant, laissez votre nom et votre numéro, et je vous rappellerai dès que possible. »

Nic raccroche.

— Ça a basculé sur la messagerie. Je rappellerai depuis le bureau, où je pourrai enregistrer.

Mitzi hoche la tête.

— OK, emporte ce téléphone et vérifie qui a appelé. Je pourrai t'aider à terminer les recherches.

Il débranche le téléphone et lève la main tandis qu'il se dirige vers la porte. Une pensée l'a interrompu en chemin.

— Pas de photo.

Elle le regarde, semblant visiblement ne pas comprendre.

— Il n'y a aucune photo du couple dans la maison. Ni dans le bureau, ni dans la chambre, ni nulle part ailleurs.

Mitzi repense à ce qu'elle a vu dans les chambres, à l'étage.

— Tu as raison. Il n'y avait pas non plus de vêtement d'homme, dans aucune des penderies, ni nécessaire de rasage, ni aucun nécessaire de toilette d'homme. En fait, il n'y a pas la moindre trace indiquant que Dylan Jacobs ait jamais mis les pieds dans cette maison.

9

SYDNEY, AUSTRALIE

Viktor Hegadus, âgé de vingt-sept ans, s'installe confortablement sur la chaise longue, tout près de la piscine privée.

Il est très préoccupé.

Pas étonnant qu'il ait mal à la tête. Cela va sûrement se transformer en migraine. C'est couru d'avance. Son seul espoir est de faire une sieste – un petit somme – mais il en est incapable. Trop de choses le perturbent. Les ouvriers arrivent demain, et il se demande s'il ne devrait pas les décommander, le temps de réfléchir à nouveau aux plans de l'extension – une aile indépendante pour les invités, avec sa piscine et sa cour privatives.

Il sent le soleil de midi sur ses pieds. Il se lève et ajuste le parasol pour rester protégé, à l'ombre. Il détesterait prendre un coup de soleil. Et il serait affreux d'avoir la peau rouge et sèche.

Le téléphone portable qui se trouve sous la chaise longue à côté de la sienne sonne. Il essaie de l'ignorer, comme il l'a fait pendant presque toute la matinée, mais un infime sentiment de culpabilité le pousse à répondre.

— Téléphone de Dylan, qui le demande ?

Il n'obtient aucune réponse, juste un *clic*, suivi d'un bruit sourd, comme si l'appel était transféré.

— Allô ! dit Victor d'un air renfrogné.

— Monsieur Jacobs est-il là s'il vous plaît ? J'ai besoin de lui parler.

— Ce n'est pas possible. C'est de la part ?

— Mon nom est Karakandez, Nic Karakandez. Je dois discuter de quelque chose d'important avec monsieur Jacobs. Pouvez-vous me le passer, s'il vous plaît, ou me dire à quel numéro je peux le joindre ?

— Il est en train de méditer, et ne souhaite pas être dérangé, répond Viktor avant de raccrocher brusquement, de couper la sonnerie du téléphone et de le jeter sous la chaise longue avec colère.

Si Dylan n'a pas le temps d'être avec lui, il devrait au moins avoir la décence de le laisser se reposer en paix !

10

Poste de police de la 77e rue, Los Angeles

Le logiciel Trakscan, installé sur le terminal de Nic, ouvre une fenêtre pop-up sur son écran, indiquant que l'endroit où son appel a été reçu est une villa privée située dans la Tower Street, dans la baie de Gordon, dans la Nouvelle-Galles du Sud. Il fait quelques recherches dans l'annuaire d'Interpol, et trouve les coordonnées de la police locale. Il compose le numéro.

— Commissaire divisionnaire Hawking, en quoi puis-je vous aider ?

Nic lui dit exactement ce qu'il peut faire pour l'aider.

Trente minutes plus tard, des policiers armés se mettent discrètement en place autour de la villa de plusieurs millions de dollars qui domine les eaux tropicales de la mer de Tasmanie et on rappelle Nic.

— Nous sommes prêts à intervenir, inspecteur, dit le commissaire divisionnaire. Le type n'a pas bougé depuis une demi-heure, et maintenant, il ne peut pas nous échapper. Mes hommes sont prêts à l'accueillir à bras ouverts.

11

Centre-ville, Los Angeles

Le jeune homme aux cheveux noirs ouvre la portière de sa vieille Ford Explorer et laisse tomber sa carcasse fatiguée derrière le volant usé. Il vient juste de finir une dure journée de travail. Le travail d'usine. Un honnête labeur. L'endroit où il se livre à un boulot acharné se trouve à quinze kilomètres de son dernier meurtre, et son domicile est encore plus éloigné, dans une direction différente. Il réfléchit à toutes ces choses et elles le réconfortent tandis qu'il démarre le moteur, se préparant à un long trajet, avant d'aller se coucher pour la nuit.

Il est agréable de conduire. Il aime découvrir de nouveaux quartiers – observer les non-tuées marcher dans la rue avec leurs enfants, leur chien ou l'homme qu'elles aiment tandis qu'il roule près d'elles. Il imagine leur vie.

Il se demande comment serait leur mort.

Et la douceur et la délivrance qu'il pourrait leur apporter – si l'opportunité se présentait. Il se souvient de quelle façon, des années auparavant, un flic passé au journal télévisé l'avait décrit comme un reptile, un tueur de sang-froid, sans émotion, ni morale. Le flic n'aurait pas pu se tromper davantage. Ce qu'il fait, il le fait par amour. L'amour de Dieu.

Il a aimé chacune des âmes qu'il a prises et tout ce qu'il a fait, il l'a fait avec une passion et une intensité que des flics bornés ne pouvaient même pas imaginer. Un jour, les gens comprendraient à quel point il est doux et bon. Il est certain que si c'était lui qui devait mourir, il voudrait que ce soit à sa façon. Simplement en fermant les yeux un soir, et en partant lentement, sans savoir que la Mort était venue frapper à sa porte.

Il allume la radio et cherche les informations tout en conduisant. Il écoute, pour savoir si on parle de lui. Il n'y a rien. Il est soulagé. Cela veut dire qu'il n'y a pas de chasse à l'homme, rien qui puisse venir perturber son travail. L'anonymat est son écran de protection, la façon que Dieu a de montrer son approbation – une bénédiction, si vous voulez. Il attribue cette bénédiction à son MO. *Modus operandi* – son mode opératoire. Il est étrange que ces phrases latines existent encore à l'époque actuelle. Des fragments d'une civilisation passée qui ont traversé les siècles et les continents, pour se retrouver dans les rues maculées de sang de la Cité des Anges.

Le jeune homme ralentit tandis qu'il passe devant son église locale et fait le signe de la croix. Instinctivement, il marmonne encore du latin, encore des vestiges des siècles depuis longtemps disparus : *In nomine Patris, et Filii, et Spiritus Sancti*. Le rythme des mots le réconforte. Il les repasse encore et encore dans son esprit, comme le ferait un enfant avec un caillou lisse dans sa main. Puis, vient celui qu'il préfère, *Dominus vobiscum* – Que le seigneur soit avec toi. Il prononce ces deux mots différemment de n'importe quels autres.

Ils veulent dire bien plus que les autres mots. Ils doivent être prononcés avec douceur, clarté, lenteur et déférence. Après tout, ce sont les deux derniers mots entendus par ses victimes.

12

Poste de police de la 77e rue, Los Angeles

Lorsque Nic passe un nouvel appel international, il est huit heures du soir le vendredi en Californie, et deux heures de l'après-midi, le samedi, dans la baie de Gordon, à Sydney. Tout en composant le numéro, il affiche une carte Google sur son écran. Il zoome sur la magnifique péninsule australienne, le long de la façade sur l'océan d'une beauté à couper le souffle, puis contourne la réserve de Dunningham et le parc Bundock, et descend vers le cap Nord, là où se trouvent les somptueuses propriétés des multimillionnaires.

Cette fois, Dylan Jacobs répond lui-même à son téléphone et, au son de sa voix, ni la méditation ni le soleil radieux ne semblent l'avoir beaucoup détendu.

— Jacobs, répond-il sur un ton sec et irrité.

— Nic Karakandez, monsieur Jacobs, dit le flic d'une voix calme et chaleureuse. Juste pour éclaircir les choses, vous êtes bien Dylan Jacobs, le mari de Tamara Jacobs, la scénariste d'Hollywood ?

— Pourquoi me posez-vous cette question, monsieur Karikeez ?

— Karakandez – inspecteur Karakandez, de la police de Los Angeles.

— Je suis bien Dylan Jacobs. Tamara est ma femme, dit-il d'une voix d'où avait disparu toute trace d'agressivité. Pourquoi m'appelez-vous inspecteur ?

— Je crains que le corps d'une femme ait été retrouvé sur la plage de Manhattan. D'après les photographies que nous nous sommes procurées, il semblerait qu'il s'agisse de Tamara.

— Oh, mon Dieu. Ça n'est pas possible…

— Monsieur Jacobs, je suis désolé de vous appeler ainsi, mais je fais partie de la police criminelle, et nous considérons qu'il s'agit d'une mort suspecte.

Jacobs a du mal à parler.

— Ça n'est pas vrai. Ce n'est pas possible. Êtes-vous certain qu'il s'agit de Tamara ?

Nic met en balance la sincérité de la voix à l'autre bout du fil, et décide qu'elle semble réelle.

— Nous sommes aussi sûrs que nous pouvons l'être sans une identification par un proche. (Une chose le dérange cependant, qu'il doit absolument aborder.) Monsieur Jacobs, j'ai écouté tous les messages de votre femme sur le répondeur de son domicile, et en dépit du fait qu'elle ait disparu depuis plus de vingt-quatre heures, il n'y en a aucun venant de vous.

Jacobs laisse échapper un long soupir.

— On ne se parle pas très souvent, inspecteur. Peut-être une fois par semaine. Parfois moins. Nous sommes séparés depuis plusieurs années. J'ai une maison ici, à Sydney, où je vis avec mon nouveau partenaire – je crois que vous lui avez parlé tout à l'heure.

À présent Nic comprend la situation – un homme riche et marié qui approche l'automne de sa vie fait son coming out. Toutefois, par égard pour sa femme, il accepte de sauver les apparences en conservant un vernis de respectabilité hétérosexuelle aussi longtemps que possible.

— Monsieur Jacobs, dans un instant, un fonctionnaire de la police de la Nouvelle-Galles du Sud va frapper à votre porte et vous montrer une photographie que nous lui avons envoyée par e-mail. Nous avons besoin que vous confirmiez officiellement qu'il s'agit bien de votre femme. Vous comprenez ?

Jacobs semble s'être repris.

— Je comprends. Y a-t-il une chance que vous puissiez vous tromper ?

— Nous ne pensons vraiment pas nous tromper. L'identification est plutôt une formalité.

— Oh…

— Je suis réellement désolé pour votre femme, et que nous soyons obligés de faire cela. J'aimerais aussi que le policier vous pose quelques questions, pour nous aider à trouver celui qui est responsable de la mort de votre femme. Pouvez-vous faire cela pour nous ?

La mort de votre femme. Ces mots plongent Dylan dans un profond silence. Lui et Tamara sont séparés depuis un certain temps, mais il n'arrive pas à imaginer qu'il ne la reverra jamais, ne s'inquiétera plus pour elle, n'espérera plus qu'elle lui a pardonné et qu'elle est heureuse sans lui.

— Monsieur Jacobs, vous m'avez entendu ?

Il a encore du mal à parler et hoche la tête au téléphone.

— Oui, finit-il par dire, je vous ai entendu.

Il repose le combiné sur son socle, l'estomac noué.

Son monde venait de basculer. Sa femme était morte. Il n'était plus un homme marié.

13

SAMEDI MATIN
INGLEWOOD, CALIFORNIE

Il est huit heures du matin et Nic se lève plus fatigué qu'avant de se coucher. Il s'était endormi au petit matin, puis s'était réveillé quatre ou cinq fois – l'insomnie faisait partie de son quotidien depuis la mort de Caroline et Max. Il allume la télé pour créer un bruit de fond – de la compagnie virtuelle – et parce que son appartement est si petit qu'il peut l'entendre sous la douche.

Il est en train de se sécher quand son téléphone portable retentit. Sans vérifier, il sait que c'est Mitzi. Elle est la seule à l'appeler le week-end, et comme il était trop tard la veille pour qu'il l'appelle pour lui donner un compte rendu de son entretien avec Jacobs, elle doit probablement être impatiente d'obtenir des infos.

— Bonjour, dit-il, encore en train de se sécher les cheveux. Je sors à peine de la douche et j'allais me faire un café avant de t'appeler.

— Tu veux dire que je t'ai surpris alors que tu étais nu ? Doux Jésus ! S'il te plaît, réponds oui, même si ce n'est pas vrai. Tu sais que les femmes mariées ont besoin de petits plaisirs innocents.

— Je suis nu, dans toute ma gloire athlétique.

— Ça suffit, je commence à avoir mes vapeurs. Comment ça

s'est passé avec Jacobs ?

Il lâche sa serviette et s'habille d'une main en continuant de parler.

— Le mari s'avère être gay, et il vit avec un homme de la moitié de son âge à Sydney, en Australie.

— Tu n'es pas sérieux ?

— Je suis très sérieux. Les flics australiens m'ont dit que lui et sa femme se sont séparés il y a plusieurs années, après qu'il a admis son homosexualité, mais ils n'ont jamais divorcé.

— Pourquoi ?

— C'est plutôt vague. Dylan a dit que Tamara ne voulait pas que tout le monde se moque d'elle et comme il voyageait déjà beaucoup pour son travail, ils se sont mis d'accord pour faire comme si rien n'avait changé.

— Mais maintenant, il a une maison en Australie ?

— Oui, et aussi une dans le Sud de la France, et une autre à Bali. C'est un type qui travaille dans l'immobilier, il vend des propriétés haut de gamme à des gens riches et célèbres, et il en profite pour faire quelques bonnes affaires pour son propre compte de temps à autre.

— C'est pratique.

— Les flics de la Nouvelle-Galles du Sud se sont montrés très coopératifs. Je leur ai envoyé une des photos qu'un de nos agents du CSI avait récupérée dans la maison de Tamara, et Jacobs l'a identifiée comme étant sa femme.

— Où était monsieur le magnat de l'immobilier au moment de sa mort ?

— À Sydney, d'où il n'a pas bougé depuis un mois. On a vérifié, il ne peut pas l'avoir fait.

— Il n'a pas de mobile ?

— Je ne pense pas. Il nous a donné les coordonnées de ses avocats, nous les avons donc appelés. Dylan Jacobs a signé un accord il y a plus d'un an, cédant à Tamara la propriété de Los Angeles et partageant avec elle titres, actions et économies. C'est un arrangement un peu étrange, mais apparemment tout s'est réglé à l'amiable.

Des cris d'adolescentes résonnent à l'autre bout du fil.

— Mettez-la en sourdine ! crie Mitzi, une main sur le combiné. N'allez pas embêter votre père, il essaie de dormir. (Elle attend que le calme revienne avant de s'adresser de nouveau à Nic.) Désolée, je dois y aller, elles sont toutes les deux invitées à une fête aujourd'hui, et elles sont déjà surexcitées. Tu vas sur ton bateau ?

— On ne peut rien te cacher.

— Profites-en bien.

— Toi aussi. J'espère que les filles vont bien s'amuser.

Il raccroche et imagine Mitzi en train d'emmener Jade et Amber dans le vieux break familial fatigué tandis que son fainéant de bon à rien de mari reste couché pour cuver sa cuite de la veille. Elle aurait pu trouver tellement mieux.

Nic se fait un café instantané et pense un moment au mari de Mitzi. Elle lui avait dit qu'il l'avait battue une fois. Il l'avait frappée après avoir vu un voisin sortir de la maison, en rentrant un soir ivre après avoir passé la soirée à faire la tournée des bars avec ses potes. L'imbécile avait immédiatement tiré les mauvaises conclusions. Mitzi lui avait cassé la gueule en retour, et cela avait été terminé. Mais Nic se demandait si les doigts bandés de Mitzi n'étaient pas le résultat d'une nouvelle bagarre. Il se sert un jus d'orange et mange un bol de céréales sans lait – une excentricité qui remontait au temps où il était célibataire et se retrouvait toujours sans rien à manger, excepté des céréales. Si Mitzi avait des problèmes, elle lui en parlerait. Et si c'était le cas, il se ferait un plaisir d'aller donner une leçon à son mari.

Il est un peu plus de neuf heures et Nic ferme la porte d'entrée et entame le voyage de trente-cinq minutes qui conduit à Terminal Island, juste à l'est de San Pedro et à l'ouest de Long Beach. La marina Al Larson sur Seaside Avenue – qui dépend du port de Los Angeles – loue plus d'une centaine d'emplacements, destinés à des navires entre six et quinze mètres. Et au beau milieu de tout ça, il y a la grande fierté de l'inspecteur Nic Karakandez. La seule chose qui lui a permis de rester sain d'esprit.

La réunion n'est pas un voilier sur lequel tout le monde se retourne. En fait, le sloop Hillyard de neuf tonnes est plutôt moche comme bateau. C'est le genre de bateau près duquel on ne verra jamais un top model en bikini, ni un prince play-boy, et encore moins à son bord. Mais après la mort de sa femme et de son fils, Nic était tombé amoureux de ce tas de ferraille rouillé et l'avait sauvé de la casse. Le processus qui consistait à raviver quelque chose était salutaire pour son âme, si ce n'était pour son porte-monnaie. Toutes ses économies étaient passées dans les réparations – un nouveau cockpit avec un volant, trois cabines en acajou, ainsi que de la fibre de verre pour recouvrir l'épais pont en pin.

Nic passe la matinée à entretenir le mât de dix mètres et à vernir le pont arrière. Vers treize heures, il descend à terre pour aller manger quelque chose de chaud. De l'autre côté du quai, il aperçoit quelqu'un qu'il croit connaître. Il doit y regarder à deux fois cependant – il ne l'a jamais vue habillée d'un jean et d'un pull.

— Docteur Chang ?

Amy Chang, qui est au bord de l'eau, tourne la tête. Ses cheveux noirs de jais flottent au gré du vent, ses lèvres roses révèlent des dents d'une blancheur étincelante et ses yeux marron-vert se mettent à briller.

— Inspecteur Karakandez, dit-elle d'une voix chaleureuse en se dirigeant vers lui, les mains dans les poches, avec un léger balancement de hanches contre le grand sac marron qu'elle porte en bandoulière.

— Mon petit doigt m'a dit que vous aviez un bateau dans les parages.

Il avance vers elle.

— Votre petit doigt a raison. Mais je suis certain que vous ne faites pas de bateau. Je me trompe ?

— Non, vous avez raison. Je ne suis jamais partie en mer de ma vie. À moins qu'une ballade en ferry à San Francisco compte ?

— Non, ça ne compte pas. Alors, qu'est-ce qui vous emmène par ici ?

Elle sourit.

— Je suis venue prendre l'air, me changer les idées et oublier le boulot un moment.

— Je suis sûr que vous avez trouvé un excellent endroit pour ça, dit-il avant de faire un signe de tête en direction de la carcasse métallique qui se trouve sur une cale de construction, à sa droite. C'est le mien, il a plutôt une belle gueule, non ?

Elle sourit avec ironie.

— Je dirais plutôt qu'il est original.

Il se met à rire.

— Je vais aller prendre un café et un sandwich. Vous avez le temps de m'accompagner ?

— Bien sûr, dit-elle en marchant à ses côtés, tandis qu'un vol de mouettes se détache du pont, derrière elle, avant de se disperser dans le ciel.

Il se tourne vers elle tandis qu'ils marchent.

— Ce petit doigt qui vous a dit que j'avais un bateau ici, il ne s'appellerait pas Mitzi par hasard ?

Amy pose un doigt sur ses lèvres.

— Inspecteur, vous savez mieux que quiconque qu'on ne doit jamais dévoiler ses sources.

Ils sourient l'un et l'autre et entrent dans le snack-bar qui se trouve sur le pont. L'endroit est bondé, rempli de familles attirées par le beau temps et la perspective de passer un week-end au bord de l'eau.

La chance leur sourit en fin de compte, et ils s'empressent de s'asseoir à une table qui vient de se libérer, où ils commandent des cafés, des sandwichs au thon et au fromage fondu et un bol de frites à se partager. Même si Amy a affirmé le désir d'oublier le boulot, c'est la seule chose qu'ils ont en commun, et elle ne peut s'empêcher de le tenir au courant de l'évolution de son enquête.

— J'ai appelé un expert en marées que je connais. Il s'avère que notre femme de la plage a fait un plongeon dans l'océan jeudi, au petit matin. Il estime que c'était entre deux et trois heures du matin.

— A-t-on la moindre idée de l'endroit où ça s'est passé ?

— Depuis la jetée. Le tueur a sans doute pensé qu'elle serait emportée par la marée.

— Avez-vous pu déterminer l'heure de la mort ?

— Vous savez comment ces choses fonctionnent, Nic. Il est difficile de déterminer l'heure de la mort avec précision. En fonction de la température du corps, cela me donne un créneau de trois heures, on peut donc considérer qu'elle est morte entre une heure, une heure trente et quatre heures, quatre heures trente. Compte tenu du mouvement des marées, je dirais que nous sommes plus proches d'une heure trente.

Il hoche la tête en ôtant un morceau de fromage brûlé de son sandwich.

— Cela semble correspondre à la durée du trajet en voiture depuis son domicile. C'est une scénariste de Beverly Hills.

— *C'était* une scénariste.

— Oui, dit-il en se léchant les doigts, avant d'en pointer un en direction du ciel. Mais peut-être est-elle en train de travailler avec Shakespeare et Orson Welles en ce moment.

— Ce serait une idée réjouissante. (Elle plonge une frite dans la mayonnaise et le ketchup.) A-t-elle été tuée à son domicile ?

Nic n'a toujours pas touché à son repas.

— Dans le salon, apparemment. Je n'ai vu aucune trace sur place, mais les experts de la scientifique ont retrouvé des éclaboussures de sang au plafond.

— C'est le sien ?

— Ils n'ont pas encore fait de test ADN, mais c'est le même groupe sanguin.

Amy hoche la tête.

— Mais il n'y a pas d'éclaboussure sur le sol, les meubles, ni sur les murs ?

— Il semble que non, dit-il, lisant dans ses pensées, avant

d'ajouter : Oui, je suppose que le tueur n'est pas venu les mains vides.

— Celui qui a inventé les bâches en plastique porte une lourde responsabilité.

— Je ne vous le fais pas dire, répond-il en buvant une petite gorgée de café. On a trouvé son chat – zigouillé, lui aussi, par le tueur. Vous l'a-t-on envoyé ?

Elle hoche la tête en prenant une autre frite dans le bol.

— Oui, il est au congélateur. Des réjouissances en perspective pour lundi matin, à la première heure.

— Dites-moi, le fait d'être sans cesse entourée par la mort vous déprime-t-il ?

— Parfois. En dehors de votre scénariste, j'ai eu sept autres corps cette semaine. Trois accidents mortels de la route, un suicide, un meurtre suite à des coups de feu tirés depuis une voiture, un meurtre précédé d'un viol, et un homicide qui pourrait être l'œuvre d'un tueur en série.

Il s'essuie les doigts sur une serviette en papier.

— Je suis impatient de ne plus avoir affaire à toutes ces ordures, et que tous ces tueurs en série, gangsters, camés et violeurs soient à des millions de kilomètres de ma vie.

Elle l'observe avec attention.

— C'est donc vrai. Vous allez réellement démissionner ?

— C'est déjà fait. À la fin du mois, ce sera terminé. Ensuite, moi et le gros bateau cabossé que vous avez vu là-bas, on part pour se marier et commencer une nouvelle vie ensemble.

— J'espère que vous serez heureux, dit-elle avec un sourire, en le regardant avec douceur. C'est dommage, j'ai toujours pensé que je sortirais avec quelqu'un qui n'était pas dans la police.

Il remue sur sa chaise, visiblement mal à l'aise.

— Doc, quand je ne serai plus flic, j'espère que je serai prêt à répondre différemment à ce genre de remarque. Pour l'instant, je suis encore…

Il cherche les mots adéquats. Elle les dit à sa place.

— Perturbé. Je sais, mon petit doigt me l'a dit. (Elle pose une main sur la sienne et lui sourit avec bienveillance.) Je ne veux pas vous mettre la pression, Nic. Mais pensez à moi – quand le moment sera venu, si jamais il vient.

14

DIMANCHE
CARSON, LOS ANGELES

Il est encore tôt, mais les voisins sont déjà sortis dans Renton Street, occupés à nettoyer voitures et fenêtres, à ramasser les détritus épars sur la pelouse – tirant le maximum du peu qu'ils ont et, dans certains cas, du peu qu'ils prétendent avoir.

L'homme qui se trouve dans le pavillon défraîchi caché dans un des recoins du cul-de-sac parcourt la courte distance qui sépare sa porte d'entrée de sa boîte aux lettres rouillée. C'est une tâche qu'il effectue une fois par semaine. Toujours juste après le petit-déjeuner – en se rendant à l'église. Le courrier qui est dans la boîte est adressé à John James. C'est le pseudonyme qu'il a adopté quand il a changé de nom de façon tout à fait légale. James est le prénom le plus courant aux États-Unis, juste avant John. Ayant le désir de se fondre parmi la population, il lui avait semblé opportun de combiner les deux.

JJ vit seul et sa vie est rythmée par ses habitudes. L'habitude est une chose importante. Elle est proche du rituel et s'apparente au sacrifice. Il ne manque jamais une journée de travail, ni la messe en latin le dimanche. Le dévouement et la dévotion sont les deux choses les plus importantes de sa très étrange vie privée.

St. Patrick est une des rares églises où on peut encore entendre l'office catholique traditionnel. Il s'assoit toujours au même endroit.

Dans l'allée centrale, tout au fond. C'est l'endroit idéal. Il peut être le dernier arrivé et le premier sorti. Il est toujours parti avant que les autres ne fourmillent autour de lui et ne lui bloquent le passage.

Pendant un moment, il reste assis dans sa voiture et regarde les non-tuées se fréquenter, se parler, s'embrasser et se serrer la main, se saluer avec un sourire tandis que chacune part vaquer à ses occupations et ses péchés.

Des menteuses. Des tricheuses. Des imposteurs. Il les voit pour ce qu'elles sont.

JJ allume le moteur de l'Explorer et démarre, faisant tourner en boucle les textes sacrés dans sa bouche, comme le ferait un enfant avec un bonbon qu'il essaie de faire durer le plus longtemps possible : *Hostiam puram, hostiam sanctam, hostiam immaculatam* – une victime pure, une victime sainte, une victime irréprochable.

Les voisins sont encore en plein nettoyage à son retour. Il les ignore, rentre chez lui et monte dans sa chambre. Il va directement vers ses lames de rasoir. Il reste debout, nu. Nu sous le regard de Dieu. Lentement, il entaille la peau de son torse, de ses jambes et de ses bras en dessinant un motif complexe composé de multiples croix. L'acier s'insère assez profondément sous la peau pour faire couler le sang, mais pas assez pour ouvrir une plaie nécessitant des points de suture.

Il n'en a pas toujours été ainsi. Durant les premiers temps de sa dévotion, il a touché une artère fémorale et a failli mourir. À présent, il est plus expérimenté. Plus prudent. Il aurait été horrible de mourir avant son heure. Avant d'avoir accompli son devoir. Face au grand miroir fixé derrière la porte de la chambre, il inspecte le patchwork de plaies sanglantes. *Omnis honor et gloria* – tout honneur et toute gloire. Il murmure les mots encore et encore. Délibérément. Lentement. Avec de longues pauses entre chaque incantation. Tandis que le mantra s'infiltre dans son esprit, il prend un long drap blanc sur la pile de linge fraîchement lavé et l'enroule étroitement autour de lui. C'est une sensation divine – la fraîcheur du tissu, l'odeur du savon, la vue du sang qui s'imbibe lentement à travers la blancheur céleste.

JJ se recroqueville sur le plancher nu et imagine qu'il est en train de mourir – qu'il va directement au paradis.

15

Lundi
Culver City, Californie

Il est dix heures du matin et le soleil californien brille de façon presque irréelle – on dirait une boule orange chargée d'énergie foudroyante qui brûle déjà tout sur son passage.

Nic est en train de faire passer un sale quart d'heure à Mitzi « le petit doigt » pendant le trajet en voiture qui les mène au studio de cinéma où travaillait Tamara Jacobs.

— Je n'ai pas besoin que tu joues les entremetteuses, dit Nic d'une voix chargée de reproches. C'était si gênant de la voir se pointer là-bas.

— Je ne vois pas ce que ça a de gênant. Tu es un imbécile. Amy est célibataire et t'apprécie assez pour traverser la ville pour te voir, juste au cas où… Tu as gagné au loto et déchiré le ticket. Tu es le mec le plus stupide que je connaisse.

— Tu ne devrais pas me faire ce genre de trucs.

— Apparemment, dit-elle, visiblement déçue. Nic, réveille-toi – Amy Chang est sympa *et* intelligente, elle est belle et libre en plus ! Je la connais depuis qu'elle est arrivée dans le service. C'est une amie, quelqu'un de merveilleux, et je peux t'assurer que les femmes comme elle ne courent pas les rues.

— Écoute… Je sais qu'elle est sympa, mais s'il te plaît, laisse-moi tranquille.

L'inspectrice Mitzi Fallon n'abandonne jamais si facilement.

— Le temps que tu sois prêt, il sera trop tard et tu seras trop vieux pour faire quoi que ce soit, ou pour être avec quelqu'un. Tu as besoin d'être bousculé. Et c'est mon boulot.

— Non, pas en dehors du cadre professionnel. (Il est sur le point de lui dire qu'elle est la dernière à pouvoir donner des conseils dans ce domaine, mais il s'arrête juste à temps.) Plus que trois semaines…, dit-il, et je serai de nouveau un civil. Ces trois semaines vont me paraître comme une éternité.

— Je te remercie, dit Mitzi, qui le prend de façon personnelle. Toi aussi, tu vas me manquer.

Elle continuerait volontiers à lui faire la leçon et à lui dire à quel point il est ingrat, mais ils sont déjà arrivés au studio. Elle ôte ses lunettes de soleil et montre sa plaque à l'homme en charge de la sécurité, à l'entrée d'Anteronus Films. Il lève la barrière rayée rouge et blanche et leur fait signe d'entrer.

Ils se garent et attendent au soleil, tout en pensant qu'il est urgent de boucler cette affaire qui menace de leur échapper et de se transformer en enquête de grande ampleur. Une stagiaire de la production apparaît et rompt leur concentration. Le visage juvénile, à peine sortie de l'université, elle a l'enthousiasme d'une jeune fille faisant son premier boulot et les fait monter dans un kart électrique de couleur crème qu'elle conduit en direction de l'immeuble en brique de la société, entouré de pelouses impeccables et de troènes.

Un ascenseur rutilant en cuivre poli aux miroirs d'une propreté irréprochable les conduit jusqu'à la somptueuse moquette bleue de l'étage de la direction. Ils franchissent une porte à deux battants en noyer sculptée à la main pour rencontrer le directeur général des studios.

Brandon Nolan est un cadre d'Hollywood d'une soixantaine d'années qui s'est fait une réputation d'agent impitoyable et d'excellent producteur de cinéma. Pour un homme ne mesurant même pas un mètre soixante-dix, c'est un des plus grands noms de Tinsel Town. Et les médias ne se privent pas de répéter qu'il ne sort jamais avec des femmes de plus de la moitié de son âge et ni d'au moins dix centimètres de plus que lui.

— Inspecteurs, entrez, asseyez-vous. En quoi puis-je vous aider ?

— Monsieur Nolan, une de vos scénaristes a été retrouvée morte sur la place de Manhattan, dit Mitzi en sortant une photo récupérée au domicile de la victime. Il s'agit de Tamara Jacobs.

Nolan s'assoit à son tour derrière un immense bureau, joint les mains et regarde attentivement la photo.

— Je ne la connaissais pas.

Mitzi lève les yeux sur lui, l'air étonné.

— Comment est-ce possible ?

— Nous faisons entre quinze et trente films par an. Je connais tous les réalisateurs, et toutes les stars. Mais pour ce qui est des scénaristes, seuls les comptables les connaissent, dit-il, avant de poser la main sur le téléphone. Vous a-t-on offert un café ?

— Non merci, ça ira.

Mitzi sait déjà que le type ne s'intéresse qu'à une chose : le profit.

— Les articles que nous avons trouvés indiquent qu'elle travaillait sur un film qui s'intitulait *Le Suaire* – de quoi est-il question dans ce film ?

— Ah, je vois. C'est elle qui a écrit ce film ? C'est un thriller sur fond de religion basé sur le Suaire de Turin.

Nic semble intéressé.

— Quelle est l'intrigue ?

Nolan sourit.

— Achetez votre ticket et du pop-corn, et vous le saurez.

— Allez-vous le terminer sans elle ?

— Bien sûr. Des scénaristes, il y en a à la pelle. Il sera terminé, croyez-moi.

— Tamara avait-elle un bureau ici ? demande Mitzi. Un endroit où elle aurait pu laisser ses notes, un agenda ou ce genre de choses ?

Nolan se gratte le front.

— Je ne sais pas. Je vais demander à quelqu'un des ressources humaines de venir vous parler.

— Il n'y avait aucun ordinateur à son domicile, ajoute Nic.

Ni dans sa voiture. Je suppose qu'une scénariste doit avoir un ordinateur portable, une tablette tactile, ou un netbook.

Le directeur général acquiesce d'un hochement de tête.

— Je suppose que oui. Autre chose ?

— Nous aimerions un exemplaire du scénario qu'elle écrivait, dit Mitzi. Ainsi que les séquences de ce qui a déjà été tourné.

— Est-ce vraiment nécessaire ?

— Je ne peux pas le savoir… Tant que je ne les aurai pas vus. Cela peut être une perte de temps, ou un début de piste, si nous avons de la chance. Assurez-vous simplement qu'on me fasse parvenir le scénario, s'il vous plaît.

Il laisse échapper un soupir de mécontentement.

— Très bien.

— Et ses collègues, ajoute Mitzi comme si elle venait de se souvenir de quelque chose figurant sur une liste de courses à faire. Nous devons interroger tous ses collègues. Le metteur en scène, je suppose, ainsi que l'ensemble des acteurs.

Nolan semble de plus en plus mécontent.

— Est-ce que je peux espérer que vous resterez discrets et que vous interviendrez pendant le temps libre des employés ? Peut-être après les heures de travail, pour que le film ne soit pas interrompu ?

Mitzi sourit.

— Vous pouvez toujours espérer.

16

ANTERONUS FILMS, STUDIO 15

Il se passe quinze minutes très inconfortables avant que quelqu'un ne vienne frapper à la porte du directeur général. Une jeune femme filiforme entre et se tourne vers Nolan, qui désigne les deux flics d'un mouvement de tête.

— Sarah Kenny, dit-elle. Je suis là pour vous emmener sur le plateau.

La diplômée de Harvard habillée avec élégance leur fait traverser le studio pour les emmener cinq cents mètres plus loin, jusqu'à une barrière, où elle montre son badge à un agent de sécurité. Ils descendent du kart et se dirigent vers ce qu'elle déclare être la plus grande scène du studio – un vaste espace de la taille de trois hangars à avions, offrant une vision incroyable.

— Bon sang, on dirait que le Moyen-Âge tout entier a fait un voyage dans le temps et atterri juste devant nos yeux, dit Mitzi, ayant la sensation d'être une touriste.

— C'est en 33 avant J.-C., pour être plus précise, dit Sarah sur un ton qui aurait mieux convenu à un professeur de mathématiques.

Nic esquisse un sourire.

— Qu'est-ce qu'un siècle ou deux quand on est entre amis ?

— Vous vous trouvez face à la maison de Pilate, à Jérusalem, explique l'assistante. Monsieur Svenson a fait venir une équipe d'historiens pendant des semaines pour superviser la construction, juste pour s'assurer de l'exactitude de chaque détail. Il est si perfectionniste.

Mitzi sait lire entre les lignes.

— Vous avez un faible pour lui ?

— Non, dit-elle en rougissant légèrement, avant de leur faire signe de la suivre dans les coulisses, vers un espace rempli de rideaux, de spots et de caméras.

— Bien sûr que si, répond Mitzi. Faites attention à ce que vous faites, petite. Les gens jasent, vous n'avez pas idée à quel point. Tout ce que vous faites, tous ceux avec qui vous sortez – dès le début de votre carrière – ont la sale habitude de revenir vous hanter pour le restant de vos jours.

Sarah est rouge écarlate à présent. Elle se penche au-dessus d'une table remplie de scénarios et en prend deux exemplaires pour ses invités.

— La scène qui est sur le point d'être filmée se passe juste après l'exécution du Christ.

Ils entendent une voix masculine crier : « Action ! » et se plongent dans le scénario pour essayer de suivre la scène.

EXTÉRIEUR. Maison de Pilate. Nuit. Bâtiment illuminé par un puissant flambeau situé dans le somptueux jardin. Des centurions de garde font les cent pas.

PLAN GRUE, PUIS LENT ZOOM VERS LES GRANDES COLONNES.

INTÉRIEUR

Ponce Pilate est assis sur un fauteuil rouge et or sur une tribune surélevée, comme il convient à son rang. Il semble anxieux, tandis qu'un SERVITEUR fait une annonce officielle :

SERVITEUR

— Nicomède le Pharisien et Joseph d'Arimathée, Mon Seigneur.

PILATE se lève et affiche un sourire forcé tandis qu'il descend du podium. Il jette un coup d'œil vers le SERVITEUR.

PILATE

— Laisse-nous. Sors d'ici.

PILATE se dirige vers les deux hommes et embrasse Nicomède, qu'il sait être un homme puissant, capable de lui causer d'immenses problèmes – ou de lui accorder d'importantes faveurs.

PILATE (suite)

— Nicomède, flambeau du Sanhédrin, c'est toujours un grand plaisir de vous voir – même si je soupçonne que ce n'est pas un plaisir qui vous amène chez moi au milieu de la nuit.

NICOMÈDE
— Ce n'est en effet pas une question de plaisir – c'est la mort qui me force à vous déranger à une heure aussi incongrue.

Il fait un geste vers sa droite.

NICOMÈDE (suite)
— Je vous présente Joseph d'Arimathée. Avez-vous entendu parler de lui ?

PILATE
— Oui.

PILATE observe avec circonspection l'homme au visage enfantin qui porte un vêtement de grand prix et tend le bras. Ils se serrent les poignets, comme le veut la coutume romaine.

PILATE (suite)
— Vous êtes un proche de l'homme que nous avons crucifié – Jésus de Nazareth. L'oncle de la femme qui prétend être à la fois vierge et sa mère.

JOSEPH (avec défiance)
— C'est bien moi.

PILATE
— Je n'ai donc pas à vous expliquer à quelles difficultés j'ai été confronté – les problèmes que les vôtres m'ont causés.

JOSEPH (insistant)
— Selon la loi romaine, le corps d'un homme exécuté doit reposer dans une fosse commune pendant un an avant que la famille ait le droit de le récupérer.

PILATE

— C'est la coutume.

JOSEPH jette un coup d'œil à NICOMÈDE pour s'assurer de son soutien.

JOSEPH

— Je souhaiterais rompre avec la coutume. Je voudrais emporter le corps maintenant et le garder dans ma propre tombe.

PILATE (choqué)

— Mais bien sûr ! Comment pourrais-je avoir l'audace de penser que cet homme pourrait arrêter de me causer des ennuis, juste parce qu'il est mort ?

JOSEPH (ignorant son accès de colère)

— J'ai de l'argent, du pouvoir et de l'influence. Et vous savez que vous aurez grandement besoin de tout cela dans un avenir proche. Je vous conjure de reconsidérer la question.

NICOMÈDE (touchant la manche de Pilate)

— Vous feriez mieux de l'écouter. Ce n'est rien pour vous de céder le corps de cet homme.

PILATE (faisant les cent pas, l'air préoccupé)

— C'est beaucoup – et vous le savez, Nicomède.

JOSEPH (suivant PILATE)

— C'est une faveur que je n'oublierai jamais – un acte pour lequel je saurai me montrer reconnaissant.

PILATE

— Je vais vous dire ce qui est possible. Vous aurez peut-être votre Juif crucifié, mais il devra rester dans votre tombe pendant un an. Et seulement alors, sa famille pourra disposer de son corps.

— Coupez !

L'ordre vient de la voix à la légère intonation scandinave d'un homme qu'on ne voit pas. C'est un anachronisme, à des siècles et des continents de la scène qui vient de se dérouler.

— *Tack själv* – merci. Quittez le plateau s'il vous plaît.

Sarah Kenny donne l'impression qu'elle vient d'assister à un miracle.

— Je vais chercher monsieur Svenson, dit-elle en s'élançant aussitôt vers lui avec impatience, ravie d'avoir une excuse pour lui parler.

— Regarde-la, Miss Yeux Brillants, dit Mitzi en suivant l'assistante du regard. Elle est tellement accro que ça fait presque mal de la voir comme ça.

Nic feint de s'étonner.

— Je croyais que tu étais partie en croisade pour que tout le monde tombe amoureux ?

Elle lui lance un regard furieux.

— Pas tout le monde – juste mes imbéciles de coéquipiers qui vivent trop dans le passé.

17

Centre-ville, Los Angeles

Emma Varley, âgée de vingt-quatre ans, a le regard plongé dans le miroir qui surplombe les lavabos fissurés et crasseux des toilettes du personnel. Comme des millions de femmes avant elle, elle aurait voulu que les choses soient différentes.

Elle scrute en particulier une tache de naissance couleur framboise, pas plus grosse que le pouce, au milieu de sa joue gauche. Sa mère lui avait toujours dit qu'elle ressemblait à une jolie fossette, mais un des petits durs de son école ne cessait de se moquer d'elle. Si un jour elle a de l'argent, elle se fera opérer. En attendant, elle fait de son mieux pour la camoufler avec de la crème correctrice et de la poudre bon marché.

À présent qu'elle a commencé à se regarder, elle trouve d'autres choses qu'elle déteste, comme ses épais cheveux bruns qui ne parviennent pas à pousser à une longueur décente sans friser, et ses yeux marron foncé qui sont si myopes qu'elle a besoin de lentilles de contact qui l'irritent ou de lunettes aussi épaisses que des fonds de bouteille. Elle aurait voulu un nez plus petit, un menton plus long et des joues moins rondes.

Même s'éloigner du miroir n'est pas sans danger. En reculant, son reflet lui rappelle que ses seins sont trop petits, sa taille trop large et ses jambes trop courtes. Son père dit que l'apparence n'a aucune importance, mais à L.A., c'est capital, aucun doute là-dessus. Les filles avec lesquelles elle travaille la persécutent et lui rendent la vie insupportable. Elles sont tellement connes qu'elles mènent même la vie dure au responsable de l'usine. Elles le draguent et se moquent de lui, l'allument en leur montrant leur décolleté et leurs jambes, puis lui posent des questions sur sa petite amie alors qu'elles savent bien qu'il n'en a pas, et qu'il n'en a peut-être jamais eu. Elles l'appellent « Face de poisson ».

Elle sort des toilettes dans le même état que d'habitude – en colère et déprimée. La tête baissée, une main sur sa tache de naissance, elle se dirige vers la sortie pour aller prendre l'air.

— Hé, faites attention à ce que vous faites !

Elle vient de bousculer Face de poisson, et de rendre sa journée aussi misérable que la sienne. Elle a renversé sa tasse de café brûlant sur son pantalon et ses chaussures et à présent il danse comme un chat qu'on vient d'ébouillanter.

— Oh, mon Dieu, je suis désolée ! s'écrie-t-elle en prenant sa tasse d'une main et ses papiers trempés de l'autre. J'ai des mouchoirs. Je suis vraiment désolée.

Elle pose les affaires de son patron et sort un paquet de Kleenex de son sac.

Il lui tourne le dos et se dirige à grands pas vers les toilettes des hommes, visiblement en colère.

Emma pousserait un hurlement et s'arracherait les cheveux, si c'était dans son tempérament, mais ce n'est pas le cas. Ce n'est pas ainsi qu'elle a été élevée. Elle prend une profonde inspiration et essaie de se calmer. Si elle se fait virer, tant pis. C'est un boulot merdique de toute façon.

18

ANTERONUS FILMS, CULVER CITY

Quand Matthias Svenson apparaît, Mitzi comprend immédiatement pourquoi Sarah Kenny est tombée amoureuse de lui, comme sans doute toutes les autres femmes travaillant sur ce film. Âgé d'un peu moins de quarante ans, il a d'épais cheveux blonds, mesure un bon mètre quatre-vingt-dix et était sans l'ombre d'un doute un guerrier scandinave dans une autre vie. Son regard bleu acier et ses incroyables dents blanches sont ceux d'un loup aux besoins primitifs, qu'il satisfait, elle en est sûre, de façon régulière.

— Je suis Matthias, dit-il en tendant sa main de guerrier, affichant un sourire hollywoodien bien rôdé. Je suis le metteur en scène.

Les doigts de Mitzi se perdent dans sa main immense.

— Mitzi Fallon, police de Los Angeles. Et voici mon coéquipier, Nic Karakandez.

Nic se contente de faire un signe de la tête.

Mitzi regarde le metteur en scène avec une curiosité accrue.

— Êtes-vous européen, Matthias ? J'ai du mal à situer votre accent.

Il rit.

— Vous n'êtes pas la seule. Je suis suédois, mais je porte un nom allemand – cela veut dire « Don de Dieu ». (Il lit dans ses pensées.) Mes parents ne m'ont pas donné ce nom par vanité, mais parce qu'ils ont perdu plusieurs enfants avant la naissance et qu'ils m'ont eu assez tard.

Mitzi aurait pu se prendre de sympathie pour ce type. Oh, si elle disposait d'une machine à remonter le temps qui la ramènerait à l'époque précédant son mariage, dans un chalet au milieu des montagnes scandinaves avec une peau de bête devant un feu de bois, elle pourrait même le trouver très chaleureux. Elle jette un coup d'œil en direction de Sarah. Un regard d'approbation féminine. Une façon de lui dire qu'elle a son feu vert pour faire toutes les idioties possibles, de toutes les manières qu'il lui plaira.

— J'ai peur que nous ayons de très mauvaises nouvelles, monsieur Svenson, dit Nic, pressé d'en venir au but de leur visite. Votre scénariste, Tamara Jacobs, est morte.

— Tammy ? lance Svenson, semblant sincèrement choqué par la nouvelle. Morte ? Comment ?

Mitzi ajoute quelques détails.

— Son corps a été retrouvé dans l'océan, près de Manhattan Beach.

— Oh, mon Dieu.

— Savez-vous si elle avait des amis proches, ou de la famille ?

Il prend le temps de réfléchir.

— Son mari et elle se sont séparés il y a un certain temps. C'est confidentiel. C'était une séparation à l'amiable, d'après ce que je sais. (Il cherche ses mots.) Je pense qu'il passe pas mal de temps hors du pays, avec *celui* qui est son nouveau petit ami.

Nic remarque l'insistance sur le pronom masculin.

— Quand l'avez-vous vue pour la dernière fois, monsieur Svenson ?

— Moi ? demande-t-il, l'air perplexe. Mercredi, je crois. Oui, j'en suis à peu près sûr. (Il regarde tour à tour les deux flics.) Je m'en souviens maintenant, c'était en début d'après-midi, on a quitté le plateau et on est allés s'asseoir dehors. On a pris un café et parlé du scénario.

— À quelle heure exactement ?

— Oh, ça, je n'en sais trop rien, dit-il en montrant son poignet nu pour indiquer qu'il ne porte pas de montre. Je suis un artiste, et je ne me plie pas trop à ce genre de contraintes. C'était après le déjeuner. Peut-être trois ou quatre heures.

— On a fait une coupure déjeuner à treize heures, dit Sarah, voulant l'aider autant qu'elle le pouvait.

— Alors c'était plus près de quatre heures, ajoute Svenson. J'ai quitté le plateau en retard. J'ai déjeuné avec l'attachée de presse du studio, et ensuite j'ai regardé les rushes du tournage de jeudi avec l'assistant réalisateur. Après, j'ai rencontré Tammy et on a décidé de prendre un café dehors au soleil et de parler de la fin.

Mitzi a besoin qu'il soit plus précis.

— De la fin de quoi ? Du film ?

— Oui. Elle n'a toujours pas rendu les dernières scènes – on a une autre alternative, bien sûr, mais un accord a été passé, indiquant qu'elle pouvait garder la fin secrète. Tout ce que je sais, c'est que ça se passe en Terre Sainte.

— Ça fait beaucoup de décors à monter.

— En effet. Heureusement qu'on a la technologie Greenscreen.

— Y avait-il des problèmes sur le tournage, monsieur Svenson ? Des disputes entre Tamara et certains personnages ?

— Vous voulez dire avec les acteurs ? Non, pas du tout, dit-il, semblant presque amusé à cette idée. Tammy se fichait des acteurs. Seuls les mots et le scénario l'intéressaient. La seule fois où elle est venue sur le plateau, c'était pour me voir et me proposer de réécrire certains passages.

— Avec qui avait-elle le plus de contacts ? demande Nic.

Svenson désigne l'assistante d'un signe de tête. Moi et Sarah. Quand je n'étais pas là, elle me transmettait des messages par l'intermédiaire de Sarah, qui l'aidait aussi à gérer ses problèmes administratifs.

— Et il y en a beaucoup, dit l'assistante avec un sourire.

— Je dois vraiment y aller maintenant. Je peux ? demande-t-il en désignant le plateau, derrière lui.

— Bien sûr, dit Mitzi en sortant une carte de visite de sa veste. Mais j'ai besoin d'un exemplaire du scénario complet – ou du moins, le plus complet que vous ayez. Et je vous demanderai de ne pas quitter la ville sans m'en avertir.

Elle sourit en prononçant la vieille formule consacrée. Svenson prend la carte, et pose sur elle son regard charmeur.

— Aucune chance, inspectrice. Vous pouvez compter là-dessus.

19

CENTRE-VILLE, LOS ANGELES

La sonnerie retentit.

C'est l'heure de la sortie de l'usine. Une acclamation se répand dans tout l'étage et des voix éraillées remplacent le grondement incessant des vieilles machines. Emma reste à sa machine et garde la tête baissée tandis que la bande de sorcières se prépare à partir.

— Regardez cette conne de tachetée ! (Le cri vient de Jenny Harrison, la pire de toutes.) Qu'attends-tu pour aller chercher ma limousine ? Je suis prête !

Les autres filles se mettent à rire.

Emma Varley essaie de ne pas prêter attention à elle. Ceux qui tyrannisent les autres le font d'autant plus qu'ils voient la douleur sur le visage de leur victime – cela fait longtemps qu'elle a appris cette leçon.

— Sale petite incapable, je devrais te virer.

Pour faire bonne mesure, elle lui donne un petit coup derrière la tête en passant près d'elle en se pavanant. Cela prend plusieurs minutes pour que la pièce se vide et que les rires moqueurs disparaissent.

Puis, le silence. La paix. La dignité.

— Emma.

Elle lève les yeux. Son patron se tient debout devant elle – Face de poisson – l'homme sur qui elle a renversé le café.

— Il est temps d'y aller.

— Je les déteste. (Elle n'avait pas l'intention de prononcer ces mots, mais ils se bousculaient dans sa tête et sont sortis tout seuls.) Je voudrais que cette fichue Jennifer Harrison se retrouve coincée dans une de ces machines et…

— Elle n'en vaut pas la peine. (Face de poisson passe devant elle.) Oubliez-la et rentrez chez vous, dit-il en commençant à vérifier que toutes les machines ont été éteintes.

Elle range ses affaires et se dirige vers la porte. Il lui vient une idée. Elle fait demi-tour et avance vers lui.

— Je voulais encore m'excuser pour ce matin. (Elle baisse les yeux vers la tache sombre sur son pantalon.) Je paierai pour le nettoyage, si c'est nécessaire.

Il détourne les yeux.

— Ce ne sera pas nécessaire.

— OK, mais si vous changez d'avis… Je paierai. Vous pouvez le retenir sur mon salaire.

Il éteint les néons de la pièce.

— Ça ira.

— Très bien. Bonne soirée, alors.

Son malaise ne l'a pas quittée tandis qu'elle fait une courte halte aux toilettes. Elle a un long trajet à faire pour rentrer chez elle, deux bus et ensuite vingt minutes de marche. Il fait nuit à six heures du soir, quand elle sort, et il fait encore nuit à six heures du matin, quand elle se lève. Un jour, elle aura assez d'argent pour se payer une voiture – comme le dit sa mère, il n'y a que les pauvres qui marchent à L.A. Elle pointe en sortant et ferme son manteau pour se protéger du froid.

— Hé, attendez.

Elle se retourne du haut des escaliers, et voit son patron derrière elle, la clé de la porte à la main.

— Vous voulez que je vous dépose ? Je passe juste devant chez vous.

En temps normal, elle aurait refusé. La plupart du temps, elle aurait été trop timide pour accepter. Ce soir-là, elle est épuisée et elle a besoin de compagnie.

— Ça serait super. Merci.

Face de poisson sourit et finit de fermer la porte.

Peut-être que le fait d'avoir renversé le café sur lui n'était pas une si mauvaise chose après tout.

20

Gardena, Los Angeles

Loin du bourdonnement des embouteillages, Face de poisson prend l'autoroute d'Harbor en direction du sud, jusqu'à l'échangeur de Gardena, puis la file allant jusqu'à Artesia Boulevard. Elle ne dit pas grand-chose, et lui non plus. Pour l'essentiel, ils écoutent les stations de radio qu'il change régulièrement.

Elle rompt un des nombreux silences gênés.

— Vous aimez écouter les stations d'informations et les débats ?

— De temps en temps. C'est bien de savoir ce qu'il se passe dans le monde.

— Je sais. Mais on entend toujours des mauvaises nouvelles aux infos.

Il faillit défendre son point de vue, mais décide plutôt de changer de station. Il passe des informations à un débat. « KKLA 99.5. Vous êtes sur la radio chrétienne. »

— Il m'arrive d'écouter cette station, dit-elle en riant. Vous allez trouver ça drôle, mais tard le soir, quand je tombe dessus, je la laisse. C'est agréable d'entendre des gens se parler calmement au lieu d'hurler et de jurer, juste pour faire des provocations à deux balles.

— Vous aimez juste cette station, ou vous êtes aussi chrétienne ?

— Je ne sais pas trop comment répondre à cette question, dit-elle en le regardant d'un air interrogateur. Je suppose que je le suis. Dans la mesure où je ne suis ni musulmane, ni juive, je suppose que je dois être chrétienne. (D'un geste, elle lui indique la direction à suivre.) Vous devez tourner à droite, juste après l'entrepôt.

Il met son clignotant et tourne dans South Normandie Avenue.

— Vous pouvez me déposer là, si vous voulez. Je ne suis qu'à deux pâtés de maisons.

— Ce n'est pas un problème, dit-il en lui souriant. Il ne serait pas très chrétien de ne pas vous raccompagner jusqu'à votre porte.

Elle lui rend son sourire.

— Merci. C'est au numéro 169 sur la West Avenue, sur la gauche.

Il y a une file de camions de chantier, de caravanes et de vieux camping-cars garés sur le bitume, qui lui indiquent le genre de quartier dans lequel il s'engage. Elle est visiblement dans la misère, dans laquelle elle était sans doute née. De nos jours, il est difficile de posséder quoi que ce soit si personne ne vous met le pied à l'étrier.

— Je suis juste après le poteau télégraphique.

Il ralentit et se gare devant un immeuble hideux d'un étage, en bois, qui ressemble davantage à une cabane qu'à une maison. Des broussailles et des herbes hautes dépassent d'une minuscule clôture en bois pourri.

Emma lit ses pensées sur son visage.

— Ce n'est pas grand-chose, mais c'est quand même mon petit chez-moi. Je loue. Inutile de dépenser de l'argent pour ce qui ne nous appartient pas, n'est-ce pas ?

— Bien sûr. Chez moi, c'est pareil. Ça a besoin d'être repeint et de réparations mais je n'ai pas les moyens.

Elle détache sa ceinture et prend son sac sous le siège.

— Merci de m'avoir raccompagnée… (Elle faillit l'appeler Face de poisson) monsieur James. Vous voulez entrer ?

Instinctivement, il balaie la rue du regard. Il n'a vu personne y entrer en voiture. Personne n'a été assez proche pour pouvoir lire sa plaque, en tout cas. Puis, une voiture de la police de Los Angeles tourne lentement à l'angle d'une petite rue et passe devant lui avec son gyrophare bleu allumé. Les flics n'ont même pas regardé dans sa direction, mais c'est un signe.

Un mauvais signe.

— Pas ce soir, mais peut-être une autre fois ?

Emma est déçue. Monsieur James le Poisson a l'air d'être un mec sympa. Il serait bon d'avoir un ami au travail, surtout si c'est le patron.

— Bon, alors encore merci. À demain.

Elle lui sourit avant de descendre et de refermer la portière.

— Bonne nuit, dit-il en la regardant s'éloigner.

Il l'observe franchir le portail et sourit quand elle se retourne et lui fait un signe de la main. Les maisons alentour sont toutes étroitement serrées les unes contre les autres – il doit y avoir une centaine de fenêtres, ce qui fait autant de postes d'observation. Elle est en sécurité ici.

Pour l'instant.

21

POSTE DE POLICE DE LA 77e RUE, LOS ANGELES

À vingt-trois heures, la salle des vols et homicides est presque déserte. Il ne reste plus que le fond du panier. Les bleus de l'équipe de nuit qui essaient de monter dans la hiérarchie et les vieux bons à rien qui sont tombés si bas qu'ils y sont restés coincés.

Nic Karakandez est coincé, lui aussi. Coincé devant les séquences filmées par les caméras de sécurité de la plage de Manhattan. C'est son tour de rester derrière l'écran. Ça n'est pas franchement une corvée. Il préfère encore être là plutôt que seul chez lui avec ses souvenirs. Il boit un café froid et regarde les images défiler en accéléré au milieu des bruits qui montent dans les couloirs, autour de lui. Des voix de femmes. Vulgaires. Criant. Jurant. Des putes appréhendées par les mœurs qu'on passe sur le grill avant de les relâcher, avant que tout ne recommence. Il connaît la chanson, il a vu ça cent fois depuis qu'il est dans la police – les filles se font arrêter, on leur colle une amende, et ensuite elles retournent dans la rue, où elles doivent faire des passes pour payer les amendes. Le cercle vicieux dans toute sa splendeur. Il a entendu qu'un jour, un type est arrivé à la conclusion que si on donnait aux filles cinq cents dollars par semaine, elles n'auraient pas besoin de vendre leur corps, elles pourraient rester à l'écart des proxénètes, et cela ferait gagner à l'État de Californie plus d'un million de dollars par an. Il ne sait pas si c'est vrai ou non, mais il ne serait pas surpris de découvrir que ça l'est.

Il jette un coup d'œil à sa montre. Encore une heure, et il laisserait tomber, ça suffirait pour aujourd'hui. Il partirait juste après minuit et serait peut-être assez fatigué pour dormir en rentrant chez lui. L'écran qu'il a devant les yeux montre la nuit noire sur la plage, les vagues de l'océan invisibles venant s'échouer en silence sur sable.

Des lumières de sécurité éclairent à peine une partie de l'aquarium et du laboratoire marin. Il observe un couple approcher, puis s'appuyer contre le bastingage pour s'embrasser. Deux poivrots viennent fumer une cigarette et l'un d'eux va pisser dans l'océan. L'autre est tellement raide qu'il se couche en boule devant la porte du laboratoire, et s'endort sur place.

Nic fait avancer les images plus vite, trente-deux fois la vitesse normale, puis une lueur sur l'écran attire son attention. Il jette un coup d'œil à l'heure indiquée en bas de l'écran. C'est juste après deux heures du matin – deux heures, neuf minutes et quinze secondes pour être exact. Il regarde le capot d'une voiture avancer lentement dans le champ de la caméra et les battements de son cœur s'accélèrent. Aucune voiture ne devrait se trouver là, et le conducteur le sait. Les phares sont éteints – la lueur aperçue par Nic n'était qu'une lumière de sécurité se réfléchissant dans le véhicule. Il s'approche de l'écran, fait un arrêt sur image et observe le moindre détail. Il ne voit ni la plaque de devant, ni celle de derrière, et il ne parvient pas non plus à déterminer quelle est la marque du véhicule. C'est un 4×4, pas aussi grand qu'un Land Cruiser ou un Range Rover.

L'éclairage de sécurité est si jaune et l'objectif des caméras de si mauvaise qualité qu'il est impossible de déterminer si la voiture est noire, bleue ou verte. La portière du conducteur est ouverte. La silhouette d'un homme mince en sort. Nic se remémore la hauteur du bastingage sur la jetée et à quel niveau il lui arrivait. Le conducteur semble faire à peu près sa taille, un mètre quatre-vingts, pas plus. Il va à l'arrière du véhicule et ouvre brusquement le coffre. Nic a presque le nez collé à l'écran. Le type se penche au-dessus du véhicule et soulève quelque chose qui se trouve à l'arrière. L'image n'est ni assez claire ni assez proche pour voir ce qu'il tient dans ses bras, mais cela semble être assez long pour être un corps.

Qu'est-ce que ça pourrait être d'autre ?

Nic réfléchit à la question, tandis que la silhouette fantomatique avance jusqu'au bout de la jetée et jette ce qu'il transporte dans les vagues noires du Pacifique.

22

Mardi

Mitzi n'arrive jamais au boulot avant Nic. C'est l'accord qu'ils ont passé. Elle emmène Amber et Jade à l'école tandis qu'il arrive de bonne heure pour vérifier ce qu'il s'est passé pendant la nuit et le boulot qu'on leur a refilé. S'il y a quelque chose d'important, il l'appelle. Autrement, elle se pointe au poste entre neuf heures et neuf heures et demie. En échange, elle apporte du café de chez Starbucks, et le mardi des donuts ou des muffins. Ce jour-là, il a droit à des muffins.

— Alors, mon petit oiseau de nuit, dit-elle en agitant un sac en papier de sa main bandée, as-tu trouvé quelque chose pour mériter ta petite surprise ? Tu as le choix entre gingembre et myrtille pour déguster avec ton Venti Americano.

Nic ne lève même pas les yeux.

— Ce que j'ai pour toi mérite bien mieux que ce que tu as dans ton petit sachet blanc. On a une piste.

— Tu es sérieux ? (Elle pose le sachet sur le bureau et sa veste et son sac sur sa chaise.) T'as fini par avoir de la chance ?

À présent, il se tourne vers elle.

— La chance n'a rien à voir là-dedans. J'ai regardé tous les putains de plans de cette séquence vidéo. (Il positionne le film au bon endroit.) C'est juste avant deux heures dix, il y a une lueur, puis une voiture arrive dans le champ de la caméra. Regarde ce qui se passe maintenant.

Il la voit être attirée par l'écran, aussi hypnotisée qu'il l'était par la silhouette indistincte qui descend du véhicule, va à l'arrière et porte quelque chose de lourd au bout de la jetée et le jette par-dessus le bastingage.

— Oui ! crie-t-elle en tapant sur le bureau sous le coup de l'excitation. Repasse-le.

— OK.

Il rembobine la bande et ôte le couvercle de son gobelet de café. Elle le regarde d'encore plus près la seconde fois.

— A-t-on une autre séquence vidéo ? Une idée de la marque du véhicule ?

— C'est une Lexus hybride. Un 4×4. Les caméras de sécurité l'ont chopé allant vers l'est, en direction de la jetée.

— Une plaque ?

— N'en demande pas trop. Ces images ont été prises de nuit, m'dame. Tu devrais déjà être contente d'en avoir autant.

— Les femmes en veulent toujours plus – surtout les femmes de mon âge.

— Quatre portes avec hayon, sans toit ouvrant. RX 450h en argento.

Elle fronce les sourcils.

— En quoi ?

— Argento. J'ai regardé sur le site Internet du concessionnaire. C'est un genre de blanc crème ou blanc perle qui est très difficile à réaliscr.

— Combien de Lexus y a-t-il à Los Angeles ?

Il prend un air outré.

— Tu parles du véhicule le plus vendu aux États-Unis dans le marché des 4×4 de luxe. Il s'en vend près de cent mille par an.

Elle lève les yeux au ciel.

— Nom de Dieu ! Pourquoi est-ce que ça nous arrive à nous ? On est d'honnêtes gens – on cherche juste à rendre service à notre prochain.

— Arrête ton char. Il s'agit du dernier modèle d'hybride. Il n'y en a pas autant en circulation.

— Combien ?

— Lexus en a mis dix mille sur le marché américain l'année

dernière. Les ventes ont chuté après le tremblement de terre et le tsunami en Asie, et la récession dans notre pays n'a pas non plus amélioré les ventes.

— Oh, ça nous simplifie la vie, dit-elle sur le ton du sarcasme.

— Il nous en reste deux mille à L.A., et seulement quelques centaines de ce modèle précis, dit-il avant de jeter un coup d'œil à sa montre. J'ai demandé un peu de renfort.

— Laisse-moi deviner, Sandra et Denise, du service de la prévention des vols ?

Il sourit.

— Elles semblent enthousiastes.

— Je n'en doute pas une seconde.

— Écoute, avec leur aide, à midi j'aurai fait le tour de tous les ateliers de carrosserie, des demandes d'indemnisation auprès des compagnies d'assurance et je ne devrais plus être loin de le coincer.

Mitzi envisage la situation sous un angle différent.

— Tu es sûr que ce n'est pas la voiture de la victime ? Le deuxième véhicule de Tamara ?

— J'ai déjà vérifié. Ce n'est pas le cas.

Elle déchire le sac en papier et lui tend le muffin au gingembre.

— Tu deviens bon, tu mérites cette petite récompense, dit-elle en retournant à son bureau avec son café et son muffin aux myrtilles. Je vais terminer ce fichu muffin hypocalorique, et je retourne au studio de cinéma pour voir l'archiviste. Tu veux venir, ou tu préfères rester ici ?

— Vas-y, dit-il, le regard fixé sur les données qui s'affichent sur son écran. Je veux terminer cette recherche sur la Lexus, et je t'appelle après. OK ?

— Très bien. Essaie de retrouver la trace du 4×4 avant le débriefing avec le commissaire, en fin de journée, et tu pourras peut-être inviter Sandra et Denise à prendre un verre.

Il rit.

— On va finir par se fâcher si tu continues avec ça.

Elle lève les mains en signe de capitulation.

— Ce n'était qu'une simple suggestion…

23

ANTERONUS FILMS, CULVER CITY

La salle de visionnage comporte trente fauteuils. C'est le cinéma le plus luxueux que Mitzi ait jamais vu. L'endroit est plongé dans une pénombre permanente, la température est très agréable et l'acoustique est si parfaite qu'on a l'impression de porter un casque antibruit.

L'assistante de direction Sarah Kenny descend sur un épais tapis bleu au milieu des rangées de fauteuils inclinables en cuir de qualité. Mitzi caresse les sièges tandis qu'elle la suit.

— Tout est tellement beau, que je pourrais vivre ici ! s'exclame Mitzi, avant de voir l'écran s'allumer. Qu'est-ce que c'est ? Vous allez visionner quelque chose ?

Sarah s'interrompt pour regarder les images. Elles défilent en arrière en accéléré.

— C'est une séquence du « Suaire », dit-elle en désignant du doigt un des côtés de la salle. Il y a une cabine de projection là-bas, c'est là où nous allons. L'archiviste doit être en train de préparer la copie qui vous est destinée.

Mitzi se faufile dans une rangée et s'installe dans un fauteuil avec l'enthousiasme d'une gamine invitée à une fête.

— Regardons juste une minute.

Sarah lui lance un regard désapprobateur.

— Juste ce passage.

Mitzi s'enfonce dans son fauteuil et se blottit contre le repose-tête.

— Allez, asseyez-vous.

Sarah n'a pas d'autre choix que de la rejoindre. Elle ajuste sa robe blanche sur ses jambes bronzées de mannequin et appuie sur une télécommande qui se trouve au bout de son accoudoir. Les haut-parleurs géants déversent un torrent de sons aux riches tonalités – le tonnerre qui gronde, le fracas de la foudre, puis le grésillement du soleil qui calcine tout à mesure que l'immense boule orange traverse à toute vitesse la sombre noirceur de l'écran. La caméra se braque sur un flanc de coteau, puis zoome lentement sur les deux centurions qui font la sentinelle devant la paroi rocheuse. Sarah baisse le son à un niveau plus agréable et se penche vers Mitzi.

— Vous vous rappelez la prise dans laquelle Joseph d'Arimathée demande le corps du Christ pour le garder dans le tombeau de sa famille ? Eh bien, c'est la scène suivante, sur la tombe, sur le Golgotha.

La voix d'un narrateur masculin vient couvrir celle de l'assistante. « *À l'aube du premier jour de la semaine, Marie-Madeleine et l'autre Marie vinrent pour voir le sépulcre.* »

— C'est juste pour replacer l'action dans le contexte. Le texte vient du chapitre 28 de l'Évangile selon saint Matthieu, murmure Sarah, fière de pouvoir ajouter quelques précisions religieuses.

« *Et voici, il y eut un grand tremblement de terre,* continue le narrateur, *car un ange du Seigneur descendit du ciel, roula la pierre, et s'assit dessus. Son aspect était comme l'éclair, et son vêtement blanc comme la neige. Les gardes tremblèrent de peur, et devinrent comme morts.* »

L'écran se remplit de centurions qui s'enfuient sous une lumière aveuglante. La caméra fait un gros plan sur un sceau romain qui a été brisé, gisant par terre, près de l'immense rocher et de l'entrée de la tombe. Sarah pointe un doigt parfaitement manucuré vers l'écran.

— Le sceau est lourd de sens, parce qu'il représente l'autorité de l'empereur de Rome. C'était vraiment quelque chose d'important à cette époque. Briser le sceau sur la tombe d'un criminel crucifié était une preuve d'irrespect envers l'empereur et faisait courir le risque d'être exécuté.

— Mon patron est pareil avec sa tasse de café – si qui que ce soit s'en sert ou la casse, il n'a plus qu'à démissionner et partir sur-le-champ.

Au milieu de la tempête de poussière, deux femmes apparaissent. Elles sont blotties l'une contre l'autre. Leurs vêtements de deuil sont étroitement serrés autour de leur corps et de leur visage. On entend la voix angélique d'une femme. « *Pour vous, ne craignez pas, car je sais que vous cherchez Jésus qui a été crucifié. Il n'est point ici, il est ressuscité.* »

Mitzi hausse les épaules.

— C'est à peu près le même genre de miracle qui doit se produire pour que mon vieux père arrive à se lever.

Sur le grand écran, un ange apparaît. Le corps nu de la femme est à peine caché par ses longs cheveux blonds et ses ailes, juste assez pour échapper à la censure. Elle fait signe à Marie-Madeleine terrifiée et à celle qui l'accompagne. « *Venez, voyez le lieu où il était couché, et allez promptement dire à ses disciples qu'il est ressuscité.* »

— Pourquoi est-ce qu'ils ne font pas un truc original en montrant des anges obèses, pour une fois ? dit Mitzi en se tournant vers Sarah. Ou un Noir, un Espagnol ou un Mexicain – pourquoi est-ce qu'il y a toujours de jolies petites blondes ?

Le film s'immobilise, ce qui évite à l'assistante de devoir répondre. Il se rembobine à toute vitesse et l'écran redevient noir.

— Ils sont en train de changer les bobines, explique-t-elle. Ensuite, les femmes entrent dans la tombe et découvrent que le sépulcre est vide. Il ne reste plus que le linceul dans lequel il a été inhumé.

Elle s'interrompt brusquement, presque comme si elle en avait déjà trop dit, et se lève.

— Nous devrions aller chercher vos copies, ajoute-t-elle.

Mitzi s'extrait avec difficulté des bras réconfortants du fauteuil et la suit.

— Que se passe-t-il ensuite ?

— On sort par l'arrière et je vous emmène dans la cabine de projection pour voir l'archiviste.

— Oui, je sais. Je veux dire, dans le film.

— J'ai reçu l'ordre de ne vous parler que de ce qui a été tourné et de ce dont on vous a donné une copie.

— Pardon ?

Le ton de l'inspectrice suffit pour que Sarah accélère le pas. Elle pousse une porte insonorisée qui conduit à un passage avec des toilettes sur la gauche et une réserve sur la droite. Devant elle, il y a une autre porte sur laquelle il est inscrit « John Kayne Senior, Archiviste en Chef ».

— Attendez une minute, proteste Mitzi.

Sarah s'échappe dans une grande pièce fraîche presque entièrement remplie d'étagères de bobines de films. Elle fait un geste en direction du fond de la pièce, vers un plan de travail et un vieil homme de taille minuscule perché face à trois écrans de projection, dont le crâne complètement chauve est rehaussé d'un grand casque.

— C'est monsieur Kaye, murmure-t-elle. Il est nain et n'entend pas très bien, mais il est vraiment gentil.

Mitzi saisit le bras de Sarah tandis qu'elle s'éloigne à nouveau.

— Soyez sûre d'une chose – quand on en aura terminé ici, vous arrêterez de jouer à la plus maligne avec moi et vous me direz tout. Même si pour ça, je dois vous traîner au commissariat.

La jeune assistante frémit, mais elle est déjà face à l'archiviste.

— Bonjour monsieur Kaye, voici l'inspectrice Fallon.

— Lieutenant Fallon, dit Mitzi en lui tendant la main.

Kaye lui serre la main, mais détourne la tête, soit par gêne, soit parce qu'il est plus intéressé par ce qu'il se passe sur l'écran.

— Vous êtes venue pour les rushes, je suis justement en train d'en faire une copie, dit-il en levant la tête vers l'horloge sur le mur, face à lui. Cela prendra encore à peu près vingt minutes.

— On vous a tout gravé sur des DVD, explique Sarah, essayant de rétablir la paix. (Elle plonge la main dans son grand sac Gucci.) Vous devez également signer un accord de confidentialité. Comme cela n'a pas encore été diffusé, vous avez la responsabilité de vous assurer que le document n'est pas copié, piraté, ni égaré.

Mitzi prend les papiers et les parcourt. Ils sont remplis de formules juridiques indiquant que sa responsabilité et celle de la police de Los Angeles peuvent donner lieu à des dommages et intérêts s'élevant à des millions de dollars.

— Je signerai quand les copies seront terminées, dit-elle en regardant les écrans. C'est le film ?

Il hoche la tête.

— Ce que nous avons à notre disposition. Ils n'en ont monté que trente minutes – à peu près un quart, dit-il en montrant la séquence qui défile sur l'écran. Ce sont des séquences mises bout à bout par les monteurs en charge de l'assemblage, elles sont provisoires – jusqu'à ce que le tournage soit terminé et que le réalisateur ait eu le temps d'envisager d'éventuels changements.

L'écran montre des images de l'Italie des temps modernes. Une rue animée où affluent voitures, scooters, panneaux en italien, magasins, hommes et femmes habillés avec élégance.

— Qu'est-ce que c'est que ça ? Où est passée la maison de Pilate et ce genre de choses ?

L'assistante ne répond pas.

— C'est Turin, explique Kaye. C'est là où apparaît un des protagonistes contemporains.

Il jette un coup d'œil en direction de Sarah, ne semblant pas trop savoir s'il doit en dire plus.

Elle essaie de mener à bien la tâche impossible qui consiste à faire non de la tête, tout en restant discrète.

— Allons, fit Mitzi d'un ton brusque, pourquoi tous ces mystères ?

Le visage de Sarah s'empourpre légèrement.

— À vrai dire, nous avons tous signé une clause de confidentialité qui nous interdit de parler du film, de son contenu, ou de quiconque étant associé à sa création, et nous avons tous reçu des notes de service nous rappelant ce à quoi nous nous sommes engagés.

— Je suis fonctionnaire de police, nom de Dieu, fulmine Mitzi. La confidentialité ne s'applique pas à moi, surtout quand j'enquête sur la mort de la personne qui a écrit votre fichu film !

— S'il vous plaît, comprenez qu'on peut se faire virer, dit l'archiviste.

— Vous pouvez être arrêtés bien avant d'être virés.

Un bruit mécanique suivi d'un bip retentit sous le plan de travail.

— C'est terminé, dit-il, semblant soulagé par cette interruption. Vous copies sont prêtes. Je vais vous les mettre dans des boîtiers et dans un sac.

— La clause de confidentialité, inspectrice Fallon, pouvez-vous la signer maintenant, s'il vous plaît ? demande Sarah en lui tendant les papiers et un stylo.

Mitzi fait une croix géante sur chaque page de texte légal, puis les retourne et griffonne au dos : « On m'a remis un film. Je promets de ne pas le perdre et de ne pas le montrer à de mauvaises personnes. Parole d'honneur. » Elle gribouille son nom et rend le papier à Sarah.

— Et maintenant, épargnez-moi ces conneries de secret et dites-moi ce qu'il se passe exactement.

24

Poste de police de la 77e rue, Los Angeles

L'attaché de presse de la police, Adam Geagea, se perche sur un coin du bureau de Nic tandis que celui-ci termine sa conversation téléphonique. Il sait qu'il n'est pas le bienvenu. Les flics aiment garder le secret autour des affaires sur lesquelles ils enquêtent et son boulot est de dire ce qu'il se passe au monde entier. Leurs intérêts sont donc diamétralement opposés.

Geagea a presque cinquante ans et il aurait adoré être flic. Les seules choses qui l'ont arrêté sont sa petite taille et un nom à la consonance vaguement étrangère. S'il avait touché un dollar chaque fois qu'on lui avait demandé de l'épeler ou chaque fois qu'il avait dû expliquer que cela se prononçait *zhar-zhar*, il serait millionnaire. Seuls les gens cultivés remarquent qu'il porte le même nom de famille que Samir Geagea, le chrétien combattant de la liberté, célèbre pour son impitoyable détermination. Ce n'est pas une chose sur laquelle il attire l'attention.

Nic termine son appel et regarde l'homme assis sur son bureau d'un air accusateur.

Geagea joue à faire tourner un calendrier rotatif.

— Qu'est-ce que c'est que ça, inspecteur ? Un genre de test de QI ?

Nic n'est pas d'humeur à bavarder, mais essaie d'être aimable.

— Un par jour, c'est un complément alimentaire enrichi en vitamines pour le cerveau.

Le journaleux examine la feuille et lit à haute voix :

— Qu'est-ce que les termes suivants ont en commun : Roman, Lapérouse, Anomalies, Piranhas ? dit-il en jetant un regard dans la salle du poste de police tout en réfléchissant. Je laisse tomber. Quel est le rapport ?

— C'est pour les gens intelligents, Adam. Vous feriez mieux de laisser tomber. Qu'est-ce que vous voulez ?

Geagea prend l'insulte avec calme.

— J'ai eu les journaux *Variety* et *Hollywood Reporter* au téléphone qui demandent des déclarations sur la mort de Tamara Jacobs.

— Comment savent-ils qu'elle est morte ?

— C'est leur boulot de savoir ce genre de choses.

— Je comprends bien, mais *comment* l'ont-ils appris ? La nouvelle doit bien venir de quelqu'un, et j'aimerais bien savoir de qui il s'agit.

— Ça ne vient pas de moi.

Nic sourit.

— Je n'ai pas dit que ça venait de vous. Mais de qui alors ?

— La morgue. Le bureau du légiste. Il y avait une dizaine de personnes sur la plage quand on l'a repêchée. Des collègues du studio de cinéma. Vous voulez que je continue ?

Nic arrête de taper sur son clavier et capitule.

— On n'a préparé aucune déclaration. Mitzi est au studio en ce moment. Dites le truc habituel aux médias – on attend le rapport du légiste, aucun commentaire pour l'instant.

— On ne va pas se débarrasser des fouille-merdes aussi facilement, inspecteur. À L.A., les scénaristes assassinés sont des célébrités naissantes, dit Geagea en haussant les épaules. La presse d'Hollywood se fout complètement d'eux quand ils sont vivants, mais morts, c'est différent, ils deviennent… des saints. Demain, on sera assaillis par les gratte-papier.

Le téléphone de Nic sonne.

— Demain est un autre jour. On a fini pour aujourd'hui ?

Geagea descend du bureau tandis que Nic décroche le téléphone.

— Karakandez.

— Nic, c'est Tony Peach. J'ai du nouveau sur tes pneus de voiture.

Il prend son carnet de notes en jetant un coup d'œil vers Geagea, qui rôde toujours près de son bureau.

— Je t'écoute.

— Ce sont des Maxxis MA-S2 Marauders. Des pneus à haute performance, sans doute dans les cent cinquante dollars pièce.

— Ils peuvent être montés sur une Lexus hybride ?

— Bien sûr. Ils vont sur des roues de taille standard. D'après le modèle, la largeur et la profondeur des sculptures, il s'agit de pneus neufs. Ils n'ont pas roulé plus de trois ou quatre mille kilomètres.

— Cela pourrait se traduire par quelle durée d'utilisation moyenne, Tony ?

— Le type moyen fait douze mille kilomètres par an, c'est moins qu'avant, à cause du prix de l'essence. Alors ces pneus ont sans doute été montés en septembre, peut-être mi-août. Pour ce qui est des voitures de location, c'est différent, elles peuvent facilement faire deux mille kilomètres par semaine. Autre chose – on ne trouve en général pas ce genre de sculptures sur les voitures des représentants, alors tu peux sans doute mettre les VRP au bas de ta liste.

— T'es le meilleur, mon pote. J'ai des flics du service de la prévention des vols qui font un peu de phoning pour moi. Je vais leur demander d'appeler les agences de location en premier et de chercher des Lexus hybrides, ou celles dont les pneus ont été changés dans le mois écoulé.

— OK. Tu as déjà fixé la date de ton pot de départ ?

C'est une chose à laquelle Nic n'a même pas pensé.

— Ça reste à déterminer. Je te rappellerai.

Peach rit.

— Je vais faire mieux, j'appellerai Mitzi. Fais attention à toi, mec.

— Toi aussi.

Nic raccroche et regarde Geagea, qui est toujours là.

— Désolé inspecteur, dit l'attaché de presse, désignant le calendrier avec la question du jour. Avant que je parte, vous voulez bien me donner la réponse ? Sinon, ça va me travailler toute la journée.

— OK, tous les mots comprennent des noms de pays – Roman contient Oman, Lapérouse le Pérou, Anomalies le Mali et Piranhas… ? dit-il avant de marquer une pause, laissant au journaleux une chance de sauver la face.

Geagea le regarde d'un air ébahi.

Nic secoue la tête.

— C'est vers chez vous, mon gars. L'Iran. Maintenant, fichez-moi le camp.

25

ANTERONUS FILMS, CULVER CITY

Sarah Kenny prend sa décision la plus judicieuse de la journée. Elle emmène Mitzi dans un coin tranquille de Plunge, un café faisant partie du studio, et elle commence à lâcher le morceau sur *Le Suaire*.

— Tamara faisait beaucoup de mystères autour du scénario. Même monsieur Svenson ne connaissait pas la fin.

— Comment est-ce possible ? demande Mitzi, visiblement perplexe. Je veux dire, les acteurs doivent bien savoir, non ? Comment peuvent-ils jouer leur rôle sans avoir le texte qu'ils doivent apprendre ?

— On ne leur a donné qu'une ébauche de scénario.

— Dont j'attends toujours un exemplaire, d'ailleurs.

Sarah ne tient pas compte de sa remarque.

— Tous les acteurs ont été prévenus que la fin allait être réécrite. On leur a dit que c'était tellement secret qu'on ne le ferait circuler que la veille du tournage, et que seuls les quelques acteurs concernés en auraient un exemplaire.

— Pourquoi ? Quelle est la raison de tout ce cirque ?

Elle balaie le café du regard nerveusement.

— Tamara avait des contacts en Italie, à Turin, avec des chercheurs qui lui ont révélé certains faits à propos du Saint Suaire qui n'ont encore jamais été divulgués publiquement.

— Et ce film les dévoile au grand jour ?

— Le département marketing du studio espère que cette révélation draine une énorme publicité pour le film.

— Mais qu'est-ce qui peut bien être révélé ? Quels sont ces faits dont vous venez de parler ?

— Je n'en sais vraiment rien. Jusque-là, je n'ai vu aucun élément scientifique d'aucune sorte. Je suppose que cela doit avoir un lien avec l'authenticité du Saint Suaire.

— Et la fin qui a déjà circulé, que raconte-t-elle à propos du Suaire ?

— Ça n'est pas abordé. Toute la section qui correspond à la période actuelle, la partie concernant la révélation, n'y figurait pas. J'ai entendu Tamara dire à monsieur Svenson qu'il aurait besoin d'un décor scientifique, un genre de laboratoire comme ceux du CSI, pour certaines scènes.

— Pour des tests ADN ?

— Peut-être.

— Mais il n'y avait pas de résultats de tests ADN dans le scénario ?

— Pas dans les versions que j'ai vues.

Mitzi réfléchit à la question. Le meilleur résultat possible pour la scénariste serait le plus scandaleux. La nouvelle fin de Jacobs devait donc être explosive – quelque chose qui allait totalement bouleverser les valeurs de l'Église, ou même du pays. Ce qui est bien beau, s'il s'agit seulement de fiction. Mais que se passe-t-il si c'est basé sur la réalité ? Ce serait différent. Complètement différent.

Soudain, la mort de Tamara Jacobs commence à avoir un sens.

26

Poste de police de la 77e rue, Los Angeles

L'homme de soixante-six ans qui est séparé de la scénariste assassinée est vêtu d'un costume noir, d'une chemise blanche et d'une cravate noire nouée avec soin. Dylan Jacobs a les cheveux argentés, une coupe courte et élégante, et même s'il vient de traverser les continents, il est rasé de près et semble alerte. Viktor, son partenaire, est assis près de lui à l'accueil du poste de police et lit le journal de la veille. Il porte un jean couleur crème, un tee-shirt brillant Dolce & Gabbana et une veste en soie dorée.

Nic ouvre la porte de sécurité et jette un coup d'œil en direction de l'homme plus âgé.

— Monsieur Jacobs ?

Le mari de Tamara se lève péniblement.

— Oui.

— Nic Karakandez, dit-il en lui tendant la main. Sincères condoléances.

— Merci, dit Jacobs en lui serrant la main, avant de désigner d'un geste l'homme qui se tient maintenant debout près de lui. Voici Viktor. Je crois que vous vous êtes parlé au téléphone ?

— Oui. Veuillez me suivre tous les deux, je vous prie.

Ils le suivent deux étages plus haut, dans une salle d'interview terne où se trouvent une table, six chaises et un mur portant le grand emblème bleu de la police de Los Angeles, complété d'un drapeau américain, de la balance symbole de la Justice et de la devise « Pour protéger et servir ».

Nic leur fait signe de s'asseoir et allume une lampe.

— Puis-je vous offrir quelque chose à boire ? Café, soda, eau ?

— Un café noir, merci, dit Dylan Jacobs en s'installant sur une chaise dos au mur et à l'emblème. Viktor s'assoit près de lui et prend sa main sous la table.

— Juste de l'eau, s'il vous plaît.

Nic disparaît un moment pour aller chercher à boire, puis revient et ferme la porte derrière lui. Il leur tend le café et l'eau.

— Quand êtes-vous arrivés à L.A. ?

— Hier, dit Dylan en s'accoudant à la table, se frottant les yeux à cause de la fatigue. On est allés à la morgue, puis on a organisé les funérailles. On nous a dit que le corps de Tamara peut nous être rendu.

— C'est exact. La légiste a terminé son examen.

Le visage de Jacobs se fige.

— Nous avons prévu l'incinération pour la semaine prochaine…

— Je ne suis pas allé la voir, interrompt Viktor. Tamara et moi ne nous entendions pas très bien. Je ne pense pas qu'elle m'appréciait.

Nic ne voit pas bien comment elle aurait pu l'apprécier.

— Monsieur Jacobs, nous essayons de déterminer le mobile du meurtre de votre femme. Pouvez-vous nous dire quoi que ce soit qui pourrait nous aider ?

Jacobs semble un peu déconcerté.

— Elle était scénariste, inspecteur, pas gangster, ni trafiquante de drogue. Tammy fréquentait des gens honnêtes, dans nos âges pour la plupart, et plutôt artistes et tranquilles.

— Les gens honnêtes ont parfois la rancune tenace. Ils peuvent éprouver du ressentiment, de la jalousie, ou même de la haine. Les gens riches, cultivés et qui ont une situation sont tout aussi capables de faire le mal que les gens pauvres dépourvus d'éducation. C'est en général simplement une question de motivation, de moralité et de moyens.

— Je suis désolé, je n'en ai aucune idée. Je ne vois pas pour quelle raison quelqu'un pourrait lui vouloir du mal.

Jacobs semble tout à coup avoir bien plus que soixante ans. Sa voix se brise un peu. Il reprend son souffle, essaie de garder son calme.

— Le visage de Tammy était partiellement couvert quand je l'ai vue, et le médecin légiste a dit qu'elle avait de profondes blessures. Qu'est-ce qu'on lui a fait ?

C'est le genre de questions que seuls les hommes innocents posent. Nic mesure sa réponse avec soin.

— Nous n'en sommes pas certains, monsieur Jacobs. Nous sommes encore en train d'essayer de rassembler les pièces du puzzle.

— Mais vous devez avoir une idée, une piste ?

— Nous déployons tous les efforts possibles. Tout ce que je peux vous dire, c'est que le meurtre de votre femme n'est pas le fruit du hasard. Elle a été prise pour cible de façon délibérée.

Le regard de Dylan Jacobs passe de l'inspecteur à la table, puis se pose sur le sol. Il ne peut s'empêcher d'imaginer Tammy dans sa cuisine américaine recouverte de granit noir, aux meubles en bois de couleur beige. La scène est si réelle qu'il la voit même cuisiner son plat favori : du saumon aux linguine, un verre de vin blanc à la main, en écoutant un air de jazz au piano sur sa station de radio préférée. Il lève la tête, il a les yeux humides. Viktor lui prend la main, qu'il tient ouvertement sur la table à présent.

— Merci, dit Jacobs à l'homme qui est devenu son compagnon, avant de se tourner vers Nic. J'ai refait ma vie avec Viktor, mais Tammy et moi avons été très proches à une certaine époque. Nous avons passé quinze ans ensemble en tant que mari et femme, à essayer de faire en sorte que ça marche. Et quand il s'est avéré que ça n'était pas possible, nous sommes restés bons amis, les meilleurs amis du monde. C'était une femme merveilleuse, elle était douce et aimante. Même quand on s'est séparés, elle a essayé d'être compréhensive. (Il regarde le mur, se rappelant l'instant où il lui a annoncé qu'il la quittait pour un homme, et non pour une autre femme.) Je pense qu'elle a pris conscience de mon homosexualité avant moi. Elle avait de l'instinct, une façon de comprendre les choses. Je suppose que c'est pour ça qu'elle avait ce talent pour l'écriture. Bien sûr, malgré toute sa compassion, ça ne l'a pas empêchée, avec l'aide de ses avocats, de me prendre une fortune.

— Tu lui as donné bien trop d'argent, dit soudain son nouveau compagnon. Bien plus que nécessaire.

— Ce n'est que de l'argent, Viktor, juste de l'argent.

Nic boit une gorgée de café.

— Monsieur Jacobs, si vous et Viktor pouviez nous consacrer un peu de temps pour dresser la liste des connaissances de votre femme, peut-être en indiquant depuis combien de temps elle les connaissait et quel était leur lien, cela nous aiderait beaucoup.

— Maintenant ? demande Jacobs, légèrement troublé.

— Non, pas maintenant, mais ce serait bien si je pouvais l'avoir demain dans la journée, dit-il avant d'ajouter, les regardant tous les deux : Savez-vous quoi que ce soit sur le film sur lequel travaillait Tamara, *Le Suaire* ?

— Ah, ce truc ? dit Viktor sur un ton méprisant. C'est là-dessus qu'elle travaillait ? demande-t-il en regardant Jacobs avec dureté.

— Oui, je crois, répond-il d'un ton las.

Nic perçoit la tension entre eux.

— Que savez-vous sur ce projet, Viktor ?

Il est hésitant.

— Eh bien, c'est chercher les ennuis, non ? (Il lâche la main de Dylan et commence à s'animer.) Je veux dire que si on suggère que le Saint Suaire n'est pas celui de Jésus, cela va forcément mettre en colère tous les groupes de religieux extrémistes, n'est-ce pas ? C'est un véritable blasphème.

— Viktor a été élevé dans la religion catholique, explique Jacobs avec patience. Il lit trop de romans policiers et imagine qu'il y a des tueurs à capuche à tous les coins de rue.

— Mais c'est la vérité, insiste Viktor.

— Pas à Hollywood, Viktor, dit Jacobs en lui tapotant la main. N'est-ce pas, inspecteur Karakandez ?

— Eh bien, dit Nic, j'ai vu beaucoup de tueurs à capuche, mais ils s'intéressaient à la drogue, aux armes et aux baskets à deux cents dollars, jamais à la religion.

Dylan Jacobs réussit à esquisser un sourire.

— Retrouvez-le, inspecteur. Je vous en prie, donnez-moi votre parole que vous attraperez celui qui a fait ça.

C'est peu probable. L'inspecteur ne le dit pas, mais c'est la vérité. Parce que dans un mois, il ne sera plus là. Mais il fait ce qu'il a toujours fait, et répond ce qu'il a toujours répondu.

— Je vous donne ma parole, monsieur Jacobs. Je le trouverai.

27

Le commissaire Deke Matthews n'est pas le genre de flic qu'on fait attendre. C'est un grand type dans tous les sens du terme. Il est grand physiquement et, dans le service, et il a le don de mener la vie dure à ses inspecteurs. Il est assis derrière son bureau, attendant avec impatience Fallon et Karakandez. Son énorme ventre est enveloppé dans une chemise bleue encadrée par des bretelles aussi rouges que ses joues flasques.

— Désolée patron, dit Mitzi en entrant dans son bureau, juste devant Nic.

— Vous avez quinze minutes de retard, lieutenant. Avez-vous la moindre idée des dégâts qu'on peut faire en neuf cents secondes en brûlant un bon repas ? C'est sans parler de la colère de madame Matthews, si je suis la cause de ce carnage.

— Message reçu, patron.

Le commissaire tambourine sur le bureau avec ses doigts potelés comme s'il attendait qu'on lui serve son repas de Thanksgiving.

— Alors, qu'est-ce que vous avez ? Je vous écoute, et avec un peu de chance, je risque d'arriver avant que ça ne commence à carboniser.

Mitzi lâche un épais dossier sur le bureau et en sort des photos.

— Tamara Jacobs, une scénariste d'une cinquantaine d'années, a été retrouvée morte sur la plage de Manhattan. Elle a été torturée par un individu non identifié – elle a perdu un œil, plusieurs dents et portait des marques de liens aux poignets. Il l'a ensuite achevée en lui tranchant la gorge. La scène de crime semble se situer à son domicile, une belle villa de Beverly Hills.

— Qu'est-ce qui vous fait dire ça ?

— Les experts de la police scientifique ont retrouvé des éclaboussures de sang sur le plafond de son salon qui correspondent à celui de la victime.

Matthews jette un coup d'œil aux photos prises post mortem, puis il en prend une entre le pouce et l'index, comme s'il ne voulait pas être sali par ce qui se trouvait dessus.

— Ce que nous avons ici, c'est un truc sorti tout droit des égouts, dit-il en tapant du poing sur son bureau. Pourquoi n'a-t-il pas laissé la vieille chez elle après l'avoir tuée ? Pourquoi l'emmener jusqu'à la plage pour la balancer dans l'océan ?

— Pour gagner du temps, dit Nic en faisant glisser des images des caméras de surveillance de la plage sur le bureau. L'assassin était certainement un type étranger à la ville, et également le conducteur de cette Lexus hybride.

— C'est un de ces 4×4 ?

— Oui, dans le genre haut de gamme.

— Bien, dit-il en prenant la photographie. Qu'est-ce qui vous fait dire que c'est la voiture de votre type ?

— Les empreintes de pneus dans le sable de la jetée, qui correspondent à une voiture louée à l'aéroport de L.A. Il est peut-être arrivé par avion dans le but de la tuer, avant de repartir juste après par le même moyen.

— Notre passager a un nom ?

— Agne, dit-il en lui tendant le contrat de location de la voiture.

Matthews fronce les sourcils.

— Agnès… C'est une fille ?

— Non, Agn*e* – c'est le nom de famille que le conducteur a indiqué sur les papiers de location. Prénom : Abderus. Tenez, regardez.

— *Abderus* ? répète-t-il en regardant la photocopie d'un air ébahi. C'est sérieux ?

— Probablement pas. J'ai fait une recherche sur Google pour les deux noms. Ils sont d'origine grecque et sont les nom et prénom les plus courants en Grèce. Abderus était un héros grec, d'origine incertaine.

— Quelle grande surprise, dit Matthews. Jamais rien de bon n'est venu des Grecs. Leur économie est en pleine dégringolade. Et leur bouffe est dégueulasse. Si on ne voit jamais les Italiens jeter leur assiette à la fin d'un repas, il y a une raison.

— La civilisation ? suggère Mitzi. J'ai entendu des rumeurs qui disaient qu'elle venait des Grecs.

Il ne prête pas attention à sa remarque.

— Nous avons donc un tueur à gages grec, qui a peut-être pris l'avion pour torturer et tuer une scénariste de L.A. Est-ce que cela a le moindre sens pour deux gâcheurs de dîner tels que vous ?

Mitzi lui passe un exemplaire du scénario qu'elle a piqué à Sarah Kenny.

— C'est le film sur lequel Tamara Jacobs travaillait. Cela parle du Suaire de Turin et nous pensons qu'il comporte des révélations saisissantes qui prétendent qu'il ne s'agissait peut-être pas du linceul dans lequel le Christ a été inhumé.

Matthews jette un coup d'œil à l'horloge.

— Est-ce que les gens en ont vraiment quelque chose à foutre ? (Le commentaire laisse ses inspecteurs stupéfaits.) Je veux dire, avez-vous déjà vu un bon film à propos de la religion ?

— *L'Exorciste*, dit Nic.

— *Bruce tout-puissant* ? suggère Mitzi. C'était plus ou moins religieux.

Le commissaire secoue la tête.

— OK, je veux bien vous accorder que Dieu peut avoir du succès au box-office. Mais dites-moi, qui dans la vie réelle s'intéresse à ce Suaire ? Les catholiques ? Les Grecs ?

— Eux, et peut-être quelques autres, répond Mitzi tout en fouillant dans sa pile de dossiers. Une assistante du studio à qui nous avons parlé a dit que Jacobs avait payé des chercheurs en Italie pour qu'ils travaillent pour elle – peut-être lui ont-ils apporté des informations sur le Suaire.

— Quelles informations ?

— Je n'en suis pas très sûre. Une des scènes devait avoir lieu dans un laboratoire, alors peut-être que des scientifiques ont fait un prélèvement ADN sur le Suaire. Peut-être ont-ils trouvé une preuve indiquant qui se trouvait à l'intérieur.

Matthews la regarde d'un air ahuri.

— À votre place, lieutenant, j'attendrais un peu avant de me lancer dans le cinéma.

— Ça n'est pas si dingue, insiste Mitzi.

Le commissaire agite un doigt en direction des dossiers dans lesquels Mitzi farfouille toujours.

— Vous jouez à faire des boulettes en papier, ou y a-t-il quelque chose là-dedans qui va vous donner l'air intelligent ?

Elle finit par trouver le papier qu'elle cherchait.

— Ce sont les copies de la clause de confidentialité qu'ont dû signer tous ceux qui travaillaient sur le film, dit-elle en les lui tendant. Et ici, il y a la copie d'une note du service publicité adressé à Tamara Jacobs, lui demandant si elle voulait que le *New Scientist* et le *National Geographic* soient présents au lancement de la campagne de presse. Ce genre de titre de presse n'assiste en général jamais aux fêtes organisées pour le lancement d'un film, dit-elle, tout en ouvrant un autre dossier. Et voici le numéro IBAN du compte bancaire d'un intermédiaire italien qui, d'après nos sources, a payé les chercheurs de Turin en espèces.

— *Excellenti*, dit Matthews en repoussant sa chaise, jetant un nouveau coup d'œil à l'horloge tandis qu'il se dirige vers sa veste pendue derrière la porte. Je vais dîner. Vous feriez mieux d'aller à la cantine – j'ai l'impression que la nuit va être longue pour vous deux.

28

Les grains de poussière tourbillonnent dans la lumière jaune de la lampe de bureau tandis que l'inspecteur du CSI Tom Hix dépose son rapport sur le bureau de Mitzi. Il est sur le point de partir quand Mitzi et Nic sortent du bureau de Matthews.

— J'ai un petit cadeau pour vous, dit-il tandis qu'elle avance vers lui.

Nic lui murmure à l'oreille :

— Je crois que c'est du harcèlement sexuel.

Elle ne répond pas.

— De quoi s'agit-il, Tom ?

— Le véto a fini d'examiner le chat persan retrouvé dans la maison de Jacobs. Le minet a griffé quelqu'un assez profondément, et ce n'est pas la chair de la propriétaire.

— Ah, oui ? dit Mitzi en prenant le dossier.

— Il a trouvé des particules sous les griffes de sa patte avant droite et a fait un test ADN. Sans l'ombre d'un doute, il ne s'agit pas du sang de Tamara Jacobs.

Nic pose la question qui s'impose :

— Alors, de qui est-ce l'ADN ?

— C'est celui de notre suspect. Il n'y a rien sur Profiler, ni sur aucune autre base de données. Qui que ce soit, il n'a pas de casier.

— Ou en tout cas, pas aux États-Unis, nuance Nic. Nous avons établi un lien entre notre tueur et une voiture louée à l'aéroport de L.A.

— Le conducteur l'a louée sous un nom grec, ajoute Mitzi, et nous avons également une piste en Italie. On va interroger les fichiers internationaux.

Hix se dit que le moment est bien choisi pour s'éclipser.

— Le dossier est entre vos mains maintenant, dit-il en faisant un grand sourire à Mitzi. Si vous voulez prendre un café et discuter de l'affaire, vous savez où me trouver.

— Oui, bien sûr.

Ils le regardent partir, et Nic la regarde d'un air entendu.

— Tu es consciente qu'il n'a pas seulement envie d'un café ?

— Ferme-la ! Il n'est pas bien méchant. En plus, un peu d'attention n'a jamais fait de mal à personne.

— Bon, comment allons-nous nous répartir les trucs pénibles ? Tu t'occupes des expertises médicolégales et je fais des recherches sur la famille et les amis de Tamara, pour voir s'il n'y a pas de cadavre caché dans le placard ?

— D'accord. (Elle ouvre le rapport que vient de lui apporter Hix.) Tu crois que le tueur est européen ? Qu'il a fait l'aller-retour en avion en ne laissant derrière lui qu'un faux nom et des traces d'un ADN qui n'est répertorié nulle part dans nos fichiers.

Nic laisse échapper un long soupir.

— Si c'est le cas, on a vraiment du souci à se faire. Enfin, *tu* as du souci à te faire, corrige-t-il. L'enquête va prendre une éternité, et tu seras seule.

Elle essaie de ne pas penser à son départ et se concentre sur le fil de ses pensées et continue de suivre son intuition.

— Ça se tient, cela dit. Il commet le meurtre et s'enfuit aussitôt. Il traverse un continent et disparaît. (Elle jette un coup d'œil au résultat ADN.) Tu crois que Matthews donnerait son autorisation pour un voyage en Italie ? Après tout, c'est là que se trouve l'argent. Et il dit toujours que si l'argent est impliqué dans une histoire de meurtre, il faut chercher les dollars.

Nic réfléchit un instant.

— Le taux d'élucidation est en baisse. Il a besoin d'obtenir des résultats sur une affaire aussi importante que celle-ci. Pourquoi, t'as envie de voyager ?

Elle fait non de la tête.

— Non, mais toi, si.

29

Centre-ville, Los Angeles

JJ est surpris de voir Emma Varley traîner dans l'usine tandis que celle-ci se vide à la fin de la journée. Elle sourit en le voyant. Elle plonge ses yeux bleus droit dans les siens.

— Vous fermez ?

Il fait tinter les clés dans ses mains.

— C'est pour ça qu'on me paie.

— Vous voulez un coup de main ?

Il se dit qu'elle essaie à nouveau de se faire raccompagner chez elle.

— Je n'ai pas pour habitude de refuser des heures sup à l'œil.

— Étonnant !

Il désigne d'un geste les machines du fond.

— Pouvez-vous juste vérifier qu'elles sont toutes éteintes ? Les employées en laissent en général toujours une ou deux allumées. Elles ne comprennent pas que ça fait griller le moteur, ou alors elles s'en fichent, et cela gaspille aussi beaucoup d'énergie.

Emma se fiche pas mal de l'énergie. Toutes ces conneries sur les gaz à effet de serre et sur la couche d'ozone ne la touchent pas. On se fout de ce genre de choses quand on n'a pas assez d'argent pour s'acheter une voiture ou allumer le chauffage quand on a froid. Si elle en avait la possibilité, elle gaspillerait trois fois plus d'énergie qu'elle ne le faisait.

JJ éteint les lumières et pendant un instant ils restent immobiles dans le silence et l'obscurité que seule la pâle lueur d'un néon qui grésille vient interrompre.

— Comme c'est romantique, plaisante Emma en se dirigeant vers lui.

JJ s'arrête devant elle. Trop de pensées contradictoires se bousculent dans sa tête. L'obscurité – une femme seule – l'excitation qu'il sent monter en lui. Il doit faire attention à ne pas s'emballer.

Elle sent son excitation. Elle suit son instinct et se penche tout près de lui. Le baiser est doux, hésitant, incertain. Elle est prise de vertige, tiraillée entre le refus et l'acceptation.

JJ se sent bizarre, comme magnétisé par sa présence. Il est physiquement incapable de lui résister, comme si son attrait sexuel avait sur lui un pouvoir invisible mais puissant.

Emma se laisse aller. Elle ferme les yeux, prend le visage de l'homme entre ses mains et l'embrasse plus profondément.

JJ sent son cœur s'emballer. Il s'écarte d'elle pour reprendre son souffle. Sans réfléchir, sans opposer la moindre censure à ses pensées, il se retrouve en train de lui ôter son pull. Il doit la voir nue. Les mains d'Emma commencent à ouvrir la ceinture de son patron.

Il pose la main sur son visage, pense à la mettre sur sa bouche, mais effleure doucement sa tache de naissance avec le pouce.

— Attends, laisse-moi fermer. Je ne voudrais pas que quelqu'un entre.

Emma Varley fait valser ses chaussures et sourit tout en disparaissant dans l'obscurité. Elle s'adosse au long banc qui est derrière elle et s'apprête à s'offrir à lui.

30

Mitzi a le même rituel toutes les nuits, avant d'aller se coucher. Elle va dans la chambre des filles et éteint leur lampe. Et en général, elle éteint aussi la télé, devant laquelle elles se sont endormies, même si on le leur a interdit. Elle les embrasse et remonte leur couette, les embrasse encore, avant de s'éclipser doucement par la porte, qu'elle laisse plus ou moins entrouverte, selon les demandes d'Amber et de Jade. Parfois, elle se demande si des garçons auraient été moins compliqués.

Elle va dans sa propre salle de bains, enfile une chemise de nuit noire décente, puis s'installe devant sa petite coiffeuse et ôte le peu de maquillage qu'elle porte.

Le coup qu'elle reçoit derrière la tête l'envoie valser sur le sol de la chambre, la prenant par surprise, même si ce n'est pas totalement inattendu.

— Est-ce que tu crois pouvoir me traiter comme de la merde ? Tu crois que je suis un bon à rien ? (Alfie se penche et lui envoie un autre coup droit sur l'oreille, qui lui fait voir trente-six chandelles.) Je vais t'apprendre le respect à grands coups de pied dans le cul.

L'attaque de son mari est la réponse au reproche qu'elle lui a fait une heure plus tôt, de ne pas trouver de travail et ne rien faire d'autre dans la maison que de boire de la bière. Il ôte sa ceinture en cuir et lui en donne de grands coups.

— Tu crois que je ne suis pas un homme, n'est-ce pas ? crie-t-il en bafouillant. Parce que je ne trouve pas de travail, ça ne veut pas dire que je ne suis plus un homme.

Il plie la ceinture en deux et la frappe sur la cuisse cette fois.

Mitzi essaie de se relever, mais la lanière de cuir cingle très fort sur ses bras et ses jambes. La colère de l'homme est attisée par les cris de Mitzi et la vue des marques qu'il a causées. Elle finit par réussir à attraper la ceinture. Il la tire vers lui et elle lui donne un coup de pied dans la cheville. Il tire plus fort et elle lui donne un coup de pied dans les testicules avec l'autre pied.

Il lâche la lanière, chancelle et tombe en arrière.

À présent, c'est elle qui est debout, et lui à terre. Il n'y a pas la place nécessaire pour lui donner un coup de pied dans la tête, et aucun moyen de lui donner un coup au visage sans qu'il puisse l'attraper. Mitzi s'empare de la chaise sur laquelle elle était assise, la fait basculer et bloque le dossier contre sa trachée.

Alfie s'agrippe à la chaise. Elle lit la peur dans ses yeux. Elle prend appui sur la chaise et regarde son visage devenir de plus en plus rouge. Alfie suffoque. Elle appuie plus fort. Elle sait ce qu'elle fait. Elle sait que dans moins d'une minute, elle peut mettre fin à tout ça. Et à la vie d'Alfie.

— Maman !

Amber est à la porte. Elle regarde sa mère étrangler son père et attendre sa mort. Mitzi lâche la chaise comme si elle était brûlante.

— Tout va bien, bébé.

Le regard dans les yeux de son enfant lui dit que non. Que ça n'ira plus jamais.

— Viens, dit Mitzi en poussant sa fille en direction de sa chambre. Retourne te coucher, maman sera là dans une seconde.

Alfie est encore allongé sur le dos. Il se tient la gorge, haletant, essayant de reprendre son souffle. Qu'il aille se faire foutre. Mitzi glisse une main sous le matelas, de son côté du lit, et prend son Smith & Wesson. Elle le pointe en direction de son mari.

— Maintenant, si tu as deux sous de jugeote, tu rassembles tes putains d'affaires et tu fous le camp d'ici. Si tu viens dans la chambre des filles, ou même si tu es encore là quand j'en sors, et je ferai sauter ta putain de cervelle.

31

CARSON, LOS ANGELES

JJ se sent excité comme jamais.

Il n'avait jamais ramené une femme chez lui. Il n'y avait même jamais pensé avant l'arrivée d'Emma – avant qu'elle ne lui suggère effrontément d'aller chez lui. Il a bien vu à l'étincelle dans son regard qu'elle était celle pour qui il pouvait prendre des risques. Tout le mérite lui revient, elle est spéciale et elle le sait. Plus que cela, elle est *bénie*.

Il ferme la porte d'entrée et il sent l'excitation monter en lui. Il la porte avec soin en haut de l'escalier, dans la pénombre. Il a franchi un seuil, créé un lien spirituel. Essoufflé, il atteint le haut de l'escalier et le palier au plancher qui craque. Être avec Emma. « Em » – comme il va l'appeler à partir de maintenant – lui a fait prendre conscience qu'il est seul, isolé et coupé du monde. Ce n'est pas sain. Ce n'est pas ce que Dieu veut.

Il doit avoir quelqu'un dans sa vie, être avec quelqu'un.

Dans sa chambre nue, à la lumière vacillante de la bougie, ses pensées se bousculent dans son esprit tandis qu'il la déshabille tendrement, et que ses doigts excités parcourent sa peau douce et fraîche.

Em est très belle. Plus belle encore dans la mort que dans la vie. Sa bouche vorace trouve celle de la jeune fille et lui transmet le souffle chaud de la passion. Il se sent absolument comblé par cette expérience. Elle est toujours allongée sous lui, les yeux fermés, plongée dans un autre monde, puis il se relève et s'émerveille devant elle. Son attention s'arrête sur sa marque de naissance et il sourit. Ce n'est pas une tache. Ce n'est pas un défaut, ni une imperfection, comme semble le penser le reste du monde. Ce n'est rien de tel.

Il sait ce que c'est. Lui seul en comprend l'importance. Em a été désignée. Elle a été choisie pour lui. JJ n'a jamais rien ressenti de tel auparavant. Il ne s'est jamais senti aussi comblé. Dans l'instant de calme et de silence qui suit, il tend le bras et enroule un long drap autour d'eux. Il s'assure qu'elle est bien enveloppée. Il ne veut pas qu'elle prenne froid. Ni qu'elle devienne plus froide qu'elle ne l'est déjà.

Il se penche vers elle et l'embrasse dans le cou, puis lui murmure à l'oreille :

— *Dominus vobiscum*, ma chérie. *Dominus vobiscum*.

DEUXIÈME PARTIE

Dieu est mort ! Et c'est nous qui l'avons tué !

Friedrich Nietzsche

32

Le Liban

De l'autre côté d'une forêt de cèdres géants, caché dans les ténèbres des versants du Mont-Liban, un kilnmaster[2] poursuit le métier qui lui a été transmis de génération en génération depuis des siècles.

Son nom est Ziad Keffy. Il a quarante ans, il est chauve et obèse. Sa peau a pris la couleur d'une châtaigne grillée sous le soleil brûlant. Tandis qu'il approche de l'ouverture de la fournaise, son ventre nu couvert de sueur semble sur le point d'éclater. Grâce à ses vingt ans d'expérience, Keffy sait que le four est à bonne température, et que l'argile qui se trouve à l'intérieur commence à miroiter comme de l'or en fusion. Il se tient devant le feu et regarde.

Périodiquement, il refroidit l'immense four avec de l'eau pour créer le vernis de surface qui protégera les briques. Chacune d'elles a été faite à la main par son équipe de travailleurs dévoués, qui ont gravé leur marque personnelle sur les précieux blocs.

Keffy se détourne du four pour jeter un œil sur les ouvriers. C'est une façon d'échapper brièvement à la chaleur torride. Certains sont en train de mélanger l'argile avec de l'eau, d'autres conduisent les bœufs vers un mélange fraîchement réalisé et le piétinent pour en faire une boue épaisse. Une fois qu'ils ont terminé, ils coulent le mélange dans des moules en bois, puis coupent les briques à l'aide

2. Contrôleur chargé de superviser la cuisson des briques dans un four. (N.d.T.)

d'un fil d'acier avant de les mettre dans le four prêt pour la cuisson.

C'est un travail salissant, qui donne chaud. Un labeur qui consume l'énergie et assèche les organes de l'intérieur. On est toujours à quelques secondes d'être désespérément assoiffé. Derrière lui, Keffy entend la voix de son frère.

— Ils sont prêts. Ils disent qu'il est temps que tu viennes.

Dany a dix ans de moins que lui, il est grand et mince, et tellement différent de lui que Ziad a du mal à croire qu'ils sont parents.

Ziad se sert d'un tissu crasseux qu'il porte noué à la taille pour essuyer la sueur sur son front.

— Ensuite, il faudra leur obéir, dit-il. Ne laisse personne s'approcher du four.

Il vit dans la peur que quelqu'un sabote son travail, ou se blesse. Si cela arrivait, ça barderait. À un rythme lent mais régulier, il disparaît sous une petite voûte en brique, descend quelques marches plutôt raides et entre à l'intérieur du bâtiment qui domine la forêt. Ses poils se hérissent sur ses bras. En partie à cause du changement de température, mais surtout en raison de la tâche qu'il s'apprête à accomplir.

De la même façon que Ziad est le seul à qui il fasse confiance pour faire cuire les briques, il est le seul à être appelé pour en superviser l'usage. Cependant, il n'appellerait pas ce qu'il s'apprête à faire de la construction. En fait, c'est exactement le contraire. Ses sandales en cuir résonnent légèrement sur le sol tandis qu'il traverse l'étroit passage souterrain éclairé par des torches sur les murs. Il secoue la tête tout en marchant, incapable de comprendre comment les gens peuvent passer du temps ici, comment ils peuvent vivre ici. Pourtant, c'est ce qu'ils font.

Le passage s'ouvre sur une vaste place souterraine, éclairée par la seule flamme des bougies placées autour de la fontaine centrale. Au milieu de l'eau qui s'écoule de façon continue, il y a une statue. Elle représente un grand personnage au visage grave. C'est le saint fondateur du monastère. Keffy fait le signe de la croix et incline la tête avec respect tandis que deux moines en robe noire s'approchent de lui. Le plus âgé des deux tient une masse. Ses mains sont couvertes de taches de vieillesse. Le plus jeune, qui n'a pas plus de dix-huit ans, porte trois burins. Keffy se demande pourquoi l'adolescent ne porte pas les outils les plus lourds. Il présume que, même ici, les hommes, quel que soit leur âge, tiennent encore à prouver leur masculinité.

— Est-ce que c'est le même ? demande Keffy, craignant que ce le soit.

L'aîné ne répond pas, mais ses yeux le confirment. Le vieil homme ne parle jamais. Cela fait plus d'un demi-siècle qu'il ne parle pas. Le kilnmaster fait une moue désapprobatrice et prend la massue des mains du moine.

— S'il vous plaît, ouvrez la marche, mon frère.

Il le suit, et se concentre sur la tâche qui s'annonce. Il se dit qu'il vaut mieux frapper en premier. Il réfléchit à la meilleure façon de faire le moins de dégâts possible dans l'édifice minuscule mais sacré qu'il vient à peine de construire. Mais surtout, il se demande comment ne pas blesser l'homme massif qu'ils ont enfermé à l'intérieur, il y a si peu de temps.

33

Mercredi
Los Angeles

Il est trois heures du matin, et Mitzi n'a pas dormi de la nuit. Elle est assise bien droite dans le lit d'Amber, et ses deux filles ont fini par s'endormir dans l'autre lit.

Le Smith & Wesson pend au bout de sa main bandée. Elle a

encore les jambes et les bras rouges, sent encore la brûlure des coups de ceinture donnés par Alfie et entend toujours un bourdonnement constant depuis le coup reçu à l'oreille. Mais elle oublie la douleur. Elle a les yeux fixés sur la porte de la chambre qu'elle a barricadée avec une commode.

Un moment plus tôt, elle a entendu une porte claquer, puis une voiture démarrer au quart de tour. Elle espère que c'était lui. S'il vous plaît, mon Dieu, faites que ce soit lui. Elle ne pose toujours pas le revolver – pas tant qu'elle n'est pas certaine. Dans le noir, elle a pensé aux filles – aux disputes auxquelles elles ont assisté – au mal qui a été fait. Le plus étonnant, c'est qu'il n'a pas été un mauvais père. Loin de là. Il les adore et elles l'adorent. Il n'a jamais levé la main sur elles. *Juste sur elle. Pour son bien. Pour lui apprendre une leçon. Parce qu'il l'aime et qu'il a peur qu'elle le quitte.*

Mitzi a entendu toutes les excuses, et elle les a répétées aux filles – elle leur a même dit que c'était normal, que tous les parents se disputaient de temps à autre. Elle a la nausée en repensant à la fois où, meurtrie et couverte de bleus après une dispute, elle l'avait laissé la serrer contre lui et ils avaient dit aux enfants combien ils s'aimaient et combien ils les aimaient. Et le plus insupportable, c'était qu'ils le pensaient. Ils le pensaient vraiment.

C'était dingue. Elle était bonne à enfermer.

Mais plus maintenant. Elle sort du lit sans bruit et écarte lentement la commode de la porte. Elle reprend son revolver et prend une profonde inspiration. Elle ouvre la porte et se dirige vers la chambre, là où ils se sont battus. Peut-être aurait-elle dû appeler les flics après l'avoir cloué au sol – et supporter l'inévitable humiliation, les gens qui jasent au boulot – qu'est-ce que cela pouvait bien faire ? En y réfléchissant bien, elle aurait dû les appeler depuis longtemps. Juste après la deuxième fois où il l'a battue, avant qu'il ne commence à pleurnicher et à lui demander de le pardonner.

Elle balaie l'encadrement de la porte avec son revolver et se met en position de tir.

Vide.

Même à la lumière tamisée de la lampe de chevet, elle sait qu'il est parti. Elle sort à reculons sur le palier, et se demande à présent comment elle a pu croire à toutes ses balivernes. L'amour ne connaît pas de limites. Surtout quand on a deux adorables enfants. Mais elle n'aurait pas dû s'y laisser prendre.

Mitzi descend les escaliers sur la pointe des pieds, tenant toujours le revolver dans ses mains tremblantes, même si c'est son métier d'avoir un revolver à la main. Elle n'allume aucune lumière avant d'être arrivée dans la cuisine. Elle regrette aussitôt de l'avoir fait. La luminosité lui fait l'effet du jugement dernier. Un coup de foudre envoyé directement par la main de Dieu lui ébranle le cerveau. Elle balaie encore la pièce de son revolver pour voir si le monstre qui fait partie de sa vie est étendu comme une baleine sur le canapé.

Il n'y est pas.

Elle devrait s'estimer heureuse.

Cinq minutes plus tard, Mitzi est sûre que les filles et elle sont seules. Elle verrouille toutes les portes et s'installe devant la table de la cuisine, le regard fixé sur l'endroit où Alfie avait l'habitude de s'asseoir. Où il ne s'assiéra plus jamais. Devant elle, il y a une bouteille de whiskey, un verre, le revolver et un avenir terrifiant.

34

CARSON, LOS ANGELES

Elle est froide maintenant.

JJ ne pensait pas que la chair humaine puisse devenir aussi froide. Il est fasciné. Les flics appellent ça la froideur mortelle, l'état de décomposition que les scientifiques connaissent sous le nom d'*algor mortis*.

Pauvre Em.

Chaque heure, son corps perd un degré et demi, et maintenant il est à peine à la température de la chambre non chauffée dans laquelle elle est étendue. Sa chambre. Sa dernière demeure. Il lui caresse les cheveux en admirant son visage d'une blancheur spectrale et l'enlace tendrement. D'étranges bruits émanent de l'intérieur de son corps. Il pose une oreille sur le cœur de la jeune fille, à l'affût de battements. Rien. Il descend le long de son buste, les mains sur ses hanches étroites, la joue contre son doux abdomen. Maintenant, il sait ce que c'est.

Les gaz et les liquides. Elle est peut-être morte, mais il y a encore des choses vivantes à l'intérieur d'elle – des organismes qui nourrissent ses intestins – de petites parties d'Em sont encore vivantes. La vie après la mort. Il se demande s'il y a encore des pensées dans son cerveau, évoluant telles des bactéries, se convulsant dans les affres de la mort. Les souvenirs disparaissent-ils comme les battements du cœur, ou rôdent-ils après le dernier souffle, avant de se putréfier au fil des heures, des jours, des mois ? Il sait que le cerveau peut être maintenu en vie après la mort des autres organes. Peut-être l'âme s'y trouve-t-elle ?

Il s'allonge près d'elle, prend appui sur ses coudes et pose les doigts sur les tempes de la jeune femme. Il plonge les yeux dans son regard vide et dit quelque chose qu'il n'a jamais dit avant :

— Je t'aime.

Il se sent bien. Simplement en prononçant ces mots. C'est ce que Dieu veut. Dieu est amour. Dieu lui a apporté Em. Elle est à lui. Il approche les lèvres de son visage.

— C'est vrai, Em. Je t'aime. Vraiment.

35

LE VATICAN

Deux gardes suisses accompagnent le conseiller particulier à travers le *cortile de Sisto V*, la cour de Sixte V, l'ancien cordelier devenu pape. Le bruit de leurs bottes résonne tandis qu'ils gravissent l'escalier en pierre jusqu'à l'étage supérieur du palais apostolique. Depuis le XVIIe siècle, les dix salles qui s'étendent devant eux, y compris une suite médicale, ont formé l'*appartamento nobile*, la résidence d'hiver officielle du souverain pontife.

Le secrétaire du pape accompagne Andreas Pathykos à travers le vestibule, et le laisse dans le petit cabinet de travail. Le Grec fervent connaît le Saint-Père depuis trente ans. Il représente ses yeux et ses oreilles dans le monde extérieur. Andreas fait les cent pas jusqu'à ce que les portes s'ouvrent et que son vieil ami entre.

— Votre Sainteté, dit-il en s'inclinant, j'espère que vous allez bien.

Le vieux pontife sourit.

— Aussi bien que peut se porter un homme simple âgé de quatre-vingts ans. Vous avez dit à mon secrétaire que vous aviez des nouvelles urgentes ?

— Oui, dit-il, changeant de ton. Je crains qu'elles ne soient pas bonnes.

Le Saint-Père s'installe sur une chaise à dossier haut.

— Les rendez-vous urgents sont rarement porteurs de bonnes nouvelles.

— La femme scénariste – elle est morte.

Le pontife est visiblement bouleversé.

— Dieu la bénisse, dit-il en faisant le signe de la croix. Dans quelles circonstances est-elle morte ?

— Elle a été retrouvée dans l'océan, près de là où elle vit, aux États-Unis. Ce n'était pas un accident. Nous avons appris de source sûre que la police de Los Angeles considère qu'il s'agit d'un meurtre.

Le pape baisse la tête en signe de recueillement solennel. Plus tard, il priera pour son âme. Et il priera pour que ses pensées les plus sombres ne soient pas réelles.

Le conseiller n'ajoute aucun détail supplémentaire, et certainement pas les détails les plus sanglants, qu'il connaît – la perte de l'œil, les signes de torture. Sa Sainteté lève les yeux. Un pâle regard bleu qui a vu beaucoup de péchés et a été le témoin de beaucoup de sagesse se pose sur son serviteur, en qui il a une totale confiance.

— Andreas Pathykos, si vous avez des informations qui peuvent aider la police à arrêter l'assassin de cette femme, vous devez en informer les autorités.

— Je comprends, Votre Sainteté.

— L'Église a beaucoup œuvré pour réunir les différentes factions – les modernistes et les orthodoxes – mais nous ne pouvons pas nous ranger du côté des extrémistes.

— Saint-Père…

Le pontife l'interrompt d'un geste de la main.

— Ils ont de bonnes intentions, mais ils pêchent presque toujours par excès de zèle. L'Histoire nous a au moins appris cela.

— Bien sûr, Votre Éminence, concède le Grec.

— Et pour l'autre affaire ? Est-ce qu'on en a terminé avec tout ça, maintenant ?

Pathykos tressaille.

— Je ne pense pas. J'ai bien peur que ce ne soit le contraire. Cette mort fâcheuse risque de la rendre encore plus d'actualité que jamais – et pour un certain temps.

36

Los Angeles

À cinq heures du matin, Mitzi commence sa nouvelle vie.

Elle range le whiskey, refait du café et trie les factures qui doivent impérativement être payées, ainsi que celles qui concernent les activités extrascolaires. Elle se rappelle que les filles vont skier avec l'école, et que la date du dernier paiement pour le voyage est dépassée depuis longtemps. Elle n'a pas les moyens de payer, mais elle se débrouillera. Il lui semble important qu'elles soient loin de la maison pour l'instant. Des vacances au mont Baldy, c'est certainement ce dont les filles ont besoin.

Elle allume l'ordinateur familial et commence à chercher deux choses qui figurent sur sa liste. Un serrurier. Et un avocat. Tous les verrous des portes et des fenêtres doivent être changés. Aujourd'hui, ce matin. Cela ne sera pas donné, mais cela ne doit pas entrer en ligne de compte. Et elle doit prendre un autre rendez-vous pour s'occuper de l'aspect désagréable et officiel des choses – le divorce et la bataille inévitable pour essayer de garder le peu qu'elle possède.

Le salaud lui avait pris son estime de soi, elle allait s'assurer qu'il ne prendrait pas aussi sa maison.

Elle remonte rapidement à l'étage et jette un coup d'œil sur les filles. Elles dorment encore. Tant mieux. Peut-être une bonne nuit de sommeil effacera-t-elle une partie des horreurs de la nuit. Elle va doucement, pieds nus, jusqu'à sa chambre et descend une malle poussiéreuse du dessus de l'armoire. Vingt minutes plus tard, elle est assise dessus, et y a entassé vêtements, chaussures, et tout ce qu'elle a pu des affaires de son mari. Elle mettrait le reste dans des sacs et déposerait le tout dans le garage pour qu'il vienne les chercher quand elle ne sera pas là. Une chose est certaine, se dit-elle, jamais il ne remettra les pieds dans cette maison.

Dans la salle de bains, elle fait glisser d'un geste rasoir, mousse, déodorant et un tas de babioles dans une corbeille en osier, puis entre dans la douche pour se laver de cette expérience. C'est le moment de tout recommencer à zéro. Jamais jusque-là elle n'avait traversé une période empreinte d'autant de vérité. Elle se sèche et examine chacune des marques sur son corps. Elles s'effaceront. Avec le temps, elles partiront, tout comme les souvenirs, les doutes obsédants et la peur qui, à cet instant, se bousculent dans son esprit.

Elle s'habille pour aller travailler. Elle opte pour des couleurs vives, car elle doit faire preuve d'assurance et aller de l'avant. Un chemisier jaune vif et un pantalon bleu avec la veste assortie. C'est trop vif, elle le sait. Trop estival, trop tape-à-l'œil. Ce n'est pas grave. Elle a besoin d'être soutenue par la force des couleurs, par un halo d'énergie qui lui permette d'affronter cette journée. Il lui reste encore deux heures avant de devoir emmener les filles à l'école, alors elle s'installe sur la table de la cuisine et surfe sur Internet. Tout d'abord, les gros titres. Ensuite, les commérages. Lassée de lire partout la même chose, elle tape « Suaire de Turin » dans le moteur de recherche. Un demi-million d'entrées s'affichent en un dixième de seconde. Impressionnant. Si seulement les hommes étaient aussi efficaces. Si on donne à un homme une journée entière, il n'est même pas capable de trouver son portefeuille, et encore moins quatre cent quatre-vingt-dix-neuf mille autres choses. Les moteurs de recherche étaient certainement de sexe féminin.

Il y a de nombreuses pages religieuses et le suaire a son propre site. Elle va sur Wikipédia et regarde pour la première fois l'image obsédante qui avait tant tourmenté Tamara Jacobs.

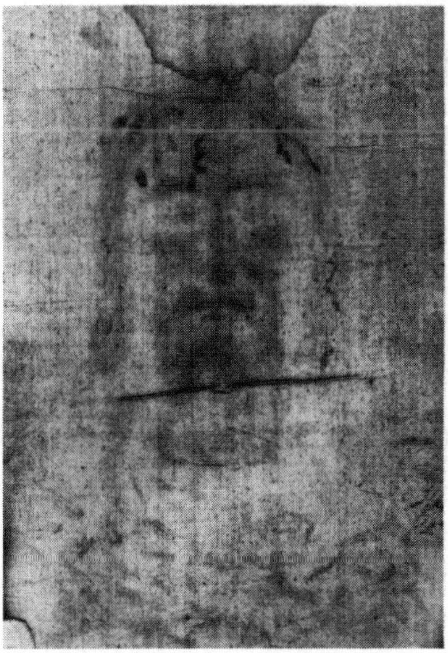

En lisant le texte d'accompagnement, elle apprend que les photographies ont été prises en 1898 par un avocat italien nommé Secondo Pia, qui était également photographe amateur. Elle est sidérée de voir à quel point le négatif est clair comparé au sépia. Il est difficile de croire qu'il s'agit de la même image. Elle se dirige vers un des tiroirs de cuisine et en sort un stylo et un carnet à spirales. Sur une page blanche, elle commence à noter quelques points tandis qu'elle erre de site en site :

- Le Suaire est un grand drap en lin portant les traces d'un homme crucifié.
- Il est gardé dans une chapelle spéciale de la cathédrale Saint-Jean-Baptiste de Turin.
- En 1978, des analyses détaillées ont été menées par une équipe de chercheurs américains du nom de STURP (*Shroud of Turin Research Project*). Ils n'ont trouvé aucune preuve de contrefaçon et ont conclu que la façon dont l'image s'est formée est un mystère.

- En 1988, une datation par le radiocarbone a été menée par les universités d'Oxford et d'Arizona et par l'École Polytechnique Fédérale de Zurich. De façon indépendante, elles ont toutes affirmé que le Suaire date du Moyen Âge, entre 1260 et 1390 – toutes ont donc conclu qu'il ne pouvait s'agir du linceul dans lequel le Christ a été inhumé.

Mitzi s'écarte de l'écran, plus certaine que jamais que les réponses qu'elle cherche se trouvent à Turin. Elle regarde sa montre et prend conscience qu'elle était si absorbée par le mystère du Suaire qu'elle a perdu la notion du temps. Il est huit heures du matin. L'heure d'affronter les filles, et de leur dire que ce qui s'est passé la veille n'était pas un cauchemar. Qu'elle a vraiment mis leur père à la porte et qu'elle ne veut pas qu'il revienne.

Jamais.

37

Le Vatican

Andreas Pathykos quitte le palais du Vatican et marche cinq minutes pour rejoindre un des cafés de la Piazza del Sant'Uffisio. Il y vient depuis des années. Tout comme l'homme qu'il est sur le point de rencontrer.

Il commande une grande assiette de pâtisseries, un expresso et de l'eau, puis surveille la porte pour guetter l'arrivée de son invité. Il n'a pas longtemps à attendre. Le père Nabil Hayek ne tarde pas à faire tinter la sonnette de la porte en entrant. Son visage s'illumine lorsqu'il aperçoit son vieil ami à une table.

Hayek a une bonne cinquantaine d'années, il est libanais. Sa famille remonte aux débuts de l'Église maronite syriaque d'Antioche, un ordre catholique unique qui possède encore sa propre liturgie, sa discipline et sa hiérarchie. Antioche a une place particulière dans le cœur des catholiques. C'est le lieu où on a donné le nom de chrétiens aux disciples de Jésus, et après la destruction de Jérusalem en 70 apr. J.-C., ce lieu est devenu le centre de la foi.

— Il fait encore froid, ronchonne Hayek en guise de salut. Vivement le printemps !

— Bois ce café, je vais nous en commander un autre.

— *Grazie.*

Le visiteur réchauffe ses mains arthritiques sur la petite tasse tandis que Pathykos fait signe au barman de leur apporter du café. Il prend un *pasticiotti* dans le monceau de pâtisseries et le pose sur l'assiette d'Hayek.

— J'ai pris celui-là juste pour toi.

— Avec de la ricotta ou de la crème ? demande Hayek en tirant l'assiette vers lui.

— Vanille et chocolat, déclare-t-il avec une fierté presque impie.

Hayek mord dans la tendre *pasta frolla* et apprécie ce rare moment de gourmandise.

De nouveaux gâteaux arrivent et ils passent les dix minutes qui suivent à parler de nourriture, de boisson et des frivolités de la vie. Puis, Pathykos en vient au fait.

— J'ai informé Sa Sainteté des difficultés survenues à Los Angeles.

— Et ?

— Il a exprimé son inquiétude.

— De façon explicite ?

Le Grec réfléchit un instant avant de répondre.

— Il demande, pour le cas où je détiendrais la connaissance, que je partage cette connaissance avec les autorités.

— Comment Sa Sainteté définit-elle « la connaissance » ?

— « *La croyance vraie justifiée.* »

— Ah, la définition de Platon, dit-il en léchant la crème sur son doigt. Le grand homme a dit que « *la connaissance qu'un individu a de quelque chose n'existe pas à moins que la proposition soit vraie. Nous devons croire que cette affirmation est vraie et cette croyance doit être justifiée.* »

— C'est ce que la plupart des épistémologues admettent, et d'après une telle définition, je détiens la connaissance.

Hayek n'en est pas si sûr.

— C'est une supposition, mon cher ami, rien de plus. Et tu n'en as pas eu la confirmation absolue, donc, comme il ne s'agit que d'une supposition, tu ne détiens pas la vérité.

— Tu as probablement raison.

— Je sais que j'ai raison, dit Hayek, visiblement content de lui. Maintenant Andreas, en acceptant que tu ne détiennes pas la vérité – en admettant que tu ne saches pas de façon irréfutable ce qui s'est passé –, tu dois aussi accepter que tu n'aies pas *la croyance vraie justifiée*, et que par conséquent, tu ne détiennes pas la connaissance.

Le conseiller du pape boit son thé à petites gorgées et absorbe la sagesse. Il pose la minuscule tasse blanche.

— S'il me le demande, je dirai au Saint-Père que je ne sais rien de plus que ce que lui-même sait ou suppose. S'il me donne l'ordre de partager avec lui plus que mes connaissances, alors je te le dirai.

Hayek hoche la tête en signe d'approbation. C'est le maximum de ce qu'il peut espérer. Il revient à ses pâtisseries et se demande s'il peut en dire plus au Grec. Jusqu'à ce jour, il était agréable de pouvoir parler librement de ces sujets quelque peu délicats. Mais après la discussion de ces dernières minutes, cela n'était peut-être plus d'actualité.

— Tu as un contact à Los Angeles. Peut-être serait-il préférable qu'à partir de maintenant, je traite directement avec lui ?

Pathykos comprend ce que cette proposition implique. Ainsi, il pourra éviter toutes questions portant sur ses *connaissances futures*. Il peut agir dès maintenant pour prendre ses distances. Mais il y a un prix à payer pour cette commodité. La perte de contrôle. Le Grec sait qu'une fois qu'il aura confié les rênes à Hayek, il ne pourra plus les reprendre.

Les deux hommes restent assis à boire leur café dans un silence contemplatif pendant plusieurs minutes, mettant en balance les conséquences possibles de la demande d'Hayek, non seulement pour leurs Églises, mais pour leur propre vie.

Pathykos finit par demander l'addition. Il règle en espèces et écrit un nom et un numéro de téléphone sur une serviette. Il la fait glisser de l'autre côté de la table de façon hésitante.

— Tu as conscience qu'on ne doit plus se rencontrer. Pas avant des années. Peut-être plus jamais.

Hayek prend la serviette à contrecœur.

— Oui.

Les deux hommes se lèvent. Ils s'étreignent et s'embrassent avant de se quitter et de partir chacun de leur côté. Le Grec regagne le palais du Vatican, sachant qu'un jour il lui faudra chercher à obtenir le pardon pour ce qu'il vient juste de faire.

38

LOS ANGELES

Mitzi a les yeux rouges et elle se sent épuisée. Elle a failli appeler son patron pour dire qu'elle était malade.

Amber et Jade pleurent toutes les larmes de leur corps au petit-déjeuner. Puis, tout le monde se prend dans les bras, dit être désolé, et retombe dans le silence en ressassant des idées noires sur la vie de famille qui vient juste d'exploser.

Mitzi essaie de se secouer. De retrouver un semblant de normalité. Et de redescendre sur Terre.

— La vie continue, leur dit-elle. Personne n'a le cancer. Personne n'est mort. Tout est encore possible. Et vous partez toujours au ski.

La promesse de cadeaux a l'effet escompté. Pour l'instant, seulement. Et les couleurs vives qu'elle porte l'aident à faire bonne figure. Elle laisse la clé à un voisin pour que les verrous puissent être changés, emmène les filles à l'école et part travailler.

Maintenant, elle essaie de faire comme si rien ne s'était passé. Comme si c'était une journée normale. Mais ça ne l'est pas. C'est une journée effrayante. C'est sa première journée en tant que mère célibataire. Sa première journée de femme sur le point d'entamer une procédure de divorce. Elle compose le numéro de l'avocat trouvé sur Internet et prend un rendez-vous pour la semaine suivante. Elle aurait préféré le voir le jour même, mais il n'est pas disponible avant. Dommage, elle aurait voulu continuer sur sa lancée. Pour une raison qu'elle ignore, elle touche son revolver, le Smith & Wesson qu'elle a pointé sur son mari la veille.

Aurait-elle pu lui tirer dessus ?

Bien sûr, qu'elle aurait pu tirer sur ce salaud !

Aurait-elle essayé de le tuer, ou de le blesser ?

La question est plus délicate.

Tandis qu'elle s'efforce d'y répondre, elle prend conscience que sous l'épaisse couche formée par la haine, les cicatrices, les bleus et les mauvais traitements, il y a encore un mince voile d'amour, un lien ténu la reliant aux bons moments. Elle avale d'un trait sa grande tasse de café et allume son ordinateur. Un jour, elle boira moins de café, se lancera peut-être dans une grande détox, et boira des litres d'eau, comme le font apparemment les filles bien. Mais pas aujourd'hui. Aujourd'hui, Mitzi accuse déjà un dangereux excès de caféine, et elle n'a aucune intention de freiner sa consommation.

À présent, elle regrette de ne pas avoir demandé à Nic de rentrer, et de l'avoir envoyé à la recherche de la famille et des amis de Tamara. Elle aurait grandement besoin de son énergie positive auprès d'elle pour l'aider à tenir le coup. Mais d'une certaine façon, c'était bien qu'il ne soit pas là. Si elle lui avait dit ce qu'Alfie avait fait, ça l'aurait probablement rendu dingue, et il aurait pu faire des choses aux conséquences regrettables.

Elle regarde le bordel sur son bureau. Des piles de documents et de dossiers. Elle ne les avait sûrement pas laissés ainsi, elle était en général bien plus ordonnée que cela. Mais peut-être était-elle en train de perdre la boule – ou bien quelqu'un avait fouillé dans ses affaires à la recherche de quelque chose et avait abandonné en chemin. Le bureau est couvert de rapports de la police scientifique, de comptes rendus d'interrogatoires, de relevés de comptes bancaires, de factures et d'archives concernant Tamara Jacobs et son mari Dylan, dont elle était séparée. Il y a aussi toutes les choses soutirées à Sarah Kenny – les messages internes, les notes et les clés USB qui appartenaient à Tamara. Des archives, elle a réussi à imprimer des tas de versions de son scénario, annotées de façon numérique et classées par ordre chronologique.

Mitzi décide de les lire en commençant par le début. La première version risque d'être la plus sommaire, mais peut-être aussi la plus utile. Les versions suivantes avaient peut-être subi des coupures, réécritures et camouflages. Elle soulève les jambes, pose ses talons sur le bureau, s'installe confortablement dans son fauteuil avec le manuscrit. Cela fait un moment qu'elle n'a pas lu autre chose qu'un journal ou un magazine – encore une chose qu'elle allait devoir corriger dans sa nouvelle vie. Elle feuillette les pages et essaie de suivre le plan, l'intrigue et les indications scéniques complexes.

LE SUAIRE

par Tamara Jacobs

Générique de début

Écran noir totalement vide (on doit avoir l'impression que le vide dure trop longtemps.) Étant plongé dans l'obscurité, le spectateur est emprisonné, désorienté, pris au piège.

Dans la vacuité des ténèbres, on entend **le bruit du vent dans le désert qui souffle et mugit**.

Le tonnerre éclate.

Le tonnerre se transforme **en bruit de clous qu'on enfonce dans du bois**. Le vent mugit de nouveau, puis laisse place à des **pleurs et cris de femmes**.

Toujours l'obscurité.

Une musique inquiétante monte lentement.

Soudain, un montage d'images en noir et blanc éclabousse l'écran. Des images en positif et en négatif du visage qui apparaît sur le Suaire de Turin.

Gros plan sur les yeux noirs.

On entend les martèlements de la musique.

Enchaînement rapide d'images qui semblent représenter la couronne d'épines. **La musique aiguë scande chaque plan**. Les images apparaissent déchirées, en lambeaux et éraflées comme un vieux film en noir et blanc diffusé avec un vieux projecteur.

Du sang éclabousse l'écran. Il se dissout dans le tissu du Suaire et disparaît, absorbé à mesure que passent les siècles.

Gros plan sur la partie inférieure du Suaire, puis la caméra suit l'endroit qui couvre la paume des mains et les pieds, là où le sang rouge traverse le tissu. Plan fixe sur le tissu de la sépulture, puis fondu au noir.

Le bruit de pleurs distants se mêle au **bruit du vent violent** qui s'abat, avant de s'effacer lentement.

La vie et le temps ont passé.

L'écran est à nouveau plongé dans le noir.

<u>**Scène d'ouverture**</u>

L'écran noir révèle peu à peu un ciel étoilé. Zoom arrière qui révèle un plan large du ciel nocturne, puis lente plongée pour montrer l'actuelle ville de Turin illuminée.

<u>**Ext. jour – Plan large de la cathédrale de Saint-Jean-Baptiste**</u>

(son de cloches)

<u>Plan grue de l'entrée de la cathédrale</u>

L'ancienne porte d'entrée s'ouvre brusquement. Une bruyante assemblée en sort. Les gens ferment leur manteau, mettent leur chapeau, tenant les enfants par la main. Ils semblent heureux. Portés par un regain de vie.

Scène entrecoupée

Un vieux prêtre fait des allées et venues dans la sacristie. Les enfants de chœur ramassent les livres des cantiques, éteignent les cierges, aident les personnes agenouillées à se relever.

L'église se vide et l'obscurité gagne l'écran à nouveau. **Bruit de clé qui tourne dans la serrure** de la lourde porte d'entrée. **On entend des bruits de pas** qui descendent l'escalier en pierre à l'extérieur, et s'évanouissent peu à peu.

Le visage d'un homme apparaît soudain dans le halo d'une lampe torche. Le faisceau de la lampe descend brusquement sur le sol de l'église. On entend ses pas tandis qu'il marche et on suit les mouvements du faisceau. Il s'arrête et s'élève vers l'endroit où le Suaire de Turin est tenu sous clé. La lumière insiste sur la serrure de la vitrine dans laquelle se trouve le Suaire. Une main gantée de latex insère une clé dans la serrure de la vitrine et la tourne à l'intérieur. On entend le loquet de la serrure et tandis que la porte s'ouvre en grinçant, la lumière descend sur le Suaire.

Il ne se passe rien pendant une seconde ou deux.

Puis, on aperçoit la lueur d'un couteau en pleine lumière.

Le Suaire semble être sur le point d'être déchiré. Abîmé. Saccagé. La lumière caresse le Suaire – des salissures et des taches apparaissent (les images rappellent celles qu'on vient de voir dans la séquence-titre). On entend une forte détonation. La torche est rapidement éteinte.

<u>Ext. – Plan large</u>

Deux jeunes garçons jouent au ballon, qui atterrit sur la fenêtre de l'église. Ils récupèrent le ballon et s'enfuient en courant.

Int.

Dans l'ombre, on voit le visage de l'homme qui tient le couteau, attendant patiemment. Quand il n'y a plus de bruit pour le déranger, il reprend ce qu'il faisait.

Gros plan

La lame du couteau gratte lentement la surface du vieux tissu, comme s'il était en train de l'affûter de façon méthodique sur une pierre à aiguiser. Le couteau disparaît. Légère pause. Du ruban ~~adhésif ressemblant à celui qui est utilisé par les agents du CSI pour relever des empreintes est appliqué sur le tissu, avant d'être décollé.~~

Ext. Jérusalem 32 apr. J.-C.

Plan grue panoramique sur une colline du Moyen-Orient, on voit des arbres, des chameaux, des gens qui se pressent en se bousculant pour voir quelque chose. La foule se rassemble, on entend la voix d'un homme.

La caméra s'élève au-dessus des têtes de l'immense foule réunie, et on voit Jésus prêcher.

Mitzi lève les yeux du scénario, perdue dans ses pensées. Quelque chose a attiré son attention. Elle regarde à nouveau les lignes qui ont été barrées.

~~adhésif ressemblant à celui qui est utilisé par les agents du CSI pour relever des empreintes est appliqué sur le tissu, avant d'être décollé.~~

Il y a une annotation à la main dans la marge de droite : **trop sensible, à réécrire.*

Mitzi se plonge dans les différentes versions, et après quelques recherches, elle trouve la nouvelle version :

Le couteau disparaît. Il y a une courte pause. Une enveloppe blanche entre dans le champ de la caméra par la gauche. Une main soulève le Suaire et le tapote doucement. On voit de minuscules particules de tissu et de poussière marron tomber dans l'enveloppe. Elle est ensuite cachetée.

Mitzi se demande pourquoi Tamara avait changé le texte. Qu'est-ce qui n'allait pas dans la version originale ? Elle compare les deux scénarios. Les seuls changements significatifs semblent être la suppression de « ressemblant à celui qui est utilisé par les agents du CSI pour relever les empreintes » qui figurait dans la première version. Elle se balance d'avant en arrière dans son fauteuil, comme si elle espérait que ce mouvement allait déloger une pensée ou une intuition coincée quelque part. Elle va aller voir Matthews pour obtenir le feu vert afin d'envoyer Nic à Turin. Ça ne leur plaira pas, ni à l'un ni à l'autre, mais c'est pourtant ce qui allait se passer.

Le téléphone portable sonne sur son bureau et Mitzi s'en empare.

— Mitzi Fallon, dit-elle, les yeux encore fixés sur le scénario, se demandant encore à quoi rimaient ces changements.

— C'est moi.

Les mots la paralysent sur place.

Alfie.

Son cœur bat la chamade. Elle écarte le téléphone de son oreille et lance un regard furieux dans sa direction. Il est encore en train de parler quand elle raccroche. Sans trop savoir pourquoi, couper la ligne ne suffit pas. Mitzi s'assure que le téléphone est bien éteint. Elle sait qu'elle devra lui parler. Mais pas maintenant. Pas avant d'être sûre qu'elle est assez forte.

39

CENTRE-VILLE, LOS ANGELES

Le chef de l'usine, John James, se tient sur le seuil de la porte de l'atelier des machinistes quand retentit la sirène qui annonce la pause café de onze heures.

— Attendez ! Attendez !

Il doit crier fort au milieu de la cacophonie des chaises tirées sur le plancher en bois.

— Attendez. Vous devez écouter ce que j'ai à vous dire avant de partir.

Le bruit retombe, réduit à de simples plaintes, tandis que les visages impatients des femmes qui ont soif le regardent fixement. Certaines ont horriblement besoin d'aller aux toilettes, d'autres de boire un café ou un soda, mais les plus désespérées sont celles qui sont pressées de sortir pour allumer une cigarette.

— Emma Varley a donné sa démission hier soir et elle ne viendra plus.

La nouvelle donne lieu à quelques sifflements, et même quelques applaudissements provoqués par l'ennui.

— Cela veut dire que nous avons une place de machiniste qui est vacante, si vous connaissez quelqu'un qui cherche du travail, faites-le-moi savoir. Les candidates doivent fournir des références. C'est tout pour l'instant.

Une vague de bruit s'élève à nouveau, et l'exode reprend. JJ se met sur le côté et laisse la marée de femmes se déverser par la porte.

— Bon débarras, dit Jenny Harrison en arrivant près de lui. (La brunette de trente ans a les cheveux gras tirés en chignon et le visage recouvert d'une épaisse couche de maquillage.) Cette garce n'était pas douée de toute façon, elle nous ralentissait.

JJ se sent obligé de la défendre.

— Em sera une grande perte pour l'entreprise, dit-il.

Harrison s'arrête devant lui.

— *Em* ? (Son visage s'illumine et sa voix se charge d'excitation.) *Em* était la chouchoute, alors ?

JJ ne dit rien. En son for intérieur, il se maudit déjà de ce lapsus.

— Oh ! Elle va vous manquer, monsieur ? demande Harrison, tout en saisissant le bras d'une de ses copines qui passe par là. Hé, Kim, tu crois que le patron en pinçait pour la tachetée ?

Kim Bass, une blonde platine qui n'est ni jeune ni vieille, s'arrête et regarde ouvertement le visage de son responsable. Elle mâche son chewing-gum avec nonchalance et le regarde de la tête aux pieds.

— Ouais, peut-être. Ou tu sais, peut-être qu'il était très *dur* avec elle.

Elles éclatent de rire et se cramponnent l'une à l'autre, comme si la plaisanterie était si drôle qu'elles risquaient de s'écrouler.

— Sortez d'ici ! crie JJ en leur montrant la direction de la sortie. Prenez votre pause ou retournez travailler.

Harrison est trop insolente et effrontée pour le laisser lui parler ainsi. Elle n'a déjà fait qu'une bouchée de types deux fois plus costauds que Face de poisson. Elle avance plus près de lui, si près qu'elle le touche avec ses seins, et que son parfum bon marché le fait tousser.

— On pourrait être vos chouchoutes, monsieur, dit-elle sur le point de lui caresser le visage. Il recule pour l'éviter. Kim et moi, on pourrait vous montrer des choses que vous n'imaginez même pas.

Bass suit son exemple et s'appuie contre son épaule, se pressant contre lui.

— C'est vrai, patron. Si vous vous occupez de nous, on s'occupera de vous, vous savez.

Il perd son calme. Il gifle la blonde sur la bouche. La colère monte en lui à mesure que des images lui traversent l'esprit. Il doit faire un effort sur lui-même pour maîtriser son autre main, faire appel à toute sa volonté pour ne pas la prendre à la gorge et la serrer… jusqu'à son dernier souffle.

— Hé ! lance Bass en ôtant sa main. Vous venez de m'agresser.

Sans réfléchir, il la gifle du revers de la main.

— Prenez vos affaires. Vous êtes toutes les deux virées. Fichez le camp.

Bass s'écarte de lui. Elle ne fait plus la maligne cette fois.

— Vous ne pouvez pas faire ça.

— Je viens de le faire, dit-il, le cœur battant à tout rompre. Vous êtes virées toutes les deux. Débarrassez le plancher. Maintenant.

Les deux femmes se regardent d'un air hésitant.

— C'était juste une plaisanterie, monsieur James, dit Harrison, semblant presque s'excuser. Nous sommes désolées de vous avoir mis en boule.

— Sortez.

— S'il vous plaît, supplie Bass. Dwayne va me frapper à mort si je lui dis que j'ai perdu ce boulot.

JJ s'en fiche éperdument.

— Prenez vos affaires et partez, ou j'appelle les flics et je vous fais mettre dehors.

Elles voient qu'il ne va pas changer d'avis. La rage envahit le visage d'Harrison.

— Vous l'avez agressée sexuellement, dit-elle en montrant Bass du doigt. Je vous ai vu. Vous l'avez pelotée, dit-elle en se tournant vers son amie. C'est bien ce qu'il a fait, Kim ? Il t'a touchée, n'est-ce pas ?

— Oui. Vous êtes un maniaque sexuel. Vous n'avez pas arrêté de me harceler. Toutes les filles vous ont vu.

Elles voient son expression arrogante s'effacer de son visage. Le pauvre type ne sait pas quoi faire. Il n'en a pas la moindre idée. Harrison lui donne une petite tape sur la joue, avant de s'éloigner.

— On prend notre pause, maintenant, dit-elle en jetant un coup d'œil à son poignet. On sera un peu en retard, parce que vous nous avez retenues pendant trop longtemps.

40

Los Angeles

Le fauteuil de bureau de Deke Matthews grince de façon inquiétante tandis qu'il se balance d'avant en arrière, réfléchissant à la demande de Mitzi d'envoyer Karakandez à Turin.

S'il s'agissait d'un SDF mort dans la rue, il dirait non. Il l'enverrait promener aussi sec. Mais une scénariste d'Hollywood, c'était différent. Très différent, surtout depuis que le maire lui avait mené la vie dure le matin même, lui demandant un rapport sur l'avancement de l'enquête, en lui rappelant que les élections étaient proches.

Il se redresse dans son fauteuil et lui donne son verdict.

— OK, envoyez-le, mais à l'économie. Mettez-le dans un avion de marchandises ou sur une compagnie low cost. Pas d'heures sup, et pas de frais inutiles.

— Merci, patron, répond-elle en se levant.

— Et envoyez-le maintenant. Aujourd'hui. Ou au plus tard ce soir. J'ai besoin d'avoir des résultats sur cette enquête, Fallon, et vite.

— Pas de problème, dit-elle en se dirigeant vers la porte.

— Très bien. Et ne lambinez pas, c'est pour hier.

Mitzi compose le numéro de Nic tandis qu'elle se dirige vers sa voiture pour se rendre à son rendez-vous suivant, un spécialiste de la religion catholique, expert sur le Suaire.

— Karakandez.

Il y a beaucoup de bruit autour de lui.

— Où es-tu ?

— Je fais le tour des cafés proches du studio, dit-il en faisant un signe de tête en guise de remerciement à un jeune serveur qu'il vient de finir d'interroger. Je me disais que Tamara avait peut-être l'habitude de traîner par ici lorsqu'elle avait envie d'un brunch, ou de ce que les scénaristes ont l'habitude de manger.

— Ça a donné quelque chose ?

Il regarde les visages maussades auxquels il a déjà montré sa plaque.

— Pas pour l'instant.

— Alors rentre chez toi et fais ta valise. L'administration t'offre un voyage à Turin.

— Impossible ! Je n'ai pas terminé ici. Et il est trop tard pour traverser l'Atlantique aujourd'hui.

— Ce n'est pas un souhait, c'est un ordre – qui vient directement de Matthews.

Il ne dit rien pendant un moment, et digère la nouvelle. Il sait que Mitzi a deux gosses et un ivrogne dont elle doit s'occuper. Il n'est donc pas question qu'elle y aille à sa place, et personne dans le service n'est assez ancien pour pouvoir se charger de cette mission.

— Tu me revaudras ça !

— Tu pourras penser à moi quand tu navigueras sur les mers.

Il éteint son téléphone et se dirige vers la sortie du café.

Mitzi aurait préféré lui éviter une telle charge de travail – pas seulement parce qu'il aurait mérité de finir en douceur avant de quitter la police, mais parce que si l'affaire n'est pas bouclée au moment de son départ, elle devra briefer quelqu'un sur tout ce qu'il aura fait.

Juste après midi, elle se gare et monte dans l'ascenseur d'une tour de bureaux en béton de West Temple Street. Le sol est recouvert de dalles de moquette marron qui semblent avoir dépassé depuis longtemps la date de garantie. Un bureau en métal gris à tiroirs et deux chaises en plastique moulé occupent la moitié de la pièce. L'autre moitié est dominée par un crucifix d'un mètre fixé au mur sur lequel trône une figure du Christ ensanglanté outrageusement réaliste.

Le père Patrick Majewski de l'archidiocèse de L.A. se lève pour la saluer. L'ecclésiastique au visage rougeaud est le produit distillé de générations d'Irlandais et Polonais ivres de liberté passés par le filtre de Gdansk et Belfast.

— Je vous en prie, asseyez-vous, dit-il en regagnant sa chaise. J'espère que ça ne vous dérange pas, je suis en train de finir mon déjeuner.

Il désigne un bol de bouillon clair sur un vieux plateau en bois, sur son bureau.

— Non, pas du tout.

— Voulez-vous que je vous en fasse apporter ?

Mitzi a déjà vu de l'eau de vaisselle qui paraissait plus appétissante.

— Non, ça va, merci.

— Tant pis pour vous.

Il lui adresse un sourire affable tout en glissant une serviette blanche dans le haut de sa soutane. Chaque cuillère est lentement savourée. Pas de lampée goulue et bruyante. Aucune précipitation. Et pas une goutte n'est perdue.

Après ce qui lui a semblé comme une éternité, le bon père repose la cuillère sans bruit dans le bol, ôte sa serviette et se tapote les lèvres.

— Absolument délicieux, annonce-t-il. Vous avez vraiment manqué quelque chose.

— On dit que l'abnégation nourrit l'âme, mon père.

— Mais pas l'estomac, dit-il en riant. Bien, vous n'êtes pas venue ici pour parler de soupe. Vous m'avez dit au téléphone que vous vouliez parler du Saint Suaire de Turin.

— Oui, dit-elle en se redressant sur sa chaise. Le bureau de presse du diocèse dit que c'est votre domaine de prédilection.

— Sans aucun doute. Toute ma vie, j'ai été fasciné par le Saint Suaire. J'ai cru comprendre que c'était lié à une enquête criminelle. Puis-je vous demander de quoi il s'agit ?

— C'est une enquête en cours. Je ne voudrais pas paraître impolie, mais je ne peux vraiment rien dire pour l'instant.

— Je comprends. Que voulez-vous savoir exactement ?

— Je voudrais savoir si vous pensez que le Suaire est authentique.

— Je l'ai vu à la chapelle de la Sacra Sindone, la dernière fois que le Suaire a été présenté au public. Le seul fait d'être en sa présence m'a fait comprendre que c'était celui de notre Seigneur.

— Comment cela ? Comment pouvez-vous en être aussi certain ?

Le visage de l'ecclésiastique s'éclaire.

— En tant que serviteur du Christ, je le savais, c'est tout.

Elle ouvre son carnet et semble distraite.

— Excusez-moi un instant. J'ai pris des notes, des choses que j'ai relevées sur Internet, dit-elle en feuilletant son carnet. Ah, voilà : les scientifiques qui ont daté le Suaire au carbone 14 affirment que cela ne peut être celui du Christ car il date du Moyen-Âge. Ils l'évaluent, je cite, « incontestablement entre 1260 et 1390 ».

— Ils se trompent. Ils ont effectué cette datation il y a presque trente ans. À cette époque, le procédé utilisé n'était pas aussi fiable que maintenant. D'une façon ou d'une autre, ils ont commis une erreur.

— Vraiment ?

— Vraiment. Vous trouverez de nombreux exemples de datation au carbone 14 pour lesquels les scientifiques se sont trompés de plusieurs centaines d'années.

— Mais une erreur de plus de mille ans est improbable, n'est-ce pas ?

— Une erreur est une erreur, inspectrice. Si, lors d'un procès, vous présentiez une preuve matérielle – ADN, groupe sanguin, empreinte – et que cette preuve était même partiellement irrecevable, un juge ne maintiendrait pas l'accusation, n'est-ce pas ?

— Je suppose que non. Mais même les scientifiques des universités actuelles qui ont mené des tests sur le Suaire – qui étaient tous de grands pontes d'Oxford, d'Arizona et de Zurich – disent toujours que ces tests étaient fiables.

— Mais bien entendu ! Ils protègent leur réputation. Écoutez, les rayons X ont été inventés au XIXe siècle, c'était une découverte incroyable – la capacité de voir à l'intérieur du corps humain et de guérir ce qui n'allait pas. Mais les premières machines étaient loin d'être aussi exactes que celles que nous employons maintenant – ils sont passés à côté de milliers de problèmes de santé. Et c'est exactement la même chose pour la datation au carbone 14. Elle en est encore à ses débuts, et dans ce cas, elle est tout aussi inexacte que les générateurs à rayons X du XIXe siècle.

Le visage de Mitzi laisse entrevoir qu'elle n'est toujours pas convaincue.

— Il y a d'autres facteurs qui entrent en jeu, et ils sont nombreux, enchérit l'ecclésiastique.

— Tels que ?

— Pour commencer, les échantillons ont été prélevés sur les mauvaises zones du Suaire.

— Mais comment peut-il y avoir une mauvaise zone ?

— C'est très simple. Le Suaire est très grand et très ancien. Il mesure quatre mètres quarante sur un mètre treize. Au fil du temps, il a été endommagé par des pliures, des taches d'humidité, et plus particulièrement par un incendie qui a eu lieu dans la Sainte-Chapelle de Chambéry, dans les Alpes françaises, là où il était conservé auparavant. Donc, au fil des siècles, le tissu brûlé, taché et effiloché a été remplacé, un nouveau tissage a été ajouté à l'ancien. Et je crains que la datation au carbone 14 n'ait été faite sur les parties restaurées, et non sur le tissu d'origine.

— N'auraient-ils prélevé aucun échantillon de l'ancien Suaire en faisant leur datation ?

— Apparemment pas.

— Je suis désolée, je suppose que je suis stupide, mais je ne vois pas comment une telle erreur aurait pu avoir lieu.

À présent, il semble réellement déconcerté.

— Je ne comprends pas ce que vous voulez dire.

— Eh bien, d'après ce que j'ai lu, c'est l'Église qui a déterminé précisément quels échantillons devaient être analysés, et non les scientifiques. Et s'ils avaient connaissance de ces parties rapiécées, pourquoi ne pas prendre un échantillon du tissu d'origine ?

Majewski paraît agacé.

— Le Saint Suaire n'a pas été rapiécé. Il a été restauré par des experts qui ont employé de nouvelles fibres qui ont été tissées avec les anciennes fibres de façon presque invisible. L'Église n'a induit personne en erreur. Elle n'avait tout simplement pas conscience que ces zones étaient celles qui avaient été restaurées.

Mitzi est intriguée.

— Vous voulez dire qu'il n'existe aucun document d'archive qui prouve que cette remise en état a eu lieu au Moyen-Âge ?

— Non.

— Allons…, dit-elle, ayant du mal à cacher son incrédulité. C'est la relique sacrée la plus célèbre de tous les temps, et personne n'a gardé de trace des restaurations effectuées, ni de leur date ?

— Si vous voulez bien avoir la gentillesse de me laisser finir, dit-il en lui lançant un regard furieux. L'absence de document n'a rien d'étrange. En plus de deux mille ans, les choses se perdent, elles sont détruites. Il est très regrettable que de nombreux documents d'archive et de témoignages liés au Suaire, et à d'autres reliques sacrées importantes, aient disparu au fil des siècles.

— D'après mon expérience, mon père, les documents importants ne disparaissent ou ne sont détruits que quand c'est la volonté de certains individus.

Il semble offusqué.

— Nous ne sommes pas de vulgaires fraudeurs fiscaux, ni même des fraudeurs tout court, inspectrice.

Mitzi n'est guère impressionnée par sa prétendue indignation.

— Un faussaire est un faussaire. Peu importe qu'il soit président, politicien ou prêtre.

Il laisse échapper un soupir las.

— Nous savons, d'après certains rapports documentés qui sont en notre possession, qu'après l'incendie français de 1532, quatre religieuses de l'ordre des Clarisses ont procédé à une importante remise en état. Et nous pouvons également prouver qu'une nouvelle restauration a eu lieu en 1694.

— Je ne veux pas vous contrarier, mon père, mais ces documents se référant aux XVIe et XVIIe siècles n'ont rien à voir avec ce qui aurait pu se passer au XIIIe siècle.

Il se détourne d'elle, ouvre le tiroir supérieur de son bureau. Ses doigts parcourent les dossiers verts suspendus à l'intérieur et s'arrêtent à mi-chemin. Il sort un épais dossier.

— Avez-vous déjà vu des photographies de bonne qualité du

Suaire, inspectrice ?

— Seulement celles que j'ai trouvées sur Internet.

— Ce sont des photographies basse définition, dit-il en ouvrant le dossier. Voici les épreuves haute définition qui ont été faites avec l'approbation de l'Église. Celle de gauche montre le recto du Suaire, et celle de droite, le verso.

Mitzi les manipule comme une série de photos de scène de crime – un coup d'œil rapide à l'ensemble, puis retour à la première photo pour examiner chacune d'elles en détail.

Il approche sa chaise d'elle, et passe le doigt le long des bras croisés de la photo de gauche.

— Cette marque sur le poignet est l'endroit où ils ont enfoncé un des clous en fer – et non, comme certains le pensaient, dans la main de notre Seigneur, mais entre les os, juste entre le poignet et la main. (Les doigts de l'ecclésiastique se dirigent ensuite vers le torse.) Ces légères marques qui s'entrecroisent indiquent les endroits où les soldats l'ont frappé avec leur flagrums.

— Flagrums ?

— Ce sont des fouets dont les lanières de cuir sont munies, à leur extrémité, de piques de métal.

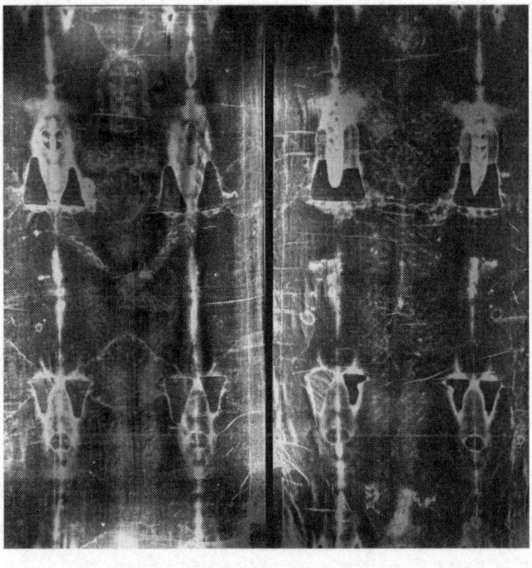

Mitzi voit clairement tout ce qu'il décrit. La précision des détails est fascinante. Étant quelque peu experte dans le domaine de la mort (et des morts), elle pense même pouvoir discerner la direction dans laquelle le sang s'écoule de ses plaies.

Majewski voit qu'elle est irrésistiblement attirée par le mystère – le miracle.

— C'est difficile à expliquer, n'est-ce pas ?

— Oui, concède-t-elle, portant à présent son attention sur une nouvelle image, un gros plan de la tête et du visage.

Il semble effroyablement réel. Elle réfléchit bien, mais ne se rappelle pas avoir déjà vu ni entendu parler d'un corps dont les traits se transfèrent sur un tissu quel qu'il soit.

Le vieux prêtre se rapproche de sa visiteuse. Il a l'haleine chaude, exhalant encore une odeur de soupe.

— Inspectrice, je n'ai aucune idée de l'objet de votre enquête, mais je vous conseille vivement de la mener avec la plus grande attention. (Il touche doucement la photographie qui est sur les genoux de la jeune femme et s'adresse à elle avec le ton autoritaire du confessionnal.)

— Vos yeux se posent sur le visage de notre Seigneur. N'oubliez pas qu'un jour, c'est son regard qui se posera sur vous, et que ce sera lui qui, dans sa miséricorde, vous jugera alors sur la façon dont vous le jugez maintenant.

41

Centre-ville, Los Angeles

JJ ne peut regarder les femmes qui sortent de l'usine à la fin de leur journée de travail. Le bruit qu'elles font le dégoûte. Les bousculades de cette masse grouillante lui donnent la nausée. Au milieu de leur stupide brouhaha, il entend Harrison et Bass le traiter de tous les noms, le provoquer.

Il s'éloigne de la salle des machines, regagne le couloir qui mène à son bureau. C'est comme s'il était revenu au temps du lycée. Il se rappelle les garçons plus vieux, plus costauds qui le battaient et le brutalisaient. Il sent une violente brûlure au creux de son estomac, comme une sorte de réminiscence.

JJ s'installe derrière son bureau, ferme les yeux et baisse la tête. Il sait ce qu'il se passe. Elles sont maléfiques. Mauvaises. Envoyées pour mettre sa détermination à l'épreuve. Mises sur la Terre pour se mettre en travers de son chemin et détruire tout ce à quoi il croit, tout ce qu'il doit accomplir. Elles n'y parviendront pas. Il les en empêchera. Soudain, il entend un coup frappé sur la vitre de la porte de son bureau. Il lève les yeux, et voit le visage d'Harrison derrière la vitre. Elle ouvre en grand sa bouche répugnante et narquoise, tandis qu'elle fait des gestes obscènes de la main droite. Après quelques secondes passées à regarder son visage horrifié, elle rit et s'en va. Pendant un instant, il est incapable de bouger. Elle l'a encore humilié. Harrison et Bass vont faire de sa vie un enfer. Il le sait.

Il se lève, bouillonnant de colère, redescend à l'étage inférieur et éteint toutes les machines. Puis il ferme les fenêtres, vérifie que les robinets des toilettes sont fermés et que les bouilloires et les petits appareils électroménagers de la cuisine sont hors tension. Ensuite, il éteint les lumières. Il retourne dans son bureau et ouvre un vieux meuble de classement enseveli sous un ordinateur hors service et une pile de papiers dans un coin de la pièce. Il fouille dans le meuble jusqu'à ce qu'il trouve les deux dossiers qu'il cherche – ceux d'Harrison et Bass.

Bonne nouvelle – elles habitent près l'une de l'autre. Pas très loin du boulot. Pas loin du tout. Il note leur adresse et numéro de téléphone, puis range les dossiers. Il éteint les dernières lumières et ferme l'usine. À mesure qu'il conduit et s'éloigne dans la nuit, il a le cœur plus léger.

42

POSTE DE POLICE DE LA 77e RUE, LOS ANGELES

Le reste de la journée de Mitzi défile à toute allure, passé à obtenir les autorisations nécessaires pour le voyage de Nic et à éviter Matthews, qui est harcelé en permanence par tout le monde, du maire au commissaire divisionnaire, et vice-versa. Le pauvre type a l'air sur le point de piquer une crise.

Ce soir, elle a l'intention de faire plaisir aux filles en commandant des plats à emporter – soda et glaces à volonté. Elles pourront se réconforter en se goinfrant ensemble. Une soirée entre filles avant qu'elles partent skier. Dieu sait qu'elles en ont besoin.

Sur le chemin du retour, elle appelle Nic et se prépare à entendre un flot d'insultes.

— Allô ?

Sa voix crépite dans le haut-parleur du téléphone. Elle monte le volume tandis qu'elle répond.

— Ne devrais-tu pas dire *bonjour*[3], ou quelque chose comme ça ?

— Très drôle. Je crois que les Italiens disent *buongiorno*.

— Je suppose que tu ne tarderas pas à le savoir. Tu as fait ta valise ?

— Je viens juste de la mettre dans la voiture, et je pars dans une minute. Je te remercie pour ça, Mitz. C'est juste ce dont j'avais besoin avant mon départ – un voyage bien pénible à des milliers de kilomètres pour courir après des chimères.

— S'il y avait eu quelqu'un d'autre, je l'aurais envoyé. Et si

3. En français dans le texte. (N.d.T.)

j'avais pu y aller moi-même, je l'aurais fait. Crois-moi, tu étais mon dernier recours.

— Tu sais vraiment comment mettre un type en confiance.

— Arrête de te plaindre. As-tu réussi à prendre contact avec les *carabinieri* ?

— Oui, à l'instant. Ils ont dit qu'ils mettraient un officier de liaison à ma disposition. Et j'ai un pote du FBI qui va me mettre en contact avec un de ses amis, sur place.

— Assure-toi que tu n'auras pas à payer pour ça. Je vais être virée par Matthews si tu demandes à te faire rembourser autre chose qu'un café.

— Génial. Un putain de voyage pénible et mes dépenses passées au crible. Comment s'est passée ta journée ?

— J'en ai eu de meilleures.

— Comment ça ?

Elle faillit tout lui raconter, puis se ravisa. Pourquoi lui communiquer son angoisse ? Il est sur le point de se rendre à l'aéroport de L.A. et il a une enquête à mener.

— J'ai failli devenir dingue à lire ces fichus scénarios que tu m'as laissés. J'ai fini par me rendre au diocèse catholique cet après-midi pour consulter un soi-disant expert sur le Suaire.

— Dieu te bénisse ! As-tu appris quelque chose ?

— Plus ou moins. (Elle klaxonne un connard dans une Chevrolet Tahoe qui lui coupe la route.) Il ne semble pas exister de preuve que le Suaire soit bien celui du Christ, et c'est peut-être là où Tamara Jacobs voulait en venir. J'appellerai Amy demain pour lui demander son opinion en tant que légiste. Peut-être pourra-t-elle me dire si les taches qu'on aperçoit sur le Suaire peuvent être celles d'un homme crucifié.

— Tu sais, je ne suis pas sûr qu'Amy ait déjà travaillé sur des cas de crucifixion.

— Il se passe pas mal de trucs bizarres à L.A., on ne sait jamais. Tu devrais essayer de voir le Suaire quand tu seras sur place. J'ai vu des photos haute définition aujourd'hui, c'est réellement surprenant.

— Dans quel sens ?

— Dans le sens où on ne peut pas expliquer comment l'image du corps s'est retrouvée là. Je veux dire que je n'arrive pas à le comprendre. D'après ce que j'ai lu et entendu, il n'y a aucune preuve indiquant qu'elle ait été peinte ou transférée d'une façon ou d'une autre. La seule réalité tangible, c'est que c'est un mystère.

Nic jette un coup d'œil à sa montre.

— Mitzi, je dois filer, enfin, si tu ne veux pas que je loupe l'avion.

— Vas-y. Je t'appelais juste pour te souhaiter bonne chance. Je te tiens au courant de l'enquête par e-mail. Tu as un officier de liaison sur place ?

— Apparemment. Je t'appelle dès que je serai installé, OK ?

— Très bien, dit-elle, avant de marquer une pause. Fais attention à toi.

— Toi aussi.

Il raccroche. Elle allume la radio, mais ne l'écoute pas vraiment. Elle fait le reste du trajet en pilote automatique, se demandant comment s'était passée la journée des filles, si elles ont fait leurs devoirs, et comment elles allaient se comporter avec elle lorsqu'elle rentrerait.

Elle tourne dans l'allée et freine brusquement.

La voiture d'Alfie. Pile à sa place habituelle.

Elle détache sa ceinture de sécurité, le cœur battant à tout rompre, puis descend de voiture en claquant la portière. Elle est tellement en colère qu'elle est tentée d'ouvrir sa propre porte d'entrée d'un coup de pied.

— Salut, dit-il avec un culot monstre, depuis la table familiale où il est assis avec ses filles autour d'un grand plat de KFC. J'ai apporté du poulet pour que tu n'aies rien à cuisiner.

43

BOYLE HEIGHTS, LOS ANGELES

C'est indiqué Boyle Heights sur la carte, mais les gens du coin l'appellent Paredon Blanco – *Les falaises blanches* – un quartier vallonné sur la rive est de la Los Angeles River, le fleuve connu pour être la principale porte d'entrée des nouveaux arrivants de la ville. Le lieu où s'est installé Andrew Boyle, un immigrant irlandais, à l'époque où la Californie était plus mexicaine qu'américaine. Il était devenu maire et avait fait construire une grande partie de l'infrastructure qui avait peu à peu transformé la ville en un melting-pot composé de Latinos, d'Européens de l'Est, de Japonais et d'une minorité d'Américains blancs.

JJ est garé juste au sud de St. Mary's Church et à l'ouest de Promise Hospital, surveillant l'entrée d'une grande maison de cinq chambres qui était sans doute jadis une belle maison de standing abritant une famille très croyante. Maintenant, c'est un bâtiment vieux et délabré dans lequel sont loués des studios bon marché. C'est l'adresse de Jenny Harrison, mais de là où il se trouve, il ne sait pas du tout dans quelle partie du bâtiment elle traîne sa triste carcasse.

Un coup d'œil sur l'horloge du tableau de bord de l'Explorer lui indique qu'il planque devant chez elle depuis plus de quatre heures, pendant lesquelles il a vu une armée de gens entrer et sortir par petits groupes. Kim Bass, l'amie d'Harrison, est arrivée trois heures plus tôt et n'est pas encore sortie. Peut-être va-t-elle passer la nuit sur place. Dans le cas contraire, il lui faudrait marcher environ un kilomètre pour rentrer chez elle. Une marche d'adieu, en quelque sorte.

Il lui fallut un moment pour comprendre ce qui se passait. Il a d'abord pensé qu'une fête se préparait, puis il s'est rendu compte qu'aucun des visiteurs masculins ne restait très longtemps, n'apportait de bouteille ou cadeau. C'est un bordel. Il aurait dû s'y attendre. Harrison et Bass sont des paumées qui ne valent pas grand-chose. C'est pour cela que Dieu les lui a désignées, et aussi parce qu'elles avaient fait vivre un enfer à Em. Et c'est exactement là où il va les envoyer.

Une Merco Classe-S s'arrête, deux Hispaniques en sortent et disparaissent à l'intérieur de la maison. Vingt minutes plus tard, ils sortent en se pavanant, cigare au bec, comptant des billets avant de regagner leur voiture tape-à-l'œil. Peu de temps après, les lumières s'éteignent dans la maison.

Les filles ont fini pour ce soir. Elles ont gagné assez d'argent. JJ se demande quel effet cela doit faire d'être à leur place, d'être à ce point au fond du trou.

Des filles faciles.

Il se représente la disposition de la maison. Comment entrer et sortir. Dans quelle direction démarrer quand ce sera fini. Quand Harrison sera morte.

44

Mitzi dépose son sac et sa veste dans l'entrée. Elle se dit qu'elle doit garder son calme mais son cœur bat à tout rompre.

Elle se dirige vers le salon et regarde ses filles. Jade lui donne une explication avant même qu'elle ait posé la moindre question.

— Je l'ai laissé entrer, dit-elle, avant d'ajouter lorsqu'elle voit à quel point elle est en colère : C'est toujours mon père.

Amber s'écarte un peu de son père et de sa sœur. Elle veut être près de sa mère, au cas où il se passerait quelque chose.

Mitzi lance un regard assassin à son mari. Elle n'arrive pas à croire que c'est l'homme à qui elle a donné sa vie dix-huit ans plus tôt, l'homme avec qui elle pensait vouloir passer chaque seconde de son existence.

— On mange et ensuite tu pars.

— Il faut qu'on parle, Mitzi. Tu le sais.

Il dit cela comme si c'était lui qui était intelligent, raisonnable, comme s'il était celui qui leur montrait le chemin le plus sûr sur le terrain dangereux sur lequel ils s'étaient aventurés. Il prend le plat de poulet, et ajoute :

— Tu sors les assiettes et je sers cette merveille ?

Elle sent la rage monter en elle. Comment ose-t-il revenir comme si ce qui s'était passé la veille n'avait jamais eu lieu ? Comme s'il ne s'était rien passé d'extraordinaire.

— Je vais les chercher, dit Jade en se levant pour aller dans la cuisine.

Elle sait que sa mère est à bout, et elle ne veut pas que les choses tournent mal.

— On n'a plus rien à se dire, Alfie. J'ai engagé un avocat et je demande le divorce.

Elle prononce ces mots avec une froide détermination, mais elle ne peut s'empêcher de ressentir une pointe de regret, une vague de tristesse à la pensée que sa belle histoire d'amour s'est transformée en cauchemar. Peut-être est-ce de sa faute. Peut-être est-ce à cause de son boulot.

Peu importe. Il faut qu'elle soit forte maintenant.

— Ne fais pas ça, Mitzi, dit-il d'une voix douce et raisonnable. Je sais que j'ai merdé, dit-il, visiblement triste. J'ai vraiment merdé, hein ? Mais tu sais que je t'aime. Je vous aime, toi et les filles, plus que tout au monde.

Il se lève, fait le tour de la table et se dirige vers elle.

— Non ! crie-t-elle en levant la main. Ne pense même pas à t'approcher de moi, Alfie. Tu n'as pas intérêt à me toucher.

Il s'arrête, l'air totalement perdu.

Mitzi détourne les yeux de lui. Son regard passe de Jade, sur le seuil de la porte de la cuisine, au bord des larmes, à Amber, près d'elle, prenant sa main, tremblante de peur.

— Retourne t'asseoir, Alfie. Assieds-toi ou pars, dit-elle, pouvant à peine respirer.

Il reste là où il est. Espérant encore un rapprochement.

— Je te demande de me pardonner. Donne-moi une autre chance. Je veux arranger les choses, et qu'on redevienne une famille.

Il a bu. Elle ne s'en était pas rendu compte, mais maintenant elle le sent. Quand Alfie boit, tout peut arriver. Soudain, elle arrête de penser comme une femme effrayée et une mère inquiète, et elle commence à penser comme un flic – comme un flic face au danger. Il pourrait devenir violent. Les filles pourraient être blessées. Blessées moralement, mais aussi physiquement.

Elle doit prendre le contrôle de la situation. Mitzi sourit à sa fille.

— Viens, Jade, ne reste pas là. Va t'occuper de ces assiettes sinon, on va mourir de faim. (Elle lève les yeux vers Alfie et essaie de paraître docile.) Bien sûr qu'on va parler, Alfie, mais pas avant d'avoir fini de manger, OK ? J'ai eu une dure journée et les filles sont fatiguées et elles ont faim. S'il te plaît, assieds-toi.

Il ne bouge pas pendant un instant, et regagne lentement sa chaise – sa place habituelle à la table familiale.

— Quelqu'un veut à boire ? demande-t-elle en regardant celui qui serait bientôt son ex-mari. Tu vas nous chercher un soda ?

Il secoue la tête.

— Non.

Elle lève les yeux au ciel.

— C'est ce que je me disais. Je vais les chercher. Qu'est-ce que tu veux, Amber ?

— Coca.

— Coca, quoi ?

— Coca s'il te plaît, maman.

— C'est mieux, dit-elle en se dirigeant vers la cuisine. Tu veux un coca ou une bière, Alfie ?

— Une bière.

Mitzi sort les canettes du frigo tandis que Jade emmène les assiettes sur la table. Il y en avait six mais Alfie a cassé les autres, ainsi qu'une partie du reste de la vaisselle une nuit où il s'était mis en colère. Elle pose les boissons sur la table.

— Vous vous êtes lavé les mains, les filles ? (Elle sait qu'elles ne l'ont pas fait et leur expression vient le confirmer.) C'est bien ce que je me disais. Allez vous nettoyer. (Elle pousse le plat de poulet vers son mari.) Tu veux bien servir ?

— Bien sûr.

— Il faut que je me lave les mains, moi aussi, dit-elle en lui montrant la paume de ses mains, avant de disparaître dans le couloir. Allez, les filles, dépêchez-vous, le repas est en train de refroidir, dit-elle assez fort pour qu'il l'entende, assez fort pour cacher le fait qu'elle est en train de composer le numéro d'urgence 911 sur son téléphone portable.

Tant pis pour l'humiliation. Elle allait faire enfermer ce vaurien de fils de pute une bonne fois pour toutes.

45

Boyle Heights, Los Angeles

Un reflet attire son regard.

La porte est ouverte. Il y a deux personnes. Quelqu'un sort.

Il voit plus nettement maintenant. Jenny Harrison est devant, en mini-jupe, bustier et talons hauts. Une bouteille de Budweiser dans une main pâle, tandis qu'elle fait un signe d'adieu de l'autre main. La chevelure blonde de Kim Bass apparaît, elle lui fait signe à son tour, tout en avançant avec précaution dans l'allée défraîchie. JJ hésite un instant. Il avait imaginé qu'il tuerait Harrison en premier.

Dieu sait qu'elle le mérite. Mais à présent, il se sent comme guidé vers elle. La femme est dehors, dans la rue. Seule. Vulnérable. Là pour se faire prendre. Là pour être punie.

Il allume le moteur et démarre tous phares éteints. Son appartement est à quinze minutes à pied, maximum – après Hollenbeck Park, de l'autre côté d'East 4th Street, puis après le garage, au coin de South Cummings. Il peut s'y rendre en voiture en moins de cinq minutes.

Une pensée traverse son esprit tandis qu'il tourne à droite sur South Chicago. Peut-être allait-elle couper par le parc. Ce serait l'endroit idéal pour la coincer. Dix hectares de prairie vallonnée. Et un lac. Il tourne à nouveau et entre dans South Saint Louis, longeant le parc. Il y a trop de monde. Des ados qui font du skate sur le bord du trottoir, tombant en riant et descendant des bières. Un peu plus bas, il voit des camés traîner à l'entrée du centre de loisirs, et entend une drôle de musique sortir d'un radiocassette portable.

Une voix dans sa tête lui dit de s'en tenir à ce qu'il sait faire de mieux. De continuer comme prévu. De faire comme il a toujours fait. Il se gare sur l'aire de stationnement d'une station-service désaffectée, juste en face d'un des magasins de la chaîne de sandwichs Subway, le genre d'endroit dans lequel il ne se ferait pas remarquer, même s'il était mort. Il jette un œil alentour à la recherche d'éventuelles caméras tout en fermant les portières de la voiture. Il n'y en a pas.

Merci, Dieu.

Bass vit dans un immeuble marron de trois étages derrière une clôture grillagée et quelques brins d'herbe, ici et là. Il avance calmement vers la porte d'entrée et est ravi de constater qu'elle est maintenue ouverte à l'aide d'une cale. Les lumières s'allument lorsqu'il pénètre à l'intérieur. Il y a un couloir vide qui ressemble à une boîte, des murs bleus et un sol bleu fraîchement nettoyé. Pas de boîtes aux lettres, et donc aucun moyen de savoir où elle vit. Seulement trois portes. Il retourne à l'extérieur à la recherche d'un interphone. Il n'y en a pas. Il entre donc à nouveau, et jette un coup d'œil alentour. Les portes des appartements sont anciennes, de style anglais, avec des boîtes aux lettres creusées dans le bois – un grand nombre d'immeubles ont commencé à utiliser ce système parce que cela permet de réduire la criminalité, en particulier le vol d'identité et la fraude à la carte bancaire.

L'escalier est étroit, mais ne recèle aucun recoin où se cacher. Elle sera là dans une minute. Il n'a pas beaucoup de temps.

Réfléchis. Ne panique pas. Réfléchis.

Il envisage de simplement frapper à la porte qui est sur sa gauche et demander où elle habite. En l'observant, il remarque qu'elle est plus large que celle de droite. Elle a été modifiée pour permettre l'accès en chaise roulante. Il regarde celle de droite. Des fleurs ont été peintes autour de la poignée avec un pochoir. Bass ne ferait pas cela. Elle n'a pas le moindre sens artistique, ni la moindre culture. Il voit de la lumière sous la troisième porte. Il se rapproche et écoute. Des voix masculines qui rient, le bruit de la télé.

JJ monte à l'étage. Le premier étage. Encore trois portes. Tous les appartements sont dans le noir. Il monte au dernier étage. Encore trois appartements, deux sont éclairés. Il s'agenouille devant la porte sombre et ouvre le battant de la boîte aux lettres. Il y a une odeur d'humidité à l'intérieur. Une odeur légèrement terreuse, comme s'il n'y avait personne à l'intérieur – comme s'il n'y avait personne depuis un certain temps.

C'est le deuxième étage. Il en est sûr. Kim Bass habite au deuxième étage. Il le sent. Dieu lui dit que c'est là qu'elle se rendra. Il défait sa ceinture et en fait un nœud. Il s'assoit, tel une ombre, sur la plus haute marche de l'escalier. Puis il attend, immobile. Il prête l'oreille dans l'obscurité et sourit tandis qu'il se met à l'écoute des bruits.

Clac. Le portail de la petite clôture métallique se referme.

Clic, clic. Clic, clic. Des talons dans l'allée en béton.

Reu, heu, heu. Une toux de femme, le bruit d'une fumeuse, le bruit de quelqu'un qui monte l'escalier.

Il se lève et tend la ceinture nouée entre ses mains.

46

Los Angeles

On dirait le bon vieux temps. Les meilleurs moments. Quatre assiettes remplies d'os de poulet. Des enfants heureux qui se lèchent les doigts.

Sauf que ce n'est pas le cas. C'est une autre époque. Un mauvais moment que personne n'oubliera. Mitzi s'essuie la bouche avec la serviette KFC.

— Aidez-moi à débarrasser, les filles.

Les filles s'exécutent sans rechigner. N'importe quoi plutôt que de voir leurs parents se disputer. Elles rangent leur chaise sous la table et débarrassent les restes du dîner et les assiettes.

Seule Mitzi entend le bruit à l'extérieur. Elle seule s'y attend. Elle suit les filles, referme la porte de la cuisine derrière elles et s'appuie contre celle-ci. Ses filles jettent les restes à la poubelle et ne voient pas l'expression sur son visage. À cet instant, des flics en uniforme s'engouffrent à l'intérieur par la porte d'entrée qu'elle a laissée ouverte.

Elle entend Alfie crier :

— C'est quoi ce bordel ?

Elle a un pincement au cœur.

Amber est en train de remplir l'évier d'eau chaude et n'entend rien. Jade s'essuie les mains et voit sa mère adossée à la porte. Elle sait que quelque chose ne va pas.

— Maman, qu'est-ce qui se passe ?

Le visage de sa mère ne lui apporte aucun réconfort.

— Quelque chose qui ne peut être évité, ma chérie.

Il doit s'agir de son père. Il est seul dans le salon. Jade essaie de passer, elle tente de pousser sa mère pour se confronter à ses peurs.

— Ne t'en mêle pas, s'il te plaît ma chérie.

Amber a reculé et est maintenant appuyée contre l'évier, regardant tour à tour sa mère, puis sa sœur.

Mitzi a envie de la prendre dans ses bras, de lui dire que tout va bien, et que tout va s'arranger très bientôt.

On frappe énergiquement à la porte, juste derrière sa tête.

— Madame, nous avons besoin de vous parler, dit une voix d'homme rocailleuse à l'accent traînant de la côte Ouest.

Mitzi sent sa gorge se serrer et ouvre la porte tandis que Jade passe devant elle à toute vitesse. Il y a deux flics dans la pièce. Deux grands Blacks qui pourraient jouer pour les Lakers au poste d'attaquant.

Alfie n'est pas là.

Un des deux flics attrape Jade au vol.

— Doucement, reste là une minute.

Mitzi arrive aussitôt. Elle la tient par les épaules, et la regarde droit dans les yeux.

— Emmène ta sœur avec toi, et allez dans votre chambre. Ne discute pas.

L'ordre est plus celui d'un flic que d'une mère. L'adolescente fait ce qu'on lui dit.

Mitzi est pleinement consciente de ce qu'elle vient de faire, mais elle pense que c'est la meilleure solution. Et même si ce n'est pas le cas, sur le moment, cela lui a semblé être le moindre mal. Si les choses avaient mal tourné ce soir, c'est peut-être elle qui aurait été emmenée par les flics avec les menottes aux poignets – et Alfie serait sorti par la porte de derrière, dans une housse mortuaire.

Elle a pris la bonne décision. Elle en est sûre.

— Est-ce que ça va aller, madame ?

La question vient de l'agent Logan Connor, un grand flic baraqué en uniforme de la police de L.A.

— Ça va, ment-elle. Merci pour votre aide.

— Je vous en prie, dit-il en lui faisant un signe de la tête, avant de rejoindre son coéquipier resté à la porte. N'ayez crainte, nous allons bien nous occuper de votre mari, madame.

Elle sent sa respiration se bloquer dans sa poitrine.

— Je ne veux pas que qui que ce soit se défoule sur lui. S'il vous plaît, contentez-vous de l'emmener et de l'arrêter. Je ferai une déposition, et je serai à la brigade criminelle demain matin, si vous avez besoin d'autre chose.

— Entendu, dit-il en regardant son oreille enflée. Vous devriez peut-être vous faire examiner par un médecin et faire photographier vos blessures. (Il voit qu'elle s'apprête à riposter.) Je sais que vous connaissez votre boulot, madame, et je n'essaie pas de jouer au plus malin, mais si vous voulez porter plainte, toute preuve peut s'avérer utile.

Elle sait qu'il a raison. Les affaires de ce genre sont toujours délicates.

— Merci, je vais y réfléchir, dit-elle en le raccompagnant à la porte. S'il vous plaît, ne laissez personne le démolir.

— Entendu, dit-il en hochant la tête, avant de regagner la voiture de police.

Mitzi referme la porte. Quoi qu'Alfie ait pu faire par le passé, elle ne veut pas qu'il se fasse tabasser maintenant. Elle veut avoir bonne conscience vis-à-vis de ce qui se passerait ensuite.

Les poursuites judiciaires.

Si elle entame une procédure, il subira un procès, aura un casier judiciaire et le reste de sa vie sera réduit en pièces. Pouvait-elle vraiment lui faire ça ?

Elle monte l'escalier et va dans la chambre des filles.

Jade a les yeux rouges, elle est en colère.

— Chérie…

— Laisse-moi tranquille.

Son cœur se serre. La gamine a besoin d'être seule. Elle est la prunelle des yeux de son père, il va lui falloir du temps pour qu'elle s'habitue à la situation. Cela prendra du temps pour tout le monde.

Ce n'est certainement pas le moment de la réprimander pour avoir laissé Alfie entrer dans la maison. Amber est assise en silence au bout de son lit, semblant abasourdie. Mitzi s'assoit et passe un bras autour d'elle.

— Ça va aller, ma chérie. Tout finira par s'arranger. C'est juste un moment difficile.

La gamine de treize ans se blottit contre sa mère et se détend un peu tandis qu'elle lui caresse les cheveux et prend doucement son visage dans le creux de sa main.

— Je t'aime, mon ange, dit-elle en embrassant sa fille sur le front. Et je serai toujours là pour toi, tu le sais, n'est-ce pas ?

— Je sais, maman.

47

Boyle Heights, Los Angeles

Kim Bass a bu trop de vodka et fumé trop d'herbe. Mais merde, une fille doit bien s'amuser. Elle pense qu'elle a bien ri ce soir, et qu'elle a gagné un peu d'argent, tout en fouillant dans son sac à la recherche de la clé de son appartement. Elle a envie de rentrer, de pisser et dormir. De se reposer avant que la vie ne recommence.

Elle ouvre la porte d'entrée et trébuche sur le paillasson. Elle entend la porte claquer derrière elle et tombe la tête la première par terre dans le noir, puis ressent une douleur vive derrière la tête. On lui tire violemment les cheveux et une terrible force lui appuie sur le milieu du dos, puis elle se sent tirée vers le haut. Si elle pouvait crier, elle ferait un boucan de tous les diables. Mais quelque chose est serré autour de sa gorge et l'étrangle. Elle porte la main à son cou, et sa tête vient se fracasser sur le sol. Un poids encore plus atroce lui écrase le dos. Elle ne peut plus respirer maintenant, et encore moins crier.

Le sang cogne dans ses veines. La panique lui étreint la poitrine. Au-dessus d'elle, dans le noir, elle entend le bruit de quelqu'un qui tire de toutes ses forces sur quelque chose. Pendant l'espace d'une seconde, l'agonie s'arrête. Elle réussit à respirer. De l'air frais lui emplit les poumons, et ce qui était serré autour de son cou se relâche.

Des mains qu'elle ne voit pas la retournent. Elle est à bout de souffle. Il y a quelqu'un au-dessus d'elle, quelqu'un dans l'obscurité de son propre appartement, elle le devine. Un poids s'abat sur sa poitrine. Il est à genoux sur elle, et maintenant, elle le sent.

Face de poisson.

Son patron qui sent le poisson qu'il mange au déjeuner.

— Em t'envoie le bonjour.

Il a une main autour de sa gorge, l'autre sur sa bouche. Il se penche et murmure si près de son visage qu'elle sent son souffle humide sur sa peau.

— *Dominus vobiscum.*

TROISIÈME PARTIE

Malheur à ceux qui sont sages à leurs yeux et qui se considèrent intelligents.

Bible, Isaac, 5:21

48

Jeudi
Turin

Personne ne connaît son âge. Pas même lui. Tout ce dont il est certain, c'est du nom qu'on lui a donné. Ses parents ne l'ont pas choisi. Il a été transmis de génération en génération, parmi les moines. Un nom que les hommes ont appris à craindre. Ce nom, c'est Ephrem.

Ephrem n'a jamais célébré son anniversaire. Ephrem n'a jamais rien célébré. Il n'a pas de numéro de Sécurité sociale, pas d'emprunt immobilier ni de crédit, ni aucune assurance ou contrat d'aucune sorte. Aux yeux du monde, il n'existe pas.

Si un médecin ou un dentiste avait examiné la peau d'Ephrem, ses yeux, ses os et ses dents et avait donné un avis éclairé, il aurait dit qu'il avait une quarantaine d'années. Mais Ephrem n'avait jamais vu de médecin, ni de dentiste, et n'en verra jamais. Il n'a pas non plus été à l'école, ni à l'université, ni dans aucune autre institution qui aurait pu garder la moindre trace du processus au cours duquel il était devenu adulte. Aucun papier officiel ne porte son nom en dépit des quatre décennies qu'il a passées sur la Terre.

Pour toutes ces raisons, l'homme grand et jeune d'allure de type arabe est un peu anxieux en présentant son passeport au contrôle des frontières, puis il retire trois cents euros sur un compte international qui a été ouvert pour l'aider à remplir sa mission.

La véritable vocation d'Ephrem est encore plus étrange que tous les mystères qui l'entourent. C'est un anachorète. Un ermite. Le membre d'une secte orthodoxe retirée de la société laïque. Il vit sans laisser de traces dans un monastère caché sur les versants du Mont-Liban. Isolé. Ne consommant presque rien. Ephrem est le membre le plus digne de confiance d'un ordre qui figure parmi les plus mystérieux et vénérés de l'Église maronite et il est l'adepte en qui le patriarche et les conseillers estimés tels que Nabil Hayek ont confiance.

C'est sur l'ordre d'Hayek qu'Ephrem est venu à Turin. Se mêler à la société lui est pénible. Il préférerait être emmuré dans sa cellule au Liban, avec pour seul lien avec le monde l'hagioscope, la mince ouverture par laquelle il reçoit sa nourriture. Mais c'est un sacrifice nécessaire. Il le sait, pense-t-il alors qu'il est assis les jambes croisées sur le sol de la chambre bon marché qu'il a louée près de Turin. Chaque fois qu'il a été appelé dans le monde, cela l'a fait réfléchir. Cette fois ne fait pas exception. Il songe à qui il est, d'où il vient et à son devoir. Son ADN, c'est mi-moine, mi-guerrier. Son sang est celui qui coule dans les veines des frères qui ont été tués par les monophysites d'Antioche et dans les veines des croisés qui ont massacré les fils de l'Islam aux frontières de l'Empire byzantin. Il se souvient qu'il était dans la foule quand le Saint-Père a rendu visite à sa patrie et déclaré : « Le Liban est plus qu'un pays, c'est un message. »

Ephrem est plus qu'un homme, il est la main de Dieu.

Une main au poing serré.

Une main qui infligera le châtiment de Dieu.

49

Los Angeles

Il est telle heure.

Un moment indéterminé au milieu de la nuit où on devrait dormir mais où on ne dort pas. Une heure si horrible qu'elle ne mérite pas le moindre chiffre. Mitzi n'a pas réussi à s'endormir. Elle est restée allongée dans le noir pendant des heures en ressassant ses idées noires. Le lit est grand, froid et vide. Alfie était un porc et une brute, mais il lui tenait chaud. Elle se répète que malgré les larmes de Jade et d'Amber, elle a fait ce qui était juste – ce qu'elle aurait dû faire des années plus tôt. Il n'avait commencé à la frapper qu'à partir de la deuxième année de leur mariage. Une gifle du revers de la main après une soirée bien arrosée pendant laquelle elle lui avait reproché d'avoir perdu son boulot. Le lendemain matin, elle avait fini par se dire que c'était de sa faute. Peut-être l'avait-elle provoquée physiquement. Elle avait tellement l'habitude de se battre dans son boulot qu'un peu de violence à la maison ne lui avait pas semblé dramatique.

Puis il l'avait frappée alors qu'il était sobre. Un coup solide porté à l'estomac qui l'avait laissée désemparée. Tout cela parce qu'il voulait lui rappeler qui commandait. Elle l'avait quitté pendant une semaine après ça, puis l'avait forcé à ramper sur des débris de verre pour la récupérer.

Il avait arrêté de la frapper à la naissance des filles. En tout cas pendant un moment. Puis, parce qu'elle était trop fatiguée pour faire quoi que ce soit d'autre que de dormir la nuit, les disputes à cause du sexe avaient commencé, ou plutôt à cause de son absence, et cela se terminait souvent par des coups de poing. Rétrospectivement, elle pense que comme elle en a autant donné que reçu, elle n'a même pas considéré cela comme de la maltraitance sur le moment. Dans l'ensemble, il s'était probablement retrouvé avec plus d'os cassés qu'elle. Ensuite, ils s'étaient réconciliés, et ils avaient juré que cela ne se produirait plus jamais. Ils s'étaient réconciliés comme si le monde allait s'arrêter et que seul le sexe le plus intense allait sauver la planète.

Elle sait maintenant à quel point elle a été stupide.

Un bon moment plus tard, elle se lève, trouve son peignoir et jette un coup d'œil sur les filles. Elles dorment comme des anges. Peut-être parviendront-elles à traverser tout ça sans trop de séquelles. Et elle aussi, peut-être.

50

CARSON, LOS ANGELES

JJ est assis dans l'obscurité glaciale de sa chambre, essayant de se ressaisir. Le meurtre a eu lieu il y a seulement une heure, et son cœur bat encore à tout rompre.

Il inspire lentement, et la douce odeur de la fumée des bougies agit comme un baume sur ses émotions à vif. Ce meurtre était différent des autres – une pulsion si irrésistible qu'il avait eu envie de rester sur place, au milieu de l'atmosphère survoltée de la mort, et de la tuer encore et encore.

Il regarde ses mains. S'émerveille devant leur pouvoir de vie et de mort. Jusqu'à ce soir, Dieu les avait toujours contrôlées, guidées vers la bouche et la gorge des non-tuées. Ce soir, c'était lui qui avait pris la décision. Il était Dieu. Pendant un instant, cette pensée le trouble. Un minuscule doute, comme une larme au coin de l'œil d'un angelot. Parfait, mais injustifié d'une certaine façon.

La vue d'Em étendue tandis qu'il la soulève le tire de sa réflexion. Elle est tellement belle. Couverte des pieds à la tête avec amour dans le long drap en lin bien propre qu'il a volé à son travail. Elle est tout ce dont il rêve. Il caresse le tissu doux et frais. Le linceul d'Em. Il l'ouvre, avec l'excitation et la retenue d'un archéologue découvrant un roi ou une reine antique.

La reine Em.

Il s'agenouille près d'elle et murmure fièrement à son oreille indifférente :

— L'une d'elles est morte, mon amour. Cette moins que rien de Kim Bass – le jour du jugement dernier est arrivé pour elle.

Il dispose les bougies autour d'elle sur le sol tandis qu'il défait le tissu. Il y a de drôles de taches à l'intérieur du linceul. Des marques si claires qu'il peut distinguer les contours de son visage. Les taches viennent peut-être d'un reste de maquillage, de sueur, de saleté prise à l'intérieur, de desquamations de peau ou même de petites taches de sang. Quelle qu'en soit la cause, c'est incroyable. Il regarde fixement le tissu pendant quelques minutes, puis le pose et continue de le dérouler.

Des taches plus sombres s'ensuivent – des fuites d'urine et de matières fécales. Il n'est pas choqué. Ni révolté. Pas plus qu'un parent aux premiers jours d'un nouveau-né.

JJ la laisse sur le sol et va dans la salle de bains pour mouiller un gant. Il l'essuie avec douceur, puis l'essuie par de légers tapotements avec une serviette. Comme il le ferait avec un bébé. Quand il aura terminé, ils s'assiéront ensemble, dans les bras l'un de l'autre. Lui et son amour. Sa reine.

51

Poste de police de la 77e rue, Los Angeles

Une cellule n'est pas le genre d'endroit dans lequel on a envie de passer la nuit.

Depuis le bout du couloir, Mitzi sent les ivrognes et les clochards qui ont passé la nuit à évacuer leurs addictions par tous les pores de leur peau dans un local de garde à vue surchauffé et surpeuplé qui sent la peur. Elle ne peut nier se sentir horriblement coupable tandis qu'elle se dirige vers le trou pour voir quel genre d'enfer Alfie avait enduré suite à son arrestation.

— Bonjour, Bobby, dit Mitzi en souriant pour masquer sa gêne. Je suppose que tu sais pourquoi je suis là.

— Tout le commissariat est au courant, Mitz. Viens ici.

Le brigadier Bobby Sheen ouvre ses grands bras pour la réconforter. Mitzi est contente de se laisser aller à cette accolade chaleureuse.

— Merci.

Il répond à la question qu'elle n'a pas posée.

— Il a été un pensionnaire modèle. Je n'ai pas entendu un mot depuis qu'ils ont refermé la porte de la cellule.

— A-t-il… (Elle n'arrive pas à le dire.) Je veux dire, tu sais… Est-ce qu'un des gars…

Il sait exactement ce qu'elle veut dire.

— Non. Ça ne leur aurait pas déplu, mais personne n'a levé la main sur lui. Logan Connor a fait circuler le message… personne n'allait le contrarier.

Elle hoche la tête, se remémorant le grand Black musclé qui était venu chez elle.

Sheen tend la main derrière le bureau de la réception et appuie sur un bouton.

— Regarde l'écran numéro quatre.

L'image d'Alfie apparaît en noir et blanc sur un des six écrans de surveillance. Cela lui brise le cœur. Malgré tout ce qu'il a pu dire ou faire, le fait de le voir assis au bord du lit dans cette cellule, la tête dans les mains, est déchirant.

— Hé, je te défends de le plaindre, dit Sheen en mettant la main autour de son épaule. (Il est proche de la retraite, et il a vu défiler tous les drames de la vie dans ces cellules – des naissances, des morts, et même un mariage entre deux transsexuels prostitués.) Une nuit au trou n'a jamais fait de mal à personne.

— Nom de Dieu, Bobby, regarde-le !

Il éteint l'écran.

— Tu veux une tasse de café ?

Elle hoche la tête.

— Un café noir, s'il te plaît.

— C'est comme si c'était fait. Surveille la boutique.

Il s'éloigne à pas feutrés, les clés tintant à sa ceinture, et tourne au bout du couloir, où se trouve la cafetière.

Mitzi se demande ce qui est arrivé à sa vie. Comment a-t-elle pu laisser les choses lui échapper au point que l'homme de ses rêves et le père de ses enfants ait fini en cellule ?

Sheen revient avec du café dans des tasses aussi ébréchées et sales qu'au restaurant du coin.

— Merci.

Il trinque avec sa tasse et fait un clin d'œil rassurant à Mitzi, comme il l'a déjà fait cent fois depuis qu'ils travaillent ensemble.

— Alors, qu'est-ce que tu veux faire ?

Mitzi pose les mains autour de sa tasse et se sent réconfortée par sa chaleur.

— Tu ne l'as pas encore inculpé ?

Il fait non de la tête.

— Il pense qu'on l'a fait, mais non, dit le sergent de garde en désignant le registre posé sur le comptoir de l'accueil. Logan et moi n'avons rien inscrit. En ce qui nous concerne, il y a eu un appel, mais ton homme n'a jamais mis les pieds ici.

— J'apprécie ce que vous avez fait.

Elle sait le risque qu'ils ont pris. S'il y avait eu un incident – si Alfie s'était montré violent, s'était blessé ou avait blessé quelqu'un d'autre, tout le monde aurait été dans la merde.

— Si tu veux l'emmener devant le tribunal, je dois désigner quelqu'un pour revoir ta déposition avec toi, et je dois te faire examiner et photographier. (Il la regarde droit dans les yeux. C'est le regard soucieux d'un ami, autant que d'un collègue.) A-t-il laissé des marques, Mitzi ? As-tu encore des bleus visibles ?

Elle a honte. Ce n'est pas de sa faute, mais elle a envie de pleurer à cause de ce qu'elle l'a laissé lui faire. À cause de leur secret inavouable.

— Oui, j'ai des marques visibles.

Il hoche la tête. Ce n'est pas le moment d'insister. Un mot de l'ange qui est face à lui, et il s'assurera personnellement que le minable qui est derrière les barreaux aura tous les doigts cassés et ne pourra pas marcher pendant une semaine.

Elle boit quelques gorgées de café et réfléchit au dilemme. Si Alfie est inculpé, il est sûr qu'il restera loin d'elle et des filles – et il ne fait aucun doute que le message sera reçu et compris. Si elle lui tend une perche, il pourrait se faire des idées et penser que leur mariage tient toujours. Il la harcèlerait et essaierait par tous les moyens de la convaincre de le reprendre. Et les filles seraient encore plus perturbées.

— Je ne sais pas quoi faire, Bobby.

Il veut l'aider, mais il sait que ce n'est pas sans risque.

— C'est à toi de prendre la décision, Mitz. De mon point de vue, tu es dans la merde, quoi que tu fasses. On inculpe ce type, il a un casier et tu sais à quel point il est difficile de trouver un boulot après ça.

Elle hoche la tête.

— Et si on ne le livre pas à la justice, il s'en prend aussitôt à toi.

Le vieux cogne son poing contre son cœur.

— Fie-toi à ça, Mitz. Si ton cerveau ne sait plus où il en est, alors décide en fonction de ce que tu sens avec ton cœur.

— Un grand vide, Bobby. Voilà ce que je ressens là, maintenant. Juste un grand vide.

52

Centre-ville, Los Angeles

Cela vaut le coup, rien que pour voir l'expression sur son visage.

JJ doit réprimer un sourire tandis que les filles s'installent à leur machine et que Jenny Harrison cherche son amie du regard. Il la voit regarder à plusieurs reprises le siège vide, se demandant si son retard est dû à une panne d'oreiller, trop d'excès en tous genres ou à une overdose.

— Quelqu'un a vu Kim ?

Elle pose la question aux stupides garces qui se trouvent de chaque côté d'elle. Comme c'est touchant. Comme c'est gentil de se faire du souci pour sa collègue – la comparse avec laquelle elle aime tant jouer les terreurs. Quel choc elle va avoir lorsqu'elle découvrira la vérité.

Harrison glisse la main dans son jean et en sort un téléphone portable rose.

— Pas de téléphone, Harrison, crie-t-il depuis l'autre bout de la pièce. Vous auriez dû le laisser dans votre casier.

— J'en ai pour à peine une minute.

— Vous en aurez pour encore moins que ça. Vous connaissez les règles – aucun téléphone dans la salle des machines. Donnez-le-moi. Vous pourrez le reprendre à la fin de la journée.

Elle reste bouche bée.

— Est-ce que Kim a appelé, monsieur James ?

Monsieur James. Comme elles apprennent vite. C'est incroyable ce que la peur de Dieu peut faire à de petites garces dépourvues de manières dans son genre.

— Non, elle n'a pas appelé. Votre téléphone, s'il vous plaît, dit-il en tendant la main.

Elle le lui donne.

— Je pense qu'elle est malade. Elle couvait quelque chose hier soir. Elle m'a dit qu'elle avait de la fièvre.

Menteuse. Elle la couvre, c'est tout.

— Pas de présence, pas de paie. Vous le savez.

C'était la phrase à laquelle elles s'attendaient toutes. Aucune raison qu'il traite l'absence de Bass autrement qu'en manifestant de l'agacement. Cela faisait une ouvrière en moins, ce qui voulait dire une baisse de productivité.

Il part brusquement avec le téléphone et l'emporte dans son bureau. Une fois assis et la porte fermée, il fait défiler les messages. La plupart sont adressés à Bass. Ceux qui ne le sont pas sont destinés à un type du nom de Marlon. Sans doute son proxénète. Ils sont brefs, et pas tous très tendres.

MARLON : FINI QUAND ?

JENNY : 20 MN

MARLON : SI TU GAGNES – DE 2 TU VAS DEROUYE PTIT PUTE

Il semble qu'en lui laissant un peu de temps, Marlon pourrait exaucer les vœux de JJ pour lui. Mais il n'a aucune intention d'attendre si longtemps. Il éteint le téléphone et le pose sur le bureau.

Jenny Harrison n'aura pas à s'inquiéter pour son amie pendant très longtemps.

53

Poste de Police de la 77e rue, Los Angeles

Alfie Fallon est assis seul dans sa cellule comme un chien bâtard abandonné. La vie telle qu'il la connaissait est terminée. Il a au moins compris ça. Les flics avec lesquels il a passé la nuit ont défilé dans sa cellule les uns après les autres, et il attend juste qu'on appelle son nom.

Il y a une forte odeur de désinfectant industriel dans l'air, le sol a été fraîchement lavé à grande eau après des heures pendant lesquelles des gens ont vomi et se sont soulagés sur le sol. Il donnerait n'importe quoi pour une douche chaude, une ballade à l'air frais et un bon petit-déjeuner.

Un bruit lointain lui fait lever les yeux. Quand on est en cellule, on sait que quelqu'un vient longtemps avant de le voir. L'absence de tapis, de rideaux ou de quoi que ce soit de moelleux implique que les bruits lointains se répercutent sur les surfaces inhospitalières et arrivent très vite aux oreilles des détenus. Très vite, on fait la différence entre les entrées et les sorties. Après une heure, on devient expert en identification auditive, qu'il s'agisse d'une ouverture de serrure ou d'un camion d'arrivants qui fait marche arrière dans la cour extérieure.

On vient. Et c'est pour lui qu'on vient.

Le bruit de la serrure. Les portes métalliques coulissantes s'ouvrent, puis se referment dans un bruit sourd. Des pas résonnent sur la dureté du sol. Son heure est venue. Alfie met les mains sur ses genoux et fait rouler sa tête d'un côté et de l'autre pour détendre la raideur de son cou.

Les portes extérieures de la cellule s'ouvrent. Mitzi. Son espoir renaît. Le petit vieux qui lui avait jeté un regard mauvais la nuit précédente est également avec elle. Ils ont tous deux un visage triste, dur – un visage de flic. Mitzi prend appui sur la porte.

— Tu vas être accusé d'agression, Alfie. Tu passeras sans doute devant le juge d'ici deux heures. J'ai parlé à mon avocat et il te remettra les papiers du divorce dès qu'ils t'auront relâché.

— Mitzi, écoute…

— Non, Alfie. C'est toi qui vas m'écouter, dit-elle d'une voix très calme en dépit de la peur et de la terreur qui l'agitent. Je dois faire ce que je dis à toutes les autres femmes de faire depuis des années. Il faut qu'on s'occupe de toi correctement, et ensuite, la vie continue. Même si c'est un beau gâchis, elle continue. (Elle se tourne vers Bobby Sheen et pose la main sur son bras.) Merci d'avoir pris soin de moi. Je dois y aller.

Elle s'éloigne.

— Mitzi ! crie Alfie qui s'est rapproché des barreaux. Attends.

Mère de deux enfants, mariée depuis une décennie et demie, Mitzi Fallon, la dure à cuire de la police de L.A., est à l'aube de sa nouvelle vie. Sans regarder en arrière. Sans regret.

— Mitzi !

Elle s'arrête et se retourne.

— Je t'aime encore.

Son visage indique qu'il dit vrai. Il l'aime vraiment. Il donnerait n'importe quoi pour que cela ne soit pas en train de se produire, pour que sa vie ne parte pas en fumée ainsi.

— Moi aussi, je t'aime encore. (Elle reste clouée sur place.) Mais pas autant qu'avant. Et j'aime trop les filles pour que cela continue ainsi.

À présent, elle s'en va. Elle marche la tête haute, le cœur battant à tout rompre. Avec un peu de chance, elle arrivera aux toilettes avant de fondre en larmes, et elle se demande comment elle va tenir jusqu'à la fin de cette journée. Sans parler du reste de sa vie.

54

ITALIE

C'est le milieu de la nuit à Turin. Le lit de la chambre louée est encore intact, encore immaculé. Le moine ne s'est pas assis dessus, et a encore moins dormi dedans.

Nu, il est agenouillé en train de prier à l'intérieur de l'unique penderie. La porte est bien fermée et il est réconforté par l'espace sans air qui donne une sensation de claustrophobie. Il est impatient de retourner à l'isolement du monastère où le kilnmaster le regardera impassible lorsqu'il emmurera Ephrem à l'intérieur du sanctuaire.

Les mains qui sont jointes ont pris de nombreuses vies. Pas au point de ne pas se souvenir de chacune d'elles, mais trop pour quiconque n'est pas un soldat – un croisé. C'est maintenant, ici, aux heures les plus sombres, qu'ils lui rendent visite, plongeant leurs yeux dans les siens pour le défier ou implorer sa grâce. Puis les doutes surviennent, de façon brève mais intense, envoyés pour tester sa foi, pour porter atteinte à sa force.

Il prie, en araméen d'abord, puis en français, et enfin en latin. Il implore Dieu de lui donner force et assistance pour ce qu'il est sur le point de faire. Juste avant le crépuscule, il ouvre la penderie passe une demi-heure à s'étirer pour évacuer les douleurs induites par sa dévotion immobile. Il se concentre, puis s'agenouille, serre les poings et se met en position pour faire des pompes. Les articulations de ses doigts blanchissent sous le poids de son corps à mesure qu'il monte et descend, si lentement que le mouvement est presque imperceptible. Chaque pompe prend plus de cinq minutes. À la fin de l'heure, son corps nu est baigné de sueur. Son abdomen, ses cuisses et ses épaules représentent une masse musculaire semblable à des serpents se tordant nerveusement. Il a envie de s'effondrer sur le sol, de se reposer un moment pour récupérer, mais ce serait un luxe, et le luxe est un péché.

Il prend une douche glacée, s'essuie et boit un litre d'eau. C'est tout ce qu'il avalera aujourd'hui. Il ne mange qu'un jour sur deux, et aujourd'hui est jour de jeûne. Il s'habille en noir, la couleur traditionnelle de son ordre, avec un tee-shirt, un pull, un pantalon, des chaussettes et un long manteau de laine. Puis il met un chapeau noir étroit qui couvre ses cheveux noirs coupés ras. Il touche les instruments qui sont dissimulés parmi ses différentes couches de vêtements – deux couteaux, une corde, une pointe en métal et un fil métallique extrêmement coupant, pas plus encombrant qu'un fil dentaire dans sa boîte.

La première lumière rose de l'aube se lève sur les toits. Dans la rue sombre couverte de givre matinal, il sort discrètement de son hôtel, nettoie le pare-brise de la voiture de location et commence patiemment sa journée de travail.

55

Los Angeles

L'appel prend Amy Chang au dépourvu.

La journée a été longue et elle vient de se désinfecter les mains après avoir autopsié la victime d'un accident de la route particulièrement horrible. Sa secrétaire lui dit que Mitzi Fallon l'attend dans son bureau. Elle jette un coup d'œil à sa montre – il est presque six heures et demie. Elle se demande ce que veut son amie à cette heure tardive, et pourquoi elle ne l'a pas appelée pour lui dire qu'elle venait. Les deux femmes se connaissent depuis longtemps. Mitzi travaillait sur la première affaire à laquelle Amy avait été confrontée et elles s'étaient peu à peu rapprochées depuis ce jour. C'était une amitié fondée sur le respect professionnel et des valeurs communes.

L'inspectrice est assise sur la chaise moulée noire, occupée à regarder son nouveau téléphone avec une expression préoccupée quand Amy entre en mettant une veste légère sur ses épaules.

— Lieutenant Fallon, à quoi dois-je ce plaisir inattendu ?

Mitzi lève les yeux et jette un rapide coup d'œil à la légiste avant de sourire. Il semble que la mauvaise nouvelle ne soit pas encore arrivée jusqu'à la morgue.

— Je passais par là. Les filles restent chez une de leurs amies après le foot – je viens juste d'apprendre qu'elles ont gagné 2-0. Je me disais que tu avais peut-être le temps de prendre un verre ou de dîner ?

Le visage d'Amy s'éclaire.

— Les deux !

— Alors, allons-y pour les deux. C'est moi qui invite.

Amy fait un signe de la tête en direction de son bureau vitré.

— Laisse-moi une minute, je dois ramener du travail à la maison.

Quelques minutes plus tard, elles sortent bras dessus bras dessous, et même si elles bavardent de choses et d'autres, Amy sait que quelque chose ne va pas. Mais elle ne dit rien. Mitzi lui parlera en temps voulu. Elles prennent chacune leur voiture et se rendent au restaurant cubain-asiatique préféré d'Amy. Cela ressemble plus à un bistrot qu'à un restaurant guindé. Il y a du bois chaleureux au sol et sur les murs et elles aiment le fait que les serveuses soient de vraies serveuses et non des poupées Barbie attendant d'être découvertes par Hollywood.

Après deux margaritas et le début d'un tartare de saumon avec une salade de concombre, Mitzi pose sa fourchette et se confie à son amie.

— Alfie et moi, on s'est disputés. Une dispute physiquement très violente, dit-elle en se tournant vers Amy de sorte qu'elle puisse voir le bleu sous le maquillage.

La légiste arrête de manger.

— Je l'ai mis à la porte, reprend-elle. Quand il est revenu, j'ai appelé les flics et je l'ai fait arrêter. (Mitzi termine son cocktail d'un trait.) Je pense que je vais avoir besoin d'un autre cocktail.

Amy est sous le choc.

— Depuis combien de temps cela durait-il ?

— Oh… ! Depuis combien de temps ne s'était-il pas arrêté ? (Mitzi fait signe à la serveuse.) Deux autres margaritas à la pêche s'il vous plaît, dit-elle, avant de marquer une pause. Cela arrivait de temps à autre… depuis environ dix ans.

Elle sent la honte monter en elle.

— Oh, Mitz, je suis vraiment désolée, dit-elle en tendant la main de l'autre côté de la table pour toucher son bras d'un geste réconfortant. Tu as pris la bonne décision.

— Je sais. J'aurais dû le faire des années plus tôt.

— Ce n'est jamais si simple, avec les filles et tout ça.

— Non. Tu sais, tu entends parler de violence familiale, et tu te dis, ça ne m'arrivera jamais. Aucun homme n'oserait lever la main sur moi. Mais quand ça arrive, c'est différent. Tu perds les pédales et tu penses que c'est de ta faute. Tu te berces d'illusions en te disant qu'il ne l'a pas fait exprès, que c'était une erreur. On fait tous des erreurs, non ?

— À qui le dis-tu.

Les nouveaux cocktails arrivent et Mitzi descend le sien d'une traite.

— Il y a des chances que je finisse bourrée ce soir.

— Tu as ma permission !

Elles trinquent et l'inspectrice sourit pour la première fois depuis des jours.

56

TURIN

L'église abandonnée est exactement là où ils ont dit au moine qu'elle serait. Au bout d'une petite rue balayée par le vent, derrière une barrière défoncée, cachant un petit cimetière envahi par les herbes folles. Les pierres tombales sont vertes de moisissure et oubliées depuis longtemps. Comme de vieilles dents déchaussées, elles sont disposées selon des angles étranges sur des concessions qui s'affaissent lentement.

Le moine fait le tour des lieux. Les pierres de l'église, couleur miel à l'origine, ont été noircies par le temps et la saleté. La plupart des vitraux peints à la main qui représentaient le chemin de Croix ont été brisés. Il y a d'horribles panneaux de tôle ondulée sur toutes les portes et fenêtres. Le métal rouillé est couvert de graffitis représentant des symboles et des noms qu'il ne comprend pas et sur lesquels il ne se pose pas trop de questions. Il ôte les panneaux qui bloquent l'accès de la porte d'entrée par laquelle des siècles de fidèles sont entrés.

Il fait sombre à l'intérieur. Presque aucune lumière ne filtre à travers les fenêtres condamnées et les trous dans le toit qui sont l'œuvre du temps et des précipitations diverses. La plupart des gens auraient du mal à y voir à un mètre. Le moine, qui a passé la plupart de sa vie dans l'obscurité la plus totale, voit tout, jusqu'à l'extrémité la plus éloignée. L'odeur entêtante est celle de l'humidité, de la charpente pourrissante et des déjections des rongeurs qui ont fait de ce lieu leur sanctuaire. Pourtant Ephrem, comme nul autre, sent encore l'odeur de la cire, de l'encens de la grand-messe, du savon frais sur la peau de ceux qui se sont lavés en sachant qu'ils viendraient s'agenouiller en présence de leur Seigneur.

Il passe devant les bancs démolis et l'espace vide où se tenait jadis l'autel. Il tourne sur sa gauche et trouve ce pour quoi il est venu. Avec quelques efforts, ce sera parfait.

Absolument parfait.

57

Boyle Heights, Los Angeles

— Kim ? Hé ! Kim, t'es là ?

Jenny Harrison crie à travers la boîte aux lettres de l'appartement de Kim Bass. Son amie peut vraiment se conduire comme une imbécile, parfois. Si elle gobe trop de cachets ou qu'elle tombe sur un type pas trop mal, Jen n'a pas de nouvelles d'elle pendant une éternité. Au moment de Noël, elle s'était saoulée avec un chauffeur de taxi et avait disparu jusqu'au nouvel an.

Il est quand même bizarre qu'elle ne soit pas venue travailler. Elle est fauchée et a besoin du moindre centime qu'elle peut gagner en ce moment.

— Kim, si tu es là, arrête de déconner. C'est Jen, il faut que je te parle.

Harrison relâche violemment le battant de la boîte aux lettres et donne des grands coups sur la porte avec la paume de la main. Nom de Dieu ! Elle passe la moitié de sa vie à courir après cette fille. Elle s'en va, et appelle aussitôt son amie sur son portable. Cela sonne longtemps avant de basculer sur la messagerie.

— OK, Kimmy, si tu ne te décides pas à m'appeler, ta meilleure amie ne tardera pas à devenir ton ex-amie. C'est jeudi soir, et on est censées rencontrer ces types… des livreurs. Appelle-moi !

Elle descend les escaliers, furieuse, tourne et manque de faire tomber un vieil homme qui monte en s'appuyant à la rampe.

— Merde ! Monsieur Dobbs, vous avez failli me faire avoir une crise cardiaque.

L'homme chauve de soixante-dix ans est le voisin de palier de Kim. Leroy Dobbs semble avoir eu aussi peur qu'elle. Il s'occupe de ses affaires, et pour un vieux, il est plutôt cool. Les filles lui ont même tapé du lait et du café un dimanche matin où elles avaient une telle gueule de bois qu'elles ne pouvaient même pas se traîner jusqu'au magasin du coin pour les acheter.

Il porte la main à sa maigre poitrine.

— C'est moi qui devrais jurer. Vous ne devriez pas débouler si vite dans les escaliers.

— Désolée, monsieur Dobbs. Dites, vous n'avez pas vu Kim par hasard ? Elle n'est pas venue travailler aujourd'hui. Vous l'avez entendue aller et venir ?

Il semble fâché.

— Je m'occupe de mes affaires. Je ne suis pas du genre à espionner les gens, comme certains ici. Je ne l'ai pas vue.

— Je n'ai pas dit que vous espionniez les gens, dit Harrison. C'est juste que les murs ne sont pas épais, et Kim dit que vous aimez taper au mur quand elle regarde la télé dans sa chambre.

— C'est parce qu'elle la met trop fort, nom de Dieu ! Je suis peut-être vieux, mais je ne suis pas sourd.

— Vous l'avez entendue ?

— Pas hier soir. Je n'ai pas entendu la télé hier soir.

Harrison repense au moment où elle a dit adieu à son amie sur le pas de sa porte. Elle était plutôt défoncée en partant. Toutes les deux l'étaient. Cette folle avait beaucoup trop fumé.

— Est-ce que je peux passer maintenant ? demande Dobbs qui la regarde deux marches plus bas, la main toujours agrippée à la rampe.

Elle descend en se faufilant sur le côté. Dehors, elle allume une cigarette et rentre chez elle à pied. Quelque chose ne va pas.

Elle le sent.

Le temps d'arriver jusqu'à son propre porche, Jenny Harrison est sûre de savoir ce que c'est.

58

Los Angeles

Ce soir, Mitzi n'a qu'une seule réponse à apporter à ses problèmes : l'alcool. Boire pour oublier. Boire pour perdre toute notion du réel si nécessaire. Elle a pointé un revolver sur son mari. Elle a failli le tuer.

Amy et elle laissent leur voiture sur le parking du restaurant et prennent un taxi pour rentrer chez la légiste, où elles mettent un point d'honneur à déboucher une bouteille de vin blanc avant toute autre chose. Après avoir écouté tous les titres qui se trouvaient sur son iPod, Amy va chercher des couvertures et des oreillers et les installe sur le canapé. Un jour, elle achètera une maison avec trois pièces, mais pas avant un bon moment – sans doute pas avant de se trouver un homme à long terme, un homme qui reste.

— Alors, où est Nicky la malice ? demande-t-elle pelotonnée dans son fauteuil au milieu des coussins.

Mitzi lui fait un grand sourire depuis l'autre fauteuil.

— En Italie, à Turin, dit-elle en manquant de renverser son verre de vin, qu'elle finit par juger plus sûr de tenir à deux mains. Le pauvre a voyagé presque toute la journée.

— Oh.

— Oh ? C'est tout ce à quoi tu pensais en mentionnant son nom ?

Amy sourit.

— À moins que tu n'aies pensé : j'aimerais bien être en Italie avec Nic. C'est un pays romantique, l'Italie… la poésie, les violons, tout ça, dit-elle avant de lever son verre. Et il y a du très bon vin.

— Ça m'a traversé l'esprit.

— Bien sûr. Ce serait le contraire qui ne serait pas normal.

— Cela dit, il est un peu coincé, Mitz. Je sais qu'il a traversé des choses horribles, mais j'ai l'impression qu'il souffre encore beaucoup.

— C'est très probable. Laisse-lui un peu de temps.

Amy se rappelle l'après-midi passé avec lui au port de plaisance.

— Je crois qu'il va avoir besoin de beaucoup de temps.

— C'est possible, dit Mitzi en buvant un coup de sauvignon frais. Mais il vaut la peine d'attendre. C'est un mec bien.

Elle essaie d'éviter de penser à son mari. Qu'il aille au diable. Alfie avait été un type bien, un jour. Qu'il aille se faire foutre pour être passé de mec bien à bon à rien si facilement.

— Pourquoi Nic est-il en Italie ?

— C'est une longue histoire. C'est lié à Tamara Jacobs, la scénariste qui est passée sur ta table d'autopsie, dit Mitzi en se redressant sur son siège. D'ailleurs, il faut que je te demande quelque chose à propos du Suaire.

La légiste semble perplexe par ce brusque retournement dans la conversation.

— Quel Suaire ? Tu veux parler du Suaire de Turin ?

— À moins que tu en connaisses un autre ? Alors, qu'est-ce que tu en penses ? C'est vrai ou pas ?

Amy se sent soudain épuisée.

— Ça ne te dérange pas si on laisse les casse-tête pour demain ? Je suis claquée et j'ai vraiment besoin d'aller me coucher.

— Bien sûr, pas de problème. Ça a été une sacrée journée.

Amy se lève et éteint plusieurs lampes.

— Tu veux que j'aille te chercher un peu d'eau avant d'y aller ?

Mitzi lève son verre d'une main et la bouteille de l'autre.

— OK, j'ai compris. Vas-y doucement quand même. (La légiste

s'avance vers elle, se penche au-dessus du fauteuil et prend son amie dans ses bras.) J'espère que tu pourras dormir un peu.

— Moi aussi.

Amy se dirige vers sa chambre. Si Mitzi n'avait pas été ivre, elle lui aurait demandé. Elle lui aurait demandé s'il y avait eu quelque chose entre elle et Nic. Il y avait eu des rumeurs, mais il y en a toujours quand un homme et une femme travaillent ensemble de façon étroite. Mais elle se pose toujours la question.

59

VENDREDI
ITALIE

Le ciel matinal au-dessus de ce qui était jadis la première capitale du pays ressemble à une magnifique fresque aux couleurs d'or royal et de rouge cardinal. Le tableau de l'aube n'est pas parfait cependant, il montre des signes d'usure évidents. Des traînées de fumée s'échappant des cheminées des usines et les taches noires formées par la pollution gâchent le tableau.

Nic Karakandez se tient derrière la fenêtre de la chambre de l'hôtel bon marché où il est descendu. Il regarde l'obscure chrysalide de la nuit se transformer en papillon exotique du jour. Quelque part, là, dehors, parmi les formes mystérieuses, sous les rangées de toits en tuiles rouges et à l'intérieur des dômes des églises antiques, se trouve la raison pour laquelle il a parcouru des milliers de kilomètres. Il prend une douche dans une salle de bains si petite qu'elle pourrait rendre une fourmi claustrophobe. Puis, il enfile un jean noir, une chemise blanche et un pull violet qui, bizarrement, sent encore l'huile qu'il a appliquée sur le pont de son bateau. Il s'assoit sur le lit défoncé et réfléchit à la principale piste que Mitzi lui a demandé de suivre.

L'argent.

Pour être plus précis, une série de virements bancaires faits par Sarah Kenny à la demande de Tamara Jacobs à un type du nom de Roberto Craxi. Les bouts de papier étalés devant lui font état de dépôts de cinq mille dollars par mois pendant onze mois, ainsi que de deux versements de vingt-cinq mille dollars. Près de cent mille dollars au total. C'est une belle somme. Le genre de somme pour laquelle beaucoup de gens seraient prêts à enfreindre la loi.

Les autres pistes sont liées à la visite de la scénariste à Turin. Des reçus retrouvés dans le bureau de son domicile indiquent qu'elle a effectué quatre voyages sur place au cours des deux années écoulées. Dont deux dans les six derniers mois. Et un six semaines avant d'avoir été tuée. Nic espère que les notes d'hôtel, de restaurant et de taxi l'aideront à retracer son parcours. Et il y a également la liste des appels des trois derniers mois passés depuis son portable, qui indique plus de trente appels vers le même numéro à Turin. En observant le numéro, il a un mauvais pressentiment. Appeler Turin depuis un portable coûte cher. Il est donc possible qu'elle ait utilisé son portable pour des raisons de sécurité. Si c'était le cas, le numéro était probablement celui d'un téléphone à carte non identifiable.

Il prend son petit-déjeuner dans une salle humide et pleine de courants d'air chauffée par des radiateurs soufflants posés à même le sol, devant des murs écaillés de couleur crème. Il essuie la condensation sur la vitre près de sa table et voit par la fenêtre, au-delà de la pelouse couverte de givre, une cour pavée bordée de parterres de fleurs et de cyprès. En été, ce lieu se métamorphosait peut-être en quelque chose qui pouvait passer pour pittoresque et charmant.

Une jeune serveuse, peut-être la fille du propriétaire, lui apporte un cappuccino, tels qu'on ne les fait qu'en Italie – à partir de grains de café torréfié, surmonté d'une épaisse mousse crémeuse au milieu de laquelle on pourrait faire tenir une cuillère. Il va chercher du jus d'orange sur une petite desserte et prend deux pâtisseries maison.

Après le petit-déjeuner, il retourne dans sa chambre, se lave les dents, prend une veste en cuir noire et descend pour attendre son contact, le *carabiniere* qui lui a été assigné. Il s'assoit sur un vieux canapé dans la minuscule réception et essaie de déchiffrer le journal *Corriere della Serra*. Mauvaise idée. En dehors de *chianti*, *quattro fromaggio* et de quelques jurons des *Sopranos*, il ne comprend pas un mot.

Une femme élégante vêtue d'une veste bleu marine et d'une jupe à hauteur du genou assortie interrompt sa lecture de façon hésitante.

— Signore Carry-can-diss ?

Il lève les yeux.

— Ka-ra-kan-deez. Oui, c'est moi.

Elle a environ deux ans de moins que lui, des cheveux noirs coupés court et d'intenses yeux bleus.

— *Luogotenente* Cappelini. Carlotta, dit-elle en lui tendant la main avec assurance.

Il est surpris. Et même fâché contre lui-même d'avoir automatiquement supposé que l'agent de liaison serait un homme.

— Nic, ravi de vous rencontrer.

— Bienvenue à Torino, Nic. (Elle voit bien qu'il s'attendait à un homme, comme la plupart des gens.) Êtes-vous prêt à partir ?

— Oui.

Il replie le journal et le repose sur une table en bois usée. Carlotta passe devant lui.

— Tout d'abord, nous allons à mon bureau, nous pourrons y parler de façon confidentielle. Puis, je vous accompagnerai où vous aurez besoin d'aller. Mon *capitano* dit que vous avez des numéros de téléphone à identifier. J'ai des gens qui sont prêts à vous aider là-dessus.

— Quelle douce musique à mes oreilles !

Elle ne comprend pas.

— *Scusi* ?

— Désolé, c'est juste une expression. Ce serait super.

Les rues sont larges et pavées, des blocs de pierre entrecoupés de rails en acier pour les trams. Au-dessus de leurs têtes, un enchevêtrement de câbles noirs se détache sur le ciel désormais gris et terne. Tandis qu'ils marchent, Nic remarque la crosse d'un revolver discrètement dissimulé sous la veste de la jeune femme.

— Vous êtes toujours armée ?

— *Si*. Toujours. Je suis un soldat, je dois porter une arme, dit-elle en la touchant. Mais ça me plaît, ajoute-t-elle avec un sourire. J'aime tirer.

Il lui lance un regard malicieux.

— Sur quoi aimez-vous tirer ? Les objets ou les gens ?

— Non, répond-elle en riant. Je n'aime pas tirer sur les gens.

— Pas même sur les sales types ?

Elle sait qu'il plaisante.

— Non, ça ne m'est jamais arrivé. Mais tirer sur une cible, alors là, oui, j'adore ça, dit-elle en mimant un pistolet avec les doigts, faisant semblant de tirer. Je suis très douée au tir.

Il n'en doute pas.

— Et vous, Nic, vous tirez sur les sales types ?

— Parfois, dit-il. Mais pas autant que je le voudrais.

60

Quand il était un tout jeune enfant, Ephrem avait appris à être silencieux. Les moines lui fouettaient les mains s'ils l'entendaient respirer.

Il a appris à écouter et à se taire. Ils lui ont enseigné à se concentrer d'abord sur ce que les autres disaient et faisaient, et à répondre seulement ensuite. Quand il était petit garçon, il avait aussi appris ce qu'étaient les différences. Comment une même personne pouvait se comporter différemment lorsqu'elle se trouvait dans un lieu inconnu, quand elle était excitée ou lorsqu'elle avait peur, ou qu'elle était fatiguée.

On lui a appris à ne jamais se comporter différemment.

Quand il était un jeune homme, on lui a appris ce qu'il devait savoir sur la douleur. Comment faire pour la supporter. Comment faire barrage à ses pensées tandis que la chaleur blanche du fer à marquer grésillait sur sa peau. Il avait fallu des années pour entraîner son esprit, pour l'affûter ainsi. Puis on lui avait enseigné à infliger la douleur. À l'employer comme un instrument. On lui avait appris à utiliser la menace de l'agonie physique pour faire le travail de Dieu.

En tant qu'homme, il avait appris la transparence. Comment marcher parmi les ignorants en se faisant passer pour l'un d'eux. Comment les regarder et leur sourire de sorte qu'il n'attire pas l'attention, ne suscite aucune affection, ni ne laisse aucun souvenir. Il avait appris l'art de se faire oublier instantanément.

Toutes ces années de formation et de discipline s'incarnent dans le corps du moine Ephrem tandis qu'il gare la voiture de location à plus d'un kilomètre de l'endroit où on lui a dit que se trouvait sa prochaine cible. Le col de sa veste remonté, la tête baissée pour éviter le vent et la pluie, il marche au bord de la route, certain que les motards qui le dépassent à toute allure ne se rappelleront jamais de lui.

Le moine fait ce qu'il sait faire de mieux. Il devient un tour de passe-passe. Une illusion. Quelqu'un que personne ne voit jamais.

61

CARSON, LOS ANGELES

Il y a une mauvaise odeur dans la maison. Une *très* mauvaise odeur. Qui ne ressemble à aucune autre sur la Terre. Une odeur à laquelle très peu de gens ont été exposés. Il aurait dû lui donner un bain la veille, au lieu de simplement la laver avec un gant. Il était trop fatigué pour en faire davantage après sa dure journée. Trop épuisé après avoir vaincu cette persécutrice de Kim Bass.

Maintenant, elle a besoin de lui. Il s'agenouille sur le plancher de la chambre et allume les bougies.

Il est choqué. Elle change. Ses yeux sont recouverts d'un épais voile laiteux, sa chair se décolore. Même à la faible lumière vacillante, il voit la nuance verdâtre de sa peau.

JJ tend la main vers son visage et caresse la tache de naissance sombre, le signe de Dieu qui l'a attiré vers elle.

La gravité a fait son œuvre. Le sang s'est écoulé de son cœur et s'est déposé au niveau de ses fesses, de son dos et de ses jambes, créant une couche putride de violet et de rouge. Les bactéries se propagent dans l'ensemble du corps, et il commence à se couvrir de marbrures. Les cheveux tombent et les gaz et les fluides se déversent par ses orifices dans l'air fétide de la chambre. Il se relève et recule. Puis, il pense l'impensable. Il va peut-être devoir renoncer à elle. Dénicher un autre endroit où elle pourra trouver le repos. Mais pas encore. Pas tant que ce ne sera pas absolument nécessaire.

62

QG des carabinieri, Turin

Par la fenêtre du dernier étage du bureau de Carlotta, au centre-ville, Nic voit l'étrange faîte qui s'élance vers le ciel du célèbre môle d'Antonelli, à l'origine lieu de culte de la communauté juive dans les années 1800, avant de devenir le musée national du cinéma.

Il a été distrait parce que depuis dix minutes, la *carabiniere* baragouine au téléphone en italien à la vitesse d'une mitraillette. Quand elle termine sa conversation – ou du moins quand il suppose qu'elle la termine parce qu'elle a déjà dit *ciao* trois fois – une pensée inquiétante lui traverse l'esprit. Plus il fera avancer l'enquête sur place, et moins il aura de chances de voguer vers une nouvelle vie dans à peine deux semaines. Dès qu'on retrouve la trace d'un tueur, le procureur de la République vous met un kilo de paperasse sur les bras. Et lorsqu'il s'agit d'un autre continent, c'est une montagne qu'il vous balance sur le crâne.

Carlotta a mis un terme à sa conversation téléphonique, et il voit qu'elle est préoccupée.

— Est-ce que tout va bien avec vous ?

Le langage de la jeune femme l'aide à oublier son inquiétude.

— Oui, je suis désolé. Tout va très bien avec moi.

Il glisse la main à l'intérieur de sa veste et en sort une feuille de papier.

— Voici les numéros dont nous avons parlé à votre patron. Lorsque nous aurons retrouvé leur propriétaire, je veux le rencontrer immédiatement. Et je ne veux pas que qui que ce soit pose des questions tant que je ne l'aurai pas vu.

— Je comprends. Vous avez peur qu'il prenne la fuite.

— En effet, j'en ai bien peur.

Elle pointe un doigt très fin recouvert de vernis rose pâle.

— Ces numéros, là, c'est… comment dites-vous, cellulare ?

— Un téléphone cellulaire ?

— Ah, oui, dit-elle avant de pointer à nouveau. Et ici, ce sont… un téléphone public.

Il renonce à essayer de corriger sa grammaire.

Elle s'installe derrière le clavier de son ordinateur et tape ses instructions avec une facilité évidente.

— *Finito*. On va trouver ça très vite.

— *Grazie*.

Elle sourit.

— Vous parlez italien ?

Il sourit à son tour.

— Si. Je suis intarissable en *grazie* et *prego*. Oh, j'allais oublier *parmigiano* et *pesto*.

Carlotta l'applaudit de façon un peu moqueuse.

— *Va bene*. Ce sont des mots très utiles, dit-elle, jetant un coup d'œil sur son écran. Je vois que votre victime était un écrivain célèbre.

— Elle était scénariste, pas écrivain. Elle n'a pas écrit de livre. Je n'avais jamais entendu parler d'elle avant, mais apparemment, c'était quelqu'un d'important à Hollywood.

Carlotta fronce les sourcils.

— Vous savez pourquoi elle a été tuée de cette façon ?

— C'est ce qu'on cherche à savoir. Peut-être que cela avait un lien avec le projet sur lequel elle travaillait.

— Le film à propos du Suaire ?

— C'est ce qu'il semble. Est-ce que quelque chose de particulier est arrivé au Suaire récemment ?

— Rien ne lui est arrivé. Il est dans une vitrine sous scellés, dans le noir, dans le *Duomo di San Giovanni*. Il ne lui arrive jamais rien.

— Mais on l'expose de façon régulière, non ?

Elle fait non de la tête.

— Non, il a été exposé pour la dernière fois en 2010.

— Dans la cathédrale ?

— *Si*, mais avec une énorme protection, dit-elle en dessinant un grand carré en l'air avec les deux mains. Ils ont construit une vitrine géante en verre blindé. Et ils ont mis le Suaire à l'intérieur.

Nic a du mal à comprendre en quoi cela peut attirer les foules.

— Et beaucoup de gens sont venus le voir ?

Carlotta se met à rire.

— Beaucoup ? Plus de cent mille personnes par jour – *chaque* jour. Pendant cinq semaines, ils ont fait la queue, dit-elle avant de marquer une pause, essayant de se souvenir de la dernière exposition. J'ai lu que pendant ces semaines, trois millions et demi de gens sont venus. C'est plus, pour ces quelques semaines, que le nombre de gens qui se rendent sur la tombe de John F. Kennedy en une année.

— Je ne savais pas que les deux étaient en compétition.

— Heureusement que ce n'était pas le cas. Le Suaire aurait gagné. Facile ! Les catholiques gagnent toujours ce genre de choses. La mort et la religion sont très importantes pour nous.

— Je tâcherai de ne pas l'oublier. Alors, je suppose qu'il n'est plus exposé ?

— Non, les expositions sont très rares. Il est maintenu dans une vitrine permanente qui est scellée et conservée dans une alcôve du *Duomo*, où les visiteurs peuvent venir prier. L'église a un service de sécurité privé – nous ne savons pas exactement en quoi il consiste – et bien sûr, nous avons nos propres agents qui surveillent la cathédrale en permanence.

— Il ne pourrait donc jamais être volé, ni endommagé ?

Elle hausse les épaules.

— Ça, on ne peut pas l'affirmer. En 1997, il y a eu un incendie criminel. Les pompiers ont dû briser la vitrine. Ils ont dû se servir de leur hache et de leur masse pour taper sur le verre blindé – il fallait qu'ils le sortent des flammes.

— A-t-il été endommagé ?

— Non, pas cette fois-là. Il y a très longtemps, au XVIe siècle, il y a eu un autre incendie – criminel aussi – et celle fois-là, il y a eu des dégâts.

— Dans la même église ?

— Non. En ce temps-là, il était en France, à la Sainte-Chapelle de Chambéry.

— Que faisait-il là-bas ?

Carlotta semble être arrivée au bout de ses connaissances.

— Je ne sais pas précisément. Je crois qu'il était en possession de la maison de Savoie. À cette époque, il y avait beaucoup de vols et de pillages. De nos jours, ici, la sécurité est très sûre, dit-elle avec assurance. Maintenant, il est impossible d'approcher le Saint Suaire.

L'idée le fait sourire.

— Vraiment ? demanda-t-il, avant de faire un hochement de tête vers l'ordinateur. En attendant cette remontée d'appels, on pourrait toujours essayer ?

63

CARSON, LOS ANGELES

Il vérifie la température de l'eau avec le poignet – comme le ferait un parent pour un nouveau-né.

Ce n'est pas trop chaud. Ni trop froid. Juste à la température du sang. Parfait. Il fait couler le liquide vaisselle dans l'eau et l'agite jusqu'à ce qu'une fine couche de mousse en recouvre la surface.

Parfait.

JJ pose la bouteille en plastique et retourne dans la chambre. Son genou craque lorsqu'il s'accroupit. Avec précaution, il prend le corps nu d'Em dans ses bras et la porte à travers la chambre. Dans le miroir, il aperçoit leur reflet. C'est une vision frappante. Héroïque. Il ressemble à un pompier en train de porter une femme hors d'un immeuble en flammes. Tel un ange de Dieu sauvant une pécheresse des flammes de l'enfer.

Il la porte fièrement dans la salle de bains et dépose l'amour de sa vie dans la baignoire pleine de mousse. De l'eau déborde sur le côté. Elle coule sur ses pieds nus et pénètre dans le plancher en bois. Il y a des bougies un peu partout dans la salle de bains, sur le sol, les étagères et le rebord de la fenêtre. Des diamants de lumière dorée dansent dans l'eau du bain.

Étrangement, elle semble plus lourde. Presque comme si la mort lui avait été bénéfique. Qu'elle l'avait fait grossir. L'avait bien nourrie. Et l'avait rendue paisible. Il n'avait jamais vu personne sembler plus calme qu'Em dans le bain qu'il lui a préparé.

JJ se déshabille et entre dans l'eau tiède. Il fait une grimace en voyant de la mousse déborder sur le côté. Il veut que ce soit parfait. Rien ne doit aller de travers. Ils ont si peu de temps à passer ensemble.

Il s'enfonce un peu plus profondément dans l'eau. Fait glisser son corps sous celui d'Em. Il passe les bras autour des seins de son aimée et la serre fort.

64

Piazza San Giovanni, Turin

Une rafale de vent pousse irrévérencieusement Carlotta et Nic vers l'entrée du *Duomo di Torino e Cappella della Sacra Sindone*.

Ils se tiennent devant le campanile d'une hauteur vertigineuse. Il semble ancien, il date du XVe siècle, mais on dirait qu'il a été ajouté des années après, car c'est un méli-mélo géométrique, un ensemble asymétrique de légers blocs de pierre. La façade de la Renaissance de la cathédrale, récemment nettoyée, est presque blanche et est elle-même écrasée de façon incongrue par le dôme de la chapelle Guarini semblant surgi de nulle part – à l'intérieur de laquelle se trouve le Saint Suaire.

— *Buongiorno*, crie Carlotta au petit homme frêle vêtu d'une robe noire qui les attend dans un abri, près de l'entrée principale.

— Je vous présente l'inspecteur Karakandez, de la police de Los Angeles.

L'homme qui porte la robe incline poliment la tête tandis qu'il serre la main du grand détective.

— Dino di Rossi – je suis, ce que vous appelez le bedeau je crois, dit-il, avant de jeter un regard de côté. *Luogotenente* Cappelini souhaite que je vous accompagne et que je réponde à vos questions sur l'édifice et le Suaire.

— Je vous remercie.

Nic suit la *carabiniere* et le bedeau en haut des marches de la cathédrale et à travers les immenses portes en bois du XVIIIe siècle. Au-dessus de sa tête, il voit une reproduction de *La Cène* de Léonard de Vinci, et à sa droite – à sa grande surprise – un stand vendant livres, cartes postales, DVD et reproductions bon marché du Suaire. Une longue nef s'étend devant eux et plus bas, sur la gauche, se trouvent deux écrans géants montrant des images du Suaire – louant, sans aucun doute, son importance historique. La marchandisation de la relique va même jusqu'à des offertoires en plastique, commandés de façon électrique, où les pèlerins sont encouragés à glisser des euros dans une fente pour avoir, en échange, le droit de dire une prière et d'allumer une bougie en plastique. Au loin, il voit l'impressionnant transept et la sacristie.

— Cette architecture… cela touche l'âme, non ? murmure di Rossi tandis qu'ils avancent sur le sol en marbre. Elle transmet l'esprit des fidèles, l'expérience de l'entrée dans la mort et dans la lumière de la gloire divine.

Nic n'irait pas jusque-là, mais l'autel, bordé d'immenses statues de marbre et d'une scène de crucifixion centrale, c'était certainement quelque chose.

— Ce sont les sculptures de sainte Thérèse et de sainte Christine, ajoute di Rossi en les désignant d'un geste. Réalisées à Rome en 1715 par le sculpteur parisien Pierre Legros. La grande statue en bois qui représente le crucifix a été taillée par Francesco Borelli.

— Et le Suaire, demande Nic avec une légère pointe d'impatience, où est-il entreposé ?

Di Rosi le conduit à travers les bancs de l'église et devant une pile de chaises marron en métal.

— Ici, dit le bedeau en désignant une étrange zone délimitée par une corde, au fond de la cathédrale.

Pour l'œil inexercé de Nic, la chapelle ressemble à deux loges de théâtre empilées l'une sur l'autre. Celle du haut comporte de grandes colonnes dorées, un balcon doré surmonté par une décoration centrale géante composée d'anges dorés, d'une immense couronne et d'un bouclier rouge portant une croix blanche.

— Il s'agit de la tribune royale, explique di Rossi en agitant les doigts vers le haut. Elle a été sculptée par Ignazio Perucca en 1777. Les rois du Piémont et de la Sardaigne se sont tenus là. Il a été honoré par la présence de Carlo Emanuele III, Carlo Alberto Castigliano et par le premier roi d'Italie Victor Emmanuele II.

Le regard de Nic passe du balcon historique à la loge d'allure bien plus modeste, au-dessous, comprenant des piliers en pierre et une vitrine en verre blindé.

— La tribune inférieure est l'endroit où s'asseyaient les pages royaux. C'est à présent l'endroit où se trouve le Suaire – le tissu dans lequel le corps de notre Seigneur Jésus-Christ a été enveloppé après sa mort sur le Calvaire.

65

CARSON, LOS ANGELES

JJ enroule la chaîne de métal autour de son orteil et tire sur la bonde. Il reste étendu, savourant les derniers instants tandis que l'eau savonneuse s'écoule sur lui et sa reine. Le bruit de l'eau est irritant. Inopportun.

Il reste immobile. Fait le mort. Il ne cille pas, ne contracte aucun muscle tandis qu'il se concentre pour ralentir le rythme des battements de son cœur et de sa respiration. L'eau retenue entre leurs deux corps s'écoule lentement, lui donnant la sensation qu'Em le caresse. La salle de bains se fait plus froide. L'air frais et le métal de la baignoire refroidissent rapidement sa chair. Il sait que s'il reste là où il est, la température de son corps baissera rapidement, jusqu'à ce qu'elle devienne pareille à la sienne. Ils ne seront plus qu'un. Unis dans la mort. Ensemble pour toujours.

— Un jour, mon amour, murmure-t-il l'embrassant sur la nuque. Un jour, je te rejoindrai.

Il est difficile de la déplacer sans qu'elle soit portée par l'eau. À cause de l'humidité, leurs corps semblent collés l'un à l'autre. Il finit par sortir du bain, frissonnant à la lueur des bougies. Ses pieds marquent leur empreinte sur le sol tandis qu'il prend un drap de bain sur un vieux porte-serviettes en bois et s'essuie.

Il ressent une certaine chaleur à nouveau. La chaleur – la différence entre lui et son amour. La différence entre la vie et la mort. Il se penche au-dessus de la baignoire et l'essuie par tapotements du mieux qu'il peut. La sortir de là est plus difficile qu'il ne l'avait imaginé. La baignoire ancienne est trop profonde pour qu'il puisse la soulever sans tomber en avant. Finalement, il se met du côté opposé au robinet, la prend sous les bras et la tire vers l'extérieur.

Il a la sensation que la peau de la jeune femme remue. Qu'elle s'assouplit et bouge à mesure qu'il la touche. Il l'étend sur le sol et sèche les parties de son corps qu'il n'a pas pu atteindre. Elle sent le propre. Elle est propre et fraîche. Il est trop fatigué à présent pour la déplacer à nouveau. Trop vidé émotionnellement et trop bouleversé à la pensée que le temps passé avec elle est presque écoulé. Il prend la boîte de talc sur une étagère au-dessus de la baignoire et saupoudre un nuage de poudre parfumée au-dessus de son corps. Il l'étale, couvre chaque centimètre de sa peau. Jusqu'à ce qu'Em soit aussi blanche qu'un ange.

Maintenant, il fait la même chose sur lui. S'assure qu'il est saupoudré de la tête aux pieds. Enveloppés dans un linceul blanc. Il s'étend près d'elle. Deux fantômes au crépuscule. Il tire une serviette sur eux pour avoir chaud, se blottit contre elle. Il la serre contre lui et partage sa chaleur avec elle.

66

TURIN

Derrière la vitre protectrice, le coffret est recouvert d'un tissu terne portant une rayure centrale rouge et un crucifix. Au-dessus, il y a un étrange enchevêtrement d'épines géantes. Puis, sur un rideau sombre et poussiéreux, apparaît un agrandissement numérique bon marché du visage de celui que Nic appelle désormais l'homme au Suaire. Le refuge improbable d'une des plus célèbres reliques religieuses au monde.

Dino di Rossi prend à tort le silence du policier pour de la concentration affectée et essaie d'ajouter un peu de profondeur historique à sa contemplation.

— Le Saint Suaire, comme le Voile de Véronique, est un artéfact unique, tant d'un point de vue scientifique, historique que religieux. Nous pensons à présent qu'il a également été vu dans tout le Moyen-Orient. L'Histoire témoigne qu'il a été donné à Abgar, le roi de l'ancienne cité d'Édesse, et on dit qu'il l'a guéri de la maladie. Les Grecs orthodoxes ont le plus grand respect pour cette image. Ils l'appellent *Archeiropoieton* – une icône qui n'a pas été créée par la main de l'homme.

Nic a la sensation d'être complètement à côté de la plaque.

— Vous avez parlé de Véronique. Qui était-elle, et qu'est-ce que son voile avait de si spécial ?

Di Rossi porte les mains à son visage et fait le geste de quelqu'un qui sèche ses larmes.

— Tandis qu'il portait la croix sur le chemin du Calvaire, Jésus essuya son visage avec un voile que lui avait donné une femme qui s'appelait Véronique de Jérusalem – devenue depuis sainte Véronique. Après son départ, l'image de son visage est apparue sur le voile. L'Église a vénéré cet événement en en faisant une des stations de la Croix.

Nic est perdu. Les seules stations qu'il connaît sont celles dans lesquelles on prend le train.

— Je serai brûlé en enfer pour avoir posé cette question, mais que sont les stations de la Croix ?

Le visage de Rossi exprime la consternation et la déception.

— Les quatorze moments clés de l'histoire chrétienne, représentés en général dans des tableaux, des statues ou des vitraux. Ils montrent les différentes étapes du parcours du Christ, du moment où il a été condamné à mort à celui où on a ôté son corps de la croix sur le mont Calvaire avant de l'enfermer dans la tombe de Joseph d'Arimathée. L'incident avec le *sudarium* – le tissu taché de sueur – correspond à la sixième station.

Carlotta ajoute un peu de couleur au récit :

— Comme l'Image d'Édesse, beaucoup ont cru que le Voile

de Véronique était capable d'accomplir des miracles. On disait qu'il étanchait la soif, qu'il guérissait de la cécité et même qu'il ressuscitait les morts.

Le bedeau jette un coup d'œil à son bracelet-montre.

— Je me rends compte, signore, que vous avez de nombreuses questions – et beaucoup de doutes – mais j'ai bien peur d'être en retard à présent et de devoir partir.

— Je vous suis très reconnaissant pour votre aide, dit Nic, conscient d'être éconduit. Une chose, avant que vous ne partiez dit-il en faisant un signe de tête en direction de la vitre du coffret recouvert d'un tissu. J'aimerais voir le Suaire, la toile de lin à proprement parler.

— Je suis désolé, c'est impossible. Le Saint Suaire est enfermé et sous scellés dans une châsse en métal et en verre blindé. Je ne pourrais pas l'ouvrir, même si je le voulais.

— Les scellés peuvent toujours être ouverts. J'aimerais qu'il soit ouvert, s'il vous plaît.

— J'en suis sûr, mais ce n'est pas possible. Seul le souverain pontife en personne peut ordonner l'exposition du Saint Suaire.

Nic sent le rouge lui monter au visage.

— Vous voulez dire que seul le pape peut ôter les scellés et ouvrir le conteneur ?

Di Rossi essaie de ne pas faire état de sa colère dans sa réponse.

— Non. Le Saint-Père n'est pas le gardien des clés. Ce n'est pas ce que je vous ai dit. Mais il est le seul à pouvoir ordonner une exposition du Sacra Sindone.

Nic regarde Carlotta.

— Je suppose que ce n'est pas vrai – la *carabiniere* peut ordonner que le Suaire soit soumis à une inspection, n'est-ce pas ?

Elle semble nerveuse d'avoir été mise dans cette mauvaise posture.

— Non. Et ce n'est même pas quelque chose que je pourrais demander. L'ordre devrait venir de notre *generale*.

Sans même le demander, Nic sait que le chemin est long et laborieux. Il se tourne à nouveau vers le bedeau.

— Alors, si le pape n'est pas le gardien des clés, qui est-ce ?

— Cela, je ne peux pas vous le dire.

— Vous ne pouvez pas, ou vous ne voulez pas ?

— Signore, dit-il, visiblement exaspéré. La sécurité est de la plus haute importance pour nous. J'agis sous les ordres de l'archevêque, qui est lui-même sous les ordres du souverain pontife.

— Dans ce cas, je dois le voir.

— Son Éminence n'est pas à Turin en ce moment, répond di Rossi, ajoutant entre ses dents : Je transmettrai votre demande à son secrétariat.

Nic en a assez d'être mené en bateau.

— Alors je voudrais lui parler au téléphone. Aujourd'hui. *Maintenant*, si possible.

Les yeux du bedeau deviennent aussi froids que les statues qui l'entourent.

— Je regrette, cette entrevue est terminée. J'ai essayé de vous aider. Transmettez votre demande au *luogotenente*. Je la transmettrai à Son Éminence.

La cape noire de Di Rossi tourbillonne tandis qu'il fait demi-tour et s'éloigne, laissant Nic planté devant la vitre blindée le séparant du plus grand mystère des temps modernes, et peut-être de la réponse à son affaire d'homicide.

67

Sous le ciel de plomb de la capitale du Piémont, dix-huit kilomètres d'arcades couvrent les trottoirs et abritent un nombre incalculable de cafés. La culture qui consiste à s'asseoir pour regarder le monde passer est un héritage du temps où Turin était sous le règne de la maison de Savoie et où elle s'est imposée comme la capitale mondiale des arts.

Tandis qu'il termine son expresso dans un bar peuplé de gens du pays plutôt que de touristes, le moine prend conscience que la cible est sur le point de commettre sa première erreur.

Elle se dirige vers les toilettes.

Ephrem pourrait tuer l'homme ici. Cela serait délicat, mais possible. Il trouve la boîte de fil dentaire dans sa poche et imagine le mince fil métallique caché à l'intérieur, serré autour du cou de l'homme qu'il poursuit. Trop risqué. Trop impulsif. Trop public.

Il écarte l'idée. La patience est une vertu. Il doit attendre.

Après quelques minutes, l'homme revient. Le moine sort de l'arcade sous laquelle il était caché, faisant semblant de téléphoner. La cible se déplace avec prudence, comme si elle avait la sensation d'être observée, comme si elle savait que c'était le moment, pour toute personne étant sur ses traces, où il serait nécessaire de sortir de l'ombre pour pouvoir continuer à la suivre. Ephrem est impressionné par la prudence – l'assurance – la façon désinvolte et maîtrisée avec laquelle l'homme évolue, regardant autour de lui sans effort perceptible, embrassant les 360° de son environnement avec un naturel désarmant. Lui non plus ne montre aucun signe de précipitation, aucune nervosité. Il est à l'évidence un ennemi digne de ce nom.

Le moine varie la distance, parfois il suit la cible de tout près, parfois de si loin qu'elle n'est plus qu'un point à l'horizon. Il troque son bonnet noir en laine pour une casquette de base-ball verte, retourne son anorak, dont la couleur passe ainsi de noir à vert. Parfois, il l'enlève et retrousse les manches de son pull sombre et marche tête nue.

En une heure, Ephrem est devenu au moins trois personnes différentes, chacune ayant sa propre façon de marcher et de se comporter. Il est tour à tour touriste, homme d'affaires, passant qui fait ses courses, petit ami en retard à un rendez-vous. N'importe qui sauf qui il est réellement.

Un assassin expérimenté se rapprochant de sa proie.

68

Piazza Costello, Turin

Nic et Carlotta s'assoient à l'arrière du café-restaurant Baratti and Milano qui donne sur le grand atrium au sol en marbre d'un centre commercial de luxe. Elle lui tend un menu au-dessus de la table recouverte d'une nappe en coton orange foncé, sur laquelle est posé un bouquet de fleurs.

— Aucun endroit au monde n'est au-dessus des lois. Ce type ne va même pas parler à l'évêque, n'est-ce pas ? En ce qui le concerne, c'est une affaire classée, je suppose ?

— L'archevêque, corrige-t-elle. Vous avez sans doute raison, mais pourquoi est-il si important pour vous de voir le Suaire ?

— C'est très simple, dit-il, baissant le menu. C'est une question d'expérience. Quand vous êtes flic depuis assez longtemps, vous voyez vite quand quelqu'un essaie de vous mener en bateau. Et le fait de défendre ses arguments permet de découvrir ce que les gens ne veulent pas vous montrer. Quand quelqu'un me roule dans la farine comme ce bedeau vient de le faire, je sais qu'il essaie de cacher quelque chose.

Une serveuse arrive et Carlotta parle très vite, en italien, désignant de temps à autre Nic, de l'autre côté de la table, à qui la fille lance un regard compassé, avant de s'éclipser.

Nic prend conscience que Carlotta vient juste de commander pour lui.

Elle sourit avec malice.

— Cet endroit est célèbre pour ses expressos et son chocolat chaud. J'ai également commandé leur *tramezzini* – de petits sandwichs au jambon, à la mozzarella, au saumon, au thon et aux légumes. Et la *torta barattina*.

— La tarte maison ?

— Bravo, dit-elle, se moquant de lui. Une tarte au chocolat épaisse avec de la crème et des framboises.

À un autre moment, dans un lieu différent, c'était peut-être un type avec qui on pouvait s'amuser, pense-t-elle.

— Vous pensez que j'ai un faible pour les sucreries ?

— Vous devez bien avoir un faible pour quelque chose, dit-elle en riant de plus belle. J'espère que la nourriture vous mettra de bonne humeur. En Italie, quand les hommes sont âpres de caractère, on leur donne des choses sucrées pour les adoucir.

— Je crois que j'ai une bonne raison d'être âpre.

— Peut-être, dit-elle en remarquant qu'il fait tourner son alliance autour de son doigt, se disant aussitôt que c'est l'occasion de changer de sujet. Votre femme et vous avez des enfants ? demande-t-elle en faisant un signe de tête en direction de l'alliance.

Nic la regarde fixement, tout en semblant ne pas la voir. Il a entendu sa question, mais une partie de son esprit est encore en train de démêler les informations recueillies sur le bedeau. Ce type avait une attitude étrange. Quelque chose ne tournait pas tout à fait rond, mais il ne sait pas encore exactement quoi.

— Les *enfants*, répète Carlotta, se demandant si elle a mal prononcé le mot. *Bambini* – avez-vous des bébés ?

— Non, dit-il. J'en ai eu. Un fils, âgé de quelques mois. Il a été tué, ainsi que sa mère. On leur a tiré dessus.

— Oh. (Elle voit la douleur dans ses yeux.) Je suis désolée. Je me sens stupide d'avoir posé la question.

Il fait tourner l'alliance à nouveau.

— Je n'arrive pas à me résoudre à l'enlever. Je n'y arriverai sans doute jamais.

La serveuse arrive avec leur nourriture, mais Carlotta sait que les douceurs qui se trouvent dans l'assiette ne vont pas changer l'humeur de l'homme qui est assis face à elle.

— Turin, dit-elle, changeant de sujet, est divisée en deux villes. L'endroit où le Suaire est conservé est la *Ville Sainte*. Pas très loin de là, sous le palazzo Madama, se trouve ce que l'on appelle la *Ville de Satan*.

— Ça m'a tout l'air d'être du baratin destiné aux touristes, dit-il en prenant un sandwich délicat sur l'assiette en fine porcelaine. D'après mon expérience, le Mal ne fait pas sa propre publicité. Il reste caché et se déplace comme un criminel en fuite.

— Ce n'est pas une invention destinée à dépouiller les étrangers. Cela fait partie de notre héritage. Sous le sol, se trouvent les caves de l'Alchimiste, dans lesquelles au Ier siècle, Apollon de Tyana, un grand maître de l'occultisme, a caché un talisman très puissant. Les scientifiques de Savoie ont pensé qu'il s'agissait de la pierre philosophale, et même Nostradamus est venu à sa recherche.

Nic s'arrête de manger.

— Et apparemment, il n'a rien trouvé. Où voulez-vous en venir ?

Elle boit une gorgée de chocolat chaud.

— Turin aime garder ses secrets. Notre histoire en atteste depuis longtemps. Sachez juste que votre quête sera peut-être aussi vaine que la leur.

69

Los Angeles

Amy Chang bâille en ouvrant les rideaux, puis traverse le séjour à pas de loup dans sa courte chemise de nuit blanche et secoue la masse affalée par terre, près du canapé.

Mitzi grogne de voir son petit monde ainsi perturbé.

— Bonjour. Je voulais juste vérifier que tu es toujours en vie, dit Amy en tapotant la couverture. J'ai tellement l'habitude d'en trouver par terre qui ne le sont pas.

— Moi non plus.

— Alors reste morte quelques minutes de plus. Je vais faire du café.

Mitzi s'exécute sans se faire prier. La seule idée de bouger la tête lui semble absolument effroyable. Elle ferme les yeux et se repasse mentalement la soirée de la veille pour vérifier si elle doit s'excuser de quoi que ce soit. Certes, elle a terminé une bouteille à elle toute seule, mais en dehors de cela, elle pense être au-dessus de tout soupçon.

— Tu veux aussi de l'eau ? Peut-être un petit-déjeuner ? crie Amy tout en mettant la cafetière en marche.

En entendant le bruit du café en train de se moudre, Mitzi tire les couvertures au-dessus de sa tête.

— Juste un café. Un café *silencieux*.

— Tu veux quelque chose dans ton café silencieux ?

— Non, merci, dit Mitzi en s'asseyant, sortant de sous les couvertures. Quelle heure est-il ?

Le sang cogne dans sa tête et elle a l'impression d'être en feu.

— Sept heures un quart. J'ai bien peur d'être une lève-tôt.

Mitzi se relève difficilement et titube jusqu'à la salle de bains en soutien-gorge et culotte.

Elle va aux toilettes, puis peste contre le lavabo, une élégante vasque de designer sans le moindre indice sur la façon de s'en servir. Elle fait tourner le grand tube doré, ayant l'impression d'étrangler un poulet. Soudain, de l'eau froide jaillit avec tant de force dans la vasque qu'elle éclabousse son ventre nu.

Elle prend une serviette sur le bord de la baignoire et s'essuie. Dans le miroir, au-dessus du lavabo, elle voit son triste reflet. Sous ses yeux fatigués et ses joues rougies par l'alcool, elle voit les cicatrices de son mariage – les marques de la ceinture d'Alfie. De honteuses traces violettes, brunes et rouges sur son ventre, ses bras et ses jambes. Les mains ballantes, elle se regarde fixement.

— Merde, ma fille, comment as-tu pu laisser tout ça t'arriver ?

Elle examine quelques marques de plus près, se tournant d'un côté, puis de l'autre. Pas étonnant qu'elle ait failli le tuer. Elle serait capable de tuer quelqu'un qui traiterait un chien de cette façon, et à plus forte raison une autre personne.

Mitzi se penche au-dessus du lavabo et se regarde dans les yeux.

— Espèce d'idiote ! Reprends-toi.

Elle se redresse. Remplit la vasque d'eau avec précaution et se lave le visage et les mains. Elle s'essuie en évitant les miroirs. Elle mettra de l'ordre dans ses cheveux plus tard. Amy est en train de s'affairer dans la cuisine quand Mitzi réapparaît.

— Il y a du café et des fruits sur la table, dit la légiste. Ce serait bien si tu mangeais quelque chose.

— Oui, docteur. Merci. (Elle enfile ses vêtements pour que Mitzi ne voie pas les bleus.) Et si je prenais de l'ibuprofène avec ça ?

— Pas le ventre vide.

— J'en ai besoin, dit Mitzi en tendant la main.

— C'est pathétique. Tu as réussi à dormir ?

— Cela faisait longtemps que je n'avais pas dormi six heures d'affilée.

— Tant mieux, dit Amy en lui donnant des comprimés et un verre d'eau. Tiens, et mange quelque chose avec.

Mitzi prend deux comprimés et les avale avec un peu d'eau.

— Merci d'avoir été là hier soir.

— De rien. Je serai toujours là, dit Amy à son amie.

— Je sais. Moi aussi – si jamais tu as besoin de moi. Pas pour ce genre de conneries. Tu auras affaire à moi si tu laisses n'importe quel type toucher à toi comme je l'ai fait avec ce salaud.

— Tu vas passer à autre chose, n'est-ce pas ?

— Et comment ! Aujourd'hui est le premier jour du reste de ma vie.

La légiste sourit.

— Les vieilles expressions sont toujours les meilleures !

— C'est sûr ! dit Mitzi, buvant une gorgée de café. Est-ce que j'ai évoqué le Suaire de Turin, hier soir ?

— En quelque sorte. Tu as dit que c'était la raison pour laquelle Nic était en Italie, mais la suite n'était pas très claire.

— OK. Voilà de quoi il s'agit : nous pensons que le Suaire a un lien avec l'affaire Tamara Jacobs, mais nous n'avons pas encore réussi à déterminer comment, ni pourquoi.

— Et en quoi puis-je t'aider ?

— Je ne sais pas trop. Pour l'instant, on essaie d'ouvrir toutes les portes et de voir ce qui se cache derrière. Une des questions qui semble revenir sans cesse est : le Suaire a-t-il réellement appartenu au Christ ? Je t'ai envoyé des images haute définition, penses-tu pouvoir y jeter un coup d'œil et me dire si à ton avis les marques qui figurent sur le tissu en lin peuvent correspondre aux blessures qui lui ont été infligées ?

— Ouah ! s'exclame Amy sous le coup de la surprise. Tu veux que je fasse l'autopsie du Fils de Dieu ?

Si Mitzi n'avait pas un mal de tête carabiné, elle se mettrait à rire.

— En quelque sorte. Mais tu exagères un peu le rôle que tu as à jouer dans cette histoire.

— Je sais. Mais je vais quand même devoir ouvrir un dossier au nom de « Jésus-Christ ». Combien de toubibs peuvent en dire autant ?

70

TURIN

L'appartement de Roberto Craxi, situé au deuxième étage, donne sur la piazza Castello, près du Quadrilatero, le cœur historique de la ville, à l'intérieur de l'ancien *castrum* romain. Cela prend cinq minutes à Carlotta, Nic et au lieutenant junior nommé Fredo Battisti pour se rendre sur place en voiture, et deux fois plus longtemps pour trouver une place pour se garer dans les rues pavées très animées.

Ils auraient mieux fait de ne pas se donner cette peine. Non seulement l'homme qui est à lui seul la piste principale de Nic n'est pas là, mais de plus, d'après les voisins, lui et sa femme étaient partis depuis plus d'un mois. Apparemment, ils ont tout simplement disparu. Sans faire leurs adieux à quiconque. Ils se sont volatilisés.

Carlotta et Fredo questionnent les voisins des autres étages, tandis que le propriétaire, Paolo Llorente, qui s'écrit avec deux L, fait visiter l'appartement vide à Nic. Llorente, qui a presque quatre-vingt-cinq ans, porte un pantalon noir non repassé, qui se termine à quatre centimètres au-dessus de ses chaussures, une chemise blanche froissée et un cardigan bleu informe. À cause de prothèses à la hanche et au genou, il se traîne plus qu'il ne marche, mais en dépit de son apparence, il a encore l'esprit alerte.

— Dans ma jeunesse, j'ai connu beaucoup de filles américaines, dit-il avec un sourire nostalgique. Je travaillais à Venise, j'étais gondolier, dit-il en ajoutant le geste à la parole. Beaucoup d'Américaines m'aimaient bien. Elles boivent beaucoup – très beaucoup. Elles m'ont appris des gros mots et j'ai pris du bon temps.

— Je n'en doute pas. Petit veinard !

Le flic ouvre la porte du salon. La pièce est vide. Il n'y a pas le moindre meuble, mais tout est d'une propreté étincelante. Le parquet en chêne est ciré, les murs blancs sont propres et les grandes fenêtres du patio donnent sur un balcon bien entretenu, avec des pots de fleurs en terre cuite et des plantes. Il y a également deux chambres, tout aussi dépouillées et d'une propreté irréprochable.

Dans la cuisine, qui est petite mais néanmoins impeccable, Nic ouvre les placards qui s'avèrent complètement vides. Ni casserole, ni poêle, ni couverts, ni vaisselle. C'est comme si personne n'avait jamais vécu là. Toute trace des Craxi avait été effacée.

— Signore Llorente, louez-vous vos biens meublés ou non meublés ?

L'ancien gondolier est appuyé sur un plan de travail pour soulager ses jambes fatiguées.

— Non meublés, mais si le locataire demande des lits ou ce genre de choses, je les achète, dit-il, décochant à nouveau un sourire juvénile. J'achète, et j'augmente un petit peu le loyer.

— Les Craxi ont donc tout emporté avec eux en partant ?

— *Si.*

— Ils n'ont rien laissé du tout derrière eux ?

Le vieil homme secoue la tête.

— Non, rien.

— Les avez-vous vus partir ? demande Nic en désignant les pièces vides d'un geste. Je veux dire qu'apparemment, ils ont complètement vidé les lieux, ils ont donc dû louer un camion, et engager des déménageurs pour porter les meubles.

— Je n'ai rien vu, dit Llorente en portant la main à un discret appareil auditif glissé derrière son oreille gauche. Je suis vieux et je dors beaucoup. Et la nuit, même une bombe ne me réveillerait pas.

— Et le loyer ?

— Ils payaient à l'avance. Par virement bancaire.

— Et ils ont toujours payé ? Même le dernier mois ?

— *Si,* ils ont payé. C'étaient des gens bien.

Nic sent quelque chose. Quelque chose de fort et de propre. Du white spirit ? De la peinture ? Ses yeux parcourent les murs et les boiseries. Il comprend à présent. Les lieux ont été refaits, du sol au plafond. Pas un encadrement de porte, ni un rebord de fenêtre qui ne soit fraîchement repeint.

— Pendant combien de temps vos autres locataires sont-ils restés ici, à cet étage, monsieur Llorente ?

Le propriétaire a besoin de temps pour réfléchir.

— La famille Tombolini est restée trois ans. Ensuite il y a eu les Mancini, seulement six mois. Luca Balotelli est parti il y a cinq ans, il a divorcé de sa femme et…

Nic l'interrompt.

— Est-ce que je peux vous demander de voir l'appartement des Mancini ? Est-il identique à celui-ci ?

Le vieil homme fronce les sourcils.

— Si. Il est exactement comme celui-ci. (Il se rend compte que ce n'est pas tout à fait vrai.) Sauf que leur salon est de l'autre côté de l'immeuble.

— Je comprends, dit Nic en le suivant hors de l'appartement des Craxi.

Llorente sonne chez les Mancini, puis frappe à la porte. Une fois qu'il est sûr que la famille n'est pas là, il ouvre la porte avec un passe-partout et se met sur le côté pour laisser entrer l'inspecteur.

Nic ouvre chaque porte et scrute les lieux du sol au plafond. C'est exactement tel qu'il avait imaginé l'endroit. Tel qu'il l'avait craint. Il porte tous les signes d'usure d'un lieu que le propriétaire aurait dû repeindre deux ans plus tôt.

— Merci, dit-il en sortant. J'ai terminé.

71

Le voyage en tram est inattendu.

Ephrem peste contre son manque de vigilance. Il sait que Turin possède un réseau de plus de cent cinquante kilomètres de transport en commun à l'air libre. Il aurait dû anticiper que la cible l'emprunterait à un moment ou à un autre. L'homme qu'il suit a sauté dans le tram et il est forcé de monter à son tour au dernier moment.

À seulement une voiture de distance. Beaucoup trop près. Le moine se console en se disant que trois autres personnes sont montées en même temps que lui. Il y a une chance raisonnable pour qu'elles aient dissimulé la précipitation inquiète de ses mouvements. Ephrem ne lève pas les yeux depuis son siège, et il ne regarde pas non plus en direction de la voiture dans laquelle se trouve sa cible, comme il brûle de le faire. Il a commis une erreur, et ce qui se passera ensuite comportera une part de risque. Au prochain arrêt, il devra être le premier à descendre. Il devra descendre comme s'il était en retard à un rendez-vous, et marcher avec assurance dans une direction précise. S'il se montre hésitant, sa couverture volera en éclats.

La sonnerie retentit et la vieille voiture fait une halte. Ephrem saute à l'extérieur et s'éloigne lentement. Sans se retourner. Sans même y penser. Il est possible que la cible soit toujours à bord et qu'il l'ait perdue, mais il ne le pense pas. Une foule de gens lui bloquent le passage. Ils se faufilent dans un des plus grands marchés de plein air d'Europe, celui de la piazza della Republica. Ephrem voit les panneaux qui indiquent la direction d'une station de métro.

Son cœur bat la chamade. Si la cible descendait dans le métro, il pourrait facilement perdre sa trace.

Le marché Porta Palazzo ou le métro ?

Il prend le pari du métro. C'est ce qu'il ferait à sa place. Une distance maximale parcourue en un minimum de temps. C'est tout à fait logique. À sa connaissance, il y a plus de vingt stations, mais une seule ligne principale, allant de l'est à l'ouest, de Turin à Collegno.

Il descend l'escalier en pierre à toute vitesse. Il n'a pas de ticket et la cible peut très bien en avoir un. Il se dirige rapidement vers le guichet et demande un *biglietto*. Tandis qu'il insère les pièces dans la fente, il se retourne et voit l'homme descendre dans l'obscurité souterraine.

— *Rapidamente por favor !*

Le vieil homme qui lui donne la monnaie et le billet ne semble pas paniqué par son cri d'urgence.

Le temps que le moine arrive au bas de l'escalator, il entend le bruit assourdissant du train qui s'éloigne. Le train part en direction de l'est.

La plateforme est vide.

72

Los Angeles

Mitzi prend une longue douche, de nouveaux analgésiques et fait une courte marche à pied, avant un trajet en taxi qui lui donne la nausée, pour aller récupérer sa voiture. Mais cela valait la peine. Elle avait eu six heures de sommeil et pendant un bref moment, elle n'a pas pensé à Alfie, aux filles, ni à sa vie qui était en train de se transformer en désastre.

Était – c'est du passé.

À l'avenir – qui commençait dès maintenant – tout irait mieux.

Elle allait boucler cette affaire, réserver des vacances pour elle, Jade et Amber, vendrait la maison et prendrait un nouveau départ ailleurs. Dans un lieu dépourvu de souvenirs. Tout irait bien.

Mitzi est en train de se garer à l'intérieur du commissariat quand son téléphone portable sonne.

— Fallon, répond-elle en refermant la portière, avant de s'éloigner de la voiture.

— Logan Connor, inspectrice. Il ajoute, après un bref silence : le brigadier Sheen m'a donné votre numéro et m'a demandé d'appeler.

— Je vous écoute.

— J'arrive juste du tribunal, madame. Votre mari vient d'être jugé.

La phrase la fige sur place. Elle ne savait pas que son procès aurait lieu si vite. Quelqu'un devait être intervenu pour elle. Probablement Bobby. Il a sans doute pensé qu'il valait mieux en finir avec tout ça avant qu'elle ne change d'avis.

— J'apprécie que vous m'appeliez. Je vous écoute.

— Il a plaidé coupable pour coups et blessures et son avocat a passé un marché avec le procureur pour éviter le procès. Il a eu trente jours.

Mitzi est abasourdie. Elle n'arrive pas à déterminer si c'est une bonne ou une mauvaise nouvelle. Dans la plupart des cas, ils écopent au minimum de trente jours. Pour ce qu'il a fait, il devrait aller au trou pour un an ou plus. Mais en dépit de la clémence de la peine, elle sait aussi que les dés sont jetés à présent. C'est un taulard. C'est quelque chose qui ne s'efface jamais. Il a été reconnu coupable.

— Alors, le jugement est passé, la machine judiciaire a-t-elle déjà été enclenchée ?

C'est une question rhétorique, elle sait ce qu'il en est.

— Oui, madame. Le juge a également fixé les conditions de sa libération, lui interdisant de s'approcher à moins de cent mètres de vous, de la maison familiale ou de tout membre de la famille sans surveillance ou consentement du conjoint. (Il s'éclaircit la gorge.) Si vous voulez mon avis, la cour aurait dû…

— Non, monsieur l'agent, je ne veux vraiment pas avoir votre avis. (Elle est sur le point de raccrocher mais elle se rappelle ses bonnes manières.) Je vous suis reconnaissante de m'avoir appelée, et de la façon dont vous avez géré tout cela. J'ai pris bonne note de votre discrétion et de votre mesure, et si jamais vous avez besoin d'un service de la part de la brigade criminelle, passez à mon bureau.

— Ce n'est pas nécessaire, madame. Je suis juste content d'avoir pu vous aider.

Elle coupe son téléphone. Trente jours. Comment allait-elle bien pouvoir annoncer ça aux filles ?

73

Centre-ville, Los Angeles

JJ a passé la plupart de la matinée enfermé dans son bureau. Mais son esprit est ailleurs.

Il est avec Em. Il ne peut penser qu'à elle. Il veut être avec elle pour toujours. Il regrette même qu'elle ne soit plus en vie. Mais jamais cela n'aurait été possible. On lui a fait jurer le secret. Et il a obéi. Il l'a toujours fait, et le fera toujours.

Qu'allait-il faire à propos d'Em ?

Il sait qu'il doit la déplacer. La laisser partir. Mais où devrait-elle reposer ? Il ne s'est jamais débarrassé d'un corps jusque-là. Il n'a jamais rien fait d'aussi cruel de toute sa vie. Toutes celles qu'il a aidées à rejoindre l'au-delà, il les a laissées dans leur foyer.

Le foyer. Oui, bien sûr. Il doit ramener Em chez elle. C'est là quelle reposera en paix. C'est ce qu'il convient de faire. Inconsciemment, il porte une main à son ventre et se gratte. Ses démangeaisons sont causées par les nouvelles entailles qu'il a faites juste avant de venir travailler. Il défait les boutons de sa chemise et regarde les plaies en croisillons ouvertes par la lame de rasoir. Il baisse le menton vers son torse et souffle sur la peau pour l'apaiser.

Un coup frappé à la porte lui fait relever la tête. En entendant le bruit de la porte qui s'ouvre, il reboutonne sa chemise à toute vitesse. Jenny Harrison le regarde fixement. Seulement, elle n'a pas l'air aussi effrontée que d'habitude. Elle a changé depuis la disparition de son amie.

— Je peux vous parler une minute ?

— Le moment n'est pas très bien choisi, répond-il, finissant d'ajuster ses vêtements.

Elle entre malgré tout.

— C'est à propos de Kim. Vous a-t-elle appelé aujourd'hui ? Pour dire qu'elle était malade ou quelque chose comme ça ?

Il regrette à présent de ne pas s'être occupé des deux filles. S'il était revenu chez Harrison après en avoir fini avec Bass, cette scène n'aurait pas lieu.

— Je n'ai pas eu de ses nouvelles. Si elle n'est toujours pas là lundi, je donnerai son poste à quelqu'un d'autre.

Harrison frémit.

— Je pense savoir ce qu'il lui est arrivé.

JJ en doute fort.

— Et de quoi s'agit-il ?

Elle hésite. Ce qu'elle est sur le point de dire pourrait coûter son boulot à son amie.

— Il y a un an, Kim s'est fait arrêter par les flics parce qu'elle s'envoyait en l'air dans une voiture avec un type. Ils se sont trompés et l'ont accusée de prostitution. Elle a fait cinq jours de prison, avec un avertissement, lui disant que si elle recommençait, elle serait condamnée pour plus longtemps.

— Pour prostitution ? demande-t-il, essayant de paraître choqué.

— Oui, comme je vous le disais, c'était une erreur. Un malentendu. Mais Kim a toujours eu beaucoup d'admirateurs, alors il y a peut-être eu un autre malentendu – vous voyez ce que je veux dire ?

— Vous pensez qu'elle a été arrêtée ?

— Oui. (Harrison se rapproche du bureau et prend un air impuissant.) Monsieur James, pourriez-vous appeler les flics pour leur demander si elle est chez eux, quelque part ? J'ai appelé le commissariat de quartier, et ils ont dit avoir appelé le poste de police d'Hollenbeck où, d'après eux, on n'a jamais entendu parler d'elle. Peut-être qu'ils se bougeraient un peu plus si vous les appeliez ?

S'il y a quelqu'un que JJ n'a pas envie d'appeler, c'est bien la police.

— Laissez-moi m'en occuper, Jenny. Je vais voir ce que je peux apprendre.

74

Turin

Ce qui dérange Nic presque autant que le fait que Roberto Craxi et sa femme ont disparu, c'est que Carlotta et Fredo ne semblent pas s'en soucier. La police italienne est bien différente de la police américaine. Trop désinvolte et bien trop je-m'en-foutiste à son goût.

Il est encore en train de ravaler sa colère quand Fredo le conduit à la banque de Craxi, au sud-est de la via Po, près de l'immense piazza Vittorio Veneto. Alors qu'il n'est pas rare que les gens déménagent entre cinq et dix fois dans une vie, ils changent rarement de banque plus de deux fois. Le directeur de la banque devrait pouvoir leur donner la nouvelle adresse de son client.

Carlotta est assise à l'arrière avec Nic, et elle voit bien qu'il est en train de tourner et retourner la situation dans sa tête.

— Quelque chose vous tracasse ?

— Oui. Ne trouvez-vous pas étrange qu'aucun des voisins n'ait vu les Craxi partir, et qu'aucun se soit assez lié avec eux pour avoir leur nouvelle adresse ?

Elle hausse les épaules.

— Cela arrive. Dans des immeubles tels que celui-là, on va, on vient, et on ne croise jamais grand monde. Je vis dans un immeuble très similaire.

Il regarde par la fenêtre tout en parlant.

— Ces escaliers étaient étroits. On ne peut pas y transporter de meubles sans faire de bruit, ni laisser de traces sur les murs et se faire remarquer.

— Et le propriétaire, signore Llorente, lui avez-vous posé des questions sur le déménagement ? Peut-être connaît-il leur nouvelle adresse ?

— Je lui ai demandé. Il ne sait rien, dit-il, tournant la tête vers elle. Il y a quelque chose qui cloche, et j'ai l'impression que comme cette affaire est hors de votre juridiction, vous et les *carabinieri*, vous vous en fichez un peu.

— *Scusi* ? dit-elle, rougissant un peu. Je ne comprends pas.

— Allons, on s'est fait rembarrer par ce bedeau de vos amis, ensuite les Craxi ont disparu et leur appartement est le seul à avoir été repeint récemment. Et tout cela ne semble pas vous intéresser le moins du monde.

Elle est offensée par le ton qu'il emploie.

— Je suis désolée que vous ayez cette impression. Nous avons d'autres crimes sur lesquels nous devons enquêter, en dehors du vôtre. Nous essayons de vous aider.

— Peut-être que vous ne faites pas assez d'efforts. Je parie que si vous envoyez une équipe d'experts de la police scientifique dans cet appartement, vous ne trouveriez pas même une empreinte de Craxi ou de sa femme.

— Il est parti, dit-elle en levant les mains au ciel en signe d'agacement, caractéristique de son tempérament latin. Le propriétaire dit qu'il a payé son loyer, alors pour nous il n'y a aucun délit sur lequel enquêter, ici, en Italie.

— Peut-être pas pour vous, mais dans mon pays, nous avons une femme morte qui a été mutilée et dont la mort est directement liée à la disparition de votre Italien.

— Il n'a pas disparu, il est juste parti. Il a simplement déménagé.

À présent, elle est réellement exaspérée.

— Nous y sommes, dit Fredo en garant l'Alfa au bord du trottoir.

— Merci, réplique Nic d'une voix cassante avant de sortir de la voiture.

Carlotta passe devant lui, visiblement furieuse, et entre dans la banque. Elle passe devant une file de gens qui font la queue et montre sa plaque derrière la vitre du guichet. Quelques minutes plus tard, un employé senior se présente et les fait entrer par une porte verrouillée de façon électronique, avant de traverser un couloir et de monter à l'étage, jusqu'à un bureau, situé dans un coin, au fond. Il semble que tous les types importants du monde veulent avoir un bureau dans un coin, celui qui a une double fenêtre et la meilleure vue.

Fabrizio Gatusso en sort et serre la main de Carlotta. L'homme de cinquante ans aux cheveux gris est une caricature du directeur de banque – costume bleu à fines rayures, chemise blanche et cravate bleue étroitement nouée.

— Il nous dit d'entrer, explique Carlotta d'une voix qui indique qu'elle est encore en colère contre Nic suite à leur dispute dans la voiture. Il ne parle pas anglais, mais je traduirai pour vous.

Nic s'assoit près d'elle sur le canapé d'angle marron. Gatusso s'assoit face à eux, derrière une table en verre couverte de papiers et de dépliants. Le banquier tend un dossier à Carlotta, qu'elle passe à son tour à Nic, tout en lui donnant une explication.

— Ce sont les copies des comptes de Craxi pour la période durant laquelle il était client. Et aussi ceux de sa femme.

— Était ? Vous avez dit *était* client ?

— *Si*. Ils ont clôturé leurs comptes il y a un mois.

Nic se sent à nouveau gagné par la colère. Un temps précieux est en train d'être gâché.

— Alors, de quelle banque sont-ils clients maintenant ? demande-t-il sur un ton presque railleur à présent. En général, quand les clients changent de banque, l'ancienne banque et la nouvelle communiquent pour transférer les virements automatiques et ce genre de choses. S'il vous plaît, ne me dites pas que les choses ne fonctionnent pas ainsi en Italie, ni que j'ai besoin d'une permission spéciale du président, de Dieu ou de quelqu'un de ce genre.

Elle lui lance un regard plein de colère.

— Je vais poser la question pour vous.

Pendant ce temps, Nic ouvre le dossier et consulte les relevés. Ils indiquent une série de paiements effectués par Tamara Jacobs – pour des montants de trois mille six cents euros, l'équivalent à l'époque de cinq mille dollars. Il feuillette les autres relevés et voit qu'il y a également des sommes plus importantes – deux dépôts via des virements internationaux de dix-huit mille cent soixante-dix-neuf euros – vingt-cinq mille dollars.

Carlotta se tourne à nouveau vers lui.

— Signore Gatusso ne sait pas du tout dans quelle banque se trouvent les comptes des Craxi à présent, dit-elle en tendant la main vers le dossier, puis cherchant un moment à l'intérieur, jusqu'à ce qu'elle trouve une copie du dernier relevé. C'est le dernier lien que la banque a eu avec eux. Quand les Craxi ont clôturé leurs comptes, ils ont emporté leur argent en liquide.

75

Los Angeles

Le brigadier Bobby Sheen attendait son appel. Il espère juste que Mitzi n'est pas furieuse contre lui. Il avait prié pour qu'Alfie Fallon écope d'une peine de prison, mais c'était loin d'être acquis. Avec le déficit de l'État qui monte en flèche, les primo-délinquants se font plus ou moins réprimander, avant d'être raccompagnés chez eux, par les temps qui courent.

— Salut Mitzi, comment ça va ?

Elle se tient dans les toilettes pour femmes du commissariat.

— Je tiens le coup, Bobby. Connor m'a appelé, il a dit que c'est toi qui lui avais demandé de le faire.

— Oui. Écoute, je suis désolé qu'ils aient fait preuve de si peu de fermeté. J'avais espéré que le juge se montrerait un peu plus dur.

Elle s'adosse au mur, contre le carrelage blanc et froid, près des sèche-mains.

— Inutile de t'excuser. Qui était le juge ?

— Kent. Joe la Justice ! Il aurait mieux fait de prendre sa retraite il y a dix ans, cet incapable.

— Dommage qu'il n'ait pas été une femme.

— Kent *est* une femme. En tout cas, il est certain qu'il n'a pas de couilles.

Mitzi sourit. Bobby avait toujours eu son franc-parler, et ce depuis le jour où elle l'avait rencontré.

— Sous quelle accusation Alfie a-t-il été condamné ? 273 ou 243 ?

— 273. Les photographies qu'on a prises de toi ont suffi à prouver le préjudice physique.

Mitzi est envahie par le souvenir embarrassant de Bobby la conduisant chez le médecin après avoir vu son mari en cellule, de toutes ses blessures notées et photographiées.

— Ça va ?

— Pas encore, mais ça ira mieux quand tout ça sera terminé.

— Bientôt. Au moins, cette épreuve-là est passée, maintenant.

— Je sais. Merci, Bobby, d'avoir fait accélérer les choses, et de t'être occupé de moi. Tu n'as pas à te sentir coupable de la peine qui a été décidée.

— T'es la meilleure, Mitzi. Tu vas te sortir de tout ça, et tu seras encore la meilleure. Appelle-moi si je peux t'aider en quoi que ce soit.

— Je le ferai.

Elle coupe son téléphone et regarde dans le miroir, au-dessus du lavabo en se dirigeant vers la sortie pour regagner son bureau.

— T'es la meilleure, Mitzi. Essaie juste de ne pas l'oublier.

76

TURIN

La confession est un bienfait pour l'âme.

Reconnaître ses erreurs. Se repentir. C'est ainsi que le moine a été élevé. Et à cet instant, il accepte pleinement ses maladresses et essaie de les compenser. Il a fait preuve de vanité. Il a pensé qu'il avait l'avantage sur l'homme qu'il suivait – et il avait tort.

L'orgueil précède la chute.

Il connaît les enseignements, les proverbes – *Quand vient l'orgueil, vient aussi l'ignominie ; mais la sagesse est avec les humbles.*

Ephrem se châtie mentalement. Quand sa mission sera terminée, il infligera une douleur atroce à son corps vaniteux pour s'assurer que la leçon de ce jour sera apprise et jamais oubliée. La seule chose qui le réconforte est de savoir que même s'il était faible et faillible, les insuffisances de son adversaire seraient au moins égales aux siennes. À cet instant, il est sûr que l'homme dont il suit la trace se sent confiant, en sécurité et sûr de lui. Et il est tout aussi coupable que lui.

L'orgueil est un signe avant-coureur de la chute. Le moine abandonne sa poursuite et retourne à la voiture de la cible. Il y a une chance que son ennemi l'ait abandonnée, mais ce serait un réel sacrifice pour un homme dans sa position, surtout lorsqu'il a d'autres personnes à protéger. Non, Ephrem est convaincu qu'il reviendra. Tout ce qu'il lui reste à faire, c'est d'attendre – l'ennemi pense déjà avoir gagné.

Quand l'orgueil remplit le cœur d'un homme, sa ruine est proche.

77

Morgue du centre-ville, Los Angeles

Amy Chang passe la matinée à travailler sur un cas d'overdose ordinaire. Une femme de soixante-quinze ans qui vivait seule a décidé de prendre d'un coup un mois de traitement antidépresseur et de quitter l'hôtel California une fois pour toutes. Qui pouvait lui en vouloir ? La Cité des Anges, c'est l'enfer sur Terre pour quiconque n'est pas jeune, beau et en couple avec quelqu'un qui l'aime.

Elle se nettoie les mains à fond, troque sa blouse verte de la morgue contre une tunique marron et un pantalon noir ajusté. De retour dans son bureau, elle ouvre le courrier envoyé par Mitzi, accompagné d'images haute définition du Suaire de Turin. Elle a déjà vu des photos du Suaire, mais sans jamais y avoir prêté beaucoup d'attention. Le gros plan du visage est la plus reconnaissable de toutes. Même à travers le brouillard gris noir, c'est indéniablement une image du Christ que les gens reconnaissent à travers le monde – la barbe, les longs cheveux et la couronne d'épines. Elle feuillette le dossier jusqu'à ce qu'elle trouve une photographie du corps, bien plus grande et intéressante.

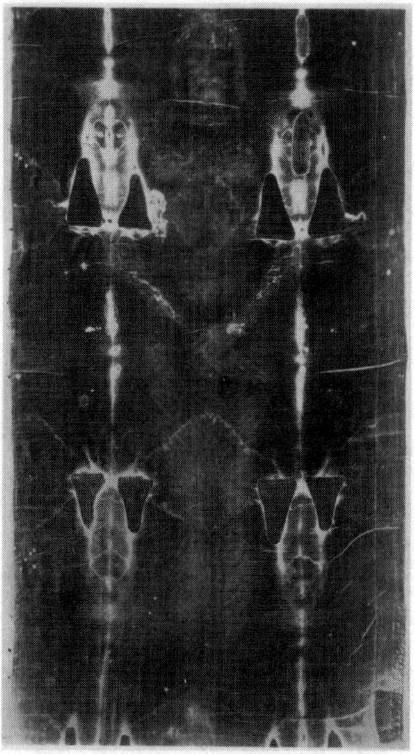

Il y a quelque chose dans cette image qui, d'instinct, semble ne pas coller pour la légiste. Son regard est attiré par les mains, en particulier la main droite qui, proportionnellement au reste du corps, semble trop grande. Elle écrit une note de service, y joint les tirages photo et envoie le tout à Gunter Quentell, au FBI. Il est un des experts mondiaux en photogrammétrie – le domaine de la médecine légale qui détermine les propriétés géométriques des objets à partir d'images photographiques.

Avant de faire ses propres évaluations scientifiques, elle essaie de comprendre la raison de ces mystères. Elle fait des recherches sur Internet et ce qu'elle trouve de plus concluant est une peinture à l'huile du XVIe siècle de Giovanni Battista représentant la façon dont le corps a pu être enveloppé dans le Suaire. Elle montre le linceul en lin formant une boucle très lâche au-dessus de la tête et ouvert au niveau des pieds.

Elle jette un nouveau coup d'œil à l'empreinte du corps marquée sur le Suaire et les deux images ne semblent pas concorder. Laisser des marques si précises de toutes les parties du corps est impossible à moins qu'il n'ait été très étroitement enveloppé, et non à peine recouvert, comme le montre le tableau de Battista.

Amy zoome sur son écran et examine le Suaire section par section, de haut en bas. Cela prend une heure. Ses découvertes sont aussi fascinantes que frustrantes. Les parties du corps semblent disproportionnées les unes par rapport aux autres. Elles semblent davantage avoir été dessinées que calquées. Et plus elle observe le visage, plus elle est enchantée et troublée.

Le front semble trop court comparé au reste du crâne. Se rappelant que la victime était supposée être allongée sur le dos, ses cheveux auraient dû se trouver vers l'avant de son visage. Elle regarde à nouveau la photographie en pied du corps. L'homme est dépourvu de cou. Ou en tout cas, elle ne le voit pas sur le tirage dont elle dispose. Elle cherche des signes indiquant que le tissu aurait été coupé, puis assemblé à nouveau – ce qui pourrait exclure une partie du cou – mais elle n'en trouve aucun.

Un autre aspect du tissu l'inquiète. Si on enveloppe un corps dans du lin, celui-ci est froissé – très froissé. Mais pas ici. Aucun élément ne semble indiquer la moindre distorsion, seules apparaissent les lignes aux endroits où il a été plié.

Elle recherche les dossiers de police et les banques d'images médicolégales sur les blessures et les marques de torture. Il n'y a rien de comparable. Une affaire au Canada, dans laquelle un tueur en série crucifiait ses victimes, semble prometteuse, mais il s'avère que les méthodes employées pour tuer étaient totalement différentes de celles des Romains de l'Antiquité. Amy se concentre à nouveau sur les plaques positives et négatives du Suaire. La différence entre les deux est stupéfiante. Sur la plaque positive, l'image du corps est presque invisible. Sur la plaque négative, elle saute aux yeux. C'est comme si on passait une scène de crime apparemment d'une propreté irréprochable au luminol et qu'on voyait le sang apparaître dans toute sa chimioluminescence.

Le téléphone sonne et la fait sursauter.

— Docteur Chang.

— *Guten tag, schöner mediziner.*

— Gunter ! s'exclame-t-elle, sincèrement ravie de l'entendre. C'est super d'entendre ta voix ! Comment vas-tu ?

— Moi ? Je suis très heureux parce que tu m'as envoyé une note. Même si c'est pour sonder mon cerveau géant d'Allemand.

Elle rit.

— Si je sondais quoi que ce soit d'autre, ta géante femme allemande me ferait rôtir pour le dîner dans son excellent restaurant.

Il soupire.

— Sans aucun doute. Mais dans une autre vie, nous serons amants, ça, j'en suis sûr. Et maintenant, pourquoi examines-tu le Suaire de Turin, en posant des questions extravagantes ?

— Sont-elles extravagantes ?

— Bien sûr, qu'elles le sont. Tu demandes si les mains et la tête sont proportionnelles au corps. La réponse est non. Pas plus que la longueur du corps n'est juste. Cet homme aurait fait bien plus d'un mètre quatre-vingts – plus près de deux mètres. Jésus était peut-être le Fils de Dieu, mais ce n'était pas un géant. Ou s'il l'était, personne ne s'est jamais donné la peine de faire de commentaires là-dessus.

Amy examine de près une des photos envoyées par Mitzi. Elle voit ce qu'il veut dire.

— Comment sais-tu tout cela, Gunter ? As-tu fait tes propres recherches ?

— Inutile. Il y a déjà eu beaucoup de recherches sur le sujet. Il n'existe aucune donnée à laquelle comparer le corps, mais les dimensions du Suaire constituent une bonne base. Autre chose, si on mesure la longueur de l'image de l'arrière du Suaire, elle est cinq centimètres plus longue que celle du devant.

— Peut-être le Suaire s'est-il étiré, déformant ainsi l'image ? Cela expliquerait également les mains disproportionnées.

— Je suis content de voir que tu as toujours l'esprit ouvert. Il y a un professeur anglais à qui tu devrais parler, je vais chercher ses coordonnées dans mes dossiers pour lui demander de t'appeler.

— Est-il un homme à l'esprit ouvert croyant ou non croyant ?

— Croyant. Et même très croyant. Et même si je pense avoir raison, il est important que tu lui parles, ainsi qu'au STURP, les membres du projet de recherche sur le Suaire de Turin. Parle-leur, et fais ensuite appel à ta propre intelligence pour décider s'il est faux ou totalement faux.

Elle rit.

— Je suppose donc que tu es en train de me dire que tu penses que c'est un faux ?

— Je n'ai aucun doute sur la question. Je peux même te dire qui était le faussaire.

— Je t'écoute.

— Pas si vite. Ça te coûtera un dîner la prochaine fois que je serai à L.A.

— Super, mais ça ne m'empêchera pas d'appeler Astrid pour lui dire où j'emmène son mari.

— Inutile de le préciser.

— Alors, qui est le faussaire ?

— Ouvre ta messagerie. Je viens juste de t'envoyer un document.

78

Turin

Vers dix-huit heures, Nic en a assez. De l'inefficacité des *carabinieri*. De se démener dans une ville étrangère où il est impossible de se garer et où tout avance à une lenteur à laquelle il n'est pas habitué. Et aussi de cette fichue affaire Tamara Jacobs.

Au cours des deux heures qui viennent de s'écouler, il a passé son temps à rechercher des adresses liées aux appels reçus ou passés par les Craxi, et tout ce qu'il a obtenu c'est un atroce mal de tête, et assez d'impasses pour remplir une carte routière. Fredo les reconduit jusqu'au parking du commissariat de la via Beato Sebastian Valfré. Puis, Carlotta raccompagne Nic à son hôtel et essaie de faire la paix.

— Je suis désolée que les choses ne se soient pas passées autrement, et que vous n'ayez pas trouvé Craxi.

Il est trop en colère pour répondre.

— Je vais poursuivre les recherches en rentrant au bureau, ajoute-t-elle. Vous devriez vous reposer, vous avez l'air fatigué. Je suis sûre que demain on trouvera Roberto Craxi.

Il doute sérieusement qu'elle soit capable de trouver du lait dans son propre réfrigérateur.

Elle monte les marches de l'hôtel tandis qu'il ouvre la porte d'entrée.

— Je passerai vous chercher à neuf heures demain matin, OK ?

— Très bien. (Il essaie de se montrer aimable.) J'avais espéré davantage, trouver une piste sérieuse. Je suis désolé si j'ai été désagréable. Je sais que vous avez essayé de m'aider. *Grazie.*

Elle sourit, contente qu'il ait fait l'effort de dire un mot en italien.

— *Prego*. Vous avez mes coordonnées. N'oubliez pas, si vous voulez quoi que ce soit, appelez-moi, dit-elle, marquant une pause, avant d'ajouter : Si vous vous sentez mieux plus tard et que vous vouliez visiter Torino, je serai au bureau. Comme je vous l'ai dit, j'ai d'autres enquêtes criminelles en cours.

— Encore merci.

Il s'éloigne, se sentant légèrement coupable. Il sait à quel point il est pénible de materner un collègue étranger et de faire le taxi et un tas de déplacements pour une affaire qui n'est pas la sienne. Il prend la clé de sa chambre à la réception et se dirige vers les étages, prêt à s'écrouler dans son lit humide.

À peine a-t-il enlevé ses chaussures que son portable sonne, affichant le numéro du poste de travail de Mitzi.

— *Pronto*, dit-il, essayant d'imiter l'accent de Carlotta. Ici le signore Carr-can-diss.

Elle rit. Il est rassurant de l'entendre plaisanter.

— Contente d'entendre que tu n'as pas perdu ton sens de l'humour, signore. Comment ça se passe ?

— Tu veux dire, en dehors du décalage horaire, du temps pourri et du fait que je me fais carrément mener en bateau ?

— Oui, *en dehors* de tous ces plaisirs exotiques, comment ça va ?

— Super, dit-il en ajustant l'oreiller avant de s'installer sur le lit. Je suis allé à l'appartement de Roberto Craxi. Il n'y était pas, mais si tu veux mon avis, Mitz, l'endroit était tellement nickel – peinture neuve partout, nouveaux éléments de cuisine, bref, rien qui ne soit flambant neuf – qu'on aurait dit que quelqu'un a voulu effacer toute trace du passage de Craxi et de sa femme.

Elle joue nerveusement avec le fil du téléphone et regrette qu'il ne soit pas déjà de retour au bureau, avec elle.

— Ça ressemble à un nettoyage professionnel – peut-être après un meurtre, ou au moins une effusion de sang quelconque.

— J'ai pensé la même chose, mais il n'y a aucun signe indiquant qu'il y ait eu un meurtre. Aucun signe de quoi que ce soit. Les Craxi ont juste disparu. Ils se sont volatilisés ! (Il coince le téléphone au creux de son cou tandis qu'il prend une bouteille sur la table de nuit pour se servir un verre d'eau.) Je suis aussi allé à sa banque. Les comptes ont été clôturés et tout l'argent a été retiré en espèces.

— Combien ?

— En euros, à peu près cent cinquante mille. Ça fait quoi ? Environ deux cent mille dollars ?

— Sans doute. Quelle que soit la somme, on dirait que sa femme et lui ne comptent pas revenir.

— Ouais, on dirait. Mais pourquoi ?

Elle boit une gorgée de café.

— Les raisons habituelles – pour échapper à quelque chose ou à quelqu'un. Je vais vérifier auprès de l'émigration, ils ont peut-être quitté le pays. Ou peut-être peux-tu demander aux *carabinieri* de le faire ?

— Tu parles ! On m'a affecté une reine de beauté qui ne serait pas capable d'enquêter sur un crime dans sa propre maison.

— Ne serais-tu pas un peu sexiste ?

— Je ne sais pas, Mitz. C'est une *loo-geo-ten-ente*, ou quel que soit le fichu nom qu'ils lui donnent ici. Elle est donc certainement assez haut placée pour connaître toutes les ficelles. C'est juste que tout prend une éternité en Italie, et qu'elle n'a vraiment pas l'air d'être une lumière. (Il se demande un instant s'il est juste envers elle, ou si son irritation est seulement liée au fait de ne pas comprendre l'allure nonchalante de la culture italienne.) Je suis allé voir le Suaire – et ce fut aussi une perte de temps.

— Comment ça ?

— J'ai entendu plus de conneries de la part du bedeau de la cathédrale que tu n'en as entendu de la bouche de Matthews la dernière fois que tu as demandé une augmentation. La relique est enfermée dans des coffrets, à l'intérieur d'autres coffrets, et seul le pape peut organiser une visite.

— Tu penses que cette piste ne mène nulle part, Nic ?

— S'il n'y avait pas cette histoire d'argent, je le penserais sans doute. Mais Jacobs a versé plus de cent mille dollars à ce Craxi pour obtenir une information sur le Suaire. La question étant : Quelle était cette information, et pourquoi valait-elle si cher ? C'est important, j'en suis sûr.

Elle fait confiance à l'instinct de Nic. C'est une des choses qui font de lui un si bon flic. En revanche, elle en a cruellement manqué – surtout dans sa vie personnelle. Elle avait vraiment merdé en restant avec Alfie si longtemps. Et maintenant, elle devait remettre de l'ordre dans sa vie. Effacer les dégâts. Passer à autre chose.

Nic pense que la ligne a été coupée.

— Mitzi, tu es toujours là ?

— Oui, je suis là. Je…

— Qu'est-ce qui ne va pas ?

Il sent à sa voix que quelque chose ne tourne pas rond.

— Rien. Enfin, juste des emmerdes personnelles que je dois régler.

— Des emmerdes personnelles du nom d'Alfie ?

Elle rit presque. On peut dire que son instinct ne le trompe pas !

— Oui, mais après tout, on doit tous régler nos propres problèmes, n'est-ce pas ?

Il change de position sur le lit.

— Tu veux en parler ?

— Non… repose-toi, et résous cette affaire pour moi. Je ne veux pas que tu traînes au commissariat plus longtemps que nécessaire, tu as un bateau à faire voguer. Salut !

Nic sourit en regardant le téléphone après qu'elle a raccroché. Sa boss était vraiment quelqu'un de chouette. Elle méritait mieux que le bon à rien qui lui servait de mari.

79

Los Angeles

Le curseur de l'Imac glisse sur l'icône du document PDF et l'ouvre d'un clic. Amy Chang reste muette de stupeur.

— C'est une plaisanterie !

Sous ses yeux, il y a plus de quatre cents pages envoyées par Gunter Quentell qui suggèrent que le Suaire de Turin a en réalité été contrefait par un artiste, sculpteur, écrivain, mathématicien et inventeur parmi les plus talentueux au monde.

Léonard de Vinci.

Cela semble ridicule. Et pourtant, si quiconque était capable de contrefaire une telle relique, c'était bien lui. Il avait conceptualisé des chars, des hélicoptères et créé la peinture religieuse la plus reproduite de tous les temps, *La Cène*, tableau génial et malicieux dans lequel il a introduit Marie Madeleine, présentée comme la compagne du Christ. Peut-être n'était-ce pas si ridicule après tout.

Le document de Gunter prétend que, de la même façon que Léonard de Vinci aurait pris son propre visage pour modèle pour créer *Mona Lisa*, il aurait employé ce procédé pour le Suaire de Turin. Amy observe les trois images – celle qui représente le Suaire, un portrait de Léonard de Vinci et le tableau de Mona Lisa. Il existe certaines similitudes – au niveau des yeux, et même du nez – mais Amy a du mal à être tout à fait convaincue. Pour commencer, Léonard de Vinci est né cent ans *après* la datation au carbone 14 si controversée. Et aucun des multiples examens scientifiques n'a indiqué le moindre signe de peinture sur le tissu en lin.

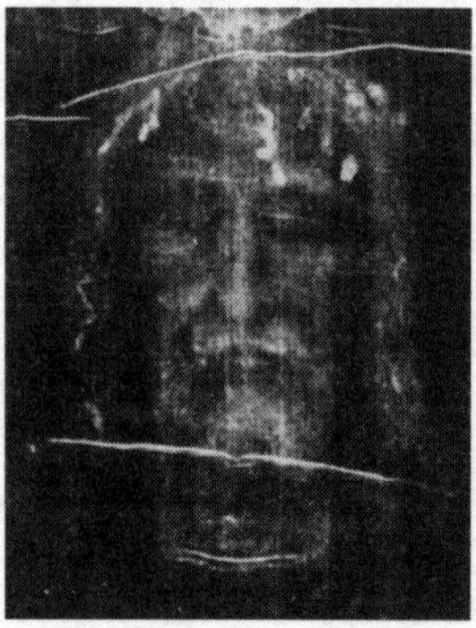

Léonard de Vinci aurait-il réellement pu avoir inventé une forme de photographie, des centaines d'années avant que d'autres aient cherché la reconnaissance pour l'invention de cette technique ? Ce n'était pas impossible.

À la fin du document électronique, il y a des copies d'articles de journaux de 2011, exposant en détail les propos d'un Italien expert en art nommé Luciano Buso, revendiquant que le Suaire a été créé en 1315 par un artiste religieux du nom de Giotto di Bondone, qui vécut aux XIIIe et XIVe siècles.

Amy fait quelques recherches. Elle apprend que Giotto était un maître de la peinture de figures religieuses – en particulier celle du Christ – et qu'il aurait été choisi par l'Église pour créer une réplique du Suaire en raison du mauvais état de l'original. Il aurait dissimulé le chiffre 15 dans le tableau pour indiquer l'année où il a été terminé.

Un peu plus loin dans le document PDF, d'autres articles rejettent en bloc les allégations de Buso, indiquant une totale absence de preuve. Amy pense alors qu'il est temps d'oublier les théories des autres et de revenir à sa propre discipline, qui a fait ses preuves – la pathologie.

Une fois encore, elle étudie les images humaines qui apparaissent sur le Suaire et de nouvelles questions naissent dans son esprit. Le linceul semble faire état de marques causées par le sang, la transpiration et les tissus. Contrairement à la croyance populaire, les corps peuvent encore saigner après la mort, après que le cœur a cessé de battre, mais il serait extraordinaire que cela puisse laisser des marques aussi nettes.

Une autre chose la perturbe. La putréfaction. Un corps qu'on laisse pendant des jours – même dans une cave fermée – est indubitablement voué à la putréfaction. Si le sang est visible sur le lin, alors d'autres taches corporelles devraient l'être aussi.

Et ce n'est pas le cas.

Son téléphone sonne et cette fois, c'est sa secrétaire. Elle vient juste de manquer l'appel d'un professeur anglais. Il a laissé un message indiquant qu'il voulait lui parler de la crucifixion du Christ et lui expliquer pourquoi il était convaincu de l'authenticité du Suaire de Turin.

80

Italie

Il est vingt et une heures. Nic reçoit enfin l'appel qu'il espérait au moins six heures plus tôt.

— Vous êtes seul ?

La voix est masculine et italienne. C'est une voix qu'il n'a entendue qu'une fois auparavant.

— Il n'y a que moi et la télé qui ne fonctionne pas très bien.

Il lâche la télécommande et s'assoit au bord du lit.

— Quittez votre hôtel, traversez la rue et à l'angle tournez à gauche. Je vous ferai un appel de phares quand je vous verrai.

Nic, qui a les pieds gonflés, s'agite dans tous les sens pour enfiler ses chaussures qui semblent avoir rétréci depuis qu'il les a enlevées.

— Vous avez de bonnes nouvelles ?

— J'ai des nouvelles, dit l'homme, avant de raccrocher.

Nic coupe son téléphone, noue ses lacets, se lève et prend sa veste et ses clés.

Il fait nuit et il pleut légèrement quand il quitte la chaleur étouffante du vieil hôtel pour rejoindre la fraîcheur de la nuit de novembre. Il tourne au coin de la rue et presque aussitôt, une voiture garée à proximité lui fait des appels de phare.

Il n'a jamais rencontré Fabio Goria, mais il lui a été chaudement recommandé. Il travaille pour un cabinet de détectives privés de premier plan et ses services lui sont offerts par un ami du FBI à qui Nic a apporté son aide de nombreuses fois.

Il se glisse dans la Fiat Bravo du détective privé, referme la portière et lui tend la main.

— Nic Karakandez, ravi de vous rencontrer.

— Fabio.

Goria a la voix rocailleuse et n'est pas rasé. Il a une trentaine d'années, est large d'épaules et sent la cigarette.

— Alors, qu'avez-vous pour moi ?

Les phares des voitures qui passent se reflètent sur le visage du détective tandis qu'il parle, les yeux fixés soit sur le pare-brise, soit sur le rétroviseur.

— Vous m'avez demandé d'essayer de trouver Roberto Craxi et de ne pas perdre sa trace jusqu'à votre arrivée à Turin. Et c'est ce que j'ai fait.

Nic est plus impressionné qu'il n'est prêt à l'avouer.

— Où est-il ?

Goria ne répond pas immédiatement. Il détourne le regard du rétroviseur et regarde l'inspecteur droit dans les yeux. Il est capital qu'il puisse faire confiance à cet homme. Il y a certaines choses qu'il doit savoir – certaines choses dont il doit être assuré – avant de lui dire quoi que ce soit.

— J'ai parlé à l'agent spécial Burge. Il m'a dit que vous êtes un bon policier, c'est pour cela que je vous aide. Mais avant que nous parlions de Craxi et de l'endroit où il se cache, dites-moi ce que vous savez sur lui.

Où il se cache. Ces mots donnent la chair de poule à Nic.

— Pas grand-chose. Il est italien, d'âge moyen, marié, sans enfant, n'occupe actuellement aucun poste et a reçu un salaire important de la victime d'un meurtre à L.A. Il a surtout travaillé dans l'industrie automobile. Les rapports que nous avons obtenus indiquent qu'il n'a pas gardé ses différents emplois très longtemps – je suppose qu'il a été licencié au plus fort de la récession.

Le sourire de Goria est à peine perceptible dans la pénombre.

— Craxi n'a jamais travaillé pour Fiat, ni pour Alfa.

— Alors qu'a-t-il fait ?

— Il a travaillé pour les *carabinieri.* Jusqu'à il y a quelques années.

— Que faisait-il ?

— Il était un membre du *Raggruppamento Operativo Speciale* – le ROS. Vous savez ce que c'est ?

— Un groupe d'opérations spéciales ?

— Exactement. Une de leurs principales bases est située ici, à Turin. C'est la branche de la police italienne qui s'occupe du crime organisé et du terrorisme. Elle rend compte directement au commandement général des *carabinieri.* On ne sait pas grand-chose sur ce groupe.

Goria sait ce qui le préoccupe.

— Votre jolie inspectrice ne vous a pas été très utile, n'est-ce pas ?

— Non, dit Nic. Et maintenant je sais pourquoi.

L'Italien allume une cigarette et baisse un peu sa vitre pour évacuer la fumée.

— Craxi n'était pas seulement un membre du ROS. C'était *un'ombra* – une ombre. Il faisait partie de l'équipe des opérations secrètes.

— Vous voulez dire qu'elle ne sait peut-être pas que Craxi faisait partie de la police italienne ?

— C'est possible. Les *carabinieri* sont une grande organisation, qui comporte des fonctions à la fois militaires et policières. L'une empiète parfois sur le terrain de l'autre, mais elles peuvent être totalement distinctes quand cela les arrange. Les gens qui occupent les postes d'encadrement sont au courant. Ils se disent que vous n'êtes là que pour deux ou trois jours et que vous devrez ensuite rentrer à L.A., alors il n'est pas difficile pour eux d'affecter quelqu'un pour vous faire visiter la ville et vous contrarier un peu.

— Ils y parviennent très bien, aucun doute là-dessus.

Goria serre la cigarette entre ses lèvres et fouille dans les poches de sa veste.

— Tenez, jetez un coup d'œil à ça.

Il lui tend plusieurs photographies d'un homme en imperméable, prises tandis qu'il traverse une rue à la hâte.

— Dino di Rossi. Le bedeau de la cathédrale. Je l'ai vu un peu plus tôt.

— Je sais. On a pris ces photos juste après. Un des hommes de mon équipe vous a surveillé toute la journée. (Il reprend les photos.) Mais cet homme que vous avez rencontré n'est pas le bedeau du *Duomo*.

Nic paraît surpris.

— Alors, qui est-ce ?

— Il s'appelle Pausini. Il fait également partie du ROS, un agent spécialisé dans les couvertures en tous genres. Il est bon, non ?

— Je suppose que oui.

Il laisse à l'inspecteur le temps d'encaisser le coup.

— Je ne connais pas tous les détails de votre affaire, Nic, mais je connais bien le ROS. Il vaut mieux ne pas contrarier ces gens. Ils sont entraînés à tuer. Et ils n'hésitent pas à écarter tout ce qui se trouve sur leur passage. S'ils sont impliqués dans votre enquête, alors je vous conseille de partir. Retournez chez vous, en Amérique.

Burge m'a dit que vous aimez partir en bateau. C'est ce que vous devriez faire. Mettez les voiles, partez loin de tout ça, dès que vous pourrez.

Nic secoue la tête.

— Je ne peux pas faire ça. Même si c'est ce que j'aimerais faire. Il y a eu un meurtre et…

— Et il y en aura d'autres – si vous ne partez pas. (La déclaration flotte dans l'air, de façon aussi déplaisante que le nuage de fumée autour de lui.) Je peux seulement vous aider jusqu'à un certain point, Nic. Et après ça, vous ne pourrez plus compter sur moi. Vous comprenez ?

81

Poste de police de la 77e rue, Los Angeles

Être appelé dans le bureau de Matthews n'est jamais une bonne nouvelle.

Surtout un vendredi après-midi. Mitzi réfléchit à cette triste vérité tandis qu'elle se dirige vers son bureau. Il y a deux moments de la semaine pendant lesquels un patron est le plus susceptible de vous virer ou de vous chercher des poux dans la tête. Si c'est un type sympa, il le fait le lundi matin, à la première heure. Ainsi, vous avez passé un bon week-end, dans la plus parfaite ignorance, et vous avez une bonne chance d'être payé une semaine de plus s'il décide de vous demander de rendre votre plaque. Si c'est un connard – ou qu'il ait simplement fait une erreur de timing – vous y avez droit le vendredi après-midi. Ainsi, il est soulagé d'un poids et a la chance de passer un bon week-end, mais pas vous.

Elle frappe à la porte vitrée, tourne la poignée en cuivre et l'ouvre juste assez pour passer la tête à l'intérieur.

— Vous m'avez appelée, monsieur ?

— Oui.

Il est assis derrière son bureau, porte une chemise bleue à carreaux aux manches relevées jusqu'aux coudes, les pieds posés sur le bord d'une chaise, avec une pile de journaux financiers étalés sur la courbe ample de son ventre proéminent contenu par des bretelles noires.

— Asseyez-vous, ajoute-t-il, et adoptez un état d'esprit de joyeuse opportunité et de professionnalisme stoïque.

Elle s'assoit de l'autre côté du bureau.

— J'essaierais de faire ça si j'avais la moindre idée de ce que stoïque veut dire.

Il ôte ses pieds de la chaise, tourne sur lui-même et pose ses gros avant-bras sur le bureau.

— Stoïque : nom. Une personne qui peut supporter la douleur ou l'adversité sans montrer ses sentiments, ni se plaindre.

— Ah, maintenant je comprends mieux. Ça n'est pas exactement mon portrait craché, commissaire.

Matthews sourit.

— Le foie le plus chargé de L.A. vient juste de partir pour suivre une cure de désintoxication et il a emmené l'inspecteur Jordan Lynch avec lui.

Mitzi lui lance un regard bien senti, indiquant clairement qu'elle se demande bien en quoi cela la regarde.

— Ce qui veut dire que Tyler Carter a besoin d'un numéro deux sur son affaire de tueur en série.

Elle se prend la tête entre les mains.

— Patron, Nic Karakandez est en Italie, il enquête sur le meurtre de Tamara Jacobs, et dans seulement une semaine, il sera parti voguer Dieu sait où. Et…

Elle s'interrompt. Elle ne va pas lui dire qu'elle a des problèmes personnels, il est sans doute déjà au courant.

— Et quoi ?

À son expression, il est évident qu'il ne sait rien. Même Matthews n'est pas assez méchant pour se moquer du merdier dans lequel elle se trouve.

— Rien, monsieur. J'avais juste du mal à faire la transition entre « passablement énervée », « en droit de vider mon sac » et « professionnellement stoïque ».

Il tape un coup sur la table et sourit.

— Aucun problème. Vous vous en êtes très bien sortie. Demandez à Carter quelqu'un en renfort sur l'affaire Tamara Jacobs jusqu'à ce que vous l'ayez résolue ou qu'elle soit arrivée dans une impasse. On la poursuit pendant une semaine de plus, et ensuite on fera le point. Comme ça, vous pourrez suivre les deux affaires, OK ?

Son visage indique que non, mais elle a appris à se montrer conciliante.

— Oui, monsieur.

— Ce sera tout. (Il met à nouveau les pieds sur sa chaise et reprend les journaux financiers qu'il lisait à son arrivée.) Le stoïcisme vous va bien, Fallon.

— Merci, monsieur. Voulez-vous que je claque la porte suffisamment fort pour qu'elle sorte de ses gonds, ou juste assez pour briser la vitre ?

82

TURIN

Fabio Goria fume cigarette sur cigarette en conduisant.

— On ne va pas loin, juste de l'autre côté du fleuve, à environ six kilomètres vers le sud-est, dans la forêt. Craxi et sa femme possèdent un petit chalet de vacances – un endroit où se cacher. Il est au nom de jeune fille de madame Craxi.

Il pleut des cordes à présent. À travers la vitre, Nic ne voit pas grand-chose au-delà du bas-côté de l'autoroute.

— Vous avez dit qu'ils se cachaient. De quoi ou de qui se cachent-ils ?

Goria se tourne vers lui.

— J'espérais que vous pourriez me le dire.

— Les *carabinieri* ?

— Possible, mais peu probable. (Le détective aspire une dernière fois sur sa cigarette, puis la jette par la vitre entrouverte, telle une luciole rouge s'écrasant, avant de rebondir dans les ténèbres.) Si je me cachais des *carabinieri*, je ne le ferais pas dans ma propre maison, dans un endroit qu'ils pourraient facilement localiser.

— Dans ce cas, je n'en sais rien. Je n'arrive pas à trouver un sens à tout ça, pour l'instant. Mais mon instinct me dit que Craxi est lié à mon enquête.

— Et, d'après vous, elle est également liée au Suaire de Turin ? Il a, à lui seul, sa part de mystère. Avez-vous réussi à apprendre quelque chose là-dessus ?

— Deux ou trois choses. Toutes apprises de la bouche du faux bedeau. Cela me pose donc un problème de confiance.

— Le mal vient rarement de ne pas assez faire confiance aux inconnus.

— Est-ce un vieux proverbe hérité d'un sage italien ?

— Non, c'est de mon père.

— Est-il vieux et sage ?

Goria se met à rire.

— Pas vraiment. Il est mort d'alcoolisme quand il avait une quarantaine d'années, mais il m'a marqué, comme la plupart des parents.

Nic regarde à nouveau les champs plats et monotones défiler à travers la vitre. La voiture commence à prendre de la vitesse sur la chaussée à deux voies en direction de la campagne.

— D'après ce que vous avez dit de Craxi et de ses états de service, est-ce une bonne idée d'aller le surprendre au beau milieu de la nuit ?

— Nous ne sommes pas si stupides. Vous avez raison, même si Craxi a presque soixante ans maintenant, il pourrait vous tordre le cou et vous enterrer dans la terre comme le ferait un chien avec un os. Nous ne serons donc pas seuls, et nous ne lui laisserons pas l'occasion de faire ce genre de choses.

— Je suis content de vous l'entendre dire.

Cinq minutes plus tard, la Corsa quitte l'autoroute de Corso Chieri et s'engage sur une route étroite et sinueuse en direction de la strada comunale di Valpiana. Goria ralentit, éteint les phares et s'engage sur la droite, puis s'arrête dans un sentier pavé.

— On s'arrête ici et on marche.

Nic détache sa ceinture, sort sous la bruine et referme la portière aussi silencieusement que possible.

Tandis qu'ils avancent péniblement dans les bois, l'Italien sort son téléphone portable et envoie un SMS écrit à l'avance à un des membres de son équipe. Une minute plus tard, le téléphone vibre au creux de sa main. Il s'arrête et se tourne vers Nic.

— Je vais passer un appel sur ce téléphone, maintenant. La personne qui répondra sera peut-être Roberto Craxi.

Nic semble surpris.

— Un de mes hommes a glissé un téléphone par une fenêtre quand Craxi est sorti en voiture, un peu plus tôt. Quand il le trouvera, il ne le touchera pas. Il ne répondra que quand il sera sûr que ce n'est pas un explosif.

Goria passe l'appel.

Comme il s'y attendait, cela sonne et personne ne répond.

— La sonnerie est caractéristique, dit le détective avec malice tout en rappelant. Vous connaissez *La Panthère Rose* ?

— Bien sûr. Henry Mancini – vous l'avez choisi parce que c'est un compositeur italien ?

— Non. (L'appel n'aboutit pas, cette fois encore, et il compose le numéro pour la troisième fois.) Non, il n'était pas Italien, Mancini était américain. Mais sa famille était originaire des Abruzzes, la mienne aussi. (Soudain, il éloigne le téléphone de son oreille et le tend brusquement à Nic.) C'est lui.

Nic saisit le téléphone.

— Monsieur Craxi, ne raccrochez pas s'il vous plaît, je…

Il a déjà raccroché.

— Il a coupé, dit-il à Goria.

— Essayez encore. Appuyez sur la touche Bis.

Nic essaie à nouveau, l'oreille aux aguets.

Il a décroché.

— Monsieur Craxi, je m'appelle Nic Karakandez, dit-il, parlant très vite, essayant d'en dire autant que possible pour éviter qu'il ne raccroche à nouveau. Je travaille pour la police de Los Angeles, et je dois vous parler.

Cette fois, il ne raccroche pas. Nic sait qu'il est toujours là. Il y a un silence angoissant.

— J'ai besoin de votre aide. Je dois vous parler de Tamara Jacobs et des relations que vous entreteniez avec elle.

Il n'y a toujours aucune réponse.

Nic continue.

— S'il vous plaît. Je sais que vous êtes là. Je sais que vous écoutez. J'ai fait le voyage depuis Los Angeles pour vous parler et j'aimerais vous rencontrer, juste pour vous poser quelques questions.

Toujours rien.

— Monsieur Craxi – signore – voulez-vous bien me voir ? Pouvons-nous nous rencontrer quelque part ?

Il n'y a que le sifflement du cyber-silence.

Nic paraît inquiet. Il jette un coup d'œil en direction de Goria.

— Je ne suis pas sûr qu'il soit là.

— Restez en ligne, dit l'Italien. Nous allons descendre par là, et dans quelques minutes, vous verrez son chalet et mes hommes.

Nic continue de parler tandis qu'ils se faufilent entre les arbres, et descendent un talus de terre humide glissant, couvert de feuilles pourries. À travers le bois, ils commencent à apercevoir des lampadaires diffusant une lumière jaune. Des fenêtres. Goria porte la main à sa ceinture et en détache un talkie-walkie, le genre de modèle qui envoie des messages cryptés et permet de parler à des gens situés à près de dix kilomètres.

Nic le regarde tandis qu'il parle en italien. Il le regarde répéter le message et attendre, et voit son visage changer d'expression.

— Il y a quelque chose qui ne va pas, dit Goria. Quelque chose de grave.

83

POSTE DE POLICE DE LA 77e RUE, LOS ANGELES

Tyler Carter est soit un génie, soit un connard. La brigade criminelle est divisée sur la question. Il détient le record, confirmé d'une année sur l'autre, du meilleur taux de résolution d'affaires de l'État. Ce qui veut dire qu'il y a fort à parier qu'il sera commissaire dans les années à venir. Mais l'homme âgé de trente-trois ans est arrogant, introverti, manque de respect envers presque tout et tous, et il a pour habitude de faire travailler son équipe jusqu'à l'épuisement.

Carter vient d'une famille de riches banquiers et ne peut s'empêcher de se distinguer des autres. Il était censé suivre la voie royale empruntée par son père et son grand-père avant lui. Seulement, il avait d'autres idées en tête. Il voulait porter une plaque et une arme, pas une mallette et un portefeuille d'actions.

Même papa et ses millions n'ont pu se mettre en travers de son chemin. Tandis que Wall Street y a perdu, la police de Los Angeles y a gagné un atout précieux. Il serait sans doute commandant avant ses quarante ans et commissaire divisionnaire avant la cinquantaine. Tout se passe comme prévu – ou du moins se passait comme prévu –, jusqu'à huit mois plus tôt.

Jusqu'à l'arrivée du Caméléon.

Le Caméléon est le nom du tueur en série qu'il recherche, un surnom dont les flics espèrent que la presse ne s'emparera jamais. À ce jour, le tueur a dix meurtres à son actif et personne parmi ceux qui travaillent sur cette affaire ne serait surpris d'en découvrir au moins dix autres.

Mitzi Fallon s'assoit derrière le bureau de Carter, apprenant dans quoi elle s'est laissé entraîner.

— Le surnom vient du fait que personne n'a jamais vu le type…

— Jamais ?

Carter lui jette un regard d'acier.

— Je n'aime pas être interrompu. Si vous avez besoin de précisions, attendez et posez vos questions à la fin.

— Pardon ?

— Laissez-moi terminer, et vous n'aurez pas besoin de poser de questions inutiles. Personne n'a jamais vu le tueur. Il entre furtivement au domicile de femmes qui vivent seules et les tue pendant leur sommeil.

Mitzi est sur le point de demander comment il procède, mais décide de garder sa question pour la fin.

— C'est toujours le même *modus operandi*. Il les enroule dans un drap ou un couvre-lit bien serré pour qu'elles ne puissent pas se débattre. Puis il s'agenouille sur elles et les étrangle à main nue. (Tyler devine ce à quoi elle pense.) Avec la main gauche, toujours d'une seule main. La légiste dit avoir trouvé des preuves indiquant que dans certains cas, il a mis la main droite sur la bouche des femmes.

Mitzi se demande si les victimes ne l'ont pas mordu, s'il y a une chance d'être en possession de son ADN.

— Nous avons trouvé des empreintes génétiques sur la première et la troisième victime – enfin, la première et la troisième à notre connaissance, je vous transmettrai les dossiers. Sur la première, il y avait des poils et de la salive. On a isolé des poils provenant de ses tibias et des peluches de ses chaussettes en laine laissés en grimpant sur sa victime. Sur la troisième, on a trouvé de la chair et du sang, elle l'a mordu quand il lui a mis la main droite sur la bouche. Avant que vous posiez la question, nous avons fait des recherches dans nos bases de données. Le type n'a pas de casier et le FBI n'a rien trouvé non plus. J'ai même vérifié auprès de la police canadienne. Maintenant, vous pouvez poser vos questions.

Elle l'observe avec attention – il a le visage rasé de près, des traits finement ciselés, les cheveux bruns parsemés de rares cheveux gris, porte un magnifique costume noir et une chemise d'un blanc immaculé.

— Vous arrive-t-il de rire, de vous saouler, de vous branler ou de vous amuser ?

— Non, dit-il d'une voix aussi glaciale que son regard.

— Très bien. J'aurais détesté l'idée qu'il y ait quoi que ce soit de normal chez vous.

Elle se lève.

— Où allez-vous ? Je n'ai pas terminé.

— Mettre un tampon. J'ai des règles particulièrement abondantes en ce moment, et j'ai besoin de changer ma protection périodique aussi rapidement que possible. J'utilise la version super – protection maximale, d'après ce qui est indiqué sur la boîte – pour absorber au maximum le flux menstruel, pendant aussi longtemps que possible, mais ces choses nécessitent contrôle et entretien.

Il reste bouche bée pendant un instant, mais retrouve son sang-froid en un éclair.

Mitzi se tourne vers lui et lui sourit en ouvrant la porte.

— Je nous rapporte deux cafés. Nous pourrons alors peut-être terminer notre entrevue avec un résumé de ce que vous voulez que je fasse précisément, et je pourrai vous dire précisément comment j'ai besoin d'être traitée pour que vous parveniez à obtenir ce que vous attendez de moi.

84

TURIN

Les deux hommes se précipitent au bas du talus particulièrement abrupt. Nic passe instinctivement derrière lui quand il voit Fabio Goria sortir son revolver de sa ceinture.

Dans la terre meuble, au milieu des feuilles pourrissantes, face à eux, se trouve le corps d'un homme. Immobile.

Lentement, il se met à bouger. Il est en vie – mais il est certainement blessé. Goria s'agenouille près du corps étendu sur le sol. Il pointe son revolver en direction de la faible lumière qui émane du chalet, à vingt mètres de là. Puis il braque une lampe torche sur le visage de l'homme blessé et l'aide à s'asseoir.

— Est-ce que ça va ?

— Quelqu'un m'a frappé, dit l'homme en portant une main derrière sa tête. Je suis désolé, dit-il en se relevant avec difficulté en s'appuyant sur l'épaule de Goria, pris de vertige.

Le détective privé le maintient, et lui laisse le temps de reprendre ses esprits avant de le presser de questions à propos de l'agression. Pendant ce temps, Nic se dirige vers le chalet. Soudain, il entend un bruit. Il vient de l'extérieur, d'un des côtés du chalet. Cela ressemble à un animal pris dans un buisson et essayant de s'enfuir. Nic s'approche, se tient à cinq mètres environ.

— Fabio, murmure-t-il.

L'Italien lève la tête, et abandonne un instant son collègue blessé. Nic fait un signe en direction de l'épais arbuste.

— Là-dedans.

Goria reprend son souffle, puis projette vers l'avant sa lampe et son revolver. Dans le faisceau lumineux, ils distinguent un visage écorché, avec des traces de sang. Un visage humain. Il s'agit d'une femme.

85

POSTE DE POLICE DE LA 77e RUE, LOS ANGELES

Mitzi pose deux tasses de café noir sur le bureau de Tyler Carter.

— J'ai pensé que vous ne preniez ni lait, ni sucre.

— Vous avez bien pensé, dit-il en prenant la tasse posée devant lui. Matthews s'est montré élogieux à votre égard.

Elle prend ça comme une façon de briser la glace.

— C'est bon à savoir. A-t-il mentionné quoi que ce soit à propos d'une augmentation, d'une promotion ou d'une retraite anticipée ?

Carter sourit presque.

— Pas que je sache, dit-il prenant appui sur le bureau, avant de se pencher vers elle.

— La maladie de Jordan tombe au mauvais moment.

— Pour lui, ou pour vous ?

— Les deux. Je ne suis pas aussi froid que j'en ai l'air. C'est peut-être un alcoolique, mais il est meilleur que la plupart des flics. Jay s'engageait à 100 %, 100 % du temps. Ce que je veux dire, c'est que notre tueur devrait être arrêté d'un instant à l'autre. Il a même dépassé le délai raisonnable.

— Vous savez que je travaille toujours sur l'affaire Tamara Jacobs ?

— Matthews me l'a dit. Un meurtre par un type qui n'est pas de L.A., apparemment. Aidez-moi là-dessus – aidez-moi vraiment – et je vous donnerai des hommes et des têtes pensantes pour résoudre votre affaire.

— Marché conclu.

Carter tend le bras derrière lui et en sort deux piles de dossiers.

— Expertises médicolégales, profils psychologiques, et analyses du mode opératoire des crimes du Caméléon. Lisez et digérez.

— Vous avez dit qu'il était sur le point d'être arrêté.

— La fréquence des crimes a changé. Le délai entre deux meurtres est passé de neuf mois à six, puis à trois. Ensuite, il a commis deux meurtres en douze semaines, puis un autre le mois dernier, et un dernier il y a juste douze jours.

— C'est l'escalade.

— Il ne s'en rend probablement pas compte, il pense sans doute qu'il contrôle la situation et se sent de plus en plus fort.

— Mais ce n'est pas le cas ?

— Avez-vous déjà travaillé sur une affaire de tueur en série ?

Elle fait non de la tête.

— Non, seulement un double meurtre, mais les deux victimes ont été tuées en même temps. Deux violeurs en série. Dont un responsable à lui seul d'une douzaine d'agressions.

— C'est à la fois similaire et différent. Le viol est en général une question de pouvoir et de sexualité, l'agresseur dépasse les limites pour contrôler ses victimes – cordes, yeux bandés, menaces verbales, et il peut y avoir des signes de rage sur le corps de la victime. Le meurtre en série peut recouvrir beaucoup de choses différentes. Notre agresseur ne commet pas de meurtres de nature sexuelle et il n'y a pas de rage.

— Agresser une femme dans son lit, la nuit, ça n'est pas sexuel ?

Carter baisse les yeux sur le dossier qu'il vient juste de lui donner.

— Inutile d'avoir cette conversation maintenant – vous ne disposez pas de tous les éléments. Lisez les profils, et nous en reparlerons.

Elle esquisse un sourire entendu.

— Allez, vous ne me dites pas tout. Si vous voulez 100 % d'efforts, vous devez me donner 100 % des informations.

Il la jauge un instant. Elle semble aussi intelligente que le prétendait Matthews.

— OK, mais écoutez, cela n'a pas été révélé au public. Après avoir tué ses victimes, le Caméléon les déshabille, les allonge par terre et les recouvre.

— Avec quoi ?

— Il prend un drap du lit et les enveloppe de la tête aux pieds, replie le drap derrière le crâne et leur soulève les pieds. Comme si elles avaient été enveloppées dans un linceul.

86

TURIN

Erica Craxi tremble encore. Et elle a de bonnes raisons.

Goria laisse la femme de cinquante-quatre ans avec son collègue Dario, tandis qu'il parle à Nic.

— Son mari n'est pas là.

L'Américain semble assez inquiet.

— Le coup de téléphone, est-ce que je…

— Non, ce n'est pas à cause de ça. Il était parti avant votre appel. Sa femme a dit qu'il a entendu quelque chose et qu'il est sorti avec son revolver pour voir ce que c'était. Il lui a dit de sortir par la porte de derrière et de se cacher dans les bois jusqu'à ce qu'il revienne.

Nic fait un signe de tête en direction du collègue de Goria.

— Qu'a entendu Craxi ? Votre collègue ?

Il fait non de la tête.

— Non, pas lui. Dario a lui aussi entendu quelque chose, mais il ne voulait pas risquer de se faire repérer. Il a vu Craxi sortir et il l'a suivi. Quelqu'un l'a frappé à la tête, l'a cloué à terre et lui a injecté un sédatif dans le cou. Et maintenant il pense que je vais le virer pour incompétence.

— Et allez-vous le faire ?

— Sans doute, mais pas ce soir. Ce soir, on a encore du boulot.

— Alors, où est Craxi maintenant ?

— Sa femme n'en sait rien.

— Et les hommes de votre équipe, ils n'ont rien vu ?

— Il semble que non. (Goria devient soudain silencieux. Quelqu'un avait déjoué sa surveillance en se montrant plus malin que lui et l'avait couvert de ridicule. Et à présent l'agent de la police de Los Angeles qui avait des amis influents au FBI allait commencer à douter de ses capacités.) Allons à l'intérieur parler à la signora. Peut-être pourra-t-elle nous aider.

Dario entoure Erica Craxi d'un bras protecteur et la conduit à l'intérieur du chalet. Nic se demande qui a répondu à son appel – qui l'écoutait alors qu'il pensait que Craxi était à l'autre bout du fil. Goria se sert de son talkie-walkie pour appeler le reste de son équipe et leur dire de quitter leur poste de surveillance. Le chalet est petit et rudimentaire. Des murs en bois brut, des tapis ici et là, le tout étant chauffé par un poêle à bois dans lequel se consument les dernières braises de ce qui était un feu ardent une heure plus tôt. Deux canapés recouverts d'épaisses couvertures rouges font face à une table basse en bois de mauvaise qualité, recouverte de magazines people et de vieux livres de poche.

Erica Craxi s'installe là où il y a un creux dans le sofa, et Nic en déduit que c'est sa place habituelle. Une tasse de café presque finie qui porte une marque de rouge à lèvres, posée par terre à ses pieds, le confirme. Goria s'assoit à côté d'elle. Elle enroule une couverture de façon protectrice sur ses genoux et essaie de contrôler ses tremblements tandis qu'il lui parle à voix basse en italien. À cet instant, elle paraît avoir beaucoup plus que cinquante-quatre ans. Les cheveux gris teints en blond de la femme sont mêlés de terre et de feuilles. Ses yeux sont noircis par les larmes et les traces de mascara qui a coulé. Dario revient de la cuisine avec un verre d'eau et un essuie-mains mouillé pour nettoyer les écorchures qu'elle a au visage.

— Signora Craxi parle bien l'anglais, dit Goria à Nic. Je lui ai dit qui vous étiez et elle souhaite vous parler.

— Que s'est-il passé ?

Goria parle toujours à voix basse.

— Roberto était convaincu qu'il y avait des gens, à l'extérieur, qui se rapprochaient d'eux. Il a vu quelque chose ou quelqu'un bouger dehors par une des fenêtres et il a pris son arme et est sorti pour aller voir ce que c'était. Il a dit à sa femme de se cacher dans les bois jusqu'à son retour parce qu'il savait qu'elle serait une proie facile si quelqu'un entrait dans le chalet. Quoi qu'il en soit, après son départ, elle a hésité. Elle voulait aller aux toilettes d'abord, et c'est là qu'elle a entendu le téléphone sonner. Celui que nous avons glissé par une fenêtre entrouverte. Ça l'a effrayée, surtout quand il a sonné une deuxième fois et qu'elle a entendu des pas à l'intérieur du chalet. Le téléphone a sonné une nouvelle fois. Elle est restée sans bouger, en écoutant l'intrus marcher jusqu'à l'endroit où nous sommes maintenant. C'est à ce moment-là qu'elle est partie se cacher dans les bois, juste avant notre arrivée.

— Alors nous avons manqué de justesse celui qui était ici.

— Apparemment, oui.

L'inspecteur se concentre à présent sur la femme de celui dont il a suivi la trace sur des dizaines de milliers de kilomètres. Erica Craxi essuie ses larmes tandis que Nic, assis face à elle, se rapproche pour lui parler.

— Signora, je suis venu ici pour parler à votre mari d'une scénariste d'Hollywood qui se nomme Tamara Jacobs – vous voyez de qui je veux parler ?

Elle ne dit pas un mot. Elle se contente de le regarder avec des yeux terrifiés, et hoche la tête. C'est un geste infime, mais Nic se sent envahi par un immense soulagement.

— Madame Jacobs est morte, dit-il. Elle a été assassinée.

Madame Craxi frémit et ses doigts tremblants se referment sur le médaillon représentant un saint Christophe qu'elle porte autour du cou.

— Votre mari, Roberto, a reçu une série de paiements substantiels par virement bancaire de la part de madame Jacobs. Savez-vous en règlement de quoi elle a envoyé ces sommes ?

Erica baisse les yeux et se mouche. Quand elle relève les yeux, son état d'esprit semble avoir changé. Il semble que ce soit la colère conjugale qui domine à présent, et son humeur semble indiquer que son mari et elle se sont souvent disputés à ce sujet.

— Je sais précisément pourquoi il a été payé.

Nic sent les battements de son cœur s'accélérer.

— De quoi s'agissait-il ?

Elle secoue la tête.

— Pas en présence de ces gens. Demandez-leur de partir et je vous le dirai.

Nic fait un signe de tête à Goria. L'Italien les fait sortir et Erica prend une profonde inspiration et plonge un regard plein de confiance dans les yeux de l'Américain.

— Mon mari était en mission spéciale, qui consistait en partie à protéger le Saint Suaire, lorsqu'il a été exposé au public pour la dernière fois.

— En 2010 ?

— *Si.* (Elle a besoin d'un peu de temps pour se reprendre.) Roberto s'est laissé persuader par un scientifique qu'il connaît (elle laisse échapper un rire un peu triste), un soi-disant ami, de prélever un peu de sang et de fibres sur le Suaire.

Nic sent une bouffée d'excitation l'envahir.

Elle semble mortifiée de honte.

— Il l'a fait – il a endommagé le Suaire et a fait tester les prélèvements.

Nic attend qu'elle relève la tête et le regarde.

— J'ai besoin de savoir qui est ce scientifique, signora – pourquoi il voulait analyser le Suaire et ce qu'il a fait des résultats.

Le visage de la femme se décompose à nouveau. Elle passe les mains derrière son cou et défait la chaîne de son médaillon. Elle le porte à sa bouche, ferme les yeux et l'embrasse. Nic imagine qu'elle est en train de réciter une prière silencieuse, demandant d'être pardonnée, peut-être aussi implorant Dieu de lui promettre que son mari sera retrouvé sain et sauf.

87

Los Angeles

JJ n'est pas surpris de trouver Jenny Harrison traîner dans l'usine après le départ des autres employées, qui se sont déjà plongées dans l'obscurité de la nuit du vendredi soir, prêtes à commencer leur week-end.

Elle avance entre les machines et lui lance un regard plein d'espoir.

— Avez-vous réussi à apprendre quoi que ce soit à propos de Kim ?

— Non, comme vous l'avez dit Jenny, personne au commissariat n'a trouvé le moindre rapport indiquant qu'elle ait été arrêtée.

Elle se ronge les ongles nerveusement.

— À qui avez-vous parlé ?

Il est désarçonné par la question. Il n'a parlé à personne, et n'a aucune intention de le faire. Il secoue la tête.

— Désolé, je ne me rappelle pas de leurs noms. Il y avait une femme qui a répondu au téléphone, quelqu'un du service des détentions, et un homme chargé des enquêtes. Ils ne sont pas très avenants, ni très aimables, n'est-ce pas ?

Elle laisse échapper un rire sarcastique.

— Les flics le sont rarement. Avez-vous appelé l'East First Street ? Était-ce l'agent Reed ?

Ses questions le rendent nerveux.

— C'est possible. Je n'ai pas noté son nom. Je ne voulais pas poser trop de questions pour ne pas attirer d'ennuis à votre amie.

Le commentaire la laisse sans voix. Kim Bass a collectionné les ennuis au cours de sa vie, et elle ne veut certainement pas que quelqu'un comme Face de poisson remue trop dans son passé en posant les mauvaises questions aux mauvaises personnes. Harrison met son sac sur son épaule et remonte la fermeture éclair de sa veste.

— Merci.

Il la regarde se diriger vers la porte. Elle va lui causer des problèmes. Il le sait. C'est ce que font les femmes dans son genre.

— Jenny, attendez.

Elle se retourne.

— Je passerai d'autres appels ce soir. Donnez-moi votre numéro de portable, je vous appellerai.

Elle hésite.

— Comme vous venez de le dire, peut-être vaut-il mieux ne pas trop faire de vagues.

— Bien sûr. Donnez-moi quand même votre numéro, au cas où quelqu'un me rappellerait et me dirait qu'elle est dans une cellule, quelque part.

— OK, attendez, dit-elle tandis qu'elle fait glisser son sac sur son épaule, trouve un stylo en plastique dont l'extrémité est mordillée, déchire le haut de son paquet de cigarettes et note le numéro dessus avant de le lui tendre. Appelez-moi à n'importe quelle heure. À propos de Kim, je veux dire.

— Je le ferai.

Il manque en rester là puis se souvient que ce n'est pas ainsi qu'il devrait se comporter.

— Prenez aussi mon numéro. Et appelez-moi si vous avez des nouvelles. Mieux vaut rester en contact à propos de tout ça, dit-il en sortant une carte de visite de sa poche.

— Merci, dit-elle en y jetant un coup d'œil, avant de prendre à nouveau le chemin de la sortie.

Cette fois, il la laisse partir. Dieu lui a apporté son aide. Posséder son numéro de téléphone est une bonne surprise. S'il l'appelle quand il sera dans l'immeuble où elle habite, il saura exactement où elle se trouve. Un simple appel, c'est tout ce qui sera nécessaire pour que Jenny Harrison cesse d'être un problème.

88

TURIN

Roberto Craxi sent pleinement le poids de ses cinquante-neuf ans, et cela l'agace au plus haut point. Il reprend ses esprits peu à peu, reconstituant la façon dont il a été agressé et battu si facilement.

Il y avait un temps où aucun homme ne faisait le poids contre lui. À son heure de gloire, il pouvait se montrer plus futé que quiconque, déjouer n'importe quel plan et sortir vainqueur d'une bagarre contre les plus forts, les plus rapides et les plus sauvages adversaires. Mais les choses avaient changé. Le fil d'acier que quelqu'un avait étroitement serré autour de son cou était le signe évident que cette période était révolue. Il n'avait même pas vu son ennemi.

Dès le départ, il s'était douté que les bruits à l'extérieur du chalet étaient un piège – mais quel choix avait-il ? Rester assis dans le noir avec ses revolvers armés, en espérant que sa femme ne serait pas prise entre deux échanges de coups de feu. Aucune chance. Et quelles peurs la nuit lui inspirait-elle ? Aucune. L'obscurité était son amie, une vieille compagne avec laquelle il avait mené de longues batailles et provoqué de nombreuses effusions de sang. C'était dans le noir qu'il se sentait le plus vivant.

Jusqu'à ce soir. Jusqu'à ce qu'il ait rencontré un adversaire à sa mesure.

L'homme qui le retenait captif avait prévu chacun de ses actes. La façon dont il sortirait en silence du chalet et en ferait le tour dans le sens des aiguilles d'une montre – tranquillement, avec un soin méticuleux, s'assurant que sa femme était en sécurité avant de disparaître dans le sous-bois parallèle à la route principale.

Il a d'abord pensé qu'il avait juste frôlé une branche, au pire un rosier sauvage poussant dans les fourrés. Puis il l'a senti s'enrouler d'un coup sec autour de son cou. Dès que le fil d'acier à haute résistance lui a serré la trachée, il a su qu'il était dans le pétrin. Portant le doigt à son cou, il a senti le fil s'enfoncer dans sa chair. Un autre mouvement rapide et il l'aurait tranché comme un vulgaire morceau de fromage.

Un morceau de fromage dans un piège. Cette pensée lui reste en travers de la gorge.

— Ne bougez pas, et vous ne mourrez pas.

Il n'oubliera jamais les premières paroles de l'homme. C'était exactement ce qu'il aurait dit. Ce qu'il *avait* dit, plus d'une douzaine de fois. Une instruction claire et professionnelle émanant de quelqu'un qui a déjà le contrôle, et qui le sait.

Mais bien sûr, Roberto avait bougé. Il avait essayé de saisir son agresseur par-dessus son épaule, et de le terrasser. Cela avait failli lui coûter la vie. Le fil d'acier ne ressemblait à rien de ce qu'il connaissait. Spécialement adapté à ce type précis d'agression. On aurait dit un genre de lasso, un peu comme les colliers-chaînes employés par les maîtres-chiens pour attraper les chiens dangereux. Le fil avait disparu dans un tube fin en métal qui s'étirait sur la longueur d'un bras. Roberto n'avait même pas pu approcher son agresseur, et encore moins lutter contre lui.

L'homme qui était dans la pénombre avait simplement tenu fermement à l'autre bout et l'avait traîné par terre tandis qu'il était en train de s'étrangler. Puis il l'avait laissé là. Il l'avait laissé comme un déchet, en train de mourir dans le sous-bois épineux. Il l'avait laissé mourir en s'étranglant lentement. Puis, juste avant qu'il ne perde connaissance, Roberto avait senti une botte au milieu de son dos. Un pied fermement planté. Le type était tout près, et prêt à en finir avec lui.

Mais il ne l'avait pas fait. Il s'était penché et avait étouffé Roberto, juste assez pour lui faire perdre conscience. Ce qui est un art en soi. Un art que peu de gens savent exécuter. Et pour le faire dans une situation telle que celle-ci – sur quelqu'un comme lui – il faut l'avoir déjà fait. De nombreuses fois. Toutes ces pensées se bousculent dans l'esprit de Roberto tandis qu'il est étendu sur le côté dans un espace obscur et exigu. Il ne sait pas où il se trouve, mais il sait ce que veut son agresseur et ce qu'il est prêt à faire pour l'obtenir.

89

Carson, Los Angeles

JJ comprend ce qu'il doit faire à la minute où il ouvre la porte d'entrée de son domicile. Il ne peut plus laisser l'odeur du corps en décomposition empirer. Cela attirerait rapidement l'attention.

Il n'enlève même pas son manteau dans l'entrée pour le pendre au bas de l'escalier, comme il le fait d'habitude. Il va directement dans la chambre. L'odeur y est telle qu'elle lui donne un haut-le-cœur. JJ a créé la mort. Il a vu la mort. Il l'a supportée. Mais jamais il n'a senti la mort. Ni l'horrible odeur fétide qu'elle apporte.

Il avance avec précaution. Il se couvre la bouche et s'approche du drap de lin blanc dans lequel il a enveloppé sa précieuse Em. Une partie de lui brûle de la regarder, mais il a peur de ce qu'il risque de voir. Il vaut sans doute mieux se la rappeler telle qu'elle était cette nuit où il l'a ramenée chez lui.

Il s'assoit au bord du lit et réfléchit à ce qu'il doit faire et à la façon de le faire. L'appartement d'Em était trop exposé à la vue des voisins. Même avec les clés qui se trouvaient dans son sac, la ramener chez elle serait risqué. Mais elle en valait la peine. Elle le méritait. Elle devait trouver le repos.

90

ITALIE

Erica Craxi dit à Nic tout ce qu'elle sait sur Tamara Jacobs, et pourquoi elle avait effectué ces versements sur le compte de son mari.

Il est sous le choc après cette révélation. L'inspecteur revient plusieurs fois sur les détails. C'est le genre d'information qu'il faut vérifier à plusieurs reprises. Il faut faire tout ce qu'on peut pour ne pas commettre d'erreur fatale. Enfin, après de nombreuses promesses, elle consent à laisser entrer Goria dans la pièce pour que Nic puisse s'assurer qu'il n'a pas compris de travers.

Ce n'est pas le cas. Quand elle a enfin terminé, elle se sent épuisée et angoissée – très, très angoissée.

— Que va-t-il m'arriver, maintenant ?

Nic la regarde se ronger les ongles en attendant sa réponse. Il se tourne vers Goria et le regard de l'Italien lui donne la réponse qu'il attendait.

— Nous pouvons vous protéger. Quand je dis *nous*, je veux dire la police de Los Angeles et les hommes de Fabio Goria. Je vous ai dit que je lui faisais confiance, et c'est vrai. Nous nous assurerons que vous êtes en sécurité.

— Pas de *carabinieri*, dit-elle visiblement effrayée.

— Non, pas de *carabinieri*. Je vous le promets. Fabio et son équipe assureront votre sécurité jusqu'à ce qu'on ait retrouvé votre mari.

Le détective s'accroupit, lui prend la main et lui dit quelque chose en italien qui la fait sourire brièvement. Puis, elle baisse les yeux sur le téléphone portable posé sur ses genoux, et regarde Nic.

— Puis-je rappeler Roberto ?

— Bien sûr.

Il la regarde appuyer nerveusement sur la touche Bis en faisant les cent pas. L'appel n'aboutit pas. Elle essaie à nouveau. Cela fait plus d'une demi-heure que Roberto Craxi est sorti du chalet et Nic sait que les chances qu'il revienne sain et sauf sont de plus en plus faibles. Celle qui est sa femme depuis vingt ans ferme le clapet du téléphone et s'approche de Nic.

— S'il vous plaît, retrouvez-le. Ne laissez pas Roberto mourir.

Nic lui serre la main.

— Nous ferons de notre mieux.

Elle hoche la tête et elle s'écarte de lui.

Il sent quelque chose dans la paume de sa main gauche.

— C'est saint Christophe, le saint patron de tous les voyageurs. En espérant qu'il vous guide vers mon mari et ce pour quoi vous êtes venu.

91

Le moine travaille avec rapidité. Avec méthode. Il sait que sa tâche est loin d'être terminée. Sous la lune pâle, tandis que la température baisse, il dissimule la voiture dans laquelle il a déplacé son captif. Il couvre ses traces. Pose des pièges pour quiconque serait sur sa piste.

Le téléphone intraçable vibre dans sa poche.

— Bonjour.

— Tu as mis la main sur lui ? Il est encore en vie ?

— Oui.

— *Molto buono*. Tu as bien servi le Seigneur. Sais-tu ce que tu dois faire – ce qu'on attend de toi ?

— Oui, sans l'ombre d'un doute.

— Bien. Les Américains ont envoyé un inspecteur de la police de Los Angeles pour retrouver Craxi. Il s'appelle Karakandez. Quand cette conversation sera terminée, je t'enverrai une photographie et des renseignements sur lui. Méfie-toi. Il est très expérimenté et déterminé.

— L'homme ne sera pas un problème.

— Ne commets pas l'erreur de le sous-estimer. Il fait partie de la brigade criminelle et il a traversé les continents pour venir jusqu'ici. Il ne voudra pas rentrer sans avoir obtenu de résultats.

— C'est tout ?

— Oui.

Le moine raccroche et attend patiemment qu'une image apparaisse sur l'écran du téléphone.

Quelques instants plus tard, le visage de l'inspecteur Nic Karakandez apparaît sur le petit écran. Ephrem le regarde longuement. C'est le visage de son ennemi. Un visage qu'il n'oubliera pas. Il ferme les yeux et imagine l'homme face à lui. Il visualise ce qui doit être fait pour terminer sa mission. Il regarde une dernière fois les yeux du policier – les fenêtres de son âme – puis supprime la photographie. Il rencontrera Nic Karakandez – il en est sûr – et Dieu guidera sa main.

92

Morgue de Los Angeles

Amy Chang se cale dans le fauteuil de son bureau et écoute la voix au fort accent anglais du professeur Alexander Hasting-Smith, à l'autre bout du fil. Elle essaie de l'imaginer. Peut-être ressemble-t-il à l'élève d'une public school très propre sur lui comme le Premier ministre anglais, ou peut-être est-il incroyablement poilu, comme l'évêque barbu qui a marié Kate et William ?

Le professeur ne ressemble ni à l'un, ni à l'autre. Il a une bonne quarantaine d'années et mesure à peine plus d'un mètre soixante, porte des chemises amples, des pantalons en velours côtelé, et en dépit du fait qu'il soit un expert en anatomie et en biologie, il n'est qu'à un petit-déjeuner anglais de l'obésité, et à un ou deux ans de la calvitie absolue.

— Chère madame, dit-il en insistant bien sur ces mots, les tests que j'ai entrepris sur la crucifixion étaient exhaustifs. Je peux vous assurer de façon catégorique que les marques qui figurent sur le Suaire ne correspondent pas totalement à un homme recouvert après avoir subi une fin aussi ignominieuse, mais elles sont identiques à celles endurées par le corps de Jésus-Christ.

— Vous pourriez me donner des exemples ?

— Eh bien, prenez la blessure causée par une lance. Le linceul montre une tache de sang qui correspond à une blessure entre la cinquième et la sixième côte. La partie basse et interne de cette blessure est située approximativement à un centimètre au-dessous de la pointe du sternum et à six centimètres au-dessous de la ligne médiane. Ce qui concorde parfaitement avec le trou fait par la lance que le soldat romain a enfoncée dans le corps du Christ. Les taches qui apparaissent sur le Suaire sont un indice corroborant, dans la mesure où elles montrent un fluide clair, ainsi que du sang.

— Je n'ai pas vu de traces de fluide.

— Non, c'est impossible. À moins que vous n'ayez personnellement examiné le Suaire. Mais elles y sont. Je peux vous l'assurer.

La journée a été longue et elle accepte son point de vue sans rancœur.

— Et dans quelle direction le fluide s'est-il répandu ?

— Vers le bas du corps. Ce qui correspond à la blessure faite par une lance sur une personne crucifiée en position verticale.

Elle pose son thé sur un dessous de verre sur le bureau, et sur son Mac, elle ouvre un dossier contenant les photographies haute définition du Suaire.

— Pardonnez mon ignorance, mais quel genre de tests avez-vous fait précisément, professeur ?

— Oh, mon Dieu ! Quels tests n'ai-je pas faits ? Connaissez-vous le travail de Pierre Barbet dans ce domaine ?

— J'ai bien peur que non. (Elle se sent soudain un peu dépassée.) Jusque très récemment, je n'avais même jamais vu de photographies du Suaire. Ce n'est vraiment pas le domaine sur lequel je travaille habituellement.

— Oh, je vois, dit-il, semblant déçu. Alors, pourquoi le FBI m'a-t-il appelé pour me demander de vous contacter ?

— Le docteur Quentell a pensé que vos connaissances sur le Suaire pourraient m'aider dans le cadre d'une enquête en cours ici, à Los Angeles.

— Ah, très bien – alors, je suis heureux de tirer les choses au clair pour vous, dit-il d'une voix semblant indiquer un soudain regain d'énergie. Barbet était un chirurgien français qui s'intéressait au Suaire et qui a eu la chance de pouvoir l'examiner à la lumière du jour. Cela remonte aux années 1930. En 1933, je pense. Quoi qu'il en soit, étant chirurgien, il avait accès aux cadavres et aux membres amputés, il a donc reconstitué la crucifixion du Christ. Il a cloué un corps sur une croix en bois géante et a découvert que les marques sur le corps correspondaient parfaitement à celles retrouvées sur le Suaire.

— Et vous avez fait la même chose ?

— Oui. Je souhaite être clair sur ce point.

— Pourriez-vous m'expliquer précisément ce que vous avez fait – et ce que vous avez découvert ?

— Avec grand plaisir. Une partie de mon travail consistait à faire tomber de leur piédestal les grands mythes du cinéma. Dans les crucifixions hollywoodiennes, vous voyez des clous enfoncés à coups de marteau dans les paumes des mains. Ce qui est une façon de faire complètement inappropriée si on souhaite faire tenir un homme sur une croix. Les mouvements et le poids de son corps ne tarderaient pas à déchirer la chair. Ce n'était certainement pas la méthode employée dans le cas du Suaire.

— Ah, non ?

— Absolument pas. Barbet a compris que les clous ayant servi à la suspension avaient été enfoncés dans l'espace de Destot.

Amy sait qu'il veut parler de l'espace qui se trouve au niveau du poignet, entre l'os crochu du carpe, le grand os du carpe, l'os pyramidal et le semi-lunaire.

— Cet endroit serait assez solide, en effet.

— Il l'est, je peux vous l'assurer, dit-il semblant presque offensé. Si vous observez le Suaire, vous remarquerez que les pouces ne sont pas visibles. Pouvez-vous le voir ? Avez-vous une photographie que vous pouvez examiner ?

Amy agrandit l'image qui figure sur son écran.

— Oui, oui, je l'ai sur mon écran.

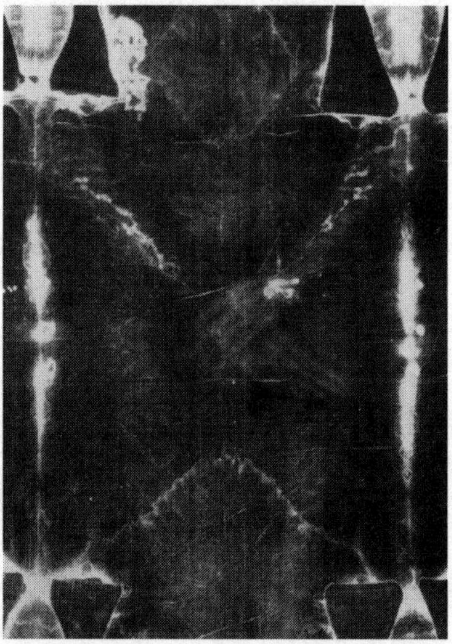

— Très bien. Donc, en tant que médecin légiste, vous savez qu'un clou enfoncé dans l'espace de Destot endommagerait le nerf médian et que cela entraînerait presque toujours un mouvement des pouces vers l'intérieur.

Amy jette un coup d'œil à la photographie, et cela semble conforme.

— Mais qu'en est-il des stigmates – ils figurent toujours dans la paume de la main, non ? Je n'ai jamais vu de tableau religieux montrant des gens dont les poignets saignaient.

— Ce n'est pas à moi qu'il faut poser cette question, docteur, je ne suis pas un théologien, je suis un scientifique. Mais je crois que les stigmates prennent différentes formes et qu'ils ne se limitent pas uniquement au catholicisme.

— Je ne le savais pas.

— C'est pourtant vrai. Vous trouverez des exemples de stigmates dans le bouddhisme, et même dans les religions polythéistes, particulièrement celles qui ont des divinités tutélaires.

— Professeur, je vais devoir vous croire sur parole, dit-elle, tout en regardant encore les photos haute définition. Je suis en train de regarder les pieds, et je ne vois aucune image indiquant comment ils ont été cloués sur la croix.

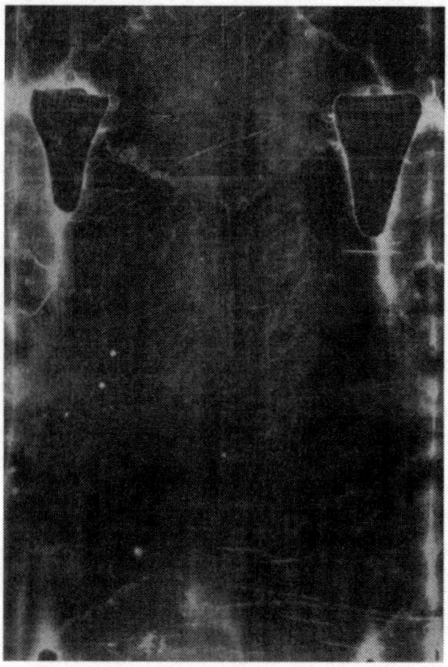

— C'est une excellente remarque. Vous ne pouvez pas les voir parce que c'est très flou. Il y a une possibilité, une faible possibilité

je pense, pour que les clous aient été insérés entre les métatarses.

— Cela aurait-il suffi à supporter le poids d'un homme adulte ?

Sa voix se charge à nouveau d'une certaine animation.

— Je ne pense pas, et c'est pour cela que j'ai cloué mon cadavre aux chevilles. Ce qui serait parfaitement adapté. Et cette fois encore, si vous observez des photos de bonne qualité, vous verrez des zones sombres indiquant que du sang s'est déversé au niveau des chevilles.

Amy n'est pas sûre de pouvoir discerner un tel détail, mais elle ne veut pas débattre du sujet toute la nuit.

— Je ne veux pas vous retenir trop longtemps, professeur, pourriez-vous m'envoyer un résumé de vos conclusions par e-mail ?

— Bien sûr, monsieur Quentell m'a transmis vos coordonnées.

— Merci. Une dernière chose, avant de vous quitter… Je me suis posé des questions concernant l'écoulement des liquides et la décomposition. Dans les heures qui suivent la mort, les blessures ne saignent pas assez pour dessiner sur le tissu des contours aussi parfaits. Un corps conservé en plein air pendant des jours se putréfierait et il y aurait des signes de perte de fluides corporels et de matières. Le Suaire ne montre aucun signe de tout cela. Comment pouvez-vous l'expliquer ?

— Facilement, dit-il. C'est un miracle.

93

TURIN

La pluie s'abat fortement sur le pare-brise de la voiture de Fabio Goria – trop fortement pour que les essuie-glaces aient le temps de balayer la pluie torrentielle, tandis que lui et Nic laissent Erica Craxi en lieu sûr.

Il est deux heures et demie du matin, ce samedi-là. L'heure tardive, la chaleur de la voiture et le rythme de la pluie mettent sérieusement à l'épreuve la capacité de l'Américain à rester éveillé. Il a vraiment besoin de dormir. Il s'assoupit en écoutant le bruit répétitif et monotone des pneus sur la chaussée mouillée et de la pluie sur la vitre. Très vite, il est à l'autre bout du monde. Il est en pleine mer, aux commandes de son vieux bateau qui avance de plus en plus vite vers le soleil qui scintille à l'horizon. Il se protège les yeux d'un geste de la main, puis se tourne vers les voix qui rient à l'arrière du bateau. Caroline et Max sont là, dans leur gilet de sauvetage rouge, les cheveux au vent et le visage radieux.

Nic se réveille le cœur battant à cause de la douleur de leur souvenir. Il baisse la vitre et laisse l'air froid et la pluie battante s'abattre sur son visage. Il n'y en avait plus pour longtemps maintenant. Dans peu de temps, les nuits tardives et les affaires de meurtre telles que celle-là seraient le problème de quelqu'un d'autre. Peu à peu, les paysages familiers de la ville apparaissent de manière floue à travers la vitre battue par la pluie. Goria coupe le moteur et les phares en se garant à l'angle de la rue où se trouve l'hôtel de Nic.

— Vous voilà arrivé. Maintenant, vous allez pouvoir dormir.

L'inspecteur bâille en détachant sa ceinture.

— Merci, j'en ai vraiment besoin. Étant donné les circonstances, vous et vos hommes vous en êtes plutôt bien tirés ce soir. Et Erica Craxi nous a donné une bonne piste.

— *Grazie*. Je viendrai vous chercher à huit heures. Je suis désolé qu'on ait perdu la trace de son mari. Mes hommes le trouveront, je vous le promets.

— Je l'espère – pour lui, comme pour sa femme.

Goria prend le bras de Nic tandis que celui s'apprête à ouvrir la portière.

— Faites attention. Je ne pense pas que les *carabinieri* surveillent votre hôtel, mais on ne peut pas en être sûr. Je vais rester ici jusqu'à ce que vous ayez regagné votre chambre. S'ils sont dans les parages, ils vont s'approcher et je les verrai. On n'est jamais trop prudent.

Nic descend de voiture, lui dit bonsoir d'un hochement de tête et remonte le col de sa veste pour se protéger de la pluie. À l'exception des voitures garées n'importe comment, les rues sont désertes. Les magasins et bars du quartier sont sombres, humides et vides.

D'ordinaire, Nic aime cette heure de la nuit. Elle lui rappelle le temps où il sortait, chancelant, de bars ou de clubs et rentrait chez lui à pied après avoir manqué le dernier bus. Et le temps où il marchait sous la pluie battante avec Caroline et où ils se sentaient comme des stars de cinéma quand ils s'arrêtaient pour s'embrasser au coin de la rue de la maison de ses parents. Il se débarrasse de l'averse et du souvenir de sa femme défunte en passant devant la réception et monte dans l'ascenseur qui le conduit jusqu'à sa chambre.

Il va se sécher dans la salle de bains et remarque que sa brosse à dents et son rasoir ont été rangés avec soin sur une étagère en verre au-dessus du lavabo. La femme de chambre était sans doute passée par là, mais c'était le genre de choses auxquelles il se serait attendu dans un quatre-étoiles, et non dans ce taudis. Il éteint la lumière et retourne dans la chambre. Il y a quelque chose de différent, peut-être quelque chose qui cloche. Il le pressent, exactement comme il pressent la présence d'un indice sur une scène de crime.

Le lit a été fait pour la première fois depuis son arrivée à l'hôtel. Et cela n'a pas été fait de façon soignée et professionnelle, comme le font les femmes de chambre, mais par quelqu'un qui voulait donner l'impression que la femme de chambre était passée. Quelqu'un qui fouillait.

Quelqu'un était venu dans sa chambre.

94

MORGUE DE LOS ANGELES

Amy Chang espérait rentrer chez elle de bonne heure – et terminer sa soirée du vendredi en se préparant un dîner léger et en descendant un ou deux verres de vin blanc, avant de s'installer dans le canapé en écoutant un peu de musique pour oublier sa semaine remplie de chair froide et d'acier stérile.

Mais le sort en a décidé autrement. Ce qui la cloue au fauteuil de son bureau, c'est le Suaire de Turin. Suite à l'appel d'Alexander Hasting-Smith, et aux rapports qu'il lui a ensuite envoyés par e-mail, les idées se bousculent dans sa tête. Elle a décidé qu'elle ferait aussi bien d'essayer de terminer le rapport qu'elle avait promis à Mitzi. Elle passe une bonne heure à surfer sur Internet, allant sur des sites consacrés au Suaire, se plongeant dans des groupes de discussion et des blogs consacrés au sujet. Elle découvre des sites prétendument universitaires consacrés au Suaire, ainsi que de nombreux magasins. En dehors du demi-million de résultats affichés sur Google, YouTube offre une douzaine de vidéos portant sur la datation au carbone 14 du Suaire, mais également des représentations en 3D, des analyses d'images vues au microscope, et des retouches numériques. Pour accompagner toutes ces images, il y a d'innombrables opinions contradictoires sur l'authenticité du Suaire.

Vers dix-huit heures, son ventre gronde, lui rappelant qu'elle n'avait avalé qu'un café et un bagel au saumon au déjeuner. Elle s'écarte de son Mac, tourne la tête d'un côté, puis de l'autre pour détendre ses muscles et jette un coup d'œil aux nombreuses notes qu'elle vient de prendre.

Repères chronologiques

30 apr. J.-C. : Mort du Christ. Si le Suaire existait à cette époque, il n'y a aucun témoignage indépendant et irrécusable attestant qu'il a été découvert et qu'il portait l'empreinte de l'image du Christ. Il n'y a non plus aucun compte rendu indiquant qu'il a été conservé, gardé ou transporté pour être placé en lieu sûr. Il semble étrange que quelque chose d'aussi important n'ait pas été proclamé à l'époque !

40 apr. J.-C. (approx.) : On rapporte que le roi Abgar V d'Édesse (l'actuelle Urfa, en Turquie) a vu un linceul (dimensions non spécifiées) qui portait l'empreinte du visage de Jésus. Ce qui aurait entraîné sa conversion au christianisme (des témoignages ultérieurs indiquent l'existence d'une lettre de Jésus envoyée à Abgar, promettant de protéger son pays des envahisseurs étrangers.)

50-500 apr. J.-C. : Aucune mention fiable du linceul d'Édesse, puis soudainement, les récits refont surface.

544 : L'armée perse est repoussée derrière les remparts d'Édesse. On attribue au Suaire de Jésus, ainsi qu'à sa lettre, le pouvoir de protéger la ville.

679 : Édesse est victime d'un tremblement de terre. La cathédrale dans laquelle le linceul de Jésus était prétendument conservé a subi des dégâts matériels – le Suaire est, dit-on, déplacé à Jérusalem.

690 : Des images de Jésus barbu ressemblant à une icône, identiques à celle qui figure sur le linceul d'Édesse, commencent à apparaître un peu partout à travers le Moyen-Orient.

944 : Le linceul d'Édesse a soi-disant voyagé à travers toute la Turquie actuelle et on lui attribue même son propre jour de commémoration (le 16 août). Chose curieuse, il n'est fait état d'aucune exposition publique, mais seulement d'expositions privées. Le Suaire aurait été conservé dans la chapelle des Pharaons du palais impérial de Constantinople.

1130 : Des témoignages en Europe Occidentale (incluant ceux des moines de Normandie) évoquent l'existence du Suaire de Jésus et du fait qu'il porte l'empreinte du corps du Christ.
1146 : Édesse est conquise par les Turcs musulmans qui déciment sa population. (Et le pouvoir protecteur du Suaire et de la lettre, dans tout ça ?)
1203 : Des témoignages attribués au croisé français Robert de Clari indiquent qu'il a vu un linceul dans lequel le Christ avait été enveloppé dans l'église Notre-Dame de Constantinople.
1204 : Les croisés français mettent à sac Constantinople et les églises sont pillées.
1287 : On rapporte qu'un chevalier nommé Arnaut Sabatier est reçu à l'ordre des templiers, dans le Roussillon, et qu'il a été emmené dans un lieu secret par les frères, où ils lui auraient montré le Suaire.
1307 : Le vendredi 13 octobre (il semblerait que la légende selon laquelle ce jour porterait malheur vienne de là), le roi Philippe le Bel donne l'ordre d'arrêter tous les templiers en les accusant d'hérésie parce qu'ils vouent un culte à l'image du Christ. Ils sont nombreux, y compris le grand maître Jacques de Molay, à être brûlés sur le bûcher.

Amy décide de faire une pause. Elle va aux toilettes, se prépare une tisane et ouvre son petit réfrigérateur de bureau à la recherche de barres de chocolat Hershey qu'elle garde toujours en cas de besoin.

Elle retourne s'asseoir devant son ordinateur et appuie sur la barre d'espace pour faire disparaître l'économiseur d'écran. Il ne se passe rien. La machine est bloquée. Elle appuie sur Echap, puis, à contrecœur, elle redémarre l'ordinateur. Elle boit sa tisane et mange un carré de chocolat, le temps qu'il soit à nouveau opérationnel.

Son document a disparu. Elle cherche le dossier dans lequel il se trouvait. Elle le cherche dans la jolie petite corbeille, au bas de l'écran. Rien. Elle a tout perdu.

— Oh, non ! Ça n'est pas possible !

Amy essaie de garder son calme. Le Mac fait des sauvegardes toutes les deux minutes environ. Son document doit bien se trouver quelque part.

Il n'est nulle part. Elle cherche dans tous les dossiers possibles, encore et encore. Une heure plus tard, elle ouvre sa messagerie avec crainte. Vide. Un genre de virus était passé entre les mailles de son pare-feu et avait détruit tous les documents, images et dossiers qui se trouvaient sur son ordinateur.

95

TURIN

Nic prend le temps d'inspecter longuement sa chambre d'hôtel.

Il sait qu'il est épuisé et que les gens fatigués n'ont pas toujours les idées très claires, mais il est sûr que quelqu'un est venu ici pour fouiller dans ses affaires. Il ouvre la porte de la penderie et regarde les chemises et pulls se balançant sur leurs cintres en plastique. Les avait-il réellement laissés ainsi après avoir défait sa valise ?

Il ne pense pas. Ils sont déployés sur toute la longueur de la barre couleur argent. Espacés de façon presque régulière. Ce n'est pas du tout son style. Il sent son pouls s'accélérer. Il a l'habitude, depuis presque toujours, de ne pendre ses affaires que sur le côté gauche de la barre. C'est ce qu'il fait toujours. Caroline avait l'habitude de pendre ses propres affaires du côté droit, et aujourd'hui encore, il lui laisse de la place. Il ne peut pas s'en empêcher. Il n'avait donc certainement pas laissé ses affaires ainsi.

Il sort sa valise du bas de l'armoire où elle était rangée et la pose sur le lit. La combinaison est 8634 – le même que le code de sa carte bleue. Il met toujours les chiffres sur 7523 pour la verrouiller, un chiffre de moins sur chaque barillet.

Les chiffres affichés sont différents à présent. Ils indiquent 1870. Quelqu'un a soit ouvert la valise, avant de la verrouiller à nouveau avec des chiffres pris au hasard, soit essayé de l'ouvrir. Il entre la combinaison et ouvre le la valise. À l'intérieur, c'est le bazar. Des affaires de gym et des baskets dont il n'aura jamais le temps de se servir, assez de chaussettes et de sous-vêtements pour habiller une armée, un appareil photo dont les piles devaient être changées et des copies de tous les éléments du dossier Tamara Jacobs qu'il a pu emmener.

Il s'assoit sur le lit et en sort les documents. Il y en a tellement qu'il ne se souvient plus de l'ordre dans lequel il les a rangés. Il ferme les yeux et essaie de se souvenir de ce qu'il a consulté en dernier. *Les comptes bancaires de Craxi. Carlotta lui avait montré le retrait final quand ils étaient à la banque ensemble. Il avait refermé le dossier et cette page était restée sur le dessus.*

Il ouvre la chemise. Le dossier est tel qu'il l'a laissé. Malgré tout, il n'est pas satisfait. Peut-être imagine-t-il des choses. La fatigue et le stress pouvaient rendre nerveux – même paranoïaque. Il a besoin d'une bonne nuit de sommeil. Une autre chose lui vient à l'esprit. Il feuillette rapidement la pile de dossiers et trouve les photographies des scènes de crime montrant le corps de Tamara Jacobs sur la plage. Il regarde fixement le tas de photos, sans trop savoir s'il se sent soulagé ou non.

Elles sont là. Il n'en manque pas. Mais elles sont à l'envers.

Il les avait rangées comme le fait un profileur – les photos de la scène de crime en premier, puis celles de la victime. Il connaît les quatre premières images par cœur :

- Un plan large de la plage et de l'océan pris du nord au sud *in situ*, depuis le bord de l'eau.
- Un plan large de la plage d'est en ouest.

- Un plan large de la plage d'ouest en est.
- Un plan large du sud vers le nord.

Mais elles ne sont pas rangées ainsi. Elles sont à présent en ordre inverse. Jamais il n'aurait fait ça. Il est aussi désordonné qu'un adolescent lorsqu'il s'agit de laisser traîner ses vêtements ou de la vaisselle dans la maison, mais il ne l'est pas dans le domaine professionnel. Quelqu'un avait regardé toutes les photos. Mais qui ? Les *carabinieri* ? Cela n'a pas de sens. Il leur aurait montré ces photos s'ils le lui avaient demandé. Jusqu'à quelques heures plus tôt, en tout cas. Avant de rencontrer Erica Craxi, il aurait partagé toutes ses informations avec eux.

Si ce n'étaient pas les *carabinieri*, alors qui ? Le tueur de Tamara ? Il regarde les photos de la scène de crime. Pour admirer son œuvre dans cette chambre ? Nic jette un coup d'œil autour de lui et voit un bloc-notes et des enveloppes portant l'emblème de l'hôtel. Il glisse les photographies à l'intérieur d'une des enveloppes et la referme. Il est très improbable que le tueur ait laissé ses empreintes, mais Nic sait que même les tueurs professionnels commettent des erreurs. Et il sait aussi autre chose.

Si l'assassin qui avait kidnappé Roberto Craxi sous le nez des hommes de Goria était venu dans cette chambre, alors il était réellement face à un adversaire redoutable.

96

Morgue de Los Angeles

Barney, le type qui s'occupe du dépannage informatique, finit d'examiner le Mac et regarde Amy avec une expression qui indique qu'il a presque terminé sa journée et qu'il est crevé.

— Je suis désolé, je ne peux pas réparer ça, dit le jeune homme à lunettes de vingt-huit ans en écartant ses longs cheveux bruns de son visage. Nous allons devoir emporter votre ordinateur pour faire un certain nombre de diagnostics.

L'idée ne l'enchante pas. Envoyer son ordinateur au service informatique revient en général plus ou moins à déclarer son arrêt de mort.

— Et pour mes dossiers ? Il doit y avoir une sauvegarde sur le serveur, n'est-ce pas ?

— Normalement, oui. Vous risquez d'avoir perdu ce sur quoi vous travailliez aujourd'hui. On a fait la dernière sauvegarde hier soir, à minuit.

— Merde.

— C'est comme ça. Je n'arrête pas de dire au chef qu'on devrait vous donner des disques durs externes pour les sauvegardes. C'est le seul moyen qui soit vraiment sûr.

Amy secoue la tête.

— Alors ? Combien de temps pensez-vous que ça prendra pour que je sois dépannée ?

Il regarde sa montre.

— Je devrais être parti depuis une heure. J'ai bien peur qu'on ne puisse pas s'occuper de votre Mac avant lundi, maintenant.

— *Lundi !* Mais c'est dans une éternité.

— Désolé, les heures sup ont été supprimées, pour nous comme pour le reste du personnel, dit-il en jetant un coup d'œil à l'ordinateur, comme s'il venait juste de lui murmurer quelque chose. Attendez, laissez-moi juste vérifier quelque chose.

Barney s'installe dans le fauteuil d'Amy, tape sur quelques touches et fait apparaître des zones de son ordinateur dont elle ignorait l'existence. Les privilèges de l'administrateur réseau. Quelque chose de comparable à l'exploration chirurgicale des parties les plus intimes de son Mac.

— Ouah ! J'y crois pas, s'exclame l'informaticien.

— Vous pouvez le réparer ? demande Amy en se penchant sur l'écran.

— Aucune chance, dit-il en se calant dans le fauteuil, croisant les bras tout en regardant fixement un ensemble de codes avec une apparente admiration. C'est un zombie.

— Un quoi ?

— On dirait qu'un petit malin de hacker s'est infiltré dans le pare-feu, a téléchargé tout ce qui s'y trouvait pour pouvoir tranquillement y avoir accès à distance, dit-il juste avant de débrancher le câble qui se trouve derrière la machine. Le mieux est de le mettre en quarantaine et de le nettoyer au plus vite.

Amy se sent violée dans son intimité.

— Le type sait qu'on est après lui, dit Barney comme un gosse qui jouerait aux gendarmes et aux voleurs. Il a certainement aussi laissé des virus et des trojans dans votre ordinateur. Ils ont sans doute détruit la plupart de vos logiciels et vous avez sans doute aussi transmis des virus, dit-il en soulevant le Mac de son bureau. Vous devriez rentrer chez vous, docteur Chang. Vous ne reverrez pas votre bébé lundi, ni aucun autre jour. On va vous commander un nouvel ordinateur.

97

Los Angeles

BEL-LA-PIZZA est un nouveau restaurant, juste au coin de la rue de la maison de Mitzi.

Elle a décidé d'y aller avec les filles pour plusieurs raisons. Premièrement, cela lui évitera de cuisiner. Deuxièmement, c'est un endroit où elles ne sont encore jamais allées – autrement dit, où elles ne sont jamais allées avec Alfie. Et, plus important, il y a une offre à moitié prix comprenant un verre de vin jusqu'à la fin du mois.

Une serveuse adolescente aux longs cheveux noirs, mince comme une baguette, se tient devant la table tandis que Mitzi est en train de commander.

— Deux cocas light, un verre de vin rouge – le chianti. Un pain à l'ail. Une soupe minestrone. Des beignets de champignons pour une personne. Pour le plat principal, une pizza Neptune moyenne, pâte fine, sans anchois. Une grande pepperoni à pâte épaisse avec un œuf, et… (Mitzi jette un nouveau coup d'œil à la carte pour décider de ce qu'elle va prendre) des lasagnes avec une salade verte, sans frites.

Tandis qu'elle regarde la jeune fille essayer péniblement de noter l'ensemble de sa commande, Mitzi se rend compte qu'elle est en train de devenir comme Tyler Carter. Aucune courtoisie, seulement des faits.

— Merci beaucoup, ajoute-t-elle à la hâte, tandis que la serveuse se dirige vers la cuisine.

Mieux valait annoncer les mauvaises nouvelles en premier, et le plus vite possible. Dès que les boissons de Jade et Amber sont servies, Mitzi leur annonce :

— L'affaire de votre père a été jugée aujourd'hui. Ils l'ont envoyé en prison. Pour trente jours.

Elle se maudit. Cette fois encore, elle a parlé comme Carter.

La paille d'Amber tombe de sa bouche pour atterrir dans son coca.

— Papa est en prison ?

— Maintenant ? Déjà ? demande Jade, qui semble plus agacée que choquée.

Mitzi leur prend la main à chacune, de l'autre côté de la table.

— Oui, il a entamé sa peine cet après-midi.

Jade retire sa main d'un geste brusque.

— Oh, mon Dieu. Pauvre papa.

Pauvre papa ? Mitzi doit se mordre la langue.

Amber ne dit rien. Elle ne bouge pas, ne touche pas à son verre, elle disparaît juste dans ses propres pensées, que sa mère devine être horriblement douloureuses et déroutantes.

— Alors pourquoi est-ce qu'on est là ? demande Jade, le visage rouge de colère. Tu nous as emmenées ici pour fêter ça ?

— Non, réplique Mitzi avec fermeté mais en gardant son calme. Je vous ai emmenées ici pour être avec vous. Pour vous montrer que la vie continue.

— Mais pas pour papa, dit Jade en se levant, avant de jeter sa serviette sur la table. Je ne participerai pas à ça. Je ne resterai pas ici, dans un restaurant, pendant que mon père est en prison, et qu'il n'a sûrement rien à boire, ni à manger.

Mitzi se lève et lui fait face.

— Si. Tu vas t'asseoir.

Le silence se fait aux tables voisines.

Jade lance un regard furieux à sa mère.

— Je m'en vais. Je rentre à la maison, et tu ne m'en empêcheras pas.

— Si, maintenant tu t'assois, dit Mitzi sur un ton auquel en général on ne désobéit jamais.

Jade lance un regard de défiance à sa mère et commence à se diriger vers la porte.

— Qu'est-ce que tu comptes faire ? Me frapper ? Appeler tes amis flics ? Me faire enfermer, comme papa ?

Mitzi a besoin de faire appel à toute sa volonté pour ne pas gifler l'enfant, pour ne pas la secouer et lui dire qu'il est temps de grandir – et de comprendre combien tout cela est difficile pour elle aussi.

— Vas-y ! lance Amber en s'arrêtant devant elle. Je sais que tu as envie de me frapper, dit-elle en lui tendant son visage. Vas-y, si tu penses que tu te sentiras mieux après.

Un petit homme d'âge mûr dans un costume neuf s'approche d'elles.

— Je suis désolé, vous allez devoir partir, dit-il en regardant nerveusement Mitzi, avant de les pousser vers la sortie avec les deux mains, comme s'il essayait de se débarrasser d'un animal d'une saleté indescriptible. Partez maintenant, s'il vous plaît.

Elle ne prend pas la peine de se défendre. Elle attrape leurs manteaux. Il est en train de lui rendre service. Elles sont sorties de l'impasse. Même si elles se sont fait virer, elles sont toujours ensemble.

98

TURIN

Nic éteint la lumière de la chambre et tire le rideau d'un centimètre ou deux. Il se tient devant la fenêtre et observe la rue déserte et humide tandis qu'il appelle Goria.

— Quelqu'un est entré dans ma chambre.

— Quoi ?

— Elle a été fouillée. Ils n'ont rien pris, mais je sais qu'ils ont fouiné dans mes dossiers, et ils ont peut-être même photographié certaines pages.

— Vous en êtes sûr ?

— Tout à fait sûr.

— Je suis toujours au coin de la rue. Quittez votre hôtel, partez immédiatement. Vous pourrez dormir chez moi. On doit partir de bonne heure demain matin, de toute façon.

Nic s'éloigne de la fenêtre et commence à rassembler ses affaires.

— Bonne idée. Je serai en bas dans un instant.

Cela lui prend environ dix minutes pour faire sa valise et descendre. Tandis qu'il paie la note, il pense à demander qui a nettoyé sa chambre et touché à ses affaires personnelles, mais il se ravise. Au vu du regard à moitié endormi du réceptionniste, il est peu probable qu'il puisse obtenir une réponse utile.

Nic s'engouffre à nouveau dans la nuit froide et pluvieuse et scrute la rue à la recherche de quelqu'un susceptible de le surveiller, juste avant de tourner à l'angle de la rue pour retrouver la Fiat Bravo de Goria. À sa connaissance, personne ne l'a vu partir.

— C'est comme un jour qui n'en finit jamais, dit l'Italien en faisant démarrer la voiture.

— J'en ai déjà eu bien assez, de journées comme ça ces derniers temps. Merci encore pour votre aide.

— De rien.

— Écoutez, il faut que j'appelle ma boss. Ça ne vous dérange pas ?

— Allez-y.

Il compose le numéro, et après quelques instants, il entend la sonnerie.

— Oui.

Il est choqué par l'extrême sécheresse de sa réponse. C'est presque comme si ce n'était pas elle, et qu'il s'était trompé de numéro.

— Mitzi, c'est Nic.

— Salut Nic, le moment est mal choisi.

Ça, il l'avait deviné au ton de sa voix. Il entend aussi qu'elle est dans une voiture, en train de se rendre quelque part – il y a le bruit de la circulation, et il entend une des filles crier et l'autre pleurer.

— Désolé, Mitz, je t'entends à peine. Appelle-moi quand tu pourras. Il se passe des choses étranges ici, et j'ai besoin de te tenir au courant.

— Il se passe des choses encore plus étranges ici, dit-elle d'une voix tendue. Je t'appellerai dès que je pourrai.

Elle raccroche et il coupe son téléphone.

— J'ai l'impression que ma boss traverse elle aussi une mauvaise passe.

— Tout le monde passe par là à un moment donné, dit Goria. Mais parfois, ces moments difficiles laissent de bons souvenirs. Pour moi, les moments les plus heureux de mon mariage, c'était quand les temps étaient durs et que nous n'avions rien. Ma femme et moi, on mangeait juste de la soupe, puis on allait se coucher pour avoir chaud, et on faisait l'amour, dit-il avant de se tourner vers Nic. Vous êtes marié, vous voyez ce que je veux dire ?

— Oui. Je vois ce que vous voulez dire.

Goria sent que son compagnon a envie de changer de sujet.

— Demain, vous êtes censé revoir les *carabinieri* – vous ne pouvez pas les rencontrer.

— Vous avez raison. Leur minette vient me chercher demain matin à neuf heures.

— Il faut que vous les appeliez en trouvant une excuse. Brouillez les pistes.

— Et si je disais que j'ai fini bourré quelque part, et que je passerai les voir plus tard dans l'après-midi ?

Goria sourit.

— Ça va marcher. Ils penseront que vous vous êtes fait des amis en Italie.

— Je pensais que c'était le cas.

Le détective lève le doigt, comme un maître d'école.

— Ah, non, je ne suis pas ce genre d'ami, dit-il en jetant un coup d'œil à sa montre. Et même pour moi, il est trop tard pour vous trouver de la compagnie.

— Inutile, proteste Nic. La seule compagnie que je veux, c'est la mienne.

Ils se dirigent vers le nord-est de la ville pour se rendre à Veneria Reale, un quartier calme proche de la tentaculaire Strada Militare Carlo Grassi. Goria vit dans une petite maison neuve protégée par un portail en fer et une haute clôture métallique. Il appuie sur une télécommande. Le portail s'ouvre et une porte automatique remonte et révèle un long garage.

Nic ne peut s'empêcher de regarder par-dessus son épaule lorsqu'ils sortent de la ruelle étroite. Il voit des phares passer, mais aucun signe de voiture qui les aurait suivis.

— On est en sécurité ici. Plus la peine de vous inquiéter pour ce soir, dit Goria en coupant le moteur avant de sortir dans le garage. J'ai des caméras de sécurité et une alarme autour de la maison, ce sont des précautions nécessaires dans mon boulot.

— À ce propos, dit Nic en le suivant dans une cuisine sombre et fraîche, auriez-vous une arme à me prêter ?

— Bien sûr, dit-il en allumant un néon, avant d'ouvrir un grand réfrigérateur et de plonger la main dans le freezer pour en sortir une bouteille dans une main et un revolver dans l'autre. Bière et Beretta, satisfait du service ?

— Parfait.

Le téléphone de Nic sonne dans sa poche.

Goria pose le pistolet et la bière Peroni sur le plan de travail et va se chercher sa propre bière.

L'écran indique qu'il s'agit de Mitzi.

— Allô.

— Salut, Nic, désolée pour tout à l'heure. Au fait, quelle heure est-il là-bas ?

Il jette un coup d'œil à sa montre.

— Quatre heures du matin.

— Oh, je suis désolée. Est-il trop tard ?

— Je ne sais plus trop ce que *tard* veut dire, dit-il en riant en dépit de la fatigue, tout en prenant sa bière. Je suis juste sur le point de prendre un verre avant de m'écrouler.

Il y a un silence à l'autre bout de la ligne, puis la voix de Mitzi change :

— Alfie m'a encore frappée et je l'ai fait arrêter.

— Quoi ?

— Il a commencé à me frapper, et ensuite les choses se sont envenimées.

— Est-ce que ça va ? Est-ce que ce salaud t'a blessée ?

Elle est touchée d'entendre de la colère dans sa voix.

— Pas plus que ça physiquement.

— Et les filles ?

— Elles sont effondrées.

Nic repose sa bière et fait les cent pas anxieusement.

— Écoute, au diable ce putain de job, si tu as besoin de moi, je rentre à L.A. par le premier avion.

Elle rit.

— Non, tu ne t'en tireras pas si facilement, tu finis ton boulot !

— Sérieusement…

— Non, ça va. Et puis, Amy veille sur moi.

— Bien.

— Elle a d'ailleurs demandé de tes nouvelles.

— Je n'en doute pas.

— Vraiment. Je crois qu'elle est plutôt motivée.

— Pas moi. On en a déjà parlé. Et Alfie, que se passe-t-il avec lui ?

— Il a déjà été jugé. Il a eu trente jours dans la Grande Maison.

— Et ensuite ?

— Je n'envisage pas de le reprendre, si c'est ce que tu veux dire.

— C'est exactement ce que je veux dire.

— J'ai appris ma leçon.

— Je suis content de te l'entendre dire. Si je peux t'aider en quoi que ce soit, dis-le-moi.

— Merci. Je le ferai. Tu pourrais m'aider dès à présent en résolvant cette maudite affaire.

— J'aimerais bien. Je viens juste de quitter l'hôtel. Quelqu'un a fouillé ma chambre pendant que j'étais sur les traces de Craxi.

— Tu en es sûr ?

— Plus que sûr. Dave Rokman du FBI m'a obtenu l'aide d'un détective privé pour m'aider à suivre certaines pistes. Un mec bien du nom de Fabio Goria.

— Je t’ai dit qu’on n’avait pas le budget pour ça, Nic.

— Je n’ai pas dépensé un centime. C’est un service qu’il me rend. Rokman m’en devait un. Et même plusieurs.

— Très bien. Et Craxi ?

— Je l’ai trouvé et j’ai à nouveau perdu sa trace. Quoi qu’il en soit, je suis sur le point de fausser compagnie aux *carabinieri.*

— Ça ne me pose pas de problème. Bon, je vais raccrocher maintenant, pour te laisser dormir un peu.

— Je t’appellerai demain. Enfin, je veux dire un peu plus tard aujourd’hui.

— Super, reste en contact.

— Oh, Mitz ?

— Oui ?

— Je suis content que tu aies fait arrêter ce bon à rien. T’es un super flic, une super maman et une femme super. J’espère que c’est la première étape vers la super vie que vous méritez, toi et les filles.

— Merci.

Elle raccroche aussitôt. Elle ne veut pas qu’il entende à quel point elle est émue.

99

TURIN

Dans l’obscurité humide et nauséabonde, Roberto Craxi remercie Dieu de ce qu’il a.

Il est en vie. Et il sait qu’il pourrait facilement être mort. Il porte la main à son cou. La douleur au niveau de sa trachée est intense. Si intense qu’elle prend le pas sur toutes les autres douleurs causées pendant sa capture. Lorsque l’adrénaline sera redescendue, elles se rappelleront à son attention avec violence.

Il explore lentement le reste de son corps. Ses mains et ses pieds ne sont pas attachés et il n'est pas bâillonné. Qui que soit celui qui le retient prisonnier, il le fait dans un lieu isolé, un endroit où personne ne pourra entendre ses cris. Un lieu en dehors de la ville.

Craxi se frotte les poignets. Il sent un sillon sur sa peau, là où la corde était étroitement serrée. Il touche ses chevilles. Il sent la même chose. Celui qui l'a agressé s'était préparé à l'attacher. S'il était seul, le type était en outre assez fort pour le porter dans un véhicule et le déplacer. Cette pensée l'inquiète. Il préférerait ne pas envisager avoir un seul ennemi possédant une telle force.

Il porte une main à sa bouche et autour de celle-ci. C'est collant. Des résidus d'adhésif. Le signe qu'on lui a collé du ruban adhésif sur les lèvres. Un autre signe que son ennemi est un professionnel, préparé à toute éventualité.

À présent, l'environnement. L'endroit dans lequel il est retenu prisonnier. Il est dans le noir le plus absolu. Pas le moindre rai de lumière. Il y fait froid. Il pose les mains à plat sur le sol sur lequel il est assis. Il est dur et lisse. Un genre de pierre polie, et non de la terre. Il sait qu'il est inutile d'essayer de se lever – il y a toutes les chances pour qu'il s'assomme ou qu'il tombe dans une fosse invisible.

Il lève les mains au-dessus de sa tête. Ou du moins il essaie. Assis, il a environ un mètre d'espace au-dessus de lui. Il passe les doigts sur le plafond. La sensation est la même qu'au sol – c'est froid et lisse. De la pierre. Son cœur s'accélère en signe d'objection. Craxi pose les mains sur les côtés. Il ne dispose que de peu d'espace à cet endroit-là. Peut-être trente centimètres de chaque côté. Les surfaces sont également en pierre.

Avec précaution, il essaie de se mettre en position allongée. Un peu plus d'un mètre quatre-vingts. Sa tête et ses pieds ne touchent pas les murs. Maintenant il sait. Il est retenu prisonnier dans un bloc de pierre privé d'air de deux mètres sur un peu plus d'un mètre.

Ou, pour employer une description plus familière : il est dans une tombe.

100

GARDENA, LOS ANGELES

Pendant la journée, le quartier est bouillonnant d'activité : toutes sortes de gens vaquent à leurs occupations, les voitures sont coincées dans les embouteillages et le bruit s'élève comme de la vapeur au-dessus de la banlieue. Mais à cet instant, cela ressemble à une ville fantôme sombre et déserte, silencieuse et spectrale.

Exactement au goût de JJ. Il est à l'affût de maisons éclairées et de caméras de surveillance tandis qu'il passe lentement à pied devant les immeubles en bois qui bordent la rue d'Emma Varley. L'endroit où elle habitait avant. Il est trois heures du matin et rien ne semble pouvoir le déranger. Aucune raison de ne pas ramener sa reine sur son trône domestique. Encore un dernier tour du pâté de maisons, et il le ferait.

Il arpente les rues patiemment, puis remonte la 169th West Street, ouvre le portail et traverse la pelouse jusqu'à la porte d'entrée. Il s'arrête sur le seuil, puis jette un dernier coup d'œil dans la rue, et sort le porte-clés de son sac. Satisfait de savoir qu'il n'est pas observé, il essaie plusieurs clés, et entre enfin.

L'endroit sent merveilleusement bon. Il est rempli de l'odeur d'Em. L'odeur de son parfum, de ses savons et du talc qu'elle utilise. Celle de ses produits cosmétiques, de sa lessive et de ses vêtements. Il reste immobile dans l'obscurité et les respire. C'est comme si elle était là, avec lui. L'appartement est petit, juste deux pièces au rez-de-chaussée – un salon et une salle à manger avec cuisine américaine exiguë. À l'étage, il y a une chambre correcte, une pièce beaucoup plus petite qui n'est pas meublée et une minuscule salle de bains dont le lavabo est descellé. Il prend une brosse à dents sur une étagère en verre fendue et passe la main sur ses poils usés. Il ferme les yeux et la porte à ses lèvres, la fait glisser dans sa bouche et sur sa langue. Le goût de la jeune femme le fait frémir.

JJ s'attarde dans chaque pièce. Il prend des vêtements repassés avec soin dans une commode branlante, puis les respire et les tient entre ses mains. Il ouvre une minuscule armoire et étreint les deux seules robes qu'elle possédait – l'une courte et noire, et l'autre longue et ample, de style hippie.

Il s'allonge sur le lit défait, le visage dans les plis de l'oreiller laissés après sa dernière nuit sous la couette. Il regrette de ne pas être venu plus tôt, de ne pas avoir passé plus de temps au milieu de ses affaires, pour apprendre à la connaître encore mieux. Aussi douloureux cela soit-il, il s'arrache aux réminiscences sensuelles puis sort de la maison, et retourne de l'autre côté du pâté de maisons, là où il a garé l'Explorer.

Il roule lentement et éteint les phares à cinquante mètres de la maison d'Em. À dix mètres, il coupe le moteur et laisse sa vieille voiture glisser le long du trottoir. Dans l'obscurité, derrière les vitres recouvertes de buée, il reste patiemment assis sur le siège du conducteur et observe la rue, scrutant toutes les maisons alentour. Cinq minutes plus tard, il baisse la vitre et écoute si une voiture ou un passant approche.

Rien. C'est le beau milieu de la nuit et il n'y a pas âme qui vive.

Il agit. De façon rapide, intelligente, avec assurance. Il ouvre la portière du conducteur et celle de derrière, la prend sous les bras et la fait glisser sur le siège arrière.

— Désolé, murmure-t-il lorsque ses pieds viennent heurter l'asphalte.

Il la tire en arrière jusqu'au portail qu'il a laissé ouvert, puis en haut des escaliers, et enfin chez elle.

JJ l'étend sur le sol de l'entrée et retourne calmement jusqu'à l'Explorer pour fermer les portières. Il sait qu'il ne doit plus tarder maintenant, qu'il ne peut plus passer autant de temps qu'il voudrait avec elle. Il retourne rapidement dans la maison, referme la porte derrière lui et s'accroupit pour pouvoir avoir une bonne prise pour la porter. L'odeur nauséabonde de la décomposition est atroce, mais cela n'a pas d'importance. Il la porte dans ses bras et a l'impression d'être un jeune marié portant son épouse.

Il monte à l'étage avec difficulté et s'excuse à nouveau de lui cogner les pieds contre le mur. Par la fenêtre, le clair de lune tombe doucement sur elle tandis qu'elle est étendue sur le lit. C'est comme si Dieu venait d'allumer une lumière pour lui permettre de faire ses adieux à sa bien-aimée. Il l'enveloppe dans le drap, l'enserre étroitement à l'intérieur, la borde.

— Bonne nuit, ma reine, dit-il sur le seuil de la porte. Je te reverrai de l'autre côté.

101

Turin

Craxi a l'impression d'avoir déjà passé une éternité tassé dans la tombe silencieuse à l'odeur fétide qui est devenue sa prison.

Il a assez d'expérience pour savoir qu'on le garde en vie pour une raison, donc pour l'instant on ne mettrait pas fin à sa vie de façon intentionnelle. C'était une maigre consolation. Il sait aussi que les ravisseurs commettent des erreurs – parfois des erreurs fatales – c'est pourquoi il arrivait que les otages soient abandonnés et qu'on les laisse étouffer ou mourir de faim.

Ses années d'entraînement lui sont utiles lorsqu'il se concentre pour ralentir le rythme des battements de son cœur. Moins il bat vite, moins il consomme d'oxygène et plus longtemps il restera en vie. La logique de survie. Sa concentration est si intense qu'il entend le bruit sourd de son organe vital dans sa poitrine et sent presque le sang ralentir dans ses veines.

Soixante-neuf.

Cinquante-deux.

Quarante-sept.

Il ne peut pas descendre plus bas. Quarante-sept pulsations par minute. Vingt ans plus tôt, il serait descendu à dix de moins, mais c'était deux décennies plus tôt et il est loin d'être l'athlète qu'il était.

— Signore Craxi, êtes-vous réveillé ?

La voix le surprend. Elle fait remonter les battements de son cœur au-dessus des soixante pulsations par minute. C'est une voix polie et étrangère. Un anglais parlé avec un accent étrange. Il est étrange que son ton soit aussi poli et formel.

— Signore Craxi.

La voix semble venue de nulle part.

— Vous m'entendez ?

Quelque part, dans l'obscurité, il y a un minuscule haut-parleur sans fil. Il n'a pas la moindre idée de l'endroit où il se trouve. Il passe la main sur la pierre froide mais ne trouve rien. Il reste silencieux. Le fait que son ravisseur se soit donné la peine d'installer l'appareil à l'intérieur implique que l'homme a besoin de communiquer avec lui. Eh bien, s'il veut le faire, il va devoir venir et le sortir de cet endroit maudit.

Le silence est d'or. Avec un peu de chance, il lui offrirait une occasion en or de s'échapper.

— Signore.

La voix est plus forte cette fois, et Craxi décèle un accent.

Étranger. Pas européen – africain. Non, pas africain. Arabe.

Un soupir ennuyé s'élève comme de la vapeur à travers la pierre épaisse.

— Signore, j'ai laissé votre femme en vie pour une bonne raison.

Et au cas où vous ne coopéreriez pas avec moi, je ne doute pas de pouvoir la persuader de le faire.

— Que voulez-vous ? demande la voix faible et tendue de Craxi. Je suis prêt à vous dire tout ce que vous voulez savoir.

102

Los Angeles

JJ conduit l'Explorer dans les petites rues sombres de Gardena, puis sous les lumières vives de l'autoroute en direction de Boyle Heights.

Il est temps de rendre visite à Jenny Harrison. L'horloge du tableau de bord indique qu'il est presque quatre heures du matin. Il sait qu'il ne lui reste que deux heures avant le lever du soleil et que les pauvres bougres qui doivent travailler la nuit du vendredi rentrent, croisant ceux qui partent prendre leur bus pour commencer leur matinée du samedi.

Il va devoir faire vite. La vieille maison est dans l'obscurité la plus totale. Il se gare dans le bas de la rue, presque exactement au même endroit que la fois précédente. À nouveau, il reste assis avec la vitre baissée, à l'affût du moindre bruit ou mouvement, attendant de voir si quelqu'un aurait entendu son véhicule et serait assez stupide pour regarder de plus près.

À quatre heures dix, il glisse la main sous le siège du passager et en sort le levier qu'il a mis là et se glisse à l'extérieur du véhicule. Il traverse rapidement la rue, passe le portail et remonte l'allée.

JJ monte les marches qui mènent sur le porche au pas de course, se retourne pour regarder derrière lui. Rien. Aucun mouvement. Aucun bruit. Personne. Il pose la main sur la porte d'entrée principale et tourne la grosse poignée ronde. Avec un peu de chance, la serrure sera vieille et il y aura assez de jeu pour qu'il puisse glisser la fine extrémité du levier à l'intérieur.

Mais la porte n'est pas verrouillée. Il ressent une bouffée de joie. Dieu veille sur lui ce soir. Il entre dans le hall et est envahi par la puanteur caractéristique des asiles de nuit. Cela le dégoûte. Quel endroit approprié pour la mort de Jenny Harrison. Autour de lui, il voit un certain nombre de portes, plus qu'il n'avait escompté, toutes marron, et toutes sans numéro.

JJ avance au bas d'un escalier en bois dépourvu de tapis. Il sort son téléphone portable et appelle le numéro qu'elle lui a donné. Il ne s'attend pas à ce qu'elle réponde. La tonalité résonne dans le cyber-espace. Il entend un clic. Au-dessus de sa tête, JJ entend le bruit d'un téléphone qui sonne.

103

ITALIE

Un bruit sourd résonne dans l'obscurité. Pas un bruit gigantesque. Non pas les bruits de sabots d'animaux galopants, mais plutôt celui d'un pivert tapant sur un caillou.

Roberto Craxi tend anxieusement la tête vers la droite. Il crie à travers les murs de la tombe en direction de l'homme qui l'a emprisonné – un homme qu'il n'a jamais vu.

— Que faites-vous ? Que se passe-t-il ?

Soudain, la pierre se met à vibrer. Le bruit d'un cri pénètre à l'intérieur.

— Hé !

Il a l'impression que la tombe tout entière va s'effondrer sur lui. L'entraînement de Craxi entre en action. Il se calme. Il essaie de comprendre ce qui se passe. Son ravisseur est en train de percer.

De creuser un genre de trou. Il y a un bruit assourdissant lorsque la mèche en acier s'enfonce dans la pierre en tourbillonnant, et que le mandrin vient cogner contre la paroi extérieure. Des débris de pierre sont projetés sur le visage et les yeux de Craxi. Le hurlement mécanique s'arrête.

À travers le trou, apparaît un rai de lumière de la taille d'un crayon. Il bascule sur son côté droit et fait en sorte que son œil gauche puisse voir à l'extérieur de la tombe.

Un globe oculaire le regarde avec défiance. Aussi noir que l'âme de Lucifer.

Le cœur de Craxi s'emballe.

— Reculez.

La voix est froide et insistante.

Craxi s'éloigne tout doucement.

Le moine repose la perceuse.

— Ce trou vous permettra d'avoir de l'air. Si ce quevous m'avez dit est vrai, j'appellerai la police et ils viendront vous chercher. Si ça ne l'est pas, quand j'en aurai fini avec ta femme, je reviendrai pour m'occuper de vous.

Le moine remballe les outils qu'il a apportés depuis Turin après avoir été semé par Craxi, quitte la vieille église et retourne à la voiture de location. Il aura besoin d'outils différents pour la partie suivante de sa mission. Et même très différents.

104

BOYLE HEIGHTS, LOS ANGELES

Ce n'est qu'après quatre sonneries que JJ parvient à localiser le téléphone, dans une des pièces du premier étage.

Il remet son propre portable dans la poche de son pantalon

et examine la porte devant laquelle il se trouve à présent. C'est une porte bon marché et peu solide. Un bloc de contreplaqué de mauvaise qualité dans lequel a été encastrée une serrure à peine digne de ce nom. Elle ne ferait certainement pas le poids contre le levier qu'il a apporté. Il pourrait même facilement l'ouvrir d'un coup de pied.

Mais pas encore. Il s'assoit patiemment par terre, devant la porte, à l'affût du moindre mouvement. Le téléphone l'avait très probablement réveillée. Il a besoin qu'elle se rendorme. Il a besoin qu'elle soit dans un état de repos.

JJ écoute le bruit qu'elle fait en allant aux toilettes. Il écoute le bruit de la télé qu'elle allume et de l'eau qu'elle met à chauffer dans la bouilloire.

Puis, plus rien. Quarante minutes passent. Deux mille quatre cents longues secondes s'écoulent avant qu'il soit assez satisfait pour glisser l'extrémité du levier dans l'encadrement de la porte. Il travaille avec patience, laisse le métal ronger le bois tendre, avançant de plus en plus profondément. C'est un travail délicat, et la sueur commence à perler sur son front. Puis, il finit par se trouver dans la bonne position. Il a enfin la puissance de levier nécessaire pour forcer la porte. D'un geste précis, il y met toute sa force.

La porte s'ouvre brusquement, claquant à grand bruit contre le mur. Certainement assez fort pour réveiller Harrison. Il oublie de la refermer et se précipite à l'intérieur. La pièce est dans l'obscurité. Il y a un lit, un canapé, une fenêtre et un évier. Mais pas de Jenny. Il se retourne. Une autre porte.

Il l'ouvre. Une minuscule salle de bains. Elle n'est pas là. JJ reste debout dans le noir, décontenancé. Il recule lentement jusqu'à la porte fendue en éclats et la referme. Les murs sont épais comme du papier à cigarette. Il y a de fortes chances pour que les voisins d'à côté aient entendu le bruit de la porte qui claque.

Il allume la lumière. Par terre, près du lit, se trouve son téléphone. Elle avait dû le faire tomber. Et partir sans. Une étourderie qui lui avait sauvé la vie. Pour l'instant.

105

TURIN

Cela faisait longtemps que l'ancien soldat Roberto Craxi n'avait pas été forcé de rester allongé dans sa propre urine.

Si sa mémoire ne lui fait pas défaut, c'était vingt ans plus tôt à Naples. Une opération anti-Camorra qui était allée de travers pendant laquelle lui et son équipe s'étaient retrouvés pris au piège sur un site d'enfouissement des déchets pendant presque une journée entière. Il avait tué trois personnes dans la fusillade qui avait suivi. Et aujourd'hui encore, il aimerait vraiment tuer.

Il semble impossible de s'échapper de la tombe qui le retient prisonnier. Il a réussi à se mettre à genoux et il presse le dos contre le lourd bloc de pierre qui est au-dessus de lui. Mais il ne bouge pas d'un pouce. Cela fait un moment que son ravisseur est parti maintenant, et Craxi sait exactement où il se trouve et ce qu'il fait. Il ne faudra pas longtemps à un animal tel que lui pour faire craquer l'homme à qui il rend visite. Un scientifique qui n'a rien dans le ventre. Ensuite, son ennemi connaîtra la vérité. Il saura que Craxi ne lui a pas tout dit. Qu'il a retardé ses plans.

Ce qui inquiète le plus l'Italien, c'est ce que son ravisseur fera ensuite. Que l'homme cherche cette information dans un intérêt financier ou qu'il soit le membre trop zélé d'un groupe religieux, il était peu probable qu'il décide d'en rester là. Il allait devoir détruire tout et tous ceux qui avaient été mêlés à cette affaire de Suaire, qui avaient gratté le sang du linceul et procédé à la réplication de l'ADN à l'origine de l'empreinte génétique la plus importante de l'histoire du monde.

Craxi prend une profonde inspiration et, une fois encore, plaque son dos contre la pierre rigide. Il faut qu'il sorte. Il doit sortir. S'échapper avant qu'il ne soit trop tard.

QUATRIÈME PARTIE

Celui qui a le contrôle du passé, a le contrôle du futur.
Celui qui a le contrôle du présent, a le contrôle du passé.

Georges Orwell, 1984.

106

Samedi
Turin

Depuis qu'il est enfant, Mario Sacconi dort la fenêtre ouverte. Quand elle est fermée, cela l'empêche de dormir. Il a l'impression d'étouffer. Une sensation de claustrophobie. À cause de cette fâcheuse habitude, un nombre incalculable de petites amies se sont plaintes du froid glacial qu'il faisait dans sa chambre – mais le beau généticien a toujours réussi à venir à bout de ce problème.

Il s'est couché la veille avec la fenêtre ouverte et une belle interne brésilienne à ses côtés, heureuse de pouvoir profiter de sa chaleur corporelle. Le jour se lève à présent sur la forêt luxuriante qui entoure sa maison. En ouvrant les yeux dans la lumière rose, il se rend compte qu'il a commis une terrible erreur.

— *Buongiorno*, dit un homme vêtu de noir des pieds à la tête, au pied de son lit.

— *Vaffanculo* ! s'écrie Sacconi en essayant de s'asseoir, tandis qu'un nœud coulant se referme autour de son poignet gauche, puis du droit ; aussitôt, il cherche son amante d'un regard affolé : Benedetta ?

— Dans la salle de bains, dit le moine. Je l'amènerai dans un moment.

Sacconi a lu un certain nombre d'articles sur ceux qui entrent chez les gens par effraction, et sur la façon dont ils deviennent parfois violents ou sexuellement agressifs lorsqu'on les défie. Il est en général préférable de garder son calme et ne pas les énerver. De ne pas transformer un simple cambriolage en quelque chose de plus dangereux.

— Écoutez, je ne veux pas d'ennuis. Prenez ce que vous voulez.

Les clés de ma Mercedes sont dans mon pantalon, sur la chaise. J'ai un coffre, dans lequel il y a de l'argent. Je vous donnerai tout ce que vous voulez.

— Roberto Craxi.

Le nom le plonge dans le silence.

— C'est pour Craxi que je suis là.

— Je ne vois pas de quoi vous voulez parler.

Le moine s'approche de lui, le fixant de son regard noir, la seule partie de son visage qui apparaît sous la cagoule qu'il porte.

— Si, vous le savez. Vous êtes Mario Sacconi. Craxi vous a donné de l'argent pour faire quelque chose que vous n'auriez pas dû faire. Vous avez abusé de votre pouvoir, des dons que Dieu vous a donnés, et vous l'avez fait.

— Non. Non, vous vous trompez.

Le regard du moine dit qu'il est sûr de ne pas se tromper. Il s'éloigne du lit à grandes enjambées et pénètre dans la salle de bains. Il revient avec la fille nue dans ses bras. Mais ce n'est que lorsqu'il dépose son petit corps terrifié sur le lit que Sacconi voit qu'elle a les pieds et les mains liés dans le dos. Un épais ruban adhésif est enroulé autour de sa bouche. Benedetta se débat contre ses liens.

— Roberto Craxi vous a payé pour analyser quelque chose – quelque chose de très précieux. Je veux le résultat de cette analyse et tous les échantillons qu'il vous reste.

— Vous vous trompez. Je vous jure devant Dieu que je ne sais pas de quoi vous voulez parler.

Un coup de poing vient s'écraser sur le visage de Sacconi. Il laisse échapper un cri. Il a le nez cassé. Et des éclaboussures de sang sur la bouche et les joues.

— Tu ne devrais pas blasphémer le nom de Dieu.

Le moine fouille dans la poche de son pantalon et en sort quelque chose qui ressemble à un étui long et fin recouvert de nacre. Il en sort une fine lame, ce qui élimine toute ambiguïté quant à son but. Il tient la lame devant les yeux du généticien, pour s'assurer que Sacconi voit combien elle est tranchante et potentiellement mortelle. Puis il s'assoit sur le lit, attrape Benedetta par le cou et tire son corps pour le placer au-dessus de celui de son amant. Il lui tire les cheveux pour que ses yeux soient face à ceux de Sacconi. Pour qu'elle lui transmette sa peur.

— Et maintenant, allez-vous me parler de ces analyses que vous avez faites ?

Sacconi hésite encore.

Ephrem place la pointe de la lame sur la peau fine de l'œil droit de la fille. Il étudie le visage du scientifique. Il voit instantanément qu'elle n'a pas grande importance pour lui. L'homme n'a rien d'un héros, et il n'y a aucun lien amoureux entre eux. Il la repousse. Il l'entend tomber du lit sur la dureté du parquet.

Le moine passe la pointe de la lame sur la joue gauche de Sacconi.

Les yeux du scientifique se remplissent d'horreur, bien avant que son cerveau n'ait enregistré l'agonie.

Ephrem retire la lame lentement. Il met la main sur la bouche de Mario pour étouffer ses gémissements. Et laisse une goutte de sang couler de la pointe de la lame dans les yeux de Sacconi.

— Je vous le demande une dernière fois. Parlez-moi des analyses que vous avez faites pour Craxi.

107

— Réveillez-vous, mon ami.

Nic entend la voix, mais il n'est pas assez réveillé pour répondre.

— Allez, on doit se mettre en route, dit Goria en posant la main sur l'épaule de l'inspecteur. Nic, on doit y aller, levez-vous s'il vous plaît.

Karakandez prend appui sur ses coudes, et cligne des yeux tandis que Goria ouvre les rideaux.

— Je suis réveillé. Laissez-moi juste une minute, le temps de rassembler mes affaires.

— Je vais faire du café et des œufs, et ensuite on file. On n'a pas beaucoup de temps, dit Goria en sortant de la pièce.

— Bien reçu.

Nic titube jusqu'à la salle de bains, se sentant encore à moitié ivre. Il va aux toilettes et entre dans la douche. L'eau est d'abord trop froide, puis trop chaude, puis trop froide. Finalement, il se savonne et s'accommode du mélange alternatif d'eau glacée et bouillante. Le décalage horaire et les longues journées commencent à se faire sentir.

Il s'essuie et enfile des vêtements propres : une chemise bleue ample en coton, un sweat à capuche en polaire bleu et un jean Gap. Il prend son BlackBerry sur la table de nuit et envoie un e-mail à la luogotenente Cappelini.

Carlotta,

Je ne serai pas à l'hôtel ce matin. J'ai un peu trop bu hier soir avec des types que j'ai rencontrés à l'hôtel et nous avons fini à l'autre bout de la ville. Je vous appellerai cet après-midi pour que nous puissions convenir d'un rendez-vous.

Merci.

Je vous souhaite une bonne journée.

Nic

Il appuie sur Envoyer et entre dans la cuisine, où Goria est en train de servir des œufs brouillés au saumon.

— Servez-vous un café, dit-il en désignant la cafetière. Il y a du lait dans le frigo.

— Vous voulez un café ?

— *Si*. Noir s'il vous plaît.

Nic prend deux tasses blanches sur une étagère et sert les cafés. Ils s'assoient sur un banc en bois, devant une longue table qui donne sur une grande pelouse bordée d'arbres. C'est le jardin d'un homme célibataire. Aucune fleur, ni aucun massif, juste de l'herbe à tondre sur laquelle on peut s'asseoir, si jamais une telle opportunité se présente.

Ils n'avaient pas eu le temps de manger la nuit dernière, et Nic est plus affamé qu'il n'aurait cru.

— Les œufs sont délicieux.

— *Grazie.* Les garçons italiens cuisinent bien.

— Un jour, vous ferez une excellente épouse.

— Très drôle. Mangez vite. On doit y aller avant de regretter le peu de sommeil qu'on s'est accordé.

Les deux hommes sont épuisés, mais ils savent qu'ils sont engagés dans une course contre la montre. Si celui qui avait enlevé Craxi avait réussi à obtenir les mêmes informations qu'eux, c'était à qui retrouverait le plus vite le scientifique qui avait analysé l'ADN prélevé sur le Suaire, à la demande de Craxi.

À six heures quarante-cinq, Nic et Fabio sont dans la Fiat en direction du sud-est, prenant la via Antonio Sciesa et le corso Guiseppe Garibaldi. Juste après sept heures, ils entrent dans la Tangenziale Nord et avancent à une allure correcte jusqu'à ce qu'ils arrivent au péage, sur la route de Milan, où le pneu d'un énorme camion a éclaté. L'autoroute est jonchée de morceaux de caoutchouc noir. Les conducteurs en colère klaxonnent en dépassant le camion bloqué sur place comme des bancs de poissons contournant une baleine à contre-courant.

Il est sept heures quinze quand ils prennent la sortie de Chivasso, et sept heures vingt-cinq quand ils referment doucement les portières et marchent en direction du petit pavillon qui borde une immense propriété.

— Le château qui se trouve derrière, dit Fabio en montrant un palais éloigné en brique rose et aux volets verts fermés. C'est le

Castagneto Po, la maison où a grandi Carla Bruni.

Nic jette un coup d'œil dans le parc de la propriété, qui est incroyablement bien entretenu.

— Je suppose qu'après avoir vécu dans un endroit tel que celui-ci, il faut épouser un président pour garder le train de vie auquel on est habitué.

— Mais pas Sarkozy, si ? dit Goria en haussant les épaules tandis qu'ils continuent de marcher. C'est un mystère : pourquoi une belle Italienne a-t-elle choisi un nain français ?

Il ouvre le portail en métal noir et ils s'engagent dans une allée de gravier couleur miel menant à une maison à trois étages qui possède une vue spectaculaire sur les hauteurs de Turin et les vignobles environnants.

L'Italien fait un signe de tête vers la Mercedes SLK noire garée sur un côté de la maison.

— C'est sa voiture. Il est là.

Nic porte la main à sa ceinture et vérifie que le revolver qu'on lui a donné la veille est bien là.

Goria soulève l'immense anneau de cuivre au milieu de la porte noire brillante et frappe fort. Il glisse une main à l'intérieur de sa veste et en sort une fausse pièce d'identité.

— *Carabinieri* ! Signore Sacconi, ouvrez !

Nic s'éloigne et se dirige vers l'arrière de la maison. Il regarde attentivement par la fenêtre du rez-de-chaussée en passant, puis revient devant la maison.

— Il n'y a aucun signe de vie, mais il y a une fenêtre ouverte au deuxième étage.

Goria range sa pièce d'identité et lève les yeux vers la descente de gouttière et le treillage. Il sait ce qu'il lui reste à faire.

108

QG DES CARABINIERI, TURIN

La luogotenente Carlotta Cappelini ne se sent pas bien du tout. Elle n'a presque pas dormi de la nuit – elle n'est allée se coucher qu'après avoir vu la voiture enregistrée au nom du détective privé Fabio Goria prendre Nic Karakandez devant son hôtel, puis entrer dans le domaine sur lequel se trouve la maison de Goria.

À présent, elle est de retour à son bureau. Elle lit les rapports de son équipe de surveillance et découvre que l'Américain et son nouvel ami italien viennent de quitter leur retraite protégée par de hautes clôtures pour se rendre dans une maison des alentours de Chivasso. Elle regarde son ordinateur et lit à nouveau l'e-mail truffé de mensonges qu'il lui a envoyé, lui racontant qu'il a passé la nuit en ville et qu'il l'appellerait plus tard. Elle compose le numéro de son portable pour essayer de le joindre une nouvelle fois.

— *Buongiorno*, Nic – c'est Carlotta à nouveau. S'il vous plaît, rappelez-moi dès que vous le pourrez, j'ai d'importantes informations à vous transmettre.

C'est faux. Mais elle sait qu'elle doit établir le contact rapidement si elle ne veut pas risquer de perdre sa trace complètement. Et cela ne doit arriver sous aucun prétexte. Pas maintenant. Pas après les derniers événements.

Le capitaine Giorgio Fusco lui fait signe d'entrer à travers la vitre de son bureau qui se trouve face à elle. C'est un des dangers à être assise dans sa ligne de mire. Elle interrompt ce qu'elle fait et avance avec lassitude dans sa direction. Elle passe la tête par la porte entrouverte.

— Capitano ?

— Entrez, dit-il en désignant d'un geste un homme en costume gris aux cheveux noirs coupés court, assis sur un canapé en cuir dans la pénombre. Je vous présente Paolo. C'est un des administrateurs du ROS, un ami proche.

Fusco va jusqu'à la porte pour s'assurer qu'elle est bien fermée.

— Roberto Craxi a été vu à Turin hier.

— Ça n'est pas une nouvelle, monsieur. Nous savons que lui et sa femme sont récemment retournés dans leur chalet. Nous les avons mis sous surveillance.

— On l'a repéré sur des vidéos de surveillance, en utilisant le logiciel de reconnaissance faciale.

Paolo cherche quelque chose dans la poche de sa veste, et en sort des photos couleur qu'il étale sur le bureau comme une main de poker.

Elle regarde les photos.

— Que faisait-il ?

— Il a retiré de l'argent sur un compte bancaire dont nous n'avions pas connaissance, et sans doute bien plus encore. Le temps qu'on mette en place un dispositif dans le secteur, il avait disparu.

— Est-il retourné au chalet ?

Paolo hausse les épaules.

— Peut-être. Nous étions en effectif réduit hier.

— Le Premier ministre était au tribunal, explique le capitaine avec un sourire. De nouvelles accusations de nature sexuelle et de corruption.

— On a vérifié le chalet de Craxi il y a une heure, dit l'autre homme. Il était vide, mais lui et sa femme y étaient dans les dernières vingt-quatre heures.

— Il va refaire surface, dit Carlotta d'une voix qu'elle voulait assurée.

— Je n'en suis pas si sûr, dit Paolo en montrant une des photos que la luogotenente tient à la main. Reconnaissez-vous cette personne ?

Elle regarde l'homme athlétique à la peau brune qui porte un anorak noir.

— Et le revoilà, vingt minutes plus tard, portant un manteau vert, dit Paolo en lui tendant une autre photo.

Elle les met côte à côte et secoue la tête.

— Je ne l'ai jamais vu.

— Il n'est pas venu avec l'Américain dont vous vous occupez ?

— Pas que je sache. L'agent de la police de L.A. voyageait seul.

— Mais il travaille ici avec un privé local que vous connaissez, réplique le capitaine. Il s'agit de Fabio Goria.

Paolo fronce les sourcils.

— C'est un très bon agent. Il a été une perte regrettable pour nous.

Carlotta lui rend les photographies.

— Alors, qui est cet étranger, d'après vous ?

— Une source d'ennuis. Voilà ce qu'il est. S'il ne s'était pas approché si près de Craxi, on ne l'aurait même pas remarqué. Le logiciel de reconnaissance faciale l'a repéré – sans la technologie, on l'aurait loupé, dit Paolo.

Le téléphone de Carlotta sonne. Elle n'attend pas d'avoir la permission pour répondre.

— *Si.*

Les deux hommes scrutent son visage pour essayer de déchiffrer ce qui se passe. Elle couvre le récepteur de la main pour les informer :

— Goria et l'Américain sont au domicile de Mario Sacconi, un scientifique de la Sezioni Investigazioni Scientifiche. On dirait qu'ils sont en train d'entrer par effraction.

109

Le tuyau d'écoulement noir s'avère être une bonne échelle. Il avait été installé du temps où les ouvriers du bâtiment s'inquiétaient davantage des averses que de la sécurité, et il est assez proche de la fenêtre de l'étage pour que Goria puisse entrer.

En s'agrippant au rebord de la fenêtre, il voit un homme et une femme allongés sur le lit. Pendant une seconde, il pense qu'ils dorment. Puis, il voit la rivière rouge qui les sépare. Goria tourne sur le côté, prend appui sur le cadre de la fenêtre et fait passer un genou de l'autre côté. Il fait glisser la baie vitrée partiellement ouverte et s'introduit dans la pièce.

L'homme est celui qui se trouve le plus près de lui. Il est sur le dos. La tête tournée vers la gauche de façon non naturelle. Les mains attachées aux colonnes de lit et la gorge tranchée. La femme est à sa droite. Recroquevillée sur le côté. Les pieds et les mains attachés dans le dos. Ses longs cheveux noirs cachent à peine la blessure au cou qui lui a été fatale.

Goria fait le signe de croix. Il enjambe la couette entassée par terre et regarde de plus près le corps sans vie de Mario Sacconi. Il a le visage couvert de sang. Il semble avoir le nez cassé, mais une autre de ses blessures semble plus étrange – une profonde entaille dans la joue gauche. L'ancien *carabiniere* a assez d'expérience pour savoir qu'elle a été faite avec un stylet, et que la lame est également responsable de la blessure au niveau de la trachée. La blessure est d'une très grande précision. Clinique. Professionnelle.

Les jambes de Sacconi sont remontées sur le côté et le sang s'est coagulé entre ses genoux et sa poitrine. Goria déplace ses membres et se penche sur le corps. C'est une vraie mare de sang, mais il est à peu près sûr que le scientifique a été poignardé dans le cœur. Il recule et fait le tour du lit en direction de la femme. Elle est jeune – vingt-cinq ans tout au plus – et jolie. Ou du moins elle l'était.

Il n'y a que deux blessures sur son magnifique corps – au niveau de la gorge, et du cœur. Goria prend le temps d'imaginer comment elles ont été faites. Le tueur a dû tirer ses longs cheveux noirs en arrière et la regarder droit dans les yeux en enfonçant la lame dans le thorax. Puis, tandis qu'elle suffoquait, il a sans doute été obligé d'empêcher son corps de trembler, de placer la lame au bon endroit et de lui enfoncer dans le cœur.

Le détective pousse un léger soupir en pensant à la cruauté de l'homme. Il regarde entre les jambes de la jeune femme et sous ses seins. Elle ne semble pas avoir été agressée sexuellement. Des meurtres professionnels. Rien de plus. Rien de moins. Il descend au rez-de-chaussée et ouvre la porte d'entrée.

Nic est en retrait et semble agité.

— Qu'est-ce qui vous a pris si longtemps ?

— Sacconi est mort. Tout comme la femme qui était avec lui. On est arrivés trop tard.

Nic avance vers l'entrée.

— Non, vous ne pouvez pas entrer.

— Quoi ?

— Je vais devoir appeler la police. On ne peut pas laisser deux corps sans prévenir la police, et on ne peut pas modifier la scène de crime plus que je ne l'ai déjà fait.

— Dans ce cas, appelez-les. Mais je vais entrer malgré tout. Celui qui a tué ces gens a peut-être tué Tamara Jacobs.

À contrecœur, Goria le laisse entrer. Nic monte les marches deux à deux. Une seule porte est ouverte et il sent la mort avant même d'entrer. Le drap blanc est trempé de sang et, dès qu'il entre, il se trouve face à la fille. Il s'arrête aussitôt, sort son BlackBerry et allume la fonction appareil photo. De façon rapide et professionnelle, il fait le tour de la pièce et prend autant de photos que possible. Il monte sur la chaise de la coiffeuse et prend une série de clichés en plongée, puis s'approche et photographie toutes les blessures infligées au couple.

Il entend Goria au rez-de-chaussée, en train de parler au téléphone et il devine que la polizia est déjà en route. Il remet son BlackBerry dans sa poche, se précipite vers la salle de bains attenante et prend un rouleau de papier toilette.

Les corps sont proches l'un de l'autre sur le lit – le tueur a dû les déplacer, et a probablement frotté ses vêtements ou sa peau contre eux. Sur les cordes qui attachent Sacconi, il trouve deux poils bruns, sans doute laissés par les mains du tueur lorsqu'il a serré les liens. Nic déchire plusieurs feuilles de papier toilette, avec lesquelles il attrape les poils avec soin, avant de replier les feuilles consciencieusement pour protéger son prélèvement.

Son attention est attirée à nouveau par la fille morte. Le ruban adhésif. Il y avait une chance infime que le tueur ait laissé ses empreintes sur la partie collante du ruban adhésif qu'il lui a collé sur la bouche. Nic sait que s'il l'ôte, le légiste s'en rendra compte. Et il sait que les *carabinieri* vont devenir dingues s'il touche au corps.

Il le fait malgré tout. Il s'approche de la fille, trouve le bord du ruban adhésif et le décolle. Il arrache un peu de peau, et même si elle est morte, il ne peut s'empêcher de tressaillir. Rapidement, mais avec soin pour ne pas brouiller les empreintes, il le pose sur un miroir à maquillage.

— Nic, dépêchez-vous.

Il soulève un tabouret et brise le miroir. Tandis qu'il ramasse les morceaux, il entend des pas dans l'escalier et récupère à la hâte un long éclat de miroir brisé.

Goria le regarde horrifié sur le seuil de la porte, le téléphone portable à la main.

— Qu'est-ce que vous faites ?

— Ne vous inquiétez pas. Donnez-moi vos clés de voiture.

110

SANTA MONICA, LOS ANGELES

L'ordinateur transformé en zombie trotte encore dans l'esprit d'Amy Chang tandis qu'elle finit son jogging du matin le long des plages de Californie.

Qui avait piraté son ordinateur et réduit à néant l'ensemble de son travail ? Des heures de labeur envolées. Et une sacrée pagaille dans des dizaines de dossiers. Elle espérait vraiment pouvoir récupérer certains des documents perdus.

Elle se douche, puis enfile un jean et un sweat à capuche rose. La journée s'annonce plutôt bien et elle se sert un verre de jus d'orange, ouvre la baie vitrée qui donne sur le patio et s'assoit au soleil. Quelqu'un avait transmis un virus à son Mac, et la dernière personne qui lui avait envoyé un e-mail était le professeur anglais, Hasting-Smith. Mais cela ne semblait pas avoir de sens. Les professeurs de Cambridge n'envoient pas d'e-mails porteurs de virus. Et leur propre pare-feu détecterait certainement ce genre de choses ? Mais elle ne pouvait nier que ses programmes avaient été détruits après l'envoi des rapports par le professeur. Lundi, elle informerait le service de sécurité, et elle verrait bien ce qu'ils tireraient de tout ça.

Elle avale son jus de fruit d'un trait et se rappelle que Mitzi attend toujours son opinion professionnelle sur le Suaire. Elle se met à l'abri du soleil et allume son propre ordinateur portable. Elle passe une heure à essayer de se rappeler tout ce qu'elle a rédigé avant que son Mac ne tombe en panne, puis elle décide de faire un compte rendu des mouvements du Suaire au cours des siècles passés – à partir du XIIIe siècle, date à laquelle les informations recueillies semblaient devenir un peu plus sérieuses.

XIIIe siècle

Ray-sur-Saône, France : Gardé dans un coffret, dans un château.

Roussillon, France, 1287 : Les templiers auraient montré un long tissu en lin qui portait l'empreinte de l'image d'un homme.

XIVe siècle

Anthon, Cruseilles, Rumilly et Mornex, France/Genève, 1358-89 : Le Suaire aurait été conservé dans différents États.

XVe siècle

Montfort, France, 1418 : Conservé brièvement dans le château de Montbard, près de Montfort.

Saint-Hippolyte, Doubs, France : Il y est conservé de 1418 à environ 1453.

XVIe siècle

Turin, Italie : il y est conservé de façon presque continuelle depuis 1578 (excepté durant la Deuxième Guerre mondiale, au cours de laquelle il est resté pendant sept ans à l'abbaye de Montevergine à Avellino.)

Elle passe sa liste en revue. En jargon policier, le rapport de garde est pour le moins douteux. La preuve – le Suaire lui-même – aurait pu être falsifiée et contaminée des dizaines de milliers de fois. Et, par-dessus tout, l'absence de détails relatifs au Suaire avant le XIIIe siècle éveillerait à elle seule les soupçons de n'importe quel enquêteur. Aucune cour au monde – excepté peut-être celle du Vatican – ne déclarerait que le Suaire est celui de Jésus-Christ.

Elle sort de son sac un carnet de notes en moleskine marron. Elle avait collé à l'intérieur une petite photographie du Suaire. Au-dessous, se trouvent les notes qu'elle avait prises en partant du principe que c'est bien du sang qui est à l'origine des marques qui apparaissent sur le linceul :

- Vastes taches de sang sur le crâne, là où la couronne d'épines est supposée avoir été enfoncée. Il y a également des marques à l'arrière du crâne correspondant à des blessures par perforation provoquées par de profondes épines, ainsi que des écoulements de sang concordants.

- Difficile d'imaginer ce qui aurait pu causer les marques de perforation en forme de cercle, si ce n'est une couronne d'épines.
- Possible fracture du nez et lésions au niveau du cartilage nasal.
- Des dizaines de marques au niveau du torse et des bras, qui ont pu être infligées par de très nombreux coups de fouet. Les marques semblent assez larges pour correspondre à des déchirures au niveau de la chair.
- Marques de sang prononcées sur le poignet gauche, pouvant correspondre à un large clou planté dans l'espace de Destot.
- Pouces apparemment tournés vers l'intérieur, pouvant indiquer une lésion du nerf médian.
- Blessures apparentes sur le torse entre la cinquième et la sixième côte – pouvant correspondre à la pénétration d'une lance.

Amy relit chacun des points notés. Dans son esprit, ce qu'indiquent les marques ne fait aucun doute. La victime a été fouettée de façon effroyable, puis on lui a enfoncé de multiples objets pointus dans le crâne, qui ont provoqué de nombreuses blessures, puis elle a été crucifiée. Mais aucune de ses notes ne répond à la grande question.

Qui était-ce ?

111

BOYLE HEIGHTS, LOS ANGELES

Jenny Harrison sent qu'elle a la gueule de bois avant même d'ouvrir les yeux. Ce n'est que quand elle jette un coup d'œil au plafond craquelé et couvert de toiles d'araignées que certains des événements de la veille lui reviennent en mémoire. Elle n'est pas chez elle. Elle n'est pas seule dans le lit. Il y a un homme nu allongé près d'elle. Elle se met sur le côté et se rend compte que la baleine au dos poilu est le type avec lequel elle avait bu dans un bar, la veille. Ils avaient fumé deux joints, il avait payé les verres, et elle avait fini chez lui, à boire du mauvais vin blanc en fumant du crack.

Et maintenant elle se demande quel prix elle a payé pour sa générosité et sa compagnie. Après un bref coup d'œil par terre, elle a la réponse. Ses vêtements sont éparpillés aux quatre coins de la pièce. Elle s'extirpe péniblement du matelas défoncé et atteint la salle de bains juste à temps, avant d'être malade. Au vu du lavabo éclaboussé de vomi, elle voit que son étrange compagnon de lit est encore KO. Elle fait couler de l'eau et envisage de prendre une douche. Elle aimerait bien, mais elle risquerait de réveiller la baleine, et elle n'a aucune envie de lui parler. Elle met la bouche sous le robinet, et rince l'évier, s'asperge le visage d'eau et essuie les restes de son maquillage sur une serviette.

Cinq minutes plus tard, elle est dehors, devant un immeuble, à se demander où elle peut bien être. D'abord, elle ne reconnaît pas l'endroit, puis la mémoire lui revient. Elle était allée jusque chez Kim pour frapper à sa porte. Puis, se sentant déprimée et irritée, elle s'était arrêtée dans un bar proche d'Hollenbeck Park – un bouge où elle avait l'habitude d'aller avec certaines des filles quand les affaires n'allaient pas fort et qu'elles avaient besoin d'un peu de cash.

Jenny se met à marcher. Puis elle rebrousse chemin et décide d'aller frapper une dernière fois à la porte de Kim. Lorsqu'elle gravit les escaliers qui mènent chez son amie, elle est épuisée. Frapper à sa porte semble être une perte de temps, alors elle se met à genoux, ouvre le clapet de la boîte à lettres et crie à l'intérieur de toutes ses forces. Puis elle s'écroule par terre, le dos contre le mur. Toutes sortes de possibilités lui traversent l'esprit. Elle avait peut-être fait une overdose. Elle pouvait aussi être rentrée bourrée et s'être étouffée dans son propre vomi. Se cogner la tête en tombant. Il aurait pu lui arriver n'importe quoi.

Elle se retourne et crie de nouveau dans l'ouverture. Deux des trois autres portes sur le palier de Bass s'ouvrent à présent.

— Ferme ta gueule ! braille Holly Caniffe, une femme bien faite qui ne porte rien d'autre qu'une combinaison.

Jenny s'effondre à nouveau.

— Elle est là, j'en suis sûre – et quelque chose ne va pas.

— Ta copine la pute est sûrement en train de dormir pour se remettre des saletés de drogues avec lesquelles vous vous êtes défoncées, dit Caniffe. Disparais, et laisse-nous nous reposer. J'ai travaillé de nuit.

— Va te faire foutre ! lance Jenny.

Le mari de Caniffe, Keegan, apparaît dans l'embrasure de la porte de leur appartement en boxer et maillot de corps devenus gris avec le temps.

— C'est quoi ce bordel ?

— C'est mon amie. Je m'inquiète pour elle.

— Qu'est-ce qui se passe, putain ?

— Je pense qu'elle est là, et qu'elle s'est blessée.

— Bougez de là. (Keegan Caniffe évalue la porte du regard.) Écartez-vous.

Jenny s'éloigne. Il fixe son attention sur la serrure, prend son élan et donne un grand coup de pied. Elle reste intacte, tandis qu'il chancelle, tombant presque sur le cul.

— Merde.

— Laisse tomber, mon chou, dit sa femme en désignant Jenny. Cette garce se fait sûrement des idées.

Mais Keegan n'a pas l'intention de laisser tomber. Son orgueil en a pris un coup, et ce n'est pas tous les jours qu'on a l'occasion de défoncer la porte de quelqu'un sans se faire épingler par les flics. Cette fois, il court plus vite et tape plus fort. Il cogne la porte avec son épaule gauche et l'ouvre d'un coup sec. Keegan est projeté à l'intérieur, et tombe la tête la première sur le tapis crasseux. Sa femme accourt, suivie de Jenny et du vieux Dobbs, qui était sorti pour voir d'où venait tout ce raffut.

— Ça pue là-dedans, putain, lance Holly Caniffe en se pinçant le nez, tout en aidant son mari à se relever.

Jenny leur passe devant et se dirige vers le salon. Aucun signe de Kim. Elle jette un coup d'œil dans la cuisine – cette idiote devait être par terre, endormie après avoir gobé une drogue quelconque. Rien. Elle commence à se sentir embarrassée. Cette conne d'Holly avait sans doute raison, Kim était sortie en boîte quelque part, et elle avait trouvé un type.

Elle ouvre la porte de la chambre. Il y a quelqu'un sur le sol. Un cadavre. Enveloppé des pieds à la tête dans un drap blanc pris sur le lit de Kim.

112

TURIN

Deux *carabinieri* emmènent Fabio Goria dans la salle d'interrogatoire et le laissent mijoter sur place.

Il n'est pas en état d'arrestation, mais il sait qu'il pourrait facilement l'être. Entrée par effraction, port d'arme sans autorisation, non-divulgation de preuve, présence sur une scène de crime – qui que soit celui qui viendrait le cuisiner, les chefs d'accusation ne manquaient pas.

Il se passe au moins trente minutes avant que Carlotta Cappelini et son regard bleu acier ne brise le silence oppressant avec le bruit sourd d'une serrure en fer qui s'ouvre. Elle ne dit rien avant de s'être assise face à lui sur la chaise noire en plastique moulé et d'avoir posé un carnet de notes et un stylo sur la table.

— Nic Karakandez, où est-il ?

Goria prend appui sur ses coudes et la regarde droit dans les yeux tandis qu'il réfléchit à sa question. Il est intéressant qu'elle commence par là. Et non par *Que faisiez-vous dans la maison de Mario Sacconi ?* Ni même *Que savez-vous des deux corps qui se trouvaient à l'étage ?*

Nic.

L'*Arma dei carabinieri* est plus intéressée de savoir où se trouve un flic du LAPD.

Pourquoi ? Qu'ont-ils peur qu'il puisse faire ou dire ?

Goria s'adosse à sa chaise.

— Je ne sais pas. Il m'a demandé les clés de ma voiture, je les lui ai données et il est parti.

— Pourquoi ?

— Pourquoi quoi ?

L'agacement est perceptible sur le visage de l'inspectrice.

— Pourquoi lui avez-vous donné vos clés, et pourquoi est-il parti si vite ?

— Je les lui ai données parce qu'il est l'ami d'un ami. Et il est parti, parce qu'il ne voulait pas rester.

— Si vous continuez comme ça, je vais devoir vous…

— Quoi ? lui demande-t-il avec un regard moqueur. M'inculper ? dit-il en haussant les épaules. Nous savons l'un et l'autre, que soit vous le ferez, soit vous ne le ferez pas. Et rien de ce que je dirai maintenant n'y changera quoi que ce soit.

La voix du capitaine Fusco se fait entendre, depuis le seuil de la porte :

— Et si on te retirait ta licence de détective privé, Fabio ?

Le détective reste impénétrable.

— Les gens qui m'engagent se fichent pas mal que j'aie une licence ou non, Giorgio, dit-il en souriant. En fait, je serai peut-être payé davantage s'ils savent que même persécuté par les *carabinieri*, je reste loyal envers mes clients.

Fusco sourit à son tour.

— Tu n'as pas tort, dit-il en s'asseyant sur le bord de la table tout en regardant le détective. Mais si on t'inculpe de meurtre – de double meurtre – alors c'est très différent.

— Ça l'est. Mais c'est complètement faux. Tu sais que je n'ai pas tué Sacconi, ni la fille. Tu sais que les flics de la scientifique vont le prouver. Les deux corps avaient une certaine rigidité cadavérique – et je peux prouver que j'étais chez moi quand ils sont morts.

— Et comment ? Grâce aux cassettes de ton système de vidéosurveillance, qui te montrent entrant et sortant de chez toi ?

Goria sourit. Il doit se souvenir de ne pas sous-estimer ces gens – ce sont de très bons éléments, parmi les meilleurs flics au monde, et Fusco n'avait pas gagné son grade de capitaine dans un concours de beauté.

— Et alors ? Où veux-tu en venir ?

— J'ai une proposition à te faire, dit Fusco en se levant, avant de se placer derrière le détective et de mettre les mains sur ses épaules. L'Américain va te contacter, je n'ai aucun doute là-dessus. Quand il le fera, on aura mis ton téléphone sur écoute.

— Je m'y attendais un peu.

— Oui, sans doute. Mais à partir de ce moment, tu suivras nos instructions. Et tu l'enverras là où on veut qu'il aille. Il y a une chance, si tu fais exactement ce qu'on te dit, qu'on oublie que tu étais dans la maison de Sacconi.

113

BOYLE HEIGHTS, LOS ANGELES

La chaleur fugace de ce jour de novembre s'est déjà dissipée quand Amy Chang traverse la ville pour rejoindre le nombre grandissant de personnes qui travaillent sur la scène de crime, dans l'appartement de Kim Bass.

Elle avait espéré un week-end sans cadavre, le premier depuis trois mois, et peut-être même avoir la chance de pouvoir terminer ce fichu rapport pour Mitzi, avant de passer voir si son amie tenait le coup. Manifestement, ce n'était plus d'actualité. Elle se gare au bord du trottoir devant l'entrée de l'immeuble décrépit et reste dans son véhicule pour enfiler sa tenue. Elle prend sa mallette sur le siège arrière et regarde son souffle se glacer dans l'air tandis qu'elle verrouille les portières et s'éloigne sur le trottoir.

— Amy Chang – docteur Chang –, annonce-t-elle en montrant sa pièce d'identité à un bleu en uniforme qui note les entrées et les sorties sur la scène de crime.

— Bonjour, doc, dit-il comme si c'était déjà un ancien en soulevant le cordon de sécurité pour la laisser passer. C'est au deuxième étage. Le lieutenant Carter est chargé de l'enquête, il est déjà sur place.

— Merci.

C'est un gamin sympa. Les bonnes manières sont en option chez la plupart des flics de nos jours. Elle espère qu'il ne les perdra pas trop vite.

L'escalier est rempli de flics en uniforme allant et venant. Ils recueillaient certainement le témoignage des voisins, et ils y passaient sans doute un peu plus de temps que prévu pour ne pas écoper d'un second boulot en fin de journée un samedi après-midi. À l'extérieur de l'appartement de Kim, un photographe prend des clichés du palier et de l'escalier. Deux agents du CSI passent des pinceaux sur les murs, la rampe, et les interrupteurs.

L'entrée de l'appartement sale aux carreaux cassés a déjà subi un relevé d'empreintes exhaustif. Elle a été photographiée et des dizaines d'empreintes de pas, féminines comme masculines, ont été relevées. De nouvelles empreintes de chaussures et de bottes ont été relevées sur la moquette et le carrelage dans chaque pièce. Comme d'habitude, l'ensemble des lieux est éclairé par de violentes lumières installées par les équipes de la police scientifique, projetant partout des ombres de taille monstrueuse. Tyler Carter se retourne dès que la silhouette élégante d'Amy rejoint le spectacle des lanternes magiques sur les murs du salon.

— Docteur Chang, toutes mes excuses de vous avoir entraînée jusqu'ici en plein week-end.

— Excuses acceptées. Où est le corps ?

— Dans la chambre. La pièce est exiguë, alors j'ai interdit l'accès jusqu'à votre arrivée.

— Merci.

La plupart des flics ne peuvent s'empêcher de dire au légiste ce qu'ils pensent. D'emblée, ils annoncent leur théorie sur la façon dont la victime est morte, ce qu'elle était sans doute en train de faire, quelle est la cause de la mort, et depuis combien de temps elle est étendue là. Pas Carter. Tyler Carter ne dit pas un mot. Il n'offre aucune pensée personnelle avant que l'examinateur ne pose la question.

Un seul pas dans la pièce suffit à Amy pour comprendre à quoi elle a affaire. C'est la sixième fois maintenant qu'elle assiste à la même scène. Un drap ou un dessus-de-lit tiré sur la tête et les pieds de la victime. L'œuvre du Caméléon.

114

TURIN

Nic se maudit.

Goria et lui avaient dormi deux heures, et cela avait coûté la vie à un homme. S'ils étaient allés directement à la maison de Mario Sacconi après s'être assurés qu'Erica Craxi était en sécurité, il serait encore en vie et l'affaire Tamara Jacobs aurait bien plus de chances d'aboutir à unc résolution rapidc. Maintcnant, la sculc pistc qu'il lui reste, c'est un dernier nom, un dernier élément d'information que lui a donné Erica : le meilleur ami de Sacconi, Édouard Broussard, un scientifique qui était son ancien patron avant de se mettre à son compte. Roberto Craxi lui avait versé d'importantes sommes à la demande de Sacconi. Il était forcément impliqué.

En conduisant, l'inspecteur scrute toutes les files, toutes les routes, à l'affût de voitures de police. Cela ne prendrait pas longtemps avant qu'ils ne donnent l'alerte générale le concernant. Son premier arrêt est plutôt étrange. Pas celui qu'on attendrait d'un homme en fuite. Sur son BlackBerry, il a trouvé une entreprise spécialisée dans l'envoi de colis, et une expédition était prévue le soir même pour L.A. Il prend un emballage sur place, enveloppe dans du papier bulle le miroir brisé pris dans la chambre de Sacconi et, séparément, le médaillon qu'Erica lui a donné. Il a pleinement compris l'importance de ce don sur le moment. Même s'il n'avait rien dit à Goria, il savait que c'était bien plus qu'une image du saint Christophe censée porter chance.

Il griffonne un mot, y ajoute l'enveloppe contenant les photos des scènes de crime qui, d'après lui, ont été consultées dans sa chambre d'hôtel, ferme le colis et paie avec sa carte de crédit. Puis, par acquis de conscience, il donne vingt dollars de plus à l'employé, qui lui assure que son colis partira bien par le prochain avion.

Avant de partir, il va aux toilettes pour se rafraîchir. À partir de cet instant, la route serait longue. Il se regarde dans le miroir en s'essuyant le visage. Si les choses tournaient mal, ce serait peut-être la dernière fois qu'il verrait son reflet dans le miroir.

115

Los Angeles

Le vieux bus scolaire vert démarre et Mitzi est sur le trottoir, faisant un signe de la main à ses filles qui s'éloignent, quand elle reçoit l'appel de Carter, lui disant qu'ils avaient un nouveau cadavre.

Le type devait avoir des dons de voyance. Il avait dit que le Caméléon allait recommencer d'un instant à l'autre et voilà que moins de vingt-quatre heures plus tard, il lui donnait raison. Pas étonnant qu'on l'appelle le Magicien. Elle fait démarrer sa vieille voiture et essaie de ne pas penser à Alfie ni aux filles tandis qu'elle se rend à Boyle Heights. L'inquiétude pour les filles, ainsi que la scène du restaurant italien la hantent encore. Elle espère juste que Jade aura tout oublié quand elle sera sur les pistes. La gamine était tellement envahie par la colère et la douleur, que cette seule pensée lui brise le cœur. Elle avait toujours été la chouchou de son père – et elle le serait toujours – et la situation allait être difficile pour tout le monde.

Mitzi se demande si elle devait la laisser lui rendre visite. Jusque-là, c'était quelque chose qu'elle avait totalement exclu. La seule pensée de sa fille passant les portes de la prison lui donne la nausée. Mais peut-être devait-elle la supporter. Si c'est ce que Jade souhaitait réellement – et si Alfie y consentait – alors peut-être devait-elle la soutenir.

Elle finit par mettre de côté ses problèmes personnels et réussit à se concentrer sur son travail. Carter ne semble pas aussi mauvais que sa réputation le laissait présager. Certes, ce n'était pas un rigolo, mais on ne pouvait mettre en doute son professionnalisme. Et elle était sûre d'une chose, elle était contente de ne pas être en charge de l'affaire du Caméléon. D'après ce qu'elle avait lu dans les dossiers, le type était un taré certifié. Un sociopathe totalement inconscient de ses actes.

Le tueur a laissé empreintes, ADN, sang, cheveux et fibres de vêtements partout sur la scène de crime. C'est comme s'il se fichait d'être pris ou, ce qui était plus probable, comme s'il était si sûr de lui, qu'il pensait simplement qu'on ne lui passerait jamais les menottes aux poignets.

Mitzi aperçoit la camionnette d'Amy garée devant le vieil immeuble en stuc. Elle est contente de voir son amie – en dépit des circonstances. Elle montre sa pièce d'identité et obtient un laissez-passer. Dans la cage d'escalier, elle enfile une combinaison en Tyvek, des couvre-chaussures et monte au second étage.

— Mitzi Fallon, annonce-t-elle en montrant son badge en entrant. Quelqu'un sait-il où se trouve l'inspecteur Carter ?

Une jeune femme du CSI lève la tête du canapé sur lequel elle ramasse des cheveux avec une pince à épiler.

— Dans la chambre du fond, avec la légiste.

— Merci.

Carter et Amy sont dans le fond de la pièce, près de la tête de la morte quand Mitzi entre.

— Vous comptez acheter un billet pour le super loto cette semaine, inspecteur ? J'espère bien, avec votre aptitude à prédire l'avenir.

Il sourit presque.

— Femme, trente-deux ans, son nom est Kim Bass. Elle est locataire de l'appartement, d'après les photos et les papiers que nous avons trouvés. Elle vit ici depuis presque deux ans. Elle est morte depuis deux jours. Le docteur Chang est sur le point de donner plus de précisions.

— Salut Mitz, dit Amy avec un regard chaleureux et sincère. La fille est morte par strangulation avec ligature. Fraye-toi un chemin jusqu'ici pour voir ça de plus près.

Mitzi fait le tour du lit et regarde le visage bouffi de la victime.

— Regarde les marques sur le cou. On distingue la marque d'une lanière de moins de cinq centimètres. Je dirais que cela correspond plus à une ceinture de pantalon qu'aux larges ceintures qu'on porte en général avec les jeans. (La légiste s'écarte du corps et lève les mains pour faire la démonstration du point suivant.) Le tueur se tenait derrière elle. Il a fait une boucle avec la ceinture qu'il a passée autour de son cou, et il a croisé les mains pour avoir plus de force. Puis il a tiré. (Elle arrête de gesticuler.) Maintenant, regardez à nouveau son cou.

Mitzi se penche au-dessus du corps.

— Tu vois les autres marques au niveau de la trachée ? Elles ont été faites par les doigts et les articulations.

— Je suis prête à parier qu'il l'a fait basculer, et qu'il a fini le boulot à main nue, dit Carter froidement. Chair contre chair.

Mitzi voit ce qu'il veut dire.

— Il voulait la voir mourir.

— Pas seulement. Il voulait la *sentir* mourir, dit Carter en se penchant pour regarder les marques de plus près. Au début, je n'étais pas sûr que c'était notre homme, mais ce face-à-face final est bien son œuvre, sans aucun doute.

— Un linceul ?

Carter hoche la tête.

— Recouverte des pieds à la tête, comme d'habitude. Aucune erreur possible, le Caméléon est de retour.

116

TURIN

Le moine est en train de conduire quand son téléphone sonne. Il attendait l'appel.

— Vous avez laissé un sacré bordel.

Carlotta Cappelini semble irritée.

Les flash-back défilent dans l'esprit du moine. Le sang sur le lit, s'écoulant du cœur encore battant du scientifique. La petite amie remontant les genoux en position fœtale pour se protéger. Son regard vitreux quand il l'a retournée.

— Je n'ai pas eu le temps de faire le ménage.

— Je comprends, mais ça n'est pas bon. Maintenant, il y a plus de gens que nécessaire qui s'intéressent à cette affaire. Ce n'est pas une situation très saine.

— Je suis désolé.

— Peu importe, c'est fait. Avez-vous obtenu les informations pour lesquelles vous vous êtes rendu sur place ?

— Oui. Je suis en route. Tout sera bientôt fini.

— *Va bene.* L'inspecteur dont je vous ai parlé – il a disparu.

Ephrem se rappelle son appel de la veille, l'image qu'elle lui a envoyée.

— Nic Karakandez ?

— *Si.* Nous avons arrêté son acolyte, mais Karakandez s'est échappé de la maison. Il a une voiture, une Fiat Bravo bleue. Je vous enverrai le numéro de plaque par texto. Ne sous-estimez pas cet Américain. Il n'est pas stupide, et il vient de loin.

— Moi aussi.

— Alors faites en sorte de ne pas être celui qui, au final, sera voué à une amère déception. Finissez le boulot, et finissez-le vite. *Arrivederci.*

Le moine regrette d'avoir à mentir. Il fera ce qu'elle lui demande, mais pas encore. Il a autre chose à faire avant.

117

Nic retourne dans la voiture et s'assure que le type derrière le comptoir le voit se diriger vers le terminal de l'aéroport. Il sait que la police des frontières italienne aura sa description et son numéro de passeport, et il n'aura aucune chance de pouvoir prendre un avion pour quitter Turin.

Cinq minutes plus tard, il entre dans la zone formule avion+voiture d'un hôtel bon marché et paie pour laisser la voiture de Goria sur place pendant deux semaines. Les *carabinieri* la retrouveront. Peut-être même en moins de deux heures. Ce sera suffisant pour ne pas lui poser de problème. Il prend un bus assurant le transit jusqu'au terminal de l'aéroport, et suit les panneaux qui indiquent le retour des voitures de location. Il avance rapidement jusqu'à la zone où il y a le plus de monde, celle où les familles perdent leur sang-froid parce que le personnel est nonchalant, ou lent, ou parce qu'elles ont peur de manquer leur avion. Nic observe les allées et venues et ne tarde pas à identifier les pires compagnies, et même la nationalité des conducteurs. Les Italiens se faufilent jusqu'aux parkings à toute vitesse, se frayant un chemin d'une file à l'autre avec assurance en klaxonnant pour faire accélérer les gens. À l'inverse, la plupart des automobilistes étrangers ont une approche plus nerveuse, le regard rivé sur les panneaux, espérant s'être engagés dans la bonne direction.

Il avance jusqu'à la file la plus longue et frappe à la vitre de plusieurs conducteurs – français, allemands et italiens – jusqu'à ce qu'il finisse par trouver ce qu'il cherche : un conducteur américain avec sa femme et ses deux enfants dans une Renault Carrier flambant neuve. Il montre à l'homme chauve son insigne du LAPD, et s'assure que sa veste est assez ouverte pour que les gamins à l'arrière et la mère à l'avant voient son Beretta.

— Pouvez-vous sortir de la voiture, s'il vous plaît monsieur, et me montrer une pièce d'identité ?

— Bien sûr, monsieur l'agent.

Le bon citoyen descend de voiture. Il fait trente centimètres de moins et dix kilos de plus que l'inspecteur américain.

Nic étudie avec attention les documents tendus par John Henry Watkins, conscient que le conducteur attend avec docilité, comme un chien bien dressé le ferait avec son maître.

— Monsieur, pourriez-vous venir à l'arrière du véhicule avec moi s'il vous plaît.

L'homme le suit fidèlement. En chemin, Nic se met un doigt dans l'oreille et parle comme s'il était sur une radio de la police en mains-libres. Il tourne le dos au conducteur, qui est nerveux à ce stade, jusqu'à ce qu'il ait terminé, puis il se retourne pour annoncer la mauvaise nouvelle.

— Monsieur Watkins, je suis affecté à une unité anti-terroriste internationale travaillant avec les *carabinieri*. Nous avons des informations selon lesquelles une attaque pourrait avoir lieu dans cet aéroport, et on nous a demandé de vérifier les véhicules identiques à celui que vous conduisez.

— Le mien ?

— Oui, monsieur. Le vôtre. J'ai bien peur de devoir confisquer le véhicule et vous demander, à vous et à votre famille, de nous suivre pour être interrogés.

— Mais je dois le rendre. Et on doit rentrer chez nous, on va rater notre avion.

— Ce n'est pas mon problème, monsieur. Je suis sûr que la police italienne sera compréhensive et qu'elle s'occupera de votre cas aussi vite qu'elle le pourra, dit-il, avant de regarder la longue file de véhicules. Mais vous aurez sans doute pas mal d'attente avant que le fonctionnaire de police qui dirige cette opération puisse venir.

Watkins semble mortifié. Il pressent déjà les difficultés à s'occuper d'enfants fatigués dans un aéroport étranger, sans parler de sa femme, qui a tendance à s'énerver assez vite.

— Ah, allez m'sieur l'agent, soyez sympa. On est des citoyens américains, et je dois retourner à Chicago pour ramener ma famille à la maison et aller travailler.

Nic se frotte le menton l'air pensif et jette un coup d'œil alentour.

— OK. Écoutez, j'ai fait un contrôle vous concernant, et je sais que vous êtes un bon père de famille, respectueux des lois, mais je dois malgré tout faire mon boulot et emmener ce véhicule à la fourrière pour procéder à des vérifications – même si je sais qu'on ne trouvera rien. Vous savez comment c'est avec les formalités. Vous avez dit que votre avion partait bientôt ?

Watkins hoche la tête.

— Je ne voudrais pas que vous manquiez avion, monsieur Watkins. Je suppose que je vais pouvoir faire quelque chose pour vous dans une situation comme celle-ci. La fourrière est juste après le terminal principal, n'est-ce pas ?

Watkins le regarde avec espoir.

— Si vous me laissez vos documents de location, je pourrai peut-être vous déposer, vous, votre femme et vos enfants au terminal principal, et quand on aura fini de passer la voiture au peigne fin, je la ramènerai à l'agence de location. Mais vous devez consentir à ce que tout cela reste entre nous. C'est le genre de chose pour laquelle je pourrais me faire virer.

— Je comprends tout à fait. Et si vous faites cela, pouvons-nous rentrer directement chez nous ?

— Oui, monsieur.

Une pensée traverse soudain l'esprit du père de famille.

— Et pour notre dépôt de garantie ?

Nic fait une moue appropriée.

— Avez-vous payé par carte de crédit ?

— Oui.

— OK. Je suppose que je peux faire en sorte qu'un de nos agents s'occupe des formalités administratives pour le faire annuler.

Watkins semble soulagé.

— Ce serait super.

Nic jette un coup d'œil à sa montre.

— Je suppose qu'on ferait mieux d'y aller ?

John Henry Watkins affiche un large sourire, tend sa main moite et donne ses clés à l'inspecteur avec gratitude.

118

Carlotta Cappelini s'écarte de son écran d'ordinateur qui prend la plus grande partie de l'espace sur son bureau. Face à elle, sur une image haute définition, elle voit l'œuvre du moine en détail. Elle a passé en revue chaque photo, examinant – ou faisant mine d'examiner – la scène de crime de la maison de Mario Sacconi. Le moine est un animal.

Une jeune femme agent de police se présente devant son bureau :

— Pour vous madame, dit-elle en lui tendant une simple feuille de papier.

Cappelini voit que les yeux de la jeune brunette sont rivés à l'écran qui affiche une photo de la blessure au cœur de Sacconi – une violente blessure au couteau. La luogotenente fait disparaître l'image.

— *Grazie*. Ce sera tout.

La fille se reprend, puis s'éloigne, et Cappelini regarde le document. C'est un relevé des appels passés sur le téléphone de l'Américain. Il s'en est servi à plusieurs reprises après s'être échappé de la scène de crime. Puis il a utilisé le moteur de recherche Yahoo! pour trouver une entreprise spécialisée dans la livraison de colis située près de l'aéroport et l'a ensuite appelée.

Il fait expédier quelque chose par avion. *Quoi et pourquoi ?*

Quelque chose qui, selon lui, ne passerait peut-être pas la douane ? Cela semble peu probable.

Non, il a fait expédier quelque chose par transporteur parce qu'il sait qu'ils surveillent l'aéroport, qu'un avis de recherche a été lancé sur son passeport et qu'il ne passera jamais le contrôle des frontières de l'aéroport de Turin. Elle sourit. Il est intelligent, mais pas tant que ça. Elle passe un nouveau coup de fil – au moine.

— Écoutez attentivement. Je vais vous envoyer par SMS les coordonnées d'une entreprise d'expédition de colis proche de l'aéroport. Vous devez vous rendre sur place rapidement. Trouvez ce que Nic Karakandez y a laissé et empêchez-les de l'envoyer – à tout prix. Vous comprenez ?

— Je comprends.

Il raccroche et Carlotta envoie le SMS. Elle regarde le relevé des appels qu'on vient de lui apporter. En dehors de l'entreprise d'expédition, il n'a appelé personne. Pendant un instant, elle craint le pire, elle imagine qu'il y a eu une faille au niveau de la sécurité de l'aéroport et qu'il a réussi à franchir la frontière. Ce serait catastrophique. Elle regarde par la vitre qui donne sur le bureau de son patron et voit Fusco en compagnie du major et du commandant. Elle sait exactement ce qu'ils disent. Et ce n'est certainement pas très bon pour le flic du LAPD.

119

Aéroport de Caselle, Turin

La famille Watkins, debout à côté de ses valises, adresse un signe reconnaissant à Nic, qui leur fait un signe coupable en retour, depuis le siège du conducteur de la Renault, tandis qu'il les laisse devant les portes à tambour de l'aéroport.

Il s'éloigne de la zone de remise des véhicules et rejoint l'axe principal de circulation. Une fois loin de l'aéroport, il s'engage sur un chemin de terre pour programmer le GPS pour la longue route qui s'annonce. L'écran est minuscule, et il doit s'y prendre à plusieurs reprises pour entrer l'adresse de l'ancien patron de Mario Sacconi qu'Erica Craxi lui a donnée. Il s'agit d'Édouard Broussard.

Le petit ordinateur se met en route, et annonce aussitôt que le trajet est de trois cent soixante-six kilomètres, qu'il durera un peu moins de quatre heures, qu'il faudra emprunter deux autoroutes principales avec péage et que cela coûtera quarante euros d'essence.

Il redémarre, espérant que la tâche qui l'attend sera aussi simple que le suggère le GPS.

120

Boyle Heights, Los Angeles

Mitzi se gare devant l'immeuble de Jenny Harrison, et elle voudrait être n'importe où, sauf à cet endroit. Étant donné ses problèmes personnels, la dernière chose dont elle a besoin, c'est d'interroger une jeune femme sur la façon dont elle a découvert le corps de sa meilleure amie.

Elle frappe à la porte qui a été défoncée et un flic en uniforme lui ouvre. C'est un homme brun, d'une trentaine d'années, qui a déjà des problèmes de poids, ainsi que des problèmes relationnels.

— Inspecteur Fallon, dit Mitzi en lui présentant son insigne. Jenny Harrison est-elle là ?

— Oui, malheureusement, dit-il en la laissant entrer. C'est une drôle de sauterelle.

— Ce qui veut dire ?

— Qu'elle a la langue bien pendue.

— Parfait. Elle en aura besoin pour répondre à mes questions, dit Mitzi en levant les yeux au ciel en passant devant lui. Qu'est-il arrivé à la porte ?

Il la referme autant que possible.

— Elle dit qu'elle a été cambriolée. Le quartier est plein de junkies et de proxénètes.

Mitzi entre dans la pièce remplie de fumée et elle a du mal à ne pas tousser. Son regard s'arrête sur une blonde décolorée qui a une mine de déterrée. Elle est assise sur un vieux canapé marron deux places et fume cigarette sur cigarette.

— Jenny, je suis Mitzi Fallon. J'arrive juste de la maison de votre amie. J'ai besoin de vous poser quelques questions. Vous préférez le faire ici ou en ville ?

Harrison lève les yeux, et la cendre de sa cigarette tombe sur le bras du canapé.

— Qu'est-il arrivé à Kim ? (À sa voix, elle semble droguée.) Qu'est-ce qu'ils lui ont fait ?

— C'est ce qu'on doit essayer de savoir, Jenny, dit Mitzi qui s'approche et voit les yeux de la fille.

Elle plane complètement. Elle a sans doute fumé joint sur joint depuis qu'elle a vu son amie. Et qui aurait pu lui en vouloir ? Mitzi ajoute :

— Allez prendre une douche et vous changer, et je vous emmène manger quelque chose.

— J'ai pas envie d'une putain de douche, et j'ai pas faim.

Mitzi se baisse pour pouvoir la regarder dans les yeux.

— Ce n'est pas une proposition, ma petite. C'est un ordre. J'ai un meurtre à résoudre, et vous ne m'êtes d'aucune utilité défoncée.

Harrison jure à voix basse. Elle s'extirpe du canapé et disparaît dans la salle de bains en claquant la porte. L'agent en uniforme regarde Mitzi.

— La demoiselle a un fichu caractère. Et c'est sûrement la première douche qu'elle prend de l'année.

— Elle est peut-être sale, mais vous, vous êtes un con. Dans dix minutes, elle sera propre, mais vous serez toujours aussi con. Il y a certains trucs qui ne partent pas au lavage.

— Je disais ça comme ça.

— Alors abstenez-vous. La première chose à faire pour arrêter d'être con, c'est de la fermer. Et vous pouvez commencer immédiatement.

L'agent en uniforme s'éloigne pour inspecter la porte d'entrée. Mitzi jette un œil à l'unique pièce dans laquelle vit Jenny. Il n'y a aucune photo encadrée, pas de ligne de téléphone fixe, pas de cuisinière, juste une vieille télé petit écran, un micro-ondes et une bouilloire. Elle a déjà vu des cellules de prison mieux aménagées. La couette qui est sur le lit est couverte de taches de café et de brûlures de cigarette. Le drap-housse semble n'avoir jamais été changé.

Elle soulève le matelas et trouve une étrange cachette – une dizaine de préservatifs, un couteau de cuisine semblant plutôt dangereux et l'échographie d'un fœtus. Mitzi y regarde de plus près. L'image est prise à seize semaines, et elle est datée de deux ans plus tôt. Elle suppose qu'Harrison est tombée enceinte et a soit perdu l'enfant, soit avorté. Au fond d'elle-même, elle devait encore se demander comment serait sa vie si elle avait été mère.

Elle lâche le matelas, s'essuie les mains et jette un coup d'œil au coin cuisine. Sur le petit réfrigérateur, il y a deux photos fixées par des aimants en forme de fruits. L'une d'elles montre Harrison et la fille morte dans un night-club en train de rire, un cocktail à la main. Il y en a une autre où elles sont en bikini sur la plage, rentrant le ventre en envoyant des baisers en direction de l'appareil photo. Harrison a à peu près la même apparence que maintenant. Mitzi devine que la photo sur la plage a sans doute été prise pendant l'été, et celle avec les cocktails peut-être pour le Nouvel An. Harrison n'a pas l'air d'être le genre de fille qui boit des caïpirinhas dans des night-clubs toutes les semaines.

Dans le réfrigérateur, il y a quatre plats préparés, une plaquette de margarine bon marché, un morceau de fromage moisi, quatre boîtes de thon et une demi-bouteille de vodka. Les deux uniques placards qui se trouvent à côté d'un évier à un seul bac sont vides, à l'exception de quelques tasses non assorties, trois bols et deux assiettes. Une bouteille d'eau de javel, du liquide vaisselle et un tas de lingettes sales et sèches sont les seuls signes indiquant qu'il lui arrivait parfois de faire le ménage.

Harrison revient dans la pièce, elle semble fatiguée, mais un peu moins défoncée. Elle est nue à l'exception d'une serviette verte délavée qui la couvre à peine. Ses cheveux décolorés se sont transformés en queues de rat marron. Mitzi avance jusqu'à la porte d'entrée et l'ouvre à l'intention de l'agent en uniforme.

— Donnez-nous cinq minutes.

Il est content de pouvoir sortir. Harrison fait glisser la porte d'un placard et en sort un tee-shirt rose délavé et un jean noir. Soit elle n'a pas de sous-vêtements propres, soit elle n'a pas envie d'en porter. Les pieds nus, elle enfile des baskets crasseuses, puis elle se sert de sa serviette pour se sécher les cheveux.

— Le sèche-cheveux est foutu. Mes cheveux ne ressemblent à rien, on dirait un chien au poil rêche.

— Vous êtes très bien. L'agent en uniforme a dit que vous aviez été cambriolée, dit Mitzi. Qu'ont-ils pris ?

— Rien. Il n'y avait rien à voler, dit-elle en jetant sa serviette, avant de se rendre compte qu'elle avait été trop honnête. Merde, c'est pas vrai. Ils ont volé de l'argent en espèces que j'économisais pour les vacances, peut-être cinq cents dollars, et des bijoux et mon téléphone portable, un téléphone neuf.

Mitzi sourit en se dirigeant vers la porte.

— Je n'en doute pas. Le temps qu'on soit arrivées en ville, vous vous serez souvenue de l'écran plasma de quatre-vingts centimètres, ainsi que de la robe Valentino et de dizaines de paires de chaussures Jimmy Choo.

121

TURIN

Le bruit réveille Roberto Craxi.

Un bruit sourd. Puis un autre. Il ne sait pas du tout depuis combien de temps il est endormi – et affaibli par le manque d'eau. Il sent le sol trembler. Quelque chose de lourd a été jeté par terre, à proximité. Il entend un autre bruit sourd.

Il sait ce que c'est. Quelqu'un est en train de déplacer les lourdes pierres posées sur la dalle placée au-dessus de sa tête. Il serre les poings et contracte les muscles de ses jambes. Dans quelques instants, il sera peut-être libre – ou mort.

Le bruit est plus distinct maintenant. Des pierres empilées les unes sur les autres. De grosses pierres ont dû être posées sur la dalle pour l'empêcher de bouger. Les pierres du dessus ont été déplacées, et maintenant on fait glisser les toutes dernières. Il a les jambes engourdies. Il rassemble toutes ses forces physiques et mentales en préparation de l'ouverture de la tombe. Silence.

Il devine que son ravisseur réfléchit à la façon d'ouvrir la tombe. L'homme ne voudra pas se pencher au-dessus et pousser car il perdrait l'équilibre quand la dalle commencerait à bouger. Il n'essaiera pas non plus de la tirer vers lui, au risque qu'elle lui tombe dessus. Non, il la fera sans doute glisser à une extrémité – celle qui se trouve au-dessus de la tête de Craxi. C'est la seule façon qu'il ait de rester placé directement au-dessus de lui.

Craxi a raison. Le moine fait basculer la dalle sur sa gauche d'un geste puissant. L'ancien soldat réagit à la vitesse de l'éclair. Il bondit hors de la tombe.

Le moine est sonné – il s'était attendu à une résistance, mais rien d'aussi rapide et puissant.

Les chevilles de Craxi cèdent sous son poids dès qu'elles touchent le sol. Mais il est libre. La main droite du moine tire d'un coup sec. Un geste extrêmement rapide – mais un geste décisif. Craxi voit la lueur soudaine, mais trop tard. Il porte ses mains à son abdomen.

Le moine regarde Craxi se débattre avec la barre surmontée d'une pointe en fer sur laquelle il vient juste de l'empaler.

Craxi sait que la barre l'a entièrement transpercé. Il la tient à deux mains et tombe à genoux.

Ephrem avance vers lui. Il regarde avec indifférence le sang former une mare sur la chemise de l'ancien soldat et se livre à un calcul froid.

Cela prendra beaucoup de temps avant qu'il ne meure ainsi.

Il contourne Roberto, et se place derrière lui. Il prend sa tête au creux de son bras et, d'un geste rapide, lui brise le cou.

122

TURIN

Nic se retrouve au milieu d'une circulation très dense, qui avance au pas, dès qu'il aperçoit les panneaux indiquant la Tangenziale Ovest-Sud/Savona/Piacenza. Heureusement que les prévisions du GPS étaient optimistes ! Il lui faut plus d'une heure pour aller de l'A55 à l'A6. Il pense à appeler Mitzi et Amy. Il y a certaines choses qu'il doit leur dire. Et d'autres choses qui doivent être faites. Mais il n'a aucune intention de se servir du téléphone portable qui est dans sa poche. Il s'en était servi de façon très brève pour chercher une entreprise d'expédition de colis sur le Net, mais excepté cela, il l'avait éteint depuis qu'il avait quitté Fabio, et avait bien l'intention de le laisser ainsi. Il finirait bien par trouver un téléphone public. À partir de maintenant, il ne se servirait de son portable qu'en cas d'urgence.

Cinquante kilomètres et quarante minutes plus tard, il tombe dans un autre embouteillage sur une route à péage en direction de Savona. Il essaie de couvrir le bruit des klaxons en allumant la radio. Lorsqu'il finit par reprendre un peu de vitesse, il prend conscience qu'il était si concentré sur la recherche des voitures de police bleu marine des *carabinieri*, ou de celles d'un bleu plus clair de la polizia qu'il avait à peine remarqué l'étrange mélange de zones urbaines et agricoles à travers les vitres de la Renault. La faible lumière d'hiver baisse déjà et le GPS interrompt le fil de ses pensées en annonçant l'heure d'arrivée approximative – il est encore à plus de deux heures de sa destination. Il arrivera en fin de soirée.

Le fait qu'il ait été retardé était peut-être une bonne chose. Avec un peu de chance, il trouverait Broussard en train de se détendre à l'abri de sa propre maison. Nic n'a pas de photo du scientifique, seulement la description qu'en a faite Erica. Il est censé être grand et mince, élégant, avoir des cheveux gris argent et une barbe grise soigneusement taillée. Il devrait être facile à repérer.

Il y a également madame Broussard. Ursula. Elle est l'opposé de son mari. Des cheveux noirs avec de petites mains, comme un hamster. Quand Erica l'avait décrite ainsi, il avait trouvé ça drôle.

Nic suit fidèlement les indications de la voix dépourvue d'émotion du système de navigation et sort au péage de Savona. Il devait être à mi-chemin. Une question le taraude : est-il est en avance ou en retard sur l'homme qui a tué Mario Sacconi – l'homme qui, selon lui, est aussi le tueur de Tamara Jacobs ?

Et s'il est en retard sur lui – de combien de temps ? Nic regarde les panneaux illuminés par le flux des phares. Il vient juste d'entrer en France. Et il sera toujours bien assez tôt pour trouver la réponse à ces questions.

123

Centre-ville, Los Angeles

L'usine tourne à effectif réduit le samedi. En partie parce qu'il n'y a pas tellement de travail en ce moment. Et surtout parce que les femmes prêtes à renoncer à leur si précieux week-end sont rares. Les temps étaient peut-être durs, mais la perspective d'être pauvre sous le soleil californien semblait préférable à celle d'être plus riche de quelques dollars dans un atelier de misère n'importe quel jour de la semaine – et surtout le samedi.

John James est dans son bureau, incapable de se concentrer. Il pense à Kim Bass. C'était une mise à mort maladroite. Peut-être même inutile – il était possible qu'il ait pris une vie pour les mauvaises raisons. En général, les choses sont claires. Ceux qui ont besoin de son aide pour passer de l'autre côté sont de parfaits inconnus. Dieu le guide vers eux. Il les désigne, aussi sûrement que s'Il allumait un phare au-dessus de leur tête.

Pour Bass, c'était différent. Il la connaissait. C'était une ennemie de la femme qu'il aimait. *Qu'il aime toujours.* Il est tourmenté à la pensée que c'est la véritable raison pour laquelle il l'a tuée. Il a rendu justice à Em. Une justice suprême et implacable, une revanche pour toutes les moqueries et les brimades – pour toute la cruauté et le mal que Bass avait infligés à Em. Il n'était vraiment pas sûr. Il n'était pas convaincu que c'était ce que Dieu voulait. JJ a peur que ce soit ce que lui, voulait.

Et puis, il y a Em. Elle non plus n'était pas une étrangère. Dieu les avait réunis. Il lui avait montré qu'une autre personne pouvait l'émouvoir comme jamais il ne l'avait imaginé. Mais avait-il mal compris ? Ce désir ardent était-il bon ou mauvais ? Il s'était en tout cas senti différent avec Em. Il avait été chamboulé par ses émotions. Son affection pour elle l'avait fait se sentir différent à propos de tout – à propos de la vie, et même de la mort.

Il avait commencé à se poser des questions. Tout cela était-il destiné à mettre sa foi à l'épreuve ? Comme lorsque Jésus a jeûné dans le désert, et que Satan l' soumis à la tentation de transformer les cailloux en pain ? *Oui.* C'est ce qu'Em avait été. Une façon de mettre sa foi à l'épreuve. Et il avait échoué. Il avait lu combien les hommes étaient faibles, et comment ils avaient été détournés de leur mission par les ruses des femmes. Maintenant, il comprend. Satan a fait son œuvre.

Il glisse une main sous sa chemise et sent les coupures de rasoir encore fraîches. Il ne s'est pas fait assez mal. Il n'a pas assez fait pénitence pour la souffrance qu'il a infligée à Dieu. Il se griffe le ventre avec les ongles jusqu'à ce qu'il voie du sang au bout de ses doigts. JJ s'incline et prie, avant de retourner dans les ateliers de l'usine.

Son regard se pose sur le tabouret vide sur lequel son amour avait l'habitude de s'asseoir. Tentatrice ou non, il ne peut se résoudre à la détester. Elle avait éveillé des sentiments en lui. Des sentiments qui, en dépit de sa pénitence et de la mort d'Em, étaient toujours vivants.

124

FRANCE

Après avoir parcouru cent cinquante kilomètres sur l'A10, Nic rejoint l'A8, puis prend la sortie indiquant Nice Nord.

Même à la nuit tombée, il voit que c'est un endroit où il aimerait passer du temps, et se perdre dans les petits villages qui bordent les routes sinueuses à flanc de coteau. Il aimerait s'attarder dans un restaurant de fruits de mer qui donne sur la mer. Il voudrait passer du temps à faire n'importe quoi, excepté poursuivre un tueur.

Il est plus fatigué qu'il ne l'aurait cru. Il s'en rend compte en prenant un virage un peu trop rapidement, et doit freiner brusquement. Ce n'est pas très prudent, surtout vu le genre d'ennemi qui l'attend tapi dans l'obscurité. Il se reprend et prend la sortie qui donne dans le boulevard Paul-Rémond.

Il doit changer de direction plus souvent à présent. Il tourne à droite dans le boulevard du Comte-de-Falicon, à droite dans l'avenue du Ray, à gauche au niveau du boulevard Cessole, prend le boulevard Gambetta, tourne à gauche dans la rue du Maréchal-Joffre, à droite dans la rue de Rivoli, avant de s'engager sur la promenade des Anglais. La voix de l'ordinateur annonce que dans trois cents mètres, il sera arrivé à sa destination.

À son destin.

Il se gare à deux cents mètres de la grande maison d'Édouard Broussard, vérifie qu'il a bien le revolver que lui a donné Goria et fait la fin du trajet à pied.

125

Los Angeles

Elles se décident pour le restaurant Joe's Steak and Surf. L'endroit est bondé parce que Joe propose un menu entrée+plat+dessert pour dix dollars par personne, avec un verre de vin si âpre qu'il pourrait décaper la peinture du bateau de Nic Karakandez.

Mitzi et Jenny Harrison s'assoient sur une banquette en plastique rouge, près de la cuisine. Harrison retrouve l'appétit et prend des épluchures de pomme de terre frites, puis un steak de deux cent vingt-cinq grammes, des frites allumettes et des petits pois aussi durs que du plomb.

— Voulez-vous un dessert ?

La question vient d'une serveuse d'âge moyen, dont le badge indique qu'elle s'appelle *Suzie !* Tarte aux noix de pécan, brownie au chocolat ou assortiment de glaces, c'est inclus dans le menu.

Mitzi sort une liasse de billets d'un dollar de son sac, et cherche des billets de cinq ou de dix.

— On ne prendra pas de dessert, merci.

Suzie n'a pas l'habitude de voir les gens faire l'impasse sur le dessert gratuit.

— Vous êtes sûre ? Je peux vous emballer une tarte à emporter.

Elle est sur le point de dire « non » à nouveau, quand Jenny intervient.

— OK, on prendra la tarte.

— Très bien, dit Suzie en décochant le sourire de l'employée du mois, avant de disparaître.

Mitzi finit de compter ses dollars.

— J'ai vu des photos de vous et Kim sur le frigo, vous aviez l'air d'être de bonnes amies.

— On est allées à l'école ensemble. C'était comme une sœur. Kim était toujours fourrée chez moi.

Mitzi se rappelle l'étroitesse de l'unique pièce.

— Il vous arrivait de faire des passes ensemble ?

Pendant un instant, elle envisage de mentir.

— Parfois.

— Vous avez énervé quelqu'un récemment ?

— Vous voulez dire un micheton ?

— Oui.

Elle réfléchit un moment.

— Non, pas que je me souvienne. La plupart partent plus que satisfaits.

— Avez-vous vu beaucoup de types ensemble, disons ces trois derniers mois ?

À présent, Harrison semble inquiète.

— C'est entre vous et moi, ça ne concerne ni le fisc, ni qui que ce soit d'autre. Tout ce qui m'intéresse, c'est de savoir qui Kim voyait.

— Il y a des réguliers, dit-elle avant de marquer une pause, mais elle n'a pas l'énergie nécessaire pour censurer certaines choses, comme elle le fait d'habitude. Il y a aussi le type qui nous protège. Parfois – vous savez – il attend de nous qu'on s'occupe de lui à deux.

Mitzi lui adresse un regard maternel.

— La vie, c'est de la merde. Parfois, c'est à cause des mecs. C'est juste des machines à faire de la merde.

— Inutile de me le dire.

— Il faut qu'on aille au commissariat, j'ai besoin des noms et des numéros de téléphone – le proxénète, les clients, les petits amis, les ex-amants, OK ?

Jenny est trop impliquée pour faire autre chose que hocher la tête.

Mitzi interrompt sa liste de questions quand Suzie la serveuse revient avec un sourire et des tartes emballées.

— Voilà, j'ai mis une tarte et un brownie. J'espère que ça vous plaira.

— Je suis sûre que quelqu'un appréciera, dit Mitzi en se levant pour les prendre et régler le montant de l'addition, ainsi qu'un pourboire de cinq dollars.

— Merci.

— Je vous en prie.

Harrison se lève tandis que la serveuse s'éloigne. Son estomac gronde, encore sous le choc d'avoir été nourri après être resté vide si longtemps.

— Hé, est-ce que ce flic qui était avec nous va laisser ma porte défoncée ouverte en partant ?

— Non, ne vous inquiétez pas. On va la faire réparer et vous pourrez récupérer les clés quand vous serez au commissariat, dit Mitzi en lui tenant la porte du restaurant. Aviez-vous déjà été cambriolée avant ?

— Ouais. Deux fois. Comme la plupart des gens. C'est sûrement une de ces garces qui vit sur le palier.

En quelques pas, elles arrivent à la voiture. Mitzi déverrouille les portes et se dirige côté conducteur.

— Avez-vous perdu quelque chose ? demande-t-elle en lui lançant un regard sérieux au-dessus du toit. Je veux dire, avez-vous *vraiment* perdu quelque chose ?

Elle secoue la tête.

— Peut-être mon téléphone. Mais je n'en suis pas sûre. J'étais plutôt bourrée hier soir, et j'ai pu l'oublier quelque part ou le perdre.

Mitzi monte dans la voiture et attend qu'Harrison soit à l'intérieur et que sa ceinture soit bouclée.

— Le téléphone, vous aviez un abonnement, ou pas ?

— Oui, j'ai un abonnement. J'ai eu un bon deal, c'est moins cher qu'un téléphone à carte. J'ai droit à un nouveau téléphone, et je pensais prendre un ce des Adénoïdes.

Mitzi se met à rire et met le moteur en marche.

— Android. Vous voulez dire Android, dit-elle en portant la main à son visage. Les adénoïdes sont de petites glandes à l'arrière du nez, près de la gorge.

— Merde ! dit Harrison en riant. Ça fait des mois que j'appelle ça « adénoïde ».

126

France

Dès qu'il s'éloigne de la voiture, Nic sent le sel et entend le bruit de la Méditerranée dans le noir, sur sa gauche. Le fait que sa valise ait commencé son périple sur les dunes de Manhattan Beach pour éventuellement finir sur les rives de la Côte d'Azur ne lui échappe pas.

Il y a une tension pesante dans l'air. Une tension qu'il n'avait pas ressentie depuis le jour où il avait raccroché le téléphone dans son appartement et où il avait pris conscience que sa femme et son enfant étaient partis faire une promenade sans lui.

La mort flotte dans l'air.

Il est proche du tueur de Tamara. Proche d'une force qui peut prendre une vie innocente sans aucun remords. Il ressent comme une douleur au creux de l'estomac.

La maison des années 1920 d'Édouard Broussard est ostensiblement illuminée par la lueur dorée de l'éclairage de sécurité, ce qui la rend très visible depuis l'historique promenade des Anglais. Située un peu en retrait derrière d'élégants murs en pierre, c'est une magnifique propriété avec de grandes fenêtres et un grand escalier double dont les marches blanches mènent à une immense porte d'entrée en acajou.

Nic se retrouve bloqué derrière un portail en fer forgé noir. Il appuie sur un bouton sur une plaque en cuivre et attend.

Une voix française – celle d'une femme raffinée d'âge mûr – grésille dans le haut-parleur.

— *Bonsoir.* (Cela sonne davantage comme une question que comme un message d'accueil.) *Qui est là ?*[4]

— Bonjour, j'ai besoin de parler à monsieur Broussard.

Elle répond en anglais.

— Qui est là ?

Une faible lumière clignote au-dessus de la tête de Nic. Il voit qu'il s'agit d'une caméra vidéo reliée à l'interphone.

— Madame, je suis Nic Karakandez de la police de Los Angeles, dit-il en sortant son insigne et en le présentant devant la caméra. Voici ma carte, et je peux vous donner le numéro de mon supérieur du LAPD.

Le grésillement s'interrompt, et il n'y a plus que le silence. Nic surveille la rue principale et les rues adjacentes tandis qu'il attend. Heureusement, rien n'indique qu'il est suivi. Il entend un bourdonnement électronique et voit le portail s'ouvrir aussitôt après. Il entre et entend le portail se refermer derrière lui.

Le temps d'arriver au bas de l'escalier, la grande porte d'entrée s'est ouverte et un homme grand et distingué, un barbu aux cheveux gris argent, l'observe tandis qu'il se rapproche. Il est sûr qu'il s'agit d'Édouard Broussard. Il sourit. Il avait peur d'arriver trop tard. Il s'était même convaincu qu'il trouverait un autre corps massacré – ou même deux.

4. En français dans le texte. (N.d.T.)

— Monsieur Broussard ?

— *Oui, bonsoir*[5], dit-il en tirant la porte derrière lui, de peur que sa femme entende quelque chose qu'il aurait préféré lui épargner. Que voulez-vous ?

L'inspecteur montre son insigne à nouveau.

— J'ai vraiment besoin d'entrer pour vous parler. Je pense que votre vie – et celle de votre femme – sont peut-être en danger.

Broussard semble sceptique. Il a sans aucun doute entendu parler des voleurs se servant de fausses plaques de police pour s'introduire chez les gens riches. Nic lit le doute sans son regard.

— J'arrive juste de Turin. Mario Sacconi a été assassiné. Je pense que vous et moi savons pourquoi.

La peur s'abat comme une ombre sur le visage du scientifique. Il ouvre la porte d'un geste vif.

— Je vous en prie, entrez.

Nic passe devant lui et entre dans un hall d'entrée dont le sol est recouvert de fibre de coco épaisse. Un portemanteau ancien trône dans un coin, comme une mince sentinelle marron.

Broussard verrouille la porte d'entrée, puis montre le chemin, traversant une réception au sol en marbre éclairée par un immense lustre et tapissé de grands miroirs au cadre doré. Il tourne la poignée en cuivre d'une porte blanche laquée et entre dans un spacieux bureau dépourvu de fenêtre.

— On peut parler ici, annonce le scientifique. Je m'en sers de bureau quand je travaille chez moi. Nous y serons en sécurité.

Nic jette un coup d'œil aux murs recouverts de chêne et il imagine qu'ils renferment des coffres-forts, des placards et des tiroirs remplis de secrets de paternité et de dossiers de défense criminelle.

— J'aimerais vraiment que vous demandiez à votre femme de se joindre à nous.

5. En français dans le texte. (N.d.T.)

Broussard fronce les sourcils.

— Pourquoi ?

L'inspecteur ouvre le pan droit de sa veste et lui montre le Beretta.

— Pour que je puisse vous protéger. Si le tueur de Mario vient ici et que vous êtes dans des pièces différentes, au moins l'un d'entre vous mourra.

127

POSTE DE POLICE DE LA 77e RUE, LOS ANGELES

La salle d'interrogatoire est bien moins chaleureuse que Joe's Steak and Surf, mais avec une cigarette et une tasse de café, Harrison arrive encore à parler et à écrire les noms des clients. À vrai dire, elle aimait bien cette femme. Elle n'était pas aussi casse-couilles que la plupart des flics. Probablement parce qu'elle faisait partie de la police criminelle, et non des Mœurs ou des Stups.

— Je crois que c'est à peu près tout, dit-elle en faisant glisser la feuille de papier sur laquelle elle avait griffonné une liste, en direction de Mitzi.

Six noms et adresses.

— Pensez-vous que l'un d'eux aurait pu vouloir faire du mal à Kim ? demande l'inspectrice.

Harrison se gratte la tête, comme si elle cherchait des poux. En pensant à Kim étendue morte par terre, elle a à nouveau mal à la tête.

— Peut-être Marlon.

— Le souteneur ?

Elle hoche la tête et tire sur son mégot de cigarette.

— Il vous frappait toutes les deux ?

— Pas plus que la plupart.

— À quel point ?

— Moi ? Trois fois rien, une gifle ici ou là quand j'ouvrais ma grande gueule. Mais une fois, il a pété les plombs et il s'en est pris à Kim et lui a cassé deux dents.

La remarque lui fait penser à Alfie, et pour la première fois, Mitzi est vraiment contente de s'être débarrassée de lui.

— Il a payé pour les couronnes, cela dit. (Harrison sourit.) Et il ne s'est pas fichu d'elle. Mais je suppose qu'il a pensé qu'il perdrait de l'argent s'il ne le faisait pas. Je veux dire, qui voudrait se faire tailler une pipe par un vampire ?

Mitzi se dit qu'elle aimerait s'occuper de Marlon. Elle aimerait bien lui faire sa fête en lui faisant sauter la cervelle avec un 45.

— En dehors du proxénète, je voudrais les coordonnées des petits amis ou des ex, dit-elle en faisant glisser une nouvelle feuille de papier vers elle sur la table. Noms et adresses des plus importants, pour les deux dernières années.

— Des plus importants ? (Harrison rit.) Kim aurait dû s'estimer heureuse. Les types l'adoraient.

— Ils l'aimaient assez pour se la passer entre potes ?

— Oui, c'est à peu près ça.

— Y a-t-il jamais eu quelqu'un qui ait compté pour elle ?

Elle réfléchit à la question.

— Il y a eu un type. Elle est sortie avec lui pendant à peu près six mois, jusqu'à ce que sa femme s'en rende compte.

Mitzi tape sur la feuille de papier avec son stylo.

— Son nom.

— Derrick Watts, dit-elle en commençant à écrire son nom. Ce type était vraiment laid comme un pou !

— Pourquoi lui plaisait-il ?

— J'en sais rien. Il était gentil avec elle. Il lui achetait des trucs des fois. Y'a pas beaucoup de types qui le font. Il habite au-dessus du magasin de carrelage, sur Pomona Freeway, au bout de l'East 6th. Je ne me rappelle plus du nom. Faites gaffe à sa femme, elle a tendance à démarrer au quart de tour.

— Et la famille de Kim, il y a des problèmes de ce côté-là ?

— Comme je l'ai dit au policier en uniforme, elle n'a pas de parents. Elle n'a jamais connu son père, et sa mère a mis les voiles quand elle était gosse, à Vegas. Elle a grandi dans des orphelinats et des familles d'accueil.

La porte de la salle d'interrogatoire s'ouvre en grinçant et le visage joufflu de Deke Matthews apparaît dans l'entrebâillement.

— Fallon, vous pouvez venir une minute ?

Mitzi jette un petit coup d'œil à Jenny.

— Comment une fille pourrait-elle refuser une telle invitation ?

Le commissaire tient la porte, puis la referme derrière Mitzi une fois qu'elle est sortie.

— Avez-vous eu des nouvelles de Karakandez ?

— Non, monsieur.

— Alors vous feriez mieux de trouver ce fils de pute et découvrir ce qu'il manigance.

— Que voulez-vous dire ?

— Je viens juste d'avoir un appel des *carabinieri* de Turin. Notre petit Nicky, accompagné d'un détective privé, est entré par effraction dans une maison aujourd'hui – et deux personnes y ont ensuite été retrouvées mortes.

— Mortes ?

Il lui lance un regard furieux.

— Vous voulez que je vous explique ce que *mortes* veut dire ?

— Non, monsieur.

— Karakandez s'est ensuite enfui, après avoir modifié la scène de crime et prélevé des preuves médicolégales.

— Ça n'est pas possible. Les apparences sont certainement trompeuses, monsieur.

— Vous avez raison, inspectrice – ça n'est pas possible, dit-il avant de regarder derrière elle, dans la salle d'interrogatoire. Occupez-vous de cette moins que rien, trouvez Karakandez et démêlez-moi ce bordel avant que le commissaire divisionnaire ne vienne jusqu'ici pour me remonter les bretelles.

Matthews part furieux, et Mitzi fait une courte pause avant d'entrer à nouveau dans la salle d'interrogatoire. Elle doit s'efforcer de ne pas penser à Nic et se concentrer à nouveau sur le meurtre. Elle affiche un sourire de circonstance à l'intention d'Harrison et reprend son interrogatoire.

— Kim travaillait-elle ces dernières semaines ?

Harrison lui lance un regard de biais.

— Un boulot de jour, rien de nuit.

À présent, elle comprend.

— Ouais, on bosse au même endroit. On gagne le salaire minimum dans un atelier de misère dans le quartier de la mode.

— Où ?

— Chez Fahed Fabrics, sur West Olympic Boulevard. C'est moi qui lui ai trouvé ce boulot.

— C'est quel genre de boulot ?

— On coud, on coupe, on assemble. Surtout des draps, des rideaux, ce genre de trucs.

Le quartier de la mode de L.A. couvre une centaine de pâtés de maisons. Mitzi le connaît sur le bout des doigts. Tenir une maison avec un budget très serré veut dire qu'elle avait très vite appris où trouver les boutiques d'articles de second choix et les ventes en entrepôt.

— Ce qui veut dire : beaucoup de filles qui travaillent ensemble. Je suppose qu'il doit y avoir des disputes.

— Ouais, des fois, mais dans l'ensemble on s'entend bien, dit Jenny en regardant sa tasse de café. Est-ce que je peux en avoir un autre ?

— Bien sûr. On fera une pause dans une minute. Finissez juste de me parler de vos collègues. Est-ce que Kim se disputait avec certaines d'entre elles ?

— Personne ne l'emmerdait – ni moi non plus. On s'amusait, vous savez. Il y avait toujours quelques langues de vipère, mais personne ne nous manquait de respect.

Mitzi attaque la question sous un angle différent.

— Y a-t-il une chance pour que vous soyez allées trop loin avec quelqu'un – que vous ayez franchi la ligne ?

— Qu'est-ce que vous voulez dire ?

— Avez-vous donné à quelqu'un des raisons de vous en vouloir ?

Harrison se gratte un sourcil.

— Non, plus maintenant. Il y avait une fille, mais elle a démissionné. Emma, Emma Varley. C'était le genre première de la classe – vous voyez ce que je veux dire, elle travaillait tellement dur qu'on avait l'air de feignasses à côté d'elle. On aimait bien la débiner un peu. (Harrison met un doigt sur sa joue gauche.) Elle avait une tache de naissance là, et elle essayait toujours de la planquer, alors on la charriait souvent là-dessus.

— Lui est-il arrivé de s'énerver, de se montrer violente ?

— Vous rigolez ? dit Harrison en riant. Cette fille est archi-timide.

— Parfois, il faut se méfier des gens timides. Cet endroit, Fahed Fabrics, qui le dirige – un monsieur Fahed, ou sa femme ?

— C'est un homme, mais on ne le voit pas beaucoup, peut-être une fois par mois. Il a deux entreprises en ville, des boutiques de confection. L'usine est dirigée par un contremaître qui s'appelle James. On l'appelle Face de poisson.

— C'est son prénom, ou son nom ?

Harrison semble décontenancée par la question.

— James, pas Face, ni Poisson.

— Son nom de famille. Je ne connais pas son prénom. Il n'est pas très malin, dit-elle avant de se raviser. Mais pour être honnête, il a été plutôt sympa ces derniers jours. Il a appelé les flics pour moi, pour essayer de savoir si Kim avait des ennuis, dit-elle avant de toucher sa tasse à nouveau. J'ai vraiment besoin de caféine maintenant. Soit ça, soit vous me laissez fumer de l'herbe.

— On ne vous donnera rien d'autre que du café, dit Mitzi en faisant un geste vers les papiers sur lesquels Harrison a écrit. Je vous en fais envoyer un pot pendant que je fais faire des recherches sur ces noms, et je vais me renseigner pour savoir si votre porte a été réparée.

— C'est sympa pour le café, merci. Hé, lance-t-elle alors que Mitzi est sur le point de sortir de la pièce. Je peux vous demander un truc ?

— Oui, bien sûr.

— Pourquoi vous êtes sympa avec moi ? Je veux dire, la plupart des gens pensent que je suis une bouffonne et ils me traitent comme de la merde.

— Peut-être parce que vous n'êtes pas de la merde. Peut-être que c'est votre vie qui est de la merde, et que vous sentez juste la vie, dit Mitzi en se rapprochant d'elle. Surmontez tout ça, et recommencez tout à zéro, Jenny. Aidez-moi à coincer celui qui a tué votre amie, et vous aurez fait quelque chose de bien. Vous aurez fait table rase du passé. Ensuite, vous pourrez vous dire que vous méritez un nouveau départ.

Harrison hoche la tête, et pendant un instant, Mitzi pense qu'elle a presque réussi à établir un lien. Si elle était tombée sur cette gamine quelques années plus tôt, elle aurait peut-être pu l'aider à changer de vie.

128

NICE, FRANCE

Ursula Broussard est habillée assez simplement, elle porte une chemise en soie blanche et une jupe plissée bleue qui lui arrive aux chevilles. Les seuls réels indices de sa richesse sont un rang de perles autour du cou, l'épaisse alliance en or et le gros diamant de sa bague de fiançailles.

— Je sais quc ccla va vous sembler étrange, dit Nic tandis qu'ils sont rassemblés dans le bureau des Broussard, mais j'ai besoin que vous quittiez cette maison tous les deux, et que vous le fassiez aussi vite que possible, dit-il en se concentrant d'abord sur Édouard. Un peu plus tôt aujourd'hui, j'ai vu le corps de votre ancien collègue, monsieur Broussard. Il a été torturé et tué dans son lit, à Turin. Il a été assassiné par un homme qui a pris sa vie sans se poser de questions, dit-il avant de se tourner vers Ursula. La jeune femme avec laquelle Sacconi dormait a été tuée elle aussi – après avoir été attachée et bâillonnée.

Madame Broussard met la main devant la bouche et se serre contre son mari. Il fait bonne figure pour sa femme.

— Savez-vous pourquoi ? demande-t-il.

— Nous savons tous les deux pourquoi, dit Nic en lui lançant un regard signifiant qu'il est temps d'arrêter de le baratiner. Vous avez analysé de l'ADN pris – pardon, de l'ADN volé – sur le Suaire de Turin et quelqu'un est prêt à vous tuer à cause de ce que vous avez découvert.

Madame Broussard parle avant que son mari ait le temps de répondre.

— Comment avez-vous obtenu notre adresse, monsieur ?

— C'est Erica Craxi qui me l'a donnée.

Elle hoche la tête, puis demande d'une voix hésitante :

— Est-ce qu'ils vont bien ? Erica et Roberto ?

Nic ne veut pas leur mentir.

— Pas exactement. Roberto a disparu – nous pensons qu'il est toujours en vie. Mais Erica est hors de danger, en lieu sûr. Je m'en suis assuré personnellement.

Ursula dit quelque chose à voix basse à l'oreille de son mari en français, que Nic ne peut ni entendre ni comprendre clairement.

Mais Édouard comprend. Édouard a fait beaucoup de choses stupides dans sa vie, la plupart pour l'argent, mais il arrive rarement, voire jamais, qu'il n'écoute pas les conseils de celle qui partage sa vie depuis trente ans. Sans dire un mot, il avance jusqu'à un panneau en bois derrière l'inspecteur et appuie dessus avec la paume de la main droite. Une porte s'ouvre. Il l'ouvre en grand, révélant un coffre noir d'environ cinquante centimètres de large sur cinquante centimètres de haut, avec une combinaison à barillet. Le scientifique passe presque trente secondes à faire tourner le série complexe de chiffres. Puis, il appuie sur une grosse barre en acier et ouvre la porte.

Nic jette un coup d'œil à sa montre. Cela fait presque dix minutes qu'il est dans la maison. C'est six cents secondes laissées au tueur de Mario Sacconi pour se rapprocher d'eux.

Le Français prend la seule chose qui se trouve dans le coffre – une enveloppe format A4 fermée et scotchée.

— Tout est là, dit-il. Les résultats complets. Les diapositives d'origine. Le fichier avec toutes les données et les restes de l'échantillon.

Nic lui prend l'enveloppe des mains et en déchire le haut. À l'intérieur, il y a une feuille A4 brillante, qui représente une sorte de code-barres géant. C'est une empreinte génétique. L'ADN de Dieu ? Ou juste celle d'un inconnu ? Une petite enveloppe en plastique contenant un prélèvement de matière sombre est agrafée à l'intérieur du dossier. Juste à côté, est scotchée une puce électronique de huit gigaoctets destinée à être lue sur un port USB. Il y a aussi des notes et des lettres. Des documents tapés et écrits à la main en italien et en français. Un autre en anglais. Et un de Tamara Jacobs adressé à Roberto Craxi.

Nic lève les yeux. Mais ce n'est pas Édouard qu'il regarde. Il sait qui prend les décisions chez les Broussard.

— Madame, nous devons partir. Tout de suite.

— Alors nous partons, répond Ursula en ouvrant la porte du bureau. Notre vie est entre vos mains, *monsieur*[6].

129

Édouard Broussard appuie sur la télécommande attachée à son porte-clés et le portail qui se trouve à l'arrière de la villa s'ouvre aussitôt. Il conduit la BMW 7 noire garée dans l'allée jusqu'à la rue adjacente de façon presque silencieuse.

Nic est à l'arrière, la tête baissée, le revolver juste au-dessous de la vitre. Ursula se sert du téléphone de son mari pour passer plusieurs appels tandis que ce dernier les emmène vers l'ouest, le long de la Promenade. Des vagues blanches viennent s'écraser avec fracas sur la plage, sur leur gauche. Sur leur droite, les grands hôtels se succèdent, rivalisant de luxe. Il se sert des rétroviseurs pour surveiller la circulation.

— Nous y serons dans combien de temps ? demande-t-il.

— Dix minutes, pas plus, dit Ursula en se tournant vers lui.

6. En français dans le texte. (N.d.T.)

— Ne me regardez pas, réplique-t-il brusquement. Retournez-vous, vous êtes seule avec votre mari dans la voiture, vous vous rappelez ?

— Pardon, dit-elle, surprise par son soudain manque de politesse.

Nic s'en fiche. Qui que soit celui qui avait enlevé Roberto Craxi – un ancien membre des forces spéciales –, il n'avait pas besoin d'avoir le moindre avantage sur un couple de classe moyenne et un flic du LAPD qui souffre du décalage horaire.

Les voitures ralentissent à mesure qu'elles approchent d'un embouteillage, et un gros camion dépasse les deux files.

Nic est de plus en plus tendu. Un embouteillage n'est pas l'endroit idéal dans ce genre de situation. Ils vont devenir une cible facile. La voiture de devant marque l'arrêt, et Édouard est forcé d'en faire autant. Nic voit une moto approcher dans le rétroviseur, slalomant entre les voitures. Le conducteur est vêtu de cuir noir et il porte un casque intégral. La couverture parfaite pour un assassin. Nic se glisse de l'autre côté du siège arrière, prend appui contre la portière, et serre le revolver avec les deux mains.

La moto se faufile entre les voitures, et arrive au niveau de la fenêtre arrière, derrière le siège du passager. Nic pointe le Beretta sur la tête casquée. Les vitres de la voiture sont fortement teintées, et il suppose que le conducteur de la moto ne peut pas les voir. La moto avance lentement. Son moteur gronde. Les doigts de Nic se raidissent sur la gâchette. Il est maintenant tout près d'Ursula Broussard.

Nic change de position et oriente son revolver pour pouvoir tirer par-dessus l'épaule d'Ursula. Inutile de viser la tête protégée d'un casque, il devait choisir soit le cou, soit une autre partie du corps. Soudain, il entend le hurlement du moteur. Nic se penche vers la gauche. D'un geste rapide, il suit le motard. Celui-ci démarre à fond de cale. Seul le bruit demeure.

Le type voulait juste se mêler de ce qui ne le regardait pas. Il voulait juste regarder bêtement à l'intérieur – voir à quoi ressemblait une berline haut de gamme, et quel genre de personne avait les moyens de se payer un véhicule de plus de cent mille euros. Nic commence à respirer à mesure que l'embouteillage se dissipe, et qu'il voit les panneaux indiquant l'aéroport de la Côte d'Azur.

130

Le téléphone posé sur le siège passager sonne.

Le moine le prend.

— Oui.

— Où êtes-vous ? demande Carlotta sur un ton brusque.

— Je suis devant la villa. Les lumières sont allumées. Je vois la voiture que conduisait l'Américain.

— Ils ne sont pas là-bas, et l'Américain non plus.

Il jette un coup d'œil alentour.

— Que voulez-vous dire ?

— Exactement ce que je viens de dire. Nos services ont réussi à détecter le signal du téléphone d'Édouard Broussard. Comme il se déplaçait vers l'ouest à une vitesse de 50 km/heure, il est raisonnable de penser qu'il est dans sa voiture et qu'il se dirige vers l'aéroport.

Il fait démarrer le moteur.

— Vous captez encore le signal ?

— *Si*, dit-elle en regardant la carte affichée sur l'écran de son ordinateur, ainsi que le point orange qui clignote. Mettez-vous en route et je vous indiquerai la direction à suivre.

Il enlève le frein à main et s'engage sur la route principale, le long de la Promenade.

— Avez-vous réussi à intercepter le colis avant son envoi ?

Il avait peur qu'elle lui pose cette question.

C'était trop tard. Il était déjà parti.

— Trop tard ?

Il choisit de ne pas expliquer ce qui l'avait retardé. Il ne pouvait pas laisser Craxi mourir lentement dans cette tombe, ni courir le risque que l'homme parvienne à s'échapper.

Cappelini est furieuse.

— Et si quelqu'un de l'entreprise d'expédition vous reconnaît ou donne votre description ?

— C'est impossible.

— Comment pouvez-vous en être si sûr ?

— J'en suis sûr. Je n'ai laissé que des cendres. Les cendres ne parlent pas.

131

Édouard Broussard tend ses clés à un voiturier en uniforme de l'hôtel Sheraton, qui se trouve juste en face de l'aéroport.

Il est trop tard pour prendre un vol pour quitter le pays. Nic et les Broussard ont réservé des chambres et partiront le lendemain à la première heure. Ursula rejoindra la maison d'un ami en Suisse – un diplomate haut placé qui dispose d'un service de sécurité 24h/24. Nic et Édouard prendront un vol pour Paris, puis la correspondance pour Los Angeles, où les flics de la criminelle prendront leur déposition. C'est en tout cas le plan échafaudé par Nic pour que tout le monde reste en vie et qu'il soit déchargé de l'enquête.

Ils prennent leurs clés à la réception et traînent le peu de bagages qu'ils ont préparés à la va-vite jusqu'à leurs chambres contiguës, au troisième étage. Nic verrouille la chambre d'Ursula, met la chaîne de sûreté et coince une chaise sous la poignée, par mesure de précaution. Édouard et lui se réfugient dans l'autre chambre et Nic verrouille la porte de la même façon.

Édouard ouvre le mini-bar.

— J'ai besoin d'un verre. Vous voulez quelque chose ?

Nic a lui aussi besoin de quelque chose à boire. Il veut plusieurs bières bien fraîches et un verre de Jack Daniels, mais la voix de la raison l'emporte sur son désir de se détendre.

— Juste de l'eau, s'il vous plaît.

— Comme vous voudrez.

Édouard prend deux petites bouteilles de cognac et lance une bouteille d'eau plate à Nic.

— L'homme qui a tué Mario, je crois que je sais certaines choses sur lui, sur l'endroit d'où il vient.

Nic oublie sa bouteille d'eau.

Le scientifique vide la bouteille de cognac dans un verre.

— Votre scénariste, madame Jacobs, je l'ai rencontrée en Italie avec Roberto. On l'a vue ensemble au moment où j'ai vérifié les résultats des tests ADN. Elle avait peur que des analyses faites sur quelque chose de si ancien ne soient pas fiables.

— Je peux le comprendre. Faire une analyse à partir d'un prélèvement qui date de plusieurs siècles, je ne pensais même pas que ce soit possible.

— C'était tout à fait possible, dit Édouard. Mario a employé le procédé de la PCR, vous savez de quoi il s'agit ?

Nic avait fait assez de prélèvements sanguins sur des violeurs pour comprendre les miracles des empreintes génétiques.

— Je pense. Réaction en chaîne par polymérase, le labo s'en sert pour créer un échantillon quand on ne possède pas le code génétique complet pour déterminer un profil.

Il sourit.

— C'est une analyse rudimentaire d'un progrès scientifique qui a valu le prix Nobel de chimie à son inventeur, il y a plus de vingt-cinq ans, mais c'est assez exact. La PCR peut amplifier une seule séquence ADN des milliers ou des millions de fois, jusqu'à ce qu'on possède assez d'informations génétiques pour former un profil fiable.

— Mais cela n'a pas été suffisant dans le cas du Suaire ?

— Si, mais nous avions besoin de vérifier nos résultats avec deux techniques et deux appareils de contrôle différents. J'ai donc décidé d'employer une nouvelle technologie, une méthode de pointe comparée à la PCR.

— De quoi s'agit-il ?

— De l'amplification des micro-ARN.

Nic semble perplexe.

Édouard réfléchit pendant quelques secondes.

— Je n'ai pas le temps de vous l'expliquer. Envisagez l'ARN comme un ADN, un code génétique. Mais avec un brin simple et non double, et une chaîne de nucléotides beaucoup plus courte que l'ADN. (Il s'interrompt, comme s'il essayait de décider de quelque chose.) Disons simplement que les micro-ARN, couplés aux nouveaux kits commerciaux tels que MiniFiler et Identifiler Plus, nous ont donné un résultat plus fiable, quelque chose de beaucoup plus facilement acceptable par la communauté scientifique.

— Qu'est-ce que Tamara Jacobs espérait prouver avec les résultats ADN ?

— L'identité de l'homme qui était sous le Suaire de Turin. Elle pensait qu'on pouvait l'utiliser pour prouver que c'était bien Jésus-Christ – ou au contraire, un parfait inconnu.

— Mais comment ? demande Nic, visiblement sceptique. Pour y parvenir, elle aurait dû posséder des échantillons de l'ADN du Christ pour faire des comparaisons.

— Pas nécessairement.

Nic est déconcerté.

— Elle aurait forcément dû posséder un échantillon. C'est un problème auquel nous sommes sans cesse confrontés. On prélève un ADN sur une scène de crime, mais on doit trouver le suspect correspondant. Le Suaire est au fond son échantillon prélevé sur la scène de crime, mais elle n'a aucun sujet de comparaison.

— Non, pas elle directement.

— Je ne comprends pas.

— Tamara pensait qu'il existait un autre échantillon. Non pas sur le Suaire, mais sur la croix sur laquelle le Christ est mort.

132

POSTE DE POLICE DE LA 77ᵉ RUE, LOS ANGELES

Il est presque minuit quand Mitzi a fait le point avec Tyler Carter, après avoir fini de traiter la déposition d'Harrison. Elle a essayé d'appeler Nic plusieurs fois, mais sans succès.

Elle aurait très bien pu renvoyer Harrison chez elle en taxi ou demander à un policier en uniforme de la raccompagner, mais elle choisit de ramener la fille chez elle elle-même. Elle ne veut pas qu'elle disparaisse de la circulation, et laisser un vide dans le dossier de la taille du Grand Canyon. En conduisant, Mitzi évite de poser de nouvelles questions sur l'enquête. Harrison devait avoir le cerveau en compote à ce stade. Si elle voulait tirer quoi que ce soit d'elle, il était préférable de parler de tout et de rien.

La brigade des vols s'est montrée très efficace, et Harrison glisse la clé dans la nouvelle serrure avec reconnaissance.

— On devrait fêter ça, c'est la première fois qu'il y a quelque chose de neuf ici, dit-elle en se tournant vers Mitzi. Vous voulez entrer prendre un verre ? J'ai de la vodka.

— Non merci, je suis crevée. Vous avez mon numéro – trouvez un téléphone public et appelez-moi lundi. Ou avant si vous pensez à quelque chose, ou si ça ne va pas et que vous ayez besoin de parler à quelqu'un.

— Merci.

Mitzi la regarde fermer la porte et attend qu'elle l'ait verrouillée avant de partir. Le monde est plein de Jenny Harrison – des femmes célibataires qui sont nées dans les quartiers pauvres et qui n'ont jamais réussi à en partir. Sur le chemin du retour, elle pense à l'échographie qu'elle a trouvée sous le matelas d'Harrison et elle se demande si la fille réussirait un jour à reprendre sa vie en main et si elle aurait la chance de se marier et d'avoir des enfants. Malgré tout ce qu'elle avait enduré avec Alfie, elle recommencerait si c'était ce qu'elle devait faire pour avoir Jade et Amber.

Mitzi se gare et entre dans la maison. Elle lui semble horriblement vide. Pas d'Alfie. Pas d'enfant. Juste elle et sa solitude. Ce qui la conduit à se demander à quoi ressemblera sa vie quand les filles auront quitté le nid. Elle jette un coup d'œil à sa montre. Il est presque une heure du matin, mais elle sait qu'elle ne parviendra pas à dormir. Son esprit vagabonde. Tout le monde est sous les verrous à cette heure-ci à California State. C'était une prison construite pour deux mille détenus, dans laquelle on en avait entassé le double. C'était *cosy*, comme disaient les flics. Les lumières sont éteintes. Et des bruits étranges résonnent, des coups et des portes qui claquent dans le labyrinthe de la noirceur puante. Des milliers de types – y compris le père de ses filles – levaient les yeux au ciel dans le noir, essayant de comprendre comment ils avaient pu foutre leur vie en l'air à ce point.

— Continue de lever les yeux au ciel, dit-elle d'une voix qui ne tremble pas. (Elle ouvre le réfrigérateur et se rend compte qu'elle aurait dû aller faire des courses.) Et réfléchis bien à ce que tu as gâché.

Son téléphone portable sonne et elle le prend d'un geste brusque dans son sac qu'elle a posé sur la table.

— Allô.

— Mitzi, c'est Nic.

— Dieu merci. Qu'est-ce que t'as foutu, nom de Dieu ? Matthews va te faire regretter d'être né.

133

France

Une douce lumière filtre à travers les fenêtres de la réception de l'hôtel Sheraton. C'est le genre de matinée qui promet d'être beaucoup plus chaude que d'habitude à la même période de l'année.

Nic et les Broussard avaient convenu de se retrouver à sept heures, et tout le monde est arrivé à l'heure au rendez-vous. Édouard et Ursula paient la note tandis qu'il reste assis dans un fauteuil à regarder l'hôtel reprendre vie après la nuit.

C'est sa dernière semaine de travail. Cet état de fait est au premier plan de ses pensées. C'est le début de la fin de quelque chose. C'est la fin de sa vie de policier qui approche, annonçant aussi la fin des horreurs personnelles qui l'ont accompagnée.

Il imagine ses derniers jours. Tard, la veille, il a expliqué à Mitzi dans les moindres détails ce qui s'était passé à Turin et elle lui a promis d'aller voir Matthews aujourd'hui pour lui expliquer la situation, y compris la raison pour laquelle il avait dû prélever des preuves sur la scène de crime de Sacconi. Bientôt, Broussard et lui seraient sur un vol en direction de Los Angeles et Ursula serait en sécurité à Genève. Le lendemain, il prendrait la déposition de Broussard, et le confierait à quelqu'un qui s'occuperait de l'affaire quand il aurait quitté la police. Mardi, avec un peu de chance, toutes les preuves médicolégales auront été traitées et vérifiées. Il était difficile d'imaginer toutes les conneries qu'on allait entendre quand la nouvelle de l'existence du profil ADN de l'homme au Suaire se répandrait. Adam Geagea et les autres abrutis du bureau de presse allaient avoir de quoi s'occuper.

Nic anticipe jusqu'à la journée du jeudi – à ce stade, le LAPD devrait avoir obtenu l'assurance que la police française allait prendre en charge la protection d'Édouard et Ursula Broussard et le scientifique pourrait retourner auprès de sa femme. Le vendredi soir, Nic siroterait une bière fraîche dans un bar bruyant et ferait ses adieux au LAPD.

Les Broussard arrivent face à lui et le tirent de ses pensées. Il a l'impression que quelque chose ne va pas.

— Il y a une grève, dit Édouard en haussant les épaules, résigné. Les contrôleurs aériens français.

— C'est une grève surprise, explique Ursula. Tous les avions sont cloués au sol pendant vingt-quatre heures.

Nic est accablé.

— On ne peut pas rester ici. On ne peut pas rester la journée ici à attendre, ce serait chercher les ennuis.

— Je suis d'accord, dit Édouard, se tournant vers sa femme. Nous allons te conduire en voiture jusqu'à Genève, et nous prendrons l'avion là-bas.

Nic ne sait pas du tout à quelle distance se trouve la Suisse.

— Combien de temps cela prendra-t-il ?

Édouard hausse les épaules.

— Nous sommes dimanche, il n'y aura pas beaucoup de circulation. Je dirais six ou sept heures, selon si on s'arrête en route ou non.

— Il faudra que je m'arrête, insiste Ursula. Un tel voyage n'est pas pensable sans s'arrêter.

Nic se lève.

— Alors allons-y. Plus vite nous partirons, mieux cela vaudra.

— Je vais demander qu'on amène la voiture devant, dit Édouard en se dirigeant vers la réception. On pourra l'attendre dehors.

— Non, dit Nic en secouant la tête. À l'intérieur. On reste à l'intérieur jusqu'à la dernière minute.

Édouard semble consterné.

— Comme vous voudrez.

Ursula Broussard se rapproche de Nic tandis que son mari

s'éloigne en direction des voituriers.

— Il n'est pas en bonne santé. Il ne veut pas en parler, mais c'est vrai.

— Qu'est-ce qui ne va pas ?

Elle porte la main à sa poitrine.

— L'année dernière, il a eu un problème cardiaque. Il fait de l'arythmie.

— C'est un rythme irrégulier, c'est ça ?

— *Oui*. Il souffre de contraction cardiaque anticipée. Son médecin dit que c'est lié au stress, peut-être aussi à trop de caféine et de cigarettes. J'ai réussi à le faire arrêter de fumer, mais il ne peut pas se passer de café.

— Je crois que je serais comme lui, dit-il avec un sourire qui se veut rassurant. Madame Broussard, je ne vais pas vous mentir, vous n'êtes pas encore hors de danger. Je ferai tout ce que je peux pour vous protéger, vous et votre mari, mais je ne suis pas sûr de pouvoir enlever le facteur stress de l'équation.

— Je sais. Je voulais juste vous informer de son état.

Édouard revient vers eux.

— Merci. Je veillerai sur lui.

— *Merci*.

— La voiture est là, annonce le scientifique avec un sourire calme. On peut y aller.

134

CARSON, LOS ANGELES

John James se tient debout, nu, dans la chambre éclairée à la bougie, une mince lame de rasoir pincée entre le pouce et l'index de la main droite. Son esprit est encore accablé par la tempête d'émotions et le doute qui font encore rage en lui.

Ses yeux sont fixés sur le long miroir de la penderie. Sans trembler, il coupe au niveau de son épaule gauche environ sept centimètres vers le bas. Avant que le sang ne jaillisse, il coupe horizontalement en travers de la coupure, une incision de cinq centimètres. Il regarde la parfaite croix rouge apparaître lentement.

Normalement, dès la première coupure, il commence à ressentir la douleur. La douleur extérieure est à la mesure de la douleur intérieure. C'est l'équilibre parfait. Un signe que Dieu lui pardonne, un signal évident que son âme est purifiée par l'écoulement du sang. Exactement comme Jésus a souffert, et comme le Seigneur a saigné pour l'humanité, JJ saigne pour Jésus.

Mais au petit matin de ce jour de sabbat, il ne sent rien. Il coupe encore. Toujours rien. Ses yeux se remplissent de larmes. Il attend d'être pardonné. Une montée d'adrénaline naît des coupures, du sacrifice, de la concentration – tout cela l'aide à se contrôler, le guide. Cela lui permet de se maîtriser. Mais pas ce soir. Il n'y a que le vide. Comme si Dieu l'avait abandonné. Il doit faire davantage d'efforts. Il doit se prouver qu'il est digne de Dieu.

JJ couvre l'ensemble de son torse de crucifix avec le rasoir. Tandis que le sang coule, il continue sur la cage thoracique et sur l'abdomen. Dans le miroir, il ne voit pas son reflet mais un tableau charnel – un portrait de son amour de Dieu. De minces rivières de sang coulent de la clavicule à la hanche.

Cela ne suffit pas. Ce n'est pas tout à fait suffisant. Il change de main. Il reproduit les cruciformes sur le côté droit de son torse. Il n'est pas aussi précis avec sa main gauche, et coupe maladroitement dans la zone tendre et renflée autour du mamelon – l'aréole. Au moins à cet endroit, il ressent une montée d'endorphines, un signe du plaisir de Dieu. Le Seigneur attend davantage de lui. Jésus demande qu'il multiplie ses efforts et qu'il fasse ses preuves.

Il coupe plus profondément dans le cercle rose, et se rapproche du miroir. Il a les yeux fixés sur ceux qui le regardent à leur tour dans le miroir éclairé à la bougie. Il a l'impression d'être hors de son propre corps. D'être désincarné. Séparé de la réalité.

Il penche la tête et guide la lame de rasoir jusqu'au bout du mamelon. Le sang coule à flots, mais le téton ne tombe pas, il reste là comme le capuchon ouvert d'un tube de dentifrice. La douleur le saisit. Elle se précipite en lui comme une décharge électrique. Dieu est content. JJ incline la tête en arrière dans un accès de délire et de fierté. Il a les yeux fermés mais ses doigts et sa lame trouvent le mamelon qui pend et découpent le dernier morceau de chair.

135

FRANCE

Ils quittent l'aéroport et se dirigent vers le nord, et après un ou deux kilomètres, ils prennent l'A8 et rejoignent la circulation fluide qui avance à bon train en direction de l'ouest. À travers les vitres teintées, Nic voit les panneaux indiquant les endroits dont il a entendu parler : le Vieux-Port d'Antibes, un endroit qui date du ve siècle av. J.-C. ; Cannes, où a lieu le Festival international du cinéma ; Saint-Tropez, le terrain de jeu des gens les plus riches du monde.

Édouard fait passer le temps en racontant des anecdotes sur les villes qu'ils contournent.

— Savez-vous d'où Saint-Tropez tire son nom ?

Nic tente une déduction logique.

— Un saint a découvert l'endroit ou a trouvé refuge ici ?

— *Très bien.* Un martyr nommé saint Torpès a été décapité à Pise pendant le règne de Néron. Son corps a été placé dans un bateau rongé par la rouille – avec un coq et un chien – et il s'est échoué ici.

Nic fait une grimace.

— Un coq et un chien ? J'avais espéré une histoire un peu plus romantique.

— Saint-Tropez est un endroit romantique, insiste Ursula. Il a abrité beaucoup de femmes glamour – Coco Chanel, Elsa Schiaparelli. Et, bien sûr, il y a Brigitte Bardot.

Le visage d'Édouard s'éclaire.

— Ah, Brigitte. La preuve que Dieu a créé la femme.

Nic regarde le mari et la femme tendre le bras l'un vers l'autre pour se prendre la main. Pendant un instant, il pense à Caroline. C'était le genre de choses qu'elle faisait quand il conduisait, puis l'un et l'autre se tournaient vers Max, à l'arrière, pour le regarder dans son siège bébé, et ils disaient à quel point il était beau et imaginaient ce qu'il ferait en grandissant.

— Comment vous êtes-vous rencontrés ? demande-t-il, plus pour interrompre le fil de ses pensées que pour toute autre raison.

— Nous ?

Édouard rit et murmure quelque chose à sa femme en français.

Nic regarde leurs mains se serrer.

— OK, dit Édouard avec un sourire. Ma femme consent à ce que je vous le dise. J'ai vu ses seins, et je suis tombé amoureux d'elle.

— Pardon ? répond Nic, décontenancé.

— Mon père dirigeait une clinique de chirurgie plastique à Nice, et Ursula était une patiente. J'ai vu des photographies d'elle et j'ai su que je voulais que cette belle femme fasse partie de ma vie.

— La médecine est donc une histoire de famille.

— Uniquement du côté de mon père. Il avait un cabinet à Nice et même si ma mère a divorcé, il a toujours veillé sur nous et est resté en contact. Il était ma source d'inspiration.

— Mais vous avez été élevé par votre mère ?

— *Oui.* Nous étions très proches. Papa travaillait tout le temps, je le voyais rarement. Elle était italienne. Malheureusement, elle est morte maintenant, paix à son âme. Alors quand ils se sont séparés, elle m'a ramené à Rome où elle était née et avait de la famille. J'ai vécu là-bas à partir de l'âge de sept ans.

Nic commence à apprécier le scientifique.

— Vous vous considérez davantage Français ou Italien ?

Broussard rit.

— Français, bien sûr, même si j'ai un amour profond pour l'Italie. J'ai passé des années merveilleuses à l'université La Sapienza, à Rome, et j'ai réussi à être sélectionné pour entrer à l'école professionnelle de l'*Arma dei carabinieri*, ce qui n'est pas rien pour un petit Français – même si, à ce stade, j'avais la double nationalité. À cette époque, parler à la fois français et italien vous rendait très populaire auprès des filles.

— J'imagine que c'est toujours le cas.

— Je suppose, dit-il tandis qu'ils rient à l'unisson. Ensuite, j'ai eu mon diplôme de biologie, et j'ai obtenu une bourse pour Oxford.

— Oxford, en Angleterre ?

— Oui. Mais je n'impressionnais pas beaucoup les Anglaises. Les jeunes hommes qui étudient la cartographie du génome sont loin d'être aussi intéressants que ceux qui font les Beaux-Arts.

Ursula intervient :

— Sais-tu que les Français et les Anglais ne font pas bon ménage ?

— Je pensais que l'Europe était une grande famille.

— Pas du tout. Les Français détestent les Anglais – nous les trouvons vulgaires. Les Anglais détestent les Français – ils nous trouvent arrogants. Les Hollandais détestent les Belges parce qu'ils croient qu'ils devraient posséder leur pays ; les Belges détestent les Hollandais parce qu'ils ont des manières frustes et que leur cuisine est mauvaise – et tout le monde déteste les Allemands.

Ils rient tous en chœur à présent.

Édouard reprend son histoire :

— J'ai passé la plus grande partie de ma vie à faire des recherches scientifiques pour le compte des *carabinieri*, mais je rentrais à la maison et je passais du temps avec mon père. C'est pendant une de mes visites que j'ai rencontré Ursula et que j'ai su que je devais passer le reste de ma vie avec elle.

— On a vécu en Italie pendant un moment, explique-t-elle. Mais je suis française et Nice est resté l'endroit où je me sens chez moi.

— C'est pareil pour moi. Quand mon père est mort, il m'a laissé sa maison et son entreprise et nous sommes revenus ici.

— Alors vous faites de la chirurgie esthétique maintenant ?

Il semble horrifié.

— Oh, non. Je serais très mauvais dans ce domaine. Nous employons beaucoup de très bons chirurgiens pour faire ça. J'ai simplement agrandi la clinique pour créer un service de recherche de profils ADN destiné aux célébrités et aux VIP – ceux qui cherchent à éviter de coûteux frais de paternité.

La voiture ralentit à mesure qu'ils approchent d'un nouveau péage.

— Et vous ? demande Ursula ? Qu'est-ce qui a fait de vous l'homme que vous êtes ?

— La mort, dit Nic. La mort de mes parents. La mort de ma femme et de mon enfant. La mort m'a façonné, bien plus que n'importe quoi de vivant.

136

Los Angeles

Il est trois heures quarante-cinq du matin, et l'insomniaque Tyler Carter regarde des conneries à la télé, en l'occurrence le remake d'un célèbre talk-show.

Il est content d'entendre son téléphone portable sonner. Il est prêt à n'importe quoi pour rompre la monotonie des heures creuses, entre minuit et le lever du jour.

— Carter.

L'appel dure moins d'une minute, et lorsqu'il raccroche, il sait que ce coup de téléphone changera chaque seconde de sa vie dans un avenir proche.

C'est l'appel dont il avait rêvé. Il griffonne des notes sur un carnet qu'il garde près de son lit, et prend la direction de la douche. Dix minutes plus tard, il est habillé, dans sa voiture et en train de dépasser les limitations de vitesse pour arriver au commissariat le plus vite possible.

137

TURIN

C'est le milieu de la matinée quand la luogotenente Cappelini est appelée dans le bureau de Giorgio Fusco. Le commissaire âgé de quarante-cinq ans est face au mur, les mains jointes. Il est perturbé par ses pensées.

— Commissaire ?

Il se retourne, les mains toujours jointes.

— Asseyez-vous.

Elle s'assoit sur la chaise qui est de l'autre côté de son bureau.

— On vient juste de retrouver le corps de Roberto Craxi.

— Où ? demande-t-elle d'une voix blanche.

— Dans une vieille église, à l'est de la ville. Deux gamins l'ont trouvé. On est en train de le transporter chez le légiste, dit-il en détournant les yeux, qui se posent sur les armoiries des *carabinieri*, accrochées au-dessus de son bureau. D'après ce qu'on m'a dit, il avait une lance de fer enfoncée dans l'estomac, et on lui a brisé le cou, ajoute-t-il en se tournant à nouveau vers elle. Cet homme, quoi que vous pensiez de lui, a été un des soldats les plus courageux et les plus fiables d'Italie.

Elle tressaille.

— *Si,* commissaire, je comprends. Et sa femme ?

— Aucune nouvelle, dit Fusco en commençant à faire les cent pas. Annoncez à Fabio Goria la nouvelle à propos de Craxi et voyez si ça lui délie la langue.

Elle hoche la tête.

— L'agent qui était sur place, dans l'église, a dit qu'une vieille tombe a été ouverte et qu'on avait ôté la dépouille qu'elle renfermait. Les vêtements de Craxi étaient couverts de terre et de moisissure qui semblent provenir de l'intérieur de la tombe. Quelqu'un l'a gardé prisonnier là-dedans. On l'a gardé dans cet endroit, puis on l'a laissé sortir pour le tuer.

Elle ne dit rien.

— Luogotenente, y a-t-il quelque chose à propos de cette affaire que j'ignore ? Quelque chose que vous devriez me dire ?

— *No, capitano.*

Il n'est pas sûr de la croire.

— Vous avez demandé des renforts il y a un certain temps, parce que vous pensiez que Craxi était impliqué dans une fraude à l'échelle internationale – il aurait vendu des informations secrètes, peut-être concernant un prélèvement ADN illégal provenant du Suaire de Turin – mais à présent nous avons un meurtre en Amérique et trois meurtres en Italie, dit-il en faisant le tour du bureau pour se rapprocher d'elle. Carlotta, je respecte le fait que vous vouliez protéger le nom de l'*Arma* – et c'est pour cela que j'ai appuyé votre position – mais je ne cautionnerai pas le fait que vous gardiez pour vous des informations qui pourraient empêcher des gens de se faire tuer.

Elle hausse les épaules en prenant un air innocent.

— Capitano, je ne sais rien de plus que ce que je vous ai dit. Les activités de Craxi cachent peut-être quelque chose que je n'ai pas découvert, mais mes recherches n'ont rien révélé d'autre que le lien qu'il entretenait avec Mario Sacconi.

Il la regarde fixement. Cappelini est ambitieuse. Une des rares inspectrices des *carabinieri* qui est promise à un brillant avenir. Il doit lui accorder le bénéfice du doute.

— Des nouvelles de l'inspecteur américain ?

Elle fait non de la tête.

— Pas encore. Il réapparaîtra.

— Le commandante a parlé à son patron à propos de son intrusion sur la scène de crime – et vous savez ce qu'il a dit ?

Elle garde le silence.

— Il a dit que Karakandez avait sans doute une très bonne raison d'avoir agi ainsi, dit Fusco en penchant la tête d'un air inquisiteur. Alors pourquoi ferait-il cela, Carlotta ? Pourquoi un des meilleurs inspecteurs de Los Angeles prélèverait des preuves sur une scène de crime à Turin ? Serait-ce parce qu'il n'a pas confiance en l'agent local avec lequel il travaille ?

— J'espère que non, monsieur.

— Moi aussi. Moi aussi, dit-il en lui faisant signe de sortir de son bureau. Retournez travailler, et ne partez pas avant de m'avoir apporté de bonnes nouvelles.

138

France

Le moine a une luxueuse limousine noire en vue. Il se trouve cinq voitures derrière. Il réussit à voir à temps une déviation sur l'autoroute.

Il suit la grosse voiture depuis qu'elle a quitté l'hôtel Sheraton, deux heures plus tôt. Édouard Broussard est le parfait conducteur pour une filature. Il roule à une vitesse constante – à peu près 90 km/heure – avec de rares pointes à 100 quand il veut dépasser quelqu'un.

Ephrem imagine la façon dont ils sont assis. Madame Broussard est sans doute sur le siège du passager, et l'Américain à l'arrière – nerveux et à cran, comme tous les flics. Et très certainement armé. Un petit pistolet. Un cadeau du détective italien. Les Américains aiment les revolvers. Il ne fait pas de doute qu'il saura s'en servir.

La pensée de l'arme dissuade le moine de les prendre en embuscade sur la route. Il est sûr de pouvoir tuer le flic – facilement – mais le scientifique et sa femme risqueraient de s'échapper, et à l'extérieur, dans un espace public, cela pourrait compliquer les choses.

Non, il sera patient. Ils s'arrêteront. Ils se reposeront. Ils commettront des erreurs. Les gens comme eux en font toujours.

139

Poste de police de la 77e rue, Los Angeles

— Où est-il ?

Un éclair d'agressivité traverse les yeux de Carter, traduisant son anxiété.

L'officier de permanence lève les yeux, et voit un inspecteur qui semble avoir oublié ses bonnes manières.

— Je vous souhaite moi aussi une bonne journée, inspecteur. Comment allez-vous ? Cela fait un moment qu'on ne s'est pas vus.

— Ne m'emmerdez pas, Jim. Vous savez à quel point je veux ce type.

— Il est dans une cellule individuelle. Je vous y conduis, dit Jimmy Berg.

— Le docteur Jenkins est avec lui en ce moment.

— Jim, j'ai dit que personne ne devait le voir.

— Je sais, mon cher et très important ami, mais c'est ma retraite qui est en jeu si le type meurt entre ces murs, et vous pouvez me croire, ce cinglé avait besoin de voir un médecin.

— Pourquoi ?

— Vous verrez par vous-même.

Ils passent devant la rangée de portes, jusqu'à ce qu'ils atteignent la cellule désirée. Berg ouvre la porte métallique de la cellule, puis recule. Un grand sourire s'affiche sur son visage lorsque Carter le pousse pour lui passer devant.

Carl Jenkins, le médecin de garde de la police, est penché sur un homme allongé sur le dos sur un lit bas.

— Je suis l'inspecteur Carter, le responsable chargé de cette enquête.

— Je n'en doute pas, dit l'homme d'une cinquantaine d'années occupé à faire des points de suture. Mais à moins que vous n'ayez également un diplôme de médecine ou que les travaux d'aiguille soient votre hobby, je suggère que vous sortiez un moment et que vous mc laissicz terminer mon travail.

Carter voit clairement le patient pour la première fois.

— Merde ! Que lui est-il arrivé ?

Berg secoue la tête.

— Plus tard, détective.

Carter reste cloué sur place. Le type qui est allongé sur le lit est couvert de blessures. Son torse n'est plus qu'une masse visqueuse de sang coagulé. Les coupures ont la forme de crucifix et recouvrent la totalité de son corps : la tête, le visage, les paupières et les joues – même l'arête du nez. Carter n'arrive pas à croire ce qu'il voit. Ce fils de pute est tellement cinglé qu'il a coupé ses propres mamelons et lobes d'oreilles.

140

FRANCE

Cinq heures après avoir quitté Nice, Édouard Broussard met son clignotant et sort de l'A7. Sa femme est endormie et il parle à Nic à voix basse.

— Nous sommes à Malataverne. On s'arrêtera pour faire une petite pause à Montélimar.

— Quelle distance a-t-on parcourue ?

— Environ trois cent cinquante kilomètres.

— Qu'est-ce que ça représente ? La moitié du trajet ?

— Un peu plus, mais c'est plus long que je ne l'espérais. Les travaux aux alentours d'Aix nous ont fait prendre pas mal de retard.

Ursula remue. Son visage est appuyé sur le siège en cuir sur lequel elle est confortablement installée.

— On est arrivés ?

— Non, mon amour. On sera bientôt à Montélimar. On fera une pause déjeuner.

— Ah, super.

Nic faillit protester. Il préférerait qu'ils se contentent d'aller aux toilettes dans une station-service avant de se remettre en route.

— Je connais un parfait petit restaurant là-bas, dit Édouard en prenant la main de sa femme. Il est près du Palais des bonbons et du nougat. Il a une étoile dans le Michelin depuis dix ans.

Nic leur fait part de son objection.

— On n'a pas le temps de s'attarder. On doit aller à Genève, et ensuite à l'aéroport.

— Balivernes ! dit Édouard avec dédain. On a besoin de manger.

— Et de boire, ajoute Ursula, qui est maintenant tout à fait réveillée. Le déjeuner dominical doit être accompagné d'un verre de vin – au minimum.

141

Poste de police de la 77e rue, Los Angeles

Carter appelle Mitzi et lui dit de venir tout de suite, puis il se dirige vers le bureau des enregistrements, où Jimmy Berg l'attend pour lui montrer les séquences vidéo filmées par les caméras de surveillance de l'entrée principale.

— Le disque vient juste d'arriver du service vidéo, dit l'officier de permanence. Je l'ai rembobiné jusqu'au moment où notre type monte les marches de l'entrée principale.

— OK, allons-y.

Berg montre du doigt le flic noir de permanence à l'accueil.

— Regardez Howie, complètement KO, en train de dormir, dit-il en s'étranglant de rire. Il a failli se faire dessus quand votre cinglé a sonné à l'interphone.

Carter regarde le policier, un type vieux et gros, se réveiller en sursaut. Exactement comme l'avait dit Jimmy, ce qui le fait sourire pendant une seconde. La caméra filme en grand angle, et couvre le bureau, sur la droite, et la porte d'entrée destinée au public, sur la gauche. On entend un bruit électronique et la porte s'ouvre. Un homme entre. Il est pieds nus et porte quelque chose qui ressemble à une cape couleur crème et un slip. C'est un drap. Un drap semblable à celui dont les victimes étaient recouvertes. Il se tourne vers le policier de garde.

Berg répond à la question avant même qu'on la lui pose.

— C'est déjà emballé et mis sous scellés, avec le reste de ses affaires.

— Est-ce qu'on a son nom ?

Il fait un signe de tête vers l'écran et sourit.

— Il est sur le point de vous le donner.

— Merci.

Carter se concentre à nouveau sur l'écran. L'homme a les bras grands ouverts et il avance vers Howie, totalement stupéfié.

— Je suis l'assistant de Dieu, je suis Délivrance, celui qui transporte les âmes.

Délivrance.

L'inspecteur est démoralisé. Ce type est le rêve de tout psychiatre. Un bon avocat allait sortir des archives de son riche cabinet un gros dossier médical et préparer en deux temps trois mouvements un dossier pour plaider l'aliénation mentale. Il le sait, c'est tout.

— Je suis un instrument du Seigneur, un messager du Tout-Puissant. Dieu m'a envoyé.

Howie se lève lentement, encore un peu groggy de sommeil.

— Bien sûr, mon frère, mais maintenant le Seigneur veut que tu rentres chez toi pour dormir et récupérer de ce qui t'a mis dans cet état. (Howie voit les coupures lorsque le type s'approche du bureau.) Hé mec, qu'est-ce que tu t'es fait ?

— Mon travail est achevé. Son travail est achevé. *Dominus vobiscum.*

— Merde, est-ce que ça va ?

Howie appuie sur un bouton situé sous le bureau pour appeler des renforts.

— Dieu, soient louées les âmes que j'ai délivrées. (L'homme tombe à genoux.) Les âmes saintes de Kathleen Higgins, Stephanie Hayes, Lisa Griffin, Lucy Bryant, Shelly Hughes, Louise Perry, Krissy Patterson, Kylie Gray, Sally-Ann Ward, Maria Gonzales, Kim Bass et…

Carter se penche plus près de l'écran. Les derniers mots lui ont échappé. Un autre nom.

— Rembobinez, Jimmy, dit-il quelque chose à la fin ?

— Je ne crois pas.

L'agent de police rembobine.

Ils regardent la séquence vidéo une nouvelle fois. Carter n'entend toujours rien. C'est comme si le type s'était empêché de mentionner quelqu'un, comme s'il avait évité de dire un nom.

Pourquoi ?

Pour l'instant, ça n'a pas d'importance, le taré en cape vient juste d'énumérer la liste des onze victimes de l'affaire du tueur en série sur laquelle Carter travaille depuis des années. Y compris la toute dernière – Kim Bass.

142

France

Le moine les suit et sort de l'A7.

Il se demande pendant un moment s'il y a un aéroport à proximité, si la grève dont Carlotta lui avait parlé était terminée, et s'ils avaient réservé un avion privé. Dans ce cas, il serait coincé. Ses peurs s'apaisent lorsqu'il voit la BMW rouler tranquillement sur la route de Marseille et prendre la direction de Montélimar Centre.

En moins d'un quart d'heure, la campagne du sud-est de la France laisse place aux murs de béton de la grande ville. La limousine des Broussard arrive à un rond-point et prend la première sortie, qui les conduit dans la rue Saint-Gaucher. C'est une rue étroite avec des boutiques destinées aux touristes et des maisons aux volets clos surplombant un ruban d'asphalte à peine assez large pour laisser passer les voitures.

Ephrem est plus proche qu'il ne le voudrait – il n'est que trois voitures plus loin. La circulation s'arrête lorsqu'un coursier poussant un chariot rempli de bouteilles d'eau traverse la rue. Lorsqu'il a terminé, la BMW tourne à droite et Ephrem la suit jusqu'à la place du Marché. C'est une place moderne mais joliment pavée, avec des cafés et des boutiques disposées autour d'une voie piétonne. Il n'y a nulle part où se garer.

À sa surprise, la limousine s'arrête devant un restaurant avec un rideau rouge en devanture, bloquant la route. Édouard Broussard descend de voiture côté conducteur et ouvre la portière à sa femme. Il lui tend la main pour l'aider à sortir. Il referme la portière, et ils entrent ensemble dans le restaurant, laissant la voiture sur place. Les deux conducteurs placés devant le moine klaxonnent en signe de protestation.

Les portes du restaurant s'ouvrent à nouveau et un serveur en costume noir se précipite vers la BMW et se glisse sur le siège du conducteur. La porte arrière s'ouvre presque instantanément et un homme brun, grand, portant une veste en cuir noir et un jean descend de voiture.

Karakandez.

Le flic balaie la rue du regard en s'étirant pour effacer les effets d'un voyage de plusieurs centaines de kilomètres sur le siège arrière. Le moine veut l'observer, il veut assimiler sa taille, son poids, sa façon de marcher, de se tenir – il veut voir une faiblesse visible chez son adversaire. Mais il sait qu'il ne doit pas être surpris en train de le regarder fixement. Il baisse les yeux sur la radio et actionne le tuner. À travers sa vitre ouverte, il entend les automobilistes s'écrier avec incrédulité qu'un homme riche et sa femme ont laissé leur voiture devant un restaurant pour qu'un serveur aille la garer. La plupart des Libanais parlent bien le français, et le moine ne fait pas exception. Il entend le bruit des moteurs qui accélèrent et lève les yeux.

Karakandez est parti. Un bref aperçu, c'est tout ce qu'il avait eu de l'homme qu'il pense devoir tuer.

143

Poste de police de la 77e rue, Los Angeles

Tyler Carter fait les cent pas avec impatience quand la porte de la cellule s'ouvre et que le docteur Jenkins en sort avec un regard inquiet.

— Il est à vous, mais vous allez devoir y aller doucement.

— Va-t-il avoir besoin de se faire opérer ?

— Non, ce ne sont pas ses blessures physiques qui m'inquiètent – la suture s'est bien passée. C'est son état mental.

Carter hoche la tête.

— Vous a-t-il donné la moindre information sur son identité – son nom, son adresse ?

— Je lui ai posé la question, mais ses réponses n'avaient pas beaucoup de sens. Il n'avait pas l'air de m'écouter. Il n'a pas arrêté de prier, et de demander à Dieu de le pardonner. (Jenkins essaie de se souvenir de ses termes exacts.) « Oh mon Dieu, pardon de vous avoir offensé », ou quelque chose comme ça.

— C'est l'acte de contrition catholique.

— Vous êtes catholique ?

— Non pratiquant. Mais je me souviens de l'avoir entendu quand j'étais gosse, doc.

Le médecin s'apprête à partir.

— Voulez-vous assister à l'interrogatoire ? Ça ne me pose pas de problème. Pour l'instant, il est ici de son propre gré et il peut partir quand il veut.

Jenkins secoue la tête.

— Vous faites votre travail, et moi je fais le mien. Je vais aller faire un brin de toilette et boire un café. Je revendrai le voir dans une demi-heure environ.

— OK.

— Oh, et compte tenu de l'état dans lequel il s'est mis, vous feriez mieux de le considérer comme un individu à risque, dit le médecin en se tournant vers l'entrée : J'ai déjà dit au policier de garde que c'était un cas de suicide potentiel.

— Compris.

Carter reste un moment devant la porte, et jette un coup d'œil par le judas de la cellule. Le type est exactement tel qu'il avait imaginé le Caméléon. Petit. Insignifiant. L'air pleutre. Quiconque capable de tuer quelqu'un dans son sommeil manquait forcément de force – à la fois physique et mentale.

La porte s'ouvre d'un coup sec derrière lui et il se retourne. Mitzi Fallon entre, ressemblant à une barbe à papa mal filée. Pas de maquillage. Et ses pupilles sont aussi petites et noires que des crottes de lapin.

— Ne dites rien. Pas de plaisanterie de mauvais goût. Je sais que je ressemble à Joan Rivers les mauvais jours. Mais je suis là, et ça devrait vous suffire.

— Ça me suffit. Merci.

Elle se penche en avant, regarde à travers le judas, et se tourne vers Carter.

— C'est ce petit mec de rien du tout qui a commis tous ces meurtres ?

— On dirait bien. Il s'est présenté à l'accueil et a récité le nom des victimes dans l'ordre chronologique, y compris Kim Bass.

— Quel salaud. Il a un nom ?

— Délivrance.

— Oh, merde. Un cinglé. Vous m'avez tirée du lit et humiliée publiquement pour un type complètement débile ?

— Je n'ai encore jamais rencontré de tueur en série que je considère comme sain d'esprit.

— Bien sûr, mais ils ne sont pas nombreux à s'appeler Délivrance et à se rendre au milieu de la nuit.

Carter est de plus en plus calme. Mitzi surprend une lueur étrange dans son regard, comme s'il venait juste de se souvenir de quelque chose d'important qu'il aurait dû faire. Puis, elle prend conscience de l'énormité de ce moment. Carter est sur le point de faire un pas décisif. Un pas qu'il se prépare à faire depuis deux ans. S'il part dans la bonne direction, le type qui est de l'autre côté de la porte rejoint le couloir de la mort et sa carrière connaît une irrésistible ascension. S'il part dans la mauvaise direction, le cinglé connu sous le nom de Délivrance plaide l'irresponsabilité et les chances de gloire de Tyler Carter passent à la trappe sans autre forme de procès.

— Vous avez envie d'un café ? Peut-être d'un petit-déjeuner ?

Mitzi semble interloquée.

— Vous voulez répéter ?

Carter sourit.

— Je viens juste de décider que je n'étais pas prêt à l'interroger, dit-il en faisant un geste en direction de la cellule. Il s'est montré maintenant. Que va-t-il faire, demander à rentrer chez lui en prétendant quc rien de tout ça n'est arrivé ? Au moins, dans ce cas de figure, on saura où habite Délivrance. Non, avant qu'on aille là-dedans et qu'on commence à le mettre en accusation, je veux savoir qui il est, de quel bois il est fait, et ce qui l'a rendu tel qu'il est. On peut aller prendre ce café, maintenant ?

144

France

Édouard et le corpulent propriétaire du restaurant se connaissent depuis longtemps, de toute évidence.

Après les accolades, les sourires et les poignées de mains, ils s'installent à une table et le maître d'hôtel apporte les menus. Mais au creux de son estomac, c'est plutôt de l'inquiétude que de la faim que ressent Nic. S'arrêter pour déjeuner est insensé. Il n'arrive pas à croire qu'il ait accepté. Au moins, le vieil homme et sa femme semblent détendus. Et peut-être qu'une heure passée à manger valait mieux qu'une crise cardiaque plus tard dans la journée.

— J'ai dit à Jean-Paul que nous étions pressés, dit Édouard. Il nous a promis deux de ses meilleurs plats en moins d'une heure.

Le propriétaire tient parole. Le saumon d'Écosse Teryaki est le meilleur poisson que Nic ait jamais mangé. Les ravioles de Romans et l'émulsion de foie gras maison convertiraient même le plus invétéré des végétariens.

Édouard Broussard laisse un généreux pourboire, et après de nouvelles embrassades, ils sortent tous les quatre sous les rayons du soleil. Le propriétaire tend ses clés à Édouard et lui dit que sa voiture est garée cinq mètres plus loin, juste au coin de la rue Bouverie. Il les accompagne, et de nouvelles embrassades s'ensuivent.

Les yeux de Nic ne quittent pas la rue, et sa main ne s'éloigne jamais du Beretta de Goria de plus de quelques centimètres.

— Cela ne vous dérangerait pas de conduire pendant une heure ? demande le Français en tendant ses clés à Nic. J'ai trop mangé et trop bu.

Son instinct de flic dit « non ». Une main sur le volant, l'autre sur le revolver n'est pas la meilleure façon de se défendre, mais cela vaut toujours mieux que d'être conduit par un type ivre.

— Bien sûr, mais vous devrez m'indiquer la route.

— Il y a un système de navigation sur le tableau de bord. Il est réglé sur notre destination.

Nic prend les clés et les Broussard se glissent à l'arrière, semblant plus que ravis d'être ensemble et d'avoir un chauffeur à leur disposition. La voiture est une conduite automatique, et après avoir reculé son siège, Nic se sent à son aise derrière le volant.

Il démarre et se laisse guider par le GPS à travers un dédale de rues étroites, avant de rejoindre la route de Valence, sur laquelle l'ordinateur diligent émet un signal pour indiquer la présence d'un radar à trois kilomètres.

La grosse voiture ne demande qu'à accélérer, mais Nic respecte consciencieusement les limitations de vitesse. Édouard doit l'aider à trouver des pièces de monnaie quand ils arrivent sur l'A7 et passent par une succession de péages, puis il s'installe confortablement et prend la main de sa femme sur ses genoux. Dans le rétroviseur, Nic les voit somnoler. Ça ne peut pas leur faire de mal, il reste encore deux heures de route, et près de deux cents kilomètres à parcourir. *Dormez bien, et longtemps,* pense-t-il. Il voudrait juste pouvoir en faire autant.

Les kilomètres défilent, et après plus d'une heure, il est clair que les Broussard vont dormir pendant la plupart du trajet.

La circulation est fluide et Nic trouve le temps d'apprécier la grosse limousine. Il prend conscience qu'à moins de travailler un jour en tant que chauffeur, c'est sans doute la dernière fois qu'il conduit une voiture aussi chère. Surtout lorsque son prochain salaire sera le dernier, du moins jusqu'à ce qu'il décroche un nouveau boulot.

Lorsque les premiers panneaux indiquant la Suisse apparaissent, il a un coup de barre. Un peu d'air conditionné dirigé en plein visage semble avoir l'effet escompté. Les paysages changent imperceptiblement derrière les minces arbres dénudés. Un fascinant aperçu sur les forêts, les lacs et les montagnes suisses donne davantage une sensation de fraîcheur et de rudesse que la campagne française verte et luxuriante.

Les feux arrière rouges clignotent soudainement. Un embouteillage se forme, pour une raison inconnue. Probablement les conducteurs du dimanche, qui ne sont pas habitués à prendre la route. Nic ralentit et appuie sur le frein. Il n'oppose aucune résistance. Rien ne se passe. Il appuie plus fort. On entend un sifflement et il reste appuyé au sol. La voiture ne ralentit pas. Les freins ne fonctionnent pas.

145

POSTE DE POLICE DE LA 77e RUE, LOS ANGELES

Mitzi, assise à son bureau en buvant un café, regarde l'enregistrement de l'arrivée de Délivrance.

— Ça pourrait être juste un mauvais plaisant, vous y avez pensé ?

— Non. Ça n'en est pas un.

— Attendez une minute. Essayez d'oublier qu'il est bizarre et qu'il ressemble à un aveugle qui aurait essayé de se raser avec un couteau à cran d'arrêt. Tout ce que monsieur Délivrance a fait, c'est débiter les noms des victimes du Caméléon. Des noms qui ont tous été mentionnés dans la presse.

— Je sais. Faites-moi confiance, c'est notre homme.

— Pourquoi ? Parce que c'est un fanatique religieux et qu'il est complètement cinglé ? Allons faire le tour des églises et temples de L.A., et je vous parie qu'on peut vous en trouver une douzaine avant l'heure du déjeuner.

— Je n'en doute pas. Écoutez, nous avons les traces prélevées sur les scènes de crime du Caméléon. La prochaine étape consiste donc à faire un prélèvement sur Délivrance et voir s'il y a une correspondance. Dans le cas contraire, il peut s'en aller.

— C'est logique, dit Mitzi en décrochant le téléphone.

Carter l'arrête.

— Rappelez-vous, ce dingue est arrivé ici enveloppé dans un drap. Le même genre de drap que celui qui recouvrait les corps. On va aussi le tester, et je sais qu'on y trouvera bien plus que les traces ADN de notre type. Je vous laisse appeler le labo et les archives. Je vais nous trouver des hommes supplémentaires… et un autre café ?

— Juste les hommes en renfort, dit Mitzi en appuyant sur la touche d'un numéro préenregistré. Mon émail dentaire ne survivrait pas à un autre café.

Carter retourne dans son bureau et passe à son tour quelques appels. Il a réussi à convaincre une secrétaire, un agent administratif et deux vétérans – Lebowicz et Amis – de renoncer à leur grasse matinée dominicale. Il fera appel aux inspecteurs pour poursuivre toutes les recherches initiées par Fallon et lui.

Mitzi réussit enfin à joindre Hix, le seul supérieur de la police scientifique qu'elle sait capable de laisser tomber ce qu'il est en train de faire pour lui rendre service.

— Tom, nous avons peut-être une piste sur l'affaire du Caméléon. Nous avons un type en détention au poste qui s'est présenté enveloppé dans un drap sur lequel il faudrait faire des recherches en urgence. Nous avons aussi besoin de son ADN et d'un rapide test de compatibilité sanguine.

— C'est pour éliminer un suspect ?

— Oui, cela dit Carter est convaincu d'avoir son homme.

Tom Hix avait déjà vu une douzaine d'inspecteurs affirmer qu'ils avaient leur homme et qui sombraient dans la boisson avant la fin de la journée.

— OK, j'arrive tout de suite.

— Merci. (Elle se souvient de l'appel de Nic de la veille.) Oh, et si vous jetez un coup d'œil dans votre courrier arrivé, vous trouverez peut-être un colis envoyé d'Italie par Nic Karakandez.

— D'Italie ?

— C'est pour l'affaire Tamara Jacobs. Je l'ai envoyé sur place pour suivre plusieurs pistes. Il vous a expédié un échantillon prélevé sur une scène de crime à Turin, et il voudrait savoir s'il y aurait une concordance avec les prélèvements effectués dans la maison de la scénariste.

— On dirait que j'ai une journée chargée. En fait, j'allais vous appeler à propos de l'affaire Jacobs. Nous avons terminé les analyses sur le chat et les tapis. Vous vous rappelez que nous les avions passés à l'aspirateur ?

— Bien sûr.

— Eh bien, nous avons obtenu un profil ADN à partir d'une des pattes de l'animal – mais ça n'est pas la bonne nouvelle, dit-il d'une voix animée. Sur les poils du tapis, nous avons trouvé des particules de *Glyptobothrus lebanicus* et de *Pogonocherus ehdenensis*.

La raison de son enthousiasme échappe complètement à Mitzi.

— Tom, c'est dimanche matin, il est tôt, et je ne parle pas la langue extraterrestre. Qu'avez-vous dit ?

Il laisse échapper un soupir de déception. Si seulement elle pouvait comprendre le caractère exceptionnel de cette découverte.

— Le *Glypto* est une sauterelle et le *Pogo* est un scarabée à longues cornes. Et ils ont commun de ne pas provenir d'Amérique. Ce sont des espèces endémiques du Mont-Liban et des montagnes de l'Anti-Liban.

— Le Liban ?

— Autrement dit, le Moyen-Orient. Le prélèvement par aspiration a également fourni des traces de lithosol – une terre constituée de roche fragmentée qu'on trouve très certainement dans les paysages escarpés tels que le Mont-Liban.

— Je ne sais pas trop où tout cela nous mène. Je suppose que vous voulez dire que le tueur doit avoir été là-bas récemment ou être originaire de la région ?

— Exactement.

— OK. Je passe vous voir maintenant.

Mitzi raccroche et voit une lumière rouge clignoter sur le téléphone. Des appels manqués. Son cœur s'emballe. C'étaient peut-être les filles. Elle décroche à nouveau et écoute la messagerie. La voix automatisée indique que le message a été laissé la veille à dix-sept heures. Elle était avec Jenny Harrison à ce moment-là. Elle espère qu'Amber et Jade vont bien, et qu'elles n'ont pas eu d'accident sur les pistes.

— Bonjour inspectrice Fallon, c'est Sarah Kenny d'Anteronus Films. Vous m'aviez dit de vous rappeler si j'apprenais quoi que ce soit de nouveau sur Tamara. Eh bien, je ne sais pas si c'est important, mais j'ai peut-être quelque chose. Vous avez mes coordonnées, appelez-moi à n'importe quelle heure. Bonne journée.

Il n'est que huit heures du matin, mais Mitzi la prend au mot et l'appelle.

Elle entend un message préenregistré.

— Vous êtes bien chez Sarah, je ne peux pas vous répondre pour l'instant, laissez un message, et si je ne suis pas entrain de filmer avec Scorsese ou les frères Cohen, je vous rappellerai. Ciao les amis.

— Sarah, c'est l'inspectrice Fallon. Vous avez laissé un message sur ma ligne professionnelle. Nous sommes dimanche matin, et si…

— Allô.

La vraie Sarah répond d'une voix endormie.

— Oh, bonjour. Je viens juste d'avoir votre message.

— Désolée, je somnolais.

Il lui faut quelques instants pour s'asseoir et reprendre ses esprits.

— Pas de problème.

— J'ai reçu une facture au boulot pour un Cloud.

Mitzi n'est pas sûre d'avoir bien entendu.

— Un quoi ?

— Un Cloud. Je ne savais pas que Tamara en avait un, mais apparemment si.

Mitzi ne comprend toujours pas.

— Elle était propriétaire d'un nuage ? Je ne vous suis pas.

— Je parle d'un Storage Cloud. C'est une base de données digitale – Apple, Google et Amazon en proposent tous. Vous téléchargez un contenu – des documents, des vidéos, de la musique, ce que vous voulez. Et le Cloud protège vos données, ainsi, si on vous vole votre ordinateur ou que votre maison soit cambriolée, vous pouvez toujours télécharger vos documents.

— Ouah, ils peuvent vraiment faire ça ?

— Ouais. Voulez-vous que je vous envoie les coordonnées de son compte par e-mail ?

— Ce serait bien.

— OK. (Par-dessus son épaule mince et bronzée, Sarah regarde le bel acteur nu qui s'étire dans son sommeil.) Je ne peux pas vous le faire tout de suite, mais vous l'aurez dans une heure environ.

146

Saint-Julien-en-Genevois

L'esprit de Nic s'emballe tandis qu'il appuie frénétiquement sur la pédale du frein. La grosse limousine avance à 70 km/h et il n'est qu'à trente mètres de la voiture qui est devant lui.

Il réduit la vitesse de la boîte automatique et donne un coup de volant vers la voie rapide. Il réduit à nouveau le régime de la transmission automatique huit vitesses et commence à zigzaguer avec violence pour essayer d'augmenter l'adhérence des pneus sur le bitume. Il jette un coup d'œil dans le rétroviseur. Les mouvements brusques ont réveillé Édouard et sa femme. Ils semblent sous le choc et effrayés.

Un peu plus loin, la circulation est totalement bloquée. La BMW ne roule plus qu'à 50 km/h, mais Nic est à court de routes. Il n'ose pas couper le moteur, il perdrait tout contrôle du véhicule. Il fait des embardées d'une file à l'autre. Un nuage de poussière s'élève tandis qu'il sort sur l'étroite bande d'arrêt d'urgence. On entend un bruit strident, métal contre métal, comme des ongles crissant sur un tableau noir.

Il a accroché l'aile d'une voiture et perdu un rétroviseur extérieur.

Nic baisse encore la vitesse. La grosse voiture est encore à 40 km/h et ne perd pas suffisamment de vitesse. Et pour couronner le tout, la chaussée est en pente.

Édouard commence à paniquer.

— Ralentissez ! Ralentissez !

— J'essaie, répond-il, voulant paraître calme. Il n'y a plus de freins.

Édouard attire sa femme vers lui d'un geste protecteur.

Il y a un fourgon de la police de la circulation routière un peu plus loin qui avance au pas sur le bas-côté poussiéreux, bloquant la seule route à peu près sûre qu'il lui reste. Il donne de grands coups de klaxon et réduit à nouveau la vitesse. Ça ne suffira pas. Il le sait. La limace géante de la police bouge à peine. Aucune chance de pouvoir l'esquiver.

Il tire sur le frein à main. Les Broussard tanguent vers l'avant. Le caoutchouc brûle. La limousine vibre. Nic se prépare. Deux policiers se jettent à terre de chaque côté de leur grosse Renault. Le métal heurte le métal. On entend une forte détonation. Puis une autre. Et une autre.

Nic sent un coup de poing dans l'épaule. Puis au visage. Il a le souffle coupé quand les airbags se gonflent brusquement. Il lâche le volant, et perd toute sensation au niveau de ses mains. Le noir envahit son esprit. Il sent le goût du sang. La douleur, la peur et l'adrénaline se dissipent lentement tandis qu'il perd connaissance.

147

Poste de police de la 77e rue, Los Angeles

Carter rassemble son équipe formée à la hâte dans le bureau des enquêteurs pour les briefer sur le Caméléon. Il a rendu le fait d'être forcé de travailler un dimanche matin un peu moins pénible en demandant à la secrétaire Alice Cooper de prendre du café et des muffins sur le chemin du commissariat.

Tandis que l'inspecteur passe en revue les dernières nouvelles, il devient évident pour Mitzi que Kris Lebowicz et Dan Amis sont des vétérans dans ce genre d'affaire. Ils sont comme les deux doigts de la main. Ils ont l'un et l'autre à peine quarante ans et ont cette allure de gros nounours héritée d'un trop grand nombre de fast-foods ingurgités pendant d'innombrables planques. La grande différence entre les deux hommes, c'est que Lebowicz a les cheveux grisonnants coupés à ras, tandis qu'Amis a une masse de cheveux bouclés noir de jais, qu'il doit à sa mère afro-américaine. Tous deux ont de bonnes références – ce sont des flics droits qui ont tout vu, et tout fait.

Tom Hix arrive et sourit à Mitzi – un peu trop à son goût. Carter lui épargne tout embarras supplémentaire en montrant à Hix le drap sur lequel il doit faire une recherche ADN. Une fois que le scientifique est parti vaquer à ses occupations, les flics s'installent pour regarder la séquence vidéo qui avait gâché leur week-end.

— Le drap, fait Lebowicz en montrant du doigt l'arrêt sur image à l'écran, pourquoi est-ce qu'il porte ça ? Pourquoi ce dingue a-t-il emporté ça avec lui ?

— C'est un lien émotionnel, répond Amis. C'est comme pour Linus[7].

— Linus ?

— Charlie Brown. Vous savez, le gamin à moitié abruti qui se trimbale toujours avec sa couverture.

— Avec vos idioties, vous n'êtes peut-être pas loin de la vérité, dit Carter en prenant un des cafés posés au milieu de la table. L'homme au Suaire a choisi un drap au lieu de prendre un manteau. Il y a forcément une raison. Vous êtes de petits plaisantins, mais vous ne vous souvenez peut-être pas que Linus van Pelt était à la fois faible et intelligent. Charles Schulz lui a assigné le rôle du philosophe et du théologien de la troupe – il citait même les Évangiles.

Lebowicz coupe en deux un muffin au son, et ajoute :

— Je suppose que notre homme ne citait pas « Tu ne tueras point » très régulièrement.

Mitzi ne peut détacher les yeux de l'écran.

— Que tient-il à la main gauche ? demande-t-elle en montrant l'écran du doigt. Là, regardez, il y a quelque chose qui se balance au bout de son pouce.

Ils se penchent tous sur l'écran.

Carter le voit à présent.

— Des clés. Merde ! Des clés de voiture. Pourquoi est-ce qu'on ne les a pas vues avant ? (Il connaît la réponse. Ils sont tous crevés, et c'est le genre de choses à côté desquelles on passe quand on est à plat.) Vous voulez contacter Jimmy Berg, le gradé de permanence, Mitzi ? Il doit toujours les avoir. Et envoyez un agent en uniforme dans la rue pour essayer de trouver sa voiture, il ne doit pas y en avoir tant que ça dans le coin un dimanche matin.

Mitzi prend son café et les laisse continuer sans elle. En se

7. Linus van Pelt et Charlie Brown sont des personnages des *Peanuts* (Snoopy), bande dessinée créée par Charles Schulz. (N.d.T.)

rendant à la réception, elle réactive la sonnerie de son portable et écoute les messages qu'elle a manqués pendant le briefing.

— Maman, c'est Jade. Je suis désolée qu'on se soit disputées. Je t'aime. À bientôt.

— Je t'aime aussi ! crie Amber depuis un endroit bruyant. On s'amuse bien. On t'aime.

C'est tout ce qu'il y a. Mais c'est tout ce dont elle a besoin. Mitzi s'arrête au milieu de l'escalier et se sent envahie d'une vague d'émotion. Heureusement qu'elle est au beau milieu d'une affaire de meurtre – de deux affaires de meurtre – autrement, la maman en elle risquerait de se mettre à pleurer.

148

Saint-Julien-en-Genevois

Depuis l'obscurité dans laquelle il est plongé, Nic sent quelque chose lui couvrir la bouche. L'étouffer.

Il ouvre les yeux, pris de panique. Un auxiliaire médical est penché sur lui et lui presse un masque à oxygène sur le visage. Le jeune homme s'adresse à un de ses collègues dans ce qui lui semble être un drôle d'accent français. Il écoute, puis se tourne à nouveau vers Nic et lui parle en anglais.

— Tout va bien. Ne bougez pas, et tout ira bien.

L'inspecteur prend conscience qu'il n'est plus dans la voiture. Il est à l'extérieur, allongé sur l'herbe, sur le bas-côté de la route. Il voit des lumières qui clignotent et entend des voix, mais aucun bruit de voiture. Soit l'accident avait bloqué l'autoroute, soit les services d'urgence en avaient fermé l'accès. Il essaie de bouger. Il a l'impression d'avoir une enclume sur la poitrine.

— Ne bougez pas.

L'auxiliaire médical a une main sur le masque, et l'autre sur le poignet de Nic.

Il fait un effort pour s'asseoir, et écarte le type d'un geste. La douleur éclate dans sa poitrine. Il a l'impression d'avoir une côte fêlée. Il ôte son masque.

— Le couple de gens âgés – est-ce qu'ils vont bien ?

L'auxiliaire essaie de le forcer à s'allonger.

— On est en train de vérifier tout ça, mais je pense qu'ils vont bien. Maintenant s'il vous plaît, ne bougez pas.

Nic essaie de se lever.

— Holà ! Asseyez-vous. Je n'ai pas terminé.

— Merci, mais vous avez fini.

Nic fait une nouvelle tentative, et cette fois, il réussit. Il avance d'un pas chancelant jusqu'aux Broussard, qui sont assis sur une marche, à l'arrière d'une ambulance.

Édouard s'efforce de sourire.

— Je ne vous laisserai plus le volant, *mon ami.*

— Je ne sais pas si je voudrai encore conduire un jour. Les freins ont totalement lâché. J'appuyais sur la pédale, et il ne se passait rien.

Ursula a la main posée sur son épaule, frottant un bleu causé par la ceinture de sécurité au moment de l'impact.

— On a de la chance d'être en vie, dit-elle.

— Je suis désolé, dit Nic, se sentant inexplicablement obligé de le dire parce que c'était lui qui était au volant au moment de l'accident. J'espère que vous n'êtes pas trop gravement blessés.

— Nous allons bien, dit Édouard. Juste quelques bosses, et quelques bleus. C'était bien que des gens se soient arrêtés pour nous aider et qu'ils aient appelé l'ambulance si vite.

— Je crois que c'est cet autre conducteur qui a appelé, ajoute Ursula en faisant doucement tourner son bras.

— Quel conducteur ?

— Il nous a aidés à sortir de la voiture, explique-t-elle. Il a dit qu'on devait sortir au cas où il y aurait un incendie.

— Il a même sorti nos bagages de la voiture, dit Édouard en désignant le bas-côté, où se trouvaient les petites valises Louis Vuitton.

Nic voit que son sac ne se trouve pas parmi les bagages. Celui qui contient le profil ADN et les documents qui lui ont été remis par le scientifique. Il a disparu.

149

POSTE DE POLICE DE LA 77e RUE, LOS ANGELES

Il y a un moment dans chaque enquête, où tout ce qu'on peut faire, c'est attendre. Un moment où il y a comme un décalage entre l'activité intense et les résultats mûrement réfléchis.

Mais l'attente n'est pas un domaine dans lequel Tyler Carter excelle. Il tambourine des doigts sur son bureau, et, mentalement, se repasse en boucle tous les événements. Mitzi a envoyé des policiers en uniforme dans la rue pour essayer de trouver à quelle voiture correspondent les clés du suspect. Tom Hix a fait un prélèvement sur Délivrance et effectue des tests sanguins et des tests ADN express, tant sur lui que sur le drap qu'il a apporté. Lebowicz est parti à la chasse aux empreintes, même si personne ne s'attend à ce que le système automatisé de recherche d'empreintes trouve une correspondance. Amis est en train de passer la photo du suspect – prise grâce aux caméras de surveillance – dans le logiciel de reconnaissance faciale pour voir si Délivrance est connu des services de police. On a envoyé des policiers en uniforme chercher l'amie de Kim Bass, Jenny Harrison, pour voir si elle peut identifier le type. Le docteur Jenkins vient juste de finir son second examen et est sur le point d'envoyer par e-mail son rapport officiel sur l'état du patient.

Mitzi est tout aussi impatiente que Carter. Il est déjà plus de midi et elle a l'impression qu'ils en sont encore presque au point mort. Si elle était aux commandes, elle ferait passer un sale quart d'heure à ce cinglé. Mais ça ressemblait bien à Carter de fignoler jusque dans les moindres détails. Elle se force à s'asseoir derrière son bureau et allume son ordinateur.

Elle a une douzaine de nouveaux e-mails dans sa messagerie, y compris l'information que Sarah Kenny avait promis de lui envoyer.

Un Cloud ? Qui aurait cru qu'un tel truc existait ?

Elle copie un lien dans son navigateur, puis entre l'identifiant et le mot de passe que Kenny lui a donnés. Il n'y a pas grand-chose à voir – un tableau de bord contenant des icônes intitulées Musique, Vidéos, Photos et Document. Elle clique sur la dernière et une liste de fichiers s'affiche : PDF, Excel, Word, Keynote, Pages, PowerPoint, Numbers, Contacts et un autre nommé Scripmaster.

Elle clique sur Scripmaster. Une nouvelle liste de documents s'affiche à l'écran : *L'âge des Rothschild*, *Le Duc et la Show Girl*, et *Le Suaire (dernière version)*.

Mitzi fait un clic droit sur l'icône du *Suaire*, et se demande s'il s'agit réellement de la dernière version. N'importe quel autre jour, elle aurait été incroyablement excitée par cette découverte. Elle l'ouvre.

LE SUAIRE

Par Tamara Jacobs

DERNIÈRE VERSION

Confidentiel – ne pas photocopier. Seules les copies signées peuvent être distribuées au personnel autorisé.

Mitzi lit en diagonale les premières pages. Cela semble identique en tous points à ce qu'elle a déjà lu. Elle trouve cela très ennuyeux. Décidément, ce n'est vraiment pas son genre de film. Elle lance la fonction recherche et tape « LIBAN ». Une nouvelle page s'affiche. Une page qu'elle n'a jamais vue auparavant.

LIBAN/BEYROUTH 1176

EXTÉRIEUR. Nuit.

Hiver. Montagnes aux sommets enneigés, forêts de cèdres. (Tandis que la caméra s'enfonce plus profondément dans la forêt, la nuit tombe.)

On entend des hymnes chantés par des voix masculines, au loin.

La lueur des flambeaux vacille à travers les fenêtres ouvertes d'un monastère maronite secret.

INTÉRIEUR

Nouveau plan. Le bruit des chants s'efface et on entend des voix masculines parler à voix basse. Deux moines maronites se tiennent debout l'un près de l'autre. Un grand crucifix couleur rouge sang est cousu sur le cœur de chacun des hommes, il se détache de façon distinctive sur leur habit marron. Ce sont autant des guerriers que des hommes de Dieu.

Le premier moine s'appelle YOUSEFF. Il figure parmi les plus haut placés de l'ordre. L'homme d'une trentaine d'années a une forte carrure. Le second, KHALIL, a quinze ans de moins. Il est plus grand et plus mince.

YOUSEFF

— Nous avons reçu la parole de notre chef sacré : il est temps pour nous de prier avec ferveur et de préparer nos courageux chevaliers à accomplir leur tâche. Satan a fait son œuvre. Il a accordé sa bénédiction maléfique à sa plus ignoble progéniture – le monstre Saladin.

KHALIL

— Il est le plus ignoble et le plus acharné, mon bon frère. L'ensemble du monde musulman se rassemble derrière son épée couverte de sang.

On entend des cloches sonner. C'est l'appel à la prière du soir. YOUSEFF et KHALIL s'enfoncent dans les passages sombres du monastère. Les flammes des torches vacillent sur leur passage. Leurs ombres se propagent de façon inquiétante sur les dalles de pierre qui couvrent le sol.

YOUSEFF

— Les musulmans infidèles se moquent de notre Seigneur, Jésus-Christ. Il entretient un simulacre de maintien de la paix parmi ces hordes de barbares.

KHALIL

— Je prie pour sa chute. Jour et nuit, je prie de tout mon cœur pour que la grande armée des Francs, avec les fiers templiers et les hospitaliers à leur tête, brûlent ses camps et s'assurent que l'ombre de la vraie Croix s'est abattue sur son âme de pêcheur.

YOUSEFF

— J'ai peur que cela ne se réalise pas. Et à en juger par la demande qui nous a été transmise, le Saint-Père semble être de mon avis.

Ils traversent une cour intérieure, où une statue de saint Maron trône au milieu d'une fontaine. Des pétales de fleurs sont dispersés sur l'eau et la fontaine est entourée de petites bougies allumées. YOUSEFF s'arrête pour plonger une main dans l'eau et se signe devant la statue de leur saint patron.

YOUSEFF

— N'aie pas peur, jeune Khalil, nous ne serons pas seuls. L'esprit de saint Maron sera avec nous à chaque instant. Il guidera nos yeux et nos épées. (Il désigne d'un geste quelque chose derrière la statue, sur le mur opposé. Il comporte une représentation du Christ sur un crucifix géant et un certain nombre de prie-Dieu taillés dans la pierre.) Il est temps de délivrer nos chevaliers du monde des Ténèbres. Il est temps pour eux d'exercer la colère de Dieu.

De l'autre côté de la fontaine, ils se signent à nouveau. Ils s'agenouillent côte à côte et font coulisser de petites plaques en fer encastrées dans le mur. La puanteur qui émerge de l'intérieur des cellules étroites fait grimacer les deux moines.

YOUSEFF

— Mon frère, le Saint-Père nous a envoyés à vous.

La caméra zoome lentement par-dessus l'épaule de YOUSEFF vers l'obscurité de la cellule. Pendant quelques secondes, l'écran reste plongé dans le noir. Puis, le regard fixe d'un homme aux yeux rouges envahit progressivement l'écran, jusqu'à l'occuper entièrement.

YOUSEFF

— Mon frère, le moment est venu pour nous de te délivrer de ton fardeau et de te libérer. Il est temps pour toi de brandir l'épée de Dieu et de faire périr son pire ennemi.

150

SAINT-JULIEN-EN-GENEVOIS

À trois kilomètres du lieu de l'accident, le moine se gare sur le bas-côté et allume les feux de détresse de sa voiture de location. Il descend le talus en pente, et en contrebas, dans un fourré, il ouvre d'un coup sec la valise bon marché de Nic. Au-dessus des vêtements chiffonnés, il voit ce qu'il cherche.

Ce pour quoi il a traversé des continents.

Ce pour quoi il a tué.

Il tient la photo brillante de l'ADN à la main, et l'observe avec un regard émerveillé. Dix rangées de minces colonnes, des dizaines de blocs de magie empilés les uns sur les autres, le marqueur historique ultime, un trésor unique.

Il compose un numéro mémorisé depuis longtemps et rarement appelé. La sonnerie retentit. L'appel traverse les pays et aboutit chez Nabil Hayek. L'ecclésiastique libanais répond à la deuxième sonnerie.

— C'est Ephrem. J'ai le profil de l'homme au Suaire, la diapositive originale, et le dossier d'où elle provient.

Hayek pousse un soupir de soulagement.

— Tu en es sûr ?

— Oui. Je viens juste de les dérober au scientifique qui a mené les tests et à l'Américain qui essaie de le protéger.

Hayek ne demande pas s'ils sont encore en vie. Il veut éviter la *connaissance explicite*, il veut pouvoir parler à Andreas Pathykos sans mentir, pour qu'il puisse à son tour parler ouvertement au pontife.

— Tu as fait du bon travail, mon frère.

— Veux-tu que je les détruise ?

Hayek hésite. Détruire quelque chose d'aussi important d'un point de vue historique est malgré tout une décision difficile à prendre.

— Oui, dit-il avec difficulté. Nous dormirions tous mieux en sachant que cela n'est jamais arrivé – en sachant qu'une telle chose ne pourra jamais se reproduire, et que personne ne pourra plus en parler.

— Je comprends, mon père.

Et Ephrem ne ment pas. Il comprend *pleinement* ce qu'on attend de lui. Sa mission n'est pas encore terminée.

151

POSTE DE POLICE DE LA 77e RUE, LOS ANGELES

Mitzi parcourt rapidement une autre page du scénario. Elle cherche dans chaque scène, dans chaque phrase, des indices qui pourraient résoudre le meurtre de Tamara Jacobs.

L'action du film se passe ensuite à Damas, la cité antique située à l'ombre de la chaîne de montagnes du Liban. Nous sommes en l'an 1187, seulement quelques mois après que Saladin a reconquis la ville de Jérusalem.

DAMAS : LE PALAIS DE SALADIN

EXTÉRIEUR. Fin de soirée.

Deux gardes revêtus d'un manteau pourpre sur des chevaux noirs se croisent tandis qu'ils patrouillent autour du palais. Plus près des hauts murs, se trouvent des soldats à pied, postés à moins d'un mètre l'un de l'autre.

INTÉRIEUR

Dans le grand hall, on entend le bruit intense de la musique et d'une célébration animée. SALADIN organise une fête somptueuse et une nuit de distractions pour ses hommes les plus dignes de confiance. Ils fêtent leur grande victoire de la bataille de Hattin. En plus des cruches de vin, on fume des pipes de haschich et des femmes exotiques dansent avec une grâce tentatrice, tout près des soldats.

SOLDAT UN (prenant une pipe de hash tendue par un de ses amis)
— La revanche est si douce. La ville sainte de Jérusalem – le lieu où les chrétiens ont massacré nos ancêtres – est couverte de leur sang. Elle nous appartient de droit, et elle restera nôtre jusqu'à la fin des temps.

SOLDAT DEUX (criant avec agitation)
— Nous vous félicitons et nous vous saluons ! Vous, le plus grand de nos généraux – Saladin !

Le cri isolé du soldat déclenche le cri à l'unisson de l'ensemble des soldats.

HOMMES
— Saladin ! Saladin ! Saladin !

SALADIN les remercie modestement d'un geste de la main. À sa droite, se trouve NOUREDDINE, un de ses généraux les plus estimés. Il est plus âgé et plus petit que son maître. Une vilaine cicatrice rouge, encore à vif depuis son dernier combat, parcourt son visage de l'oreille gauche jusqu'à l'endroit où se trouvait, jadis, le bout de son nez.

NOUREDDINE

— Regardez, maître, ce sont vos hommes, des hommes qui mourraient mille fois pour vous. Nous avons conquis l'Égypte, la Syrie, l'Arabie, et maintenant Jérusalem. Bientôt, le monde entier pourrait nous appartenir.

SALADIN (sur le point de partir)

À Dieu, Noureddine. Pas à nous – il appartiendra à Dieu.

NOUREDDINE (ignorant le reproche)

— Restez avec nous, maître. Partagez avec nous cet instant où la lumière bénie du matin s'élève au-dessus de l'empire en perpétuelle expansion de l'Islam.

SALADIN (souriant)

— Profitez-en – vous l'avez mérité. Je suis à bout de forces, excepté pour mes scribes, mes prières et mon repos. Dieu soit avec vous.

NOUREDDINE

— Et avec vous.

SALADIN part.

Le sultan est flanqué de deux gardes du corps – les plus grands de ses soldats. Ils marchent avec leur bouclier et leur épée levés. Tandis qu'ils montent un escalier en pierre, un soldat avance d'un pas, et l'autre passe derrière.

Sur le chemin des appartements du général, ils passent devant les magnifiques trésors ramenés comme butin des pays conquis par son armée – des statues géantes, des bronzes et des poteries des palais de Syrie et d'Arabie. De nouveaux gardes se tiennent par paire à l'intersection de chaque nouveau couloir.

SALADIN s'arrête tandis que le garde ouvre la porte de ses appartements. À l'intérieur, il y a un autre garde armé.

SALADIN
— Laissez-moi maintenant. Retournez à la fête et prenez du bon temps. Profitez des dernières braises de la célébration. Dieu soit avec vous.

LES SOLDATS (en chœur)
— Et avec vous.

L'antichambre est vaste et remplie de trophées personnels ramenés des différentes batailles – drapeaux, boucliers et fanions de ceux qui ont osé lui résister et se battre contre lui. À l'envers, couvert de poussière, il y a un grand crucifix fait du bois de la soi-disant « vraie Croix », celle sur laquelle les chrétiens prétendent que leur Seigneur Jésus est mort. Elle a été arrachée des mains d'un évêque qui avait péri dans la bataille de Hattin. Elle est couverte d'éclaboussures de sang. Les bras de la croix ont fait office de billot pour décapiter les soldats chrétiens qui ne voulaient pas se convertir à l'Islam, ou pour qui personne n'aurait versé de rançon.

SALADIN détache la broche qui porte ses armoiries et ôte sa cape. Il se rend dans la pièce attenante où travaillent ses deux scribes personnels. Ce sont des hommes qui, pendant plus d'une décennie, ont voyagé à ses côtés, ont enregistré au jour le jour son ascension au pouvoir et décrit sa philosophie. Les scribes prennent leur plume et ouvrent leur encrier tandis qu'il approche. Tous deux semblent fatigués mais n'osent bâiller. Ils savent que la dictée de leur maître peut durer des heures.

SALADIN
— Allez mes génies des mots, un peu de vigueur – j'ai besoin de votre calligraphie pour transmettre l'ivresse de l'histoire que nous sommes en train de créer.

Tandis que SALADIN commence son monologue sur les batailles qu'il est encore en train de mener et sur le djihad à venir, la caméra zoome sur l'encre qui dessine les courbes de l'écriture arabe. Les lignes se transforment en dunes de sable se détachant sur l'horizon qui scintille sous l'effet de la chaleur.

152

SAINT-JULIEN-EN-GENEVOIS

Aucun des Broussard n'est capable de donner une bonne description de l'homme qui a pris la valise de Nic. Mince, pas gros. Le teint olivâtre – pas de barbe. Cheveux courts – très courts. C'est tout ce que l'inspecteur peut tirer d'eux. Cela pourrait correspondre à des millions d'hommes en France, et à des dizaines de millions dans les pays méditerranéens.

Le scientifique semble déconfit.

— S'il a pris votre valise, alors j'ai perdu mon travail, et vous votre temps.

— Non, pas tout à fait. Erica Craxi m'a donné un saint Christophe – un médaillon monté sur une chaîne. À l'intérieur, sous une image du saint, il y avait des fragments du Suaire – je suppose que Craxi voulait avoir un échantillon de secours au cas où les choses auraient mal tourné. Je l'ai envoyé à Los Angeles pour le faire analyser par des scientifiques.

Édouard note cependant un problème.

— Mais malgré tout… Vous n'avez rien à quoi le comparer. Et il est impossible que je me souvienne du séquençage.

Nic sort son BlackBerry.

— Cet appareil photo n'est pas le meilleur au monde, mais l'imagerie est assez bonne, je pense, pour que vous puissiez reconnaître le profil ADN du Suaire. (Il ouvre le fichier Médias et lance une vidéo enregistrée.) J'ai fait ce film quand je suis retourné dans ma chambre. Et j'ai déjà envoyé le fichier sur mon propre compte AOL.

Le scientifique regarde le minuscule écran en plissant les yeux.

— Oui, je peux confirmer que c'est bien le profil que j'ai obtenu.

— Bien, dit Nic en fermant le fichier. Ce n'est pas aussi solide que d'avoir les épreuves originales, mais si vous rentrez avec moi, vous pourrez examiner les tests du LAPD et comparer leurs résultats aux vôtres.

Édouard réfléchit à la question.

— C'est possible. Oui, je veux bien le faire.

Nic fait défiler ses contacts sur son BlackBerry.

— Je vais appeler le labo de L.A. pour que tout soit prêt à notre arrivée.

153

LE SUAIRE – TAMARA JACOBS – Scène 76

DAMAS : PALAIS DE SALADIN. 1187

EXTÉRIEUR. Matin.

Le lendemain matin. La douce lumière de l'aube se lève sur le sable, à l'extérieur des portes du palais. Les sabots des chevaux font voler la poussière et on voit les gardes de patrouille qui nous sont désormais familiers avancer lentement sur leur monture.

INTÉRIEUR

Nouveau plan : la grande salle est remplie d'hommes et de femmes endormis sur de longues tables, à même le sol, ou enlacés dans des fauteuils, tandis que les vestiges d'une grande fête sont encore éparpillés autour d'eux.

À mesure que la caméra grand angle descend au bas de l'escalier de pierre, on entend un bruit sourd résonner de façon de plus en plus insistante. C'est le bruit d'un poing qui cogne sur du bois. Le bruit devient de plus en plus fort à mesure que la caméra se rapproche des deux gardes qui se trouvent près de l'entrée qui mène aux appartements de SALADIN.

Les immenses portes en acajou sont fermées. DHUL-FIQAR, le commandant des gardes, crie son nom à travers les portes. De nouveaux hommes arrivent précipitamment. Se frayant un passage au milieu des hommes, on voit le général NOUREDDINE. Les bruits l'ont tiré de son lit, et ses vêtements sont en désordre.

NOUREDDINE

— Entrez de force ! Qu'attendez-vous, imbéciles ? Notre maître est peut-être en danger – enfoncez la porte ! Et appelez son médecin.

DHUL-FIQAR
— Faites ce qu'il dit.

Il regarde autour de lui, puis désigne d'un geste la statue d'Isis prise sur une tombe égyptienne.

DHUL-FIQAR
— Servez-vous de cette fausse déesse pour ouvrir la voie.

Pas moins de six gardes sont nécessaires pour soulever la déesse égyptienne en granit. Ils poussent un cri puissant en courant vers la porte à deux battants. Ils l'enfoncent avec un énorme fracas, et plusieurs soldats tombent sous l'effet de l'impact.

NOUREDDINE
— Attendez !

Il lève une main d'un geste autoritaire pour arrêter les hommes.

NOUREDDINE
— Je vais d'abord entrer seul.

NOUREDDINE prend une épée à la ceinture d'un des gardes et se fraye un passage à travers la porte en bois défoncée, puis entre dans l'antichambre. Il pousse les portes des appartements du sultan.

NOUREDDINE (porte la main à sa bouche, sous l'effet du choc)
— Doux Mohamed ! Ce n'est pas possible.

La caméra descend lentement du visage de NOUREDDINE sur le sol. Elle passe au-dessus du corps du garde – il a la gorge tranchée et le cœur perforé par un unique coup de couteau. La caméra avance et s'arrête sur le visage emblématique de SALADIN. Il est mort. Le plan s'élargit pour révéler le corps du sultan, et ce n'est que maintenant qu'on voit la scène d'horreur qui paralyse NOUREDDINE. SALADIN a été dévêtu et cloué sur le crucifix fait du bois de la vraie Croix. Son corps n'est plus qu'un damier de coupures et d'entailles faites au couteau ou à l'épée, et des tessons de verre ont été enfoncés dans son crâne pour créer une couronne sanglante.

NOUREDDINE se précipite dans l'antichambre pour empêcher les soldats d'entrer. Il la tient fermée et crie pour appeler le commandant des gardes.

NOUREDDINE

— Dhul ! Dhul ! Viens dans l'antichambre, seul. Le sultan n'est pas bien, il te demande.

DHUL-FIQAR pousse la porte pour entrer. NOUREDDINE la referme rapidement derrière lui.

NOUREDDINE (visiblement bouleversé)

— Saladin est mort.

DHUL-FIQAR

— *Quoi ?*

NOUREDDINE

— Des assassins l'ont tué dans sa chambre.

DHUL-FIQAR

— Ce n'est pas vrai. Jure-moi que ce n'est pas vrai !

NOUREDDINE

— Je jure au nom de Dieu que c'est vrai. Viens.

Le général conduit le commandant des gardes dans la chambre du sultan. Pendant un instant, les deux hommes restent silencieux, pétrifiés de tristesse.

DHUL-FIQAR

— Comment cela a-t-il pu arriver ?

NOUREDDINE

— Il manque un scribe. Lui et l'autre scribe devaient être des espions ismaéliens ou chrétiens. Je sens encore leur odeur nauséabonde.

Il jette un regard autour de lui, sur les flaques de sang et les corps mutilés.

NOUREDDINE

— Il doit être blessé, il n'a pas pu aller bien loin.

Ses yeux s'arrêtent sur l'empreinte de mains couvertes de sang, près de la fenêtre ouverte face au lit du sultan. DHUL-FIQAR sait que le général pense que c'est le chemin qu'a emprunté l'assassin pour s'échapper.

DHUL-FIQAR

— Je vais envoyer mes meilleurs hommes pour le capturer.

DHUL-FIQAR commence à se diriger vers la porte.

NOUREDDINE

— Attends, ne fais pas ça.

DHUL-FIQAR s'arrête et se retourne.

NOUREDDINE

— Il y a plus urgent. (Il fait les cent pas avant de parler.) Nous devons prétendre que notre maître est malade. Les chrétiens ne doivent pas savoir qu'il est mort. Le monde ne doit pas le savoir. Va chercher le médecin de Saladin – nous avons besoin de sa complicité pour donner du crédit à notre supercherie.

DHUL-FIQAR s'en va. NOUREDDINE ramasse une épée et arrache les clous qui fixent SALADIN au crucifix. Il étend le grand sultan sur le sol et prend un drap sur le lit pour couvrir le corps. Puis il s'agenouille et prie.

DHUL-FIQAR revient avec le médecin ABRAHAM BAHIR. Le commandant referme une fois encore la porte de la chambre. Ensuite, il sort un poignard qu'il cachait sous son vêtement et le met sous la gorge du médecin.

DHUL-FIQAR

— Vous obéirez aux ordres du général Noureddine. Et si vous montrez la moindre réticence, je me vengerai sur votre corps insolent. Vous me comprenez ?

BAHIR hoche la tête prudemment au-dessus de la lame du couteau.

DHUL-FIQAR

— Bien.

DHUL-FIQAR le pousse vers l'endroit où NOUREDDINE est agenouillé à côté du corps de SALADIN.

NOUREDDINE

— Docteur, apportez un linceul, occupez-vous personnellement de son corps, et faites en sorte qu'il soit traité comme il convient.

Il s'écarte du corps et laisse le médecin examiner SALADIN.

NOUREDDINE
— Il a déjà rejoint Dieu, je le sais. Je prie seulement de pouvoir vivre assez longtemps pour pouvoir assouvir ma vengeance sur tous ceux qui ont orchestré ce fléau.

DHUL-FIQAR avance à grandes enjambées jusqu'au corps du scribe mort, lui crache dessus, puis lui donne des coups de pied à la tête. NOUREDDINE l'éloigne.

NOUREDDINE
— Garde ta rage pour un autre jour – j'ai besoin de ton esprit en cet instant précis. Il y a beaucoup à faire.

Il se tourne vers le médecin.

NOUREDDINE
— D'après vous, que doit-on faire à propos de notre sultan ? Comment pouvons-nous faire croire à ses courtisans qu'il est en vie, mais tellement souffrant qu'il doit rester enfermé dans sa chambre pour se reposer ?

BAHIR
— Il y a quelques années, le maître a été terrassé par un problème au cœur. Nous dirons avec tristesse que la même maladie a ressurgi. Pour éviter toute infection, je suis le seul à pouvoir entrer dans sa chambre.

NOUREDDINE (semblant satisfait)
— Cela devrait suffire.

Il se rapproche de DHUL-FIQAR et parle à voix basse à l'oreille du commandant.

NOUREDDINE

— Je dois aller à cheval voir la femme de Saladin et parler à ses frères. Je dois m'assurer leur complicité de toute urgence.

DHUL-FIQAR

— Mes hommes les plus dignes de confiance vous accompagneront.

NOUREDDINE hoche la tête.

NOUREDDINE

— Et le corps indigne de ce traître de scribe ?

BAHIR

— Je m'en occuperai personnellement.

NOUREDDINE

— Assurez-vous que vous extirperez son âme puante de son corps à grands coups de couteau. Il doit passer l'éternité sans elle, à brûler dans les flammes de la damnation éternelle.

Le téléphone du poste de Mitzi sonne.

— Fallon.

— Inspectrice, c'est l'agent Fischer – Andy Fischer. J'ai trouvé la voiture de votre suspect au coin de la rue. Il y avait un permis à l'intérieur, et la photo correspond à votre homme. Nous avons aussi un nom et une adresse. Voulez-vous que je vous les donne par téléphone ?

— Non, c'est du bon boulot, Andy. J'arrive tout de suite.

154

AÉROPORT DE GENÈVE, SUISSE

L'insigne de Nic suffit à organiser le transport jusqu'à l'aéroport dans une voiture de police suisse, et à ce qu'une autre voiture conduise Ursula en toute sécurité jusqu'à la maison de son ami diplomate à Genève.

Après avoir retiré les billets au comptoir de la Lufthansa, l'inspecteur se rend directement aux toilettes. Il s'enferme dans un cabinet, relève le couvercle des W.C. et, à contrecœur, jette le Beretta vide dans la cuvette. Même s'il aimerait garder l'arme, il ne pourrait en aucun cas passer au travers du contrôle au scanner. Il vérifie que la chasse fonctionne toujours, puis sort dans le hall.

Les deux hommes ont à peine le temps de parler tandis qu'on les envoie en urgence à l'enregistrement, puis à la sécurité, à la douane et au contrôle des passeports. Ils arrivent jusqu'à la porte d'embarquement et rejoignent les centaines de passagers enregistrés sur le vol d'une durée de treize heures à destination de L.A., via une correspondance à l'aéroport JFK de New York. Le 747 finit enfin par rouler lentement sur la piste, avant de s'élever dans le ciel.

Une fois que l'avion se sera stabilisé et que le signe indiquant de boucler sa ceinture sera éteint, Nic trouvera le steward responsable pour lui demander un exemplaire de la liste des passagers. Il veut arpenter les couloirs de l'avion et comparer les noms aux visages. Ce n'est qu'ensuite qu'il pourra se détendre un peu et apprécier de rentrer vers la nouvelle vie qui l'attend. Il voguera d'abord vers le nord, jusqu'à San Francisco, puis passera par Fort Bragg et longera les abords de la forêt de Crescent City, Gold Beach et Florence. Peut-être ira-t-il faire un tour jusqu'à Neah Bay, avant de s'arrêter à

Victoria, Richmond et Vancouver. Il trouvera du travail en chemin. Il pourra tout oublier. Et peut-être recommencer à zéro, qui sait ?

Broussard pose la main sur son bras, le ramenant au présent.

— Pensez-vous que vous arrêterez un jour l'homme qui a assassiné votre scénariste et essayé de nous tuer ?

En temps normal, Nic se montrerait optimiste et positif. Il lui servirait la phrase habituelle et lui dirait que les truands finissaient toujours par se faire arrêter. Mais cette époque est révolue.

— Sans doute pas. Il assassine à la fois aux États-Unis et en Europe, c'est un tueur professionnel. Ces gens disparaissent, contrairement aux gangsters lambda. Ils traversent les frontières et les continents et on perd leur trace.

— Mais vous avez des indices, des preuves, vous savez quels jours il s'est déplacé. Toutes ces choses sont utiles, non ?

— Oui, mais elles sont beaucoup plus utiles si on a une bonne description du type – et on n'en a pas. C'est un fantôme.

155

Poste de police de la 77e rue, Los Angeles

Mitzi récupère le permis de conduire auprès d'Andy, l'agent de la circulation, et remonte dans son bureau, consciente d'avoir enfin un coup de pouce de la chance.

Les pensées se bousculent à une allure vertigineuse dans sa tête, elle fait mille recoupements. Mais elle sait que le moment est venu de garder son calme et d'aller lentement. La découverte est précieuse, et il faut procéder avec méthode et précaution. Autrement, en un rien de temps, elle ne sera plus qu'une poignée de sable qui lui glissera entre les doigts.

— On a quelque chose, dit-elle en ouvrant d'un coup sec la porte du bureau de Tyler Carter, avant de lâcher la pièce d'identité sur son bureau. Notre type s'appelle John James, et sauf erreur de ma part, c'est le patron de Jenny Harrison – et l'ex-employeur de Kim Bass.

Le regard de Carter délaisse son dossier pour se concentrer sur le permis de conduire.

— John James. Il a l'air complètement insignifiant.

— Je sais, mais j'ai déjà eu des soupçons à propos de ce type, dit-elle en faisant tourner les pages de son carnet de notes. Quand j'ai interrogé Jenny, elle a dit que l'usine était dirigée par un contremaître nommé James. Elle a dit, je la cite : « Je pensais qu'il n'était pas très malin, mais il a été plutôt sympa ces derniers jours. Il a appelé les flics pour moi, pour essayer de savoir si Kim avait des ennuis. » (Elle referme son carnet.) Que pensez-vous de ça ?

Carter réfléchit.

— Je pense que c'est intéressant. Peut-être essayait-il d'empêcher Harrison d'appeler les flics – mais peut-être voulait-il réellement l'aider.

— Bien sûr.

— Demandez à quelqu'un de trouver son numéro de ligne fixe et de portable, et de voir si un des postes de police a reçu son appel.

Elle hoche la tête.

— Harrison est en chemin, n'est-ce pas ?

Mitzi grimace.

— Nous n'avons pas réussi à la trouver. Mais j'ai des policiers en uniforme qui ratissent son quartier, ils ne mettront pas longtemps à la trouver.

— OK, informez-moi quand vous lui aurez parlé et qu'elle aura identifié James.

— Bien sûr.

— Entre-temps, je vais envoyer Lebowicz jeter un coup d'œil chez lui.

— Vous avez un mandat ?

Carter lui lance un regard indiquant qu'il était inutile de poser la question.

Elle fait demi-tour et se dirige vers la sortie.

— J'ai besoin de quitter le bureau pendant une heure. Je reviendrai dès que possible pour interroger Harrison.

Il hoche la tête.

— Vous pouvez me joindre sur mon portable si vous avez besoin de moi.

156

BEVERLY HILLS, LOS ANGELES

Matthias Svenson descend quatre à quatre les escaliers de la grande demeure qu'il loue. Un imbécile sonne à la porte depuis cinq minutes et il est déterminé à lui faire passer un sale quart d'heure. Il serre la ceinture de son court peignoir blanc qui ne cache pas grand-chose de son corps bronzé et ouvre la porte d'un geste brusque.

— Inspectrice Fallon ?

Le Suédois semble surpris.

Mitzi balance la dernière version du *Suaire* au milieu du torse musclé du metteur en scène.

— Laissez-moi entrer. Nous devons discuter de ça.

— Je ne suis pas sûr de…

— Croyez-moi, vous êtes sûr, lance Mitzi en le poussant pour entrer dans un hall froid en marbre d'un blanc éblouissant veiné de gris. Le soleil inonde une réception spacieuse à sa droite, et Mitzi entre et jette un coup d'œil alentour. Bel endroit, ajoute-t-elle. Bien plus chic que la cellule que je vous réserve.

— À quoi tout cela rime-t-il, inspectrice ? Je vous ai dit tout ce que je sais.

— Pour votre information, je n'ai ni le temps, ni la patience pour vos mensonges, dit-elle en s'asseyant sur un canapé blanc en tapotant un luxueux coussin. Je devrais en acheter un comme ça. Je suppose que ça ne doit pas coûter plus d'un an de mon salaire.

Svenson s'approche d'un téléphone posé sur une table en verre.

— J'appelle mon avocat.

— Je vous en prie. Seulement, *si* vous le faites, demandez-lui de nous rejoindre en ville. Dites-lui que vous avez été arrêté pour avoir entravé le cours de la justice dans une enquête criminelle.

Le metteur en scène repose le téléphone et s'assoit face à elle.

— Bonne décision. Ce scénario que je vous ai donné, il montre que vous m'avez menti. Vous n'avez jamais mentionné les échantillons ADN prélevés sur le Suaire, les liens avec le monde musulman et les intrigues concernant Saladin et les moines maronites. Alors pour quelle raison oublieriez-vous tout cela, monsieur Svenson ?

— En quoi cela est-il important ?

— Parce que c'est à cause de ce scénario que Tamara Jacobs a été tuée. Mais vous le saviez dès le début, n'est-ce pas ?

Il baisse la tête, et semble de plus en plus pensif.

— Écoutez, je suis très affecté par la mort de Tammy. Nous le sommes tous. Qu'attendez-vous de moi exactement ?

Elle pointe le doigt vers le scénario qu'il a posé sur le bras du fauteuil.

— Racontez-moi la fin du film. Les scènes qui ne figurent pas là-dedans.

Il prend l'exemplaire.

— Tamara était un auteur remarquable. Son amour du langage écrit et parlé n'avait d'égal que son amour de l'histoire et de ses mystères cachés. Avant *Le Suaire*, elle avait fait des recherches sur un groupe d'anciens moines guerriers, des croisés qui avaient combattu les musulmans en Terre Sainte.

— Attendez une minute – je sens que ça va se compliquer. Je vais prendre des notes, dit Mitzi en sortant un carnet et un stylo de son sac. OK, allez-y.

— Avez-vous entendu parler des templiers ?

— Bien sûr, un ordre de moines religieux et militaires, c'est ça ?

— Oui. Eh bien, ils sont comparables aux chevaliers qu'on appelait les « montagnards », mais ils sont plus secrets et impitoyables. Ils sont nés au ve siècle au Liban, ce sont les disciples de saint Maron, le moine ermite qui a fondé l'Église maronite.

Elle se rappelle l'insistance de Hix sur le fait que le tueur de Tamara était passé par le Liban.

— Qu'est-ce que l'Église maronite ?

— C'est un autre nom pour le catholicisme. Elle opère parallèlement à l'Église de Rome. Les « montagnards » sont ses ultimes protecteurs. Ce sont des guerriers suicides – une lignée de soldats très entraînés qui ont mené des croisades secrètes.

— Les assassins membres des opérations spéciales des guerres saintes ?

— Si vous voulez. Mais ils étaient aussi des moines fervents. Quand ils ne tuaient pas, ils jeûnaient et priaient avec une régularité de saint.

— Et ce sont ceux qui, dans *Le Suaire*, sont responsables du meurtre de Saladin ?

— Oui, dit-il en posant une main sur le scénario. Nous n'avons imprimé que les scènes qui vont jusqu'au moment où la mort de Saladin est étouffée. Ce qui se passe ensuite, c'est que l'assassin – un moine nommé Ephrem – est tombé de son cheval en traversant la montagne, avant de mourir. Par conséquent, pendant des années, les Maronites n'ont pas su que l'assassinat avait réussi.

Mitzi est intriguée.

— Alors comment l'ont-ils appris ?

— Des rumeurs se sont répandues autour des camps musulmans.

Étrangement, leur grand chef semblait avoir changé. Il était moins résolu. Différent. Il était incertain, contrairement à son habitude. C'est venu aux oreilles des espions, et quand des soldats musulmans ont été capturés, certains d'entre eux leur ont livré cette information aux chrétiens pour éviter en contrepartie d'être exécutés.

— C'est juste une rumeur alors ?

— N'en est-il pas ainsi pour la plupart des faits historiques ? Je veux dire, quelles preuves avons-nous des miracles de Jésus-Christ, en dehors des écrits religieux ?

— Je ne suis pas historienne, mais je vois où vous voulez en venir. Comment tout cela est-il lié au Suaire du Christ ?

— Au Suaire de Saladin. (Il laisse les mots faire leur effet.) L'empreinte qui figure sur le linceul est celle de la Némésis de la chrétienté.

157

Poste de police de la 77e rue, Los Angeles

L'attaché de presse de la police, Adam Geagea, s'assoit derrière le bureau vide de Mitzi Fallon et écrit un message poli lui demandant de l'appeler dès qu'elle pourrait.

Il sait qu'elle n'en tiendra pas compte, comme tous les flics. Il se balance nonchalamment sur son fauteuil, puis il profite du fait que les bureaux sont déserts. Il ouvre le tiroir du bas, puis remonte méthodiquement. Il n'y a pas grand-chose d'intéressant. Un contrat faxé par un avocat s'engageant à s'occuper de son divorce. Il lui souhaitait bien du plaisir, il n'aura pas volé son salaire pour représenter une casse-couilles comme Fallon. Il y a des photos de ses filles, un paquet de bonbons caché dans un coin, de la crème pour les mains, des tampons, un magazine people, un pot rempli de pièces de monnaie et deux vieux carnets de notes.

Le plus intéressant se trouve dans le tiroir du haut. Il y a un exemplaire du *Suaire*, et un carnet de notes rempli plus récemment. Geagea se rend directement à la dernière page et examine les dernières notes.

- Empreintes éventuelles d'un intrus dans la chambre de Nic.
- Échantillon ADN du médaillon.
- ADN du chat de Tamara.
- Poils prélevés sur le lit de Sacconi.
- Sparadrap prélevé sur la bouche de la fille morte – empreintes éventuelles.
- Rapport d'analyse du Suaire/Amy.

Geagea sent les battements de son cœur s'accélérer. Il jette un coup d'œil autour de lui. Il entend des voix dans le couloir. Il n'a pas le temps d'écrire tout ce qu'il vient de lire. Il regarde la page et essaie de tout mémoriser. Puis il referme le tiroir et se lève, juste au moment où deux brigadiers se pointent. Ils lui lancent un regard mauvais tandis qu'il bat aussitôt en retraite dans le couloir. Il grimpe les marches deux à deux et s'enferme dans son bureau.

Il sort le téléphone jetable qui ne permet pas de remonter jusqu'à lui dont il se sert dans des moments tels que celui-là. Geagea a les doigts qui tremblent tandis qu'il compose le numéro de son contact. Le moine était supposé être bon. Le meilleur. Infaillible. Ce n'est pas l'impression qu'il lui donne.

158

BEVERLY HILLS, LOS ANGELES

Mitzi lève les yeux sur le spacieux salon du metteur en scène millionnaire et réfléchit à ce qu'il vient de dire.

— Vous voulez dire que le Suaire de Turin porte les traits du chef militaire musulman Saladin, et non ceux de Jésus-Christ ?

— C'était une des révélations-chocs de Tamara dans le film. Et sans oublier, bien sûr, que les églises catholique et maronite ont essayé de couvrir ce fait pendant des siècles.

— Ça m'a tout l'air d'un ramassis de conneries.

Svenson semble amusé.

— À vrai dire, la version de Tamara est plus crédible que celle des catholiques.

— Comment cela ?

— Il est à peu près certain que si les disciples du Christ avaient trouvé le Suaire dans une tombe vide, ils auraient montré cette image miraculeuse partout à travers l'ancien monde pour convertir le peuple et répandre sa bonne parole. Pourquoi cette découverte n'a-t-elle pas été consignée à cette époque ? Pourquoi le Suaire a-t-il disparu pendant des siècles, pour ensuite réapparaître entre les mains de riches dynasties occidentales telles que la famille de Savoie ?

— OK, ça suffit. Ce sont de bonnes questions, mais je ne comprends toujours pas comment les catholiques en seraient venus à vénérer le Suaire musulman.

— Ils l'ont volé.

— Pardon ?

— C'est aussi simple que cela. À cette époque, les armées chrétiennes, aussi bien que musulmanes, pillaient mutuellement leurs villes et leurs temples. Quand ils sont tombés sur un coffre protégé contenant un linceul sur lequel figurait l'image d'un homme barbu, ils ont eu l'arrogance de supposer que c'était le Christ. Ils l'ont pris en pensant qu'ils récupéraient un de leurs propres artefacts religieux.

— Et, bien sûr, les musulmans ne tenaient pas à admettre que Saladin avait été assassiné et que des générations de gens avaient été trompées par son remplacement.

— Exactement. Les historiens ont même évoqué Saladin comme s'il s'agissait de deux personnes distinctes. Certains le décrivaient comme quelqu'un d'une brutalité qui glaçait le sang, et d'autres disaient qu'il était un grand homme d'État.

Le téléphone portable de Mitzi émet un bip. Elle lit le message de Carter. « Hix a les résultats des analyses. Harrison est là. Où êtes-vous ? » Elle s'extirpe du confortable fauteuil.

— Je dois y aller. Mais nous n'avons pas terminé.

Il se lève et la raccompagne jusqu'à la porte.

— S'il vous plaît, laissez les avocats et la presse en dehors de tout ça. Je suis prêt à coopérer autant que vous le voudrez.

Elle fait quelques pas dans l'allée.

— J'essaierai, dit-elle en baissant les yeux vers son court peignoir. Au fait, soit vous avez besoin d'un peignoir plus long, soit de leçons sur la façon de vous asseoir sans montrer la totalité de vos attributs.

159

POSTE DE POLICE DE LA 77e RUE, LOS ANGELES

Tom Hix, du CSI, vit pour des instants tels que celui-là. L'instant dans la grande pièce de théâtre de l'homicide, où la science occupe le devant de la scène et où les instincts de flic et les dépositions des témoins sont réduits à de simples seconds rôles.

Il se précipite de l'autre côté des bureaux de la brigade dès qu'il aperçoit Mitzi entrer et se diriger vers son bureau.

— Salut, j'ai des résultats…

— Nom de Dieu, Tom. Je n'ai même pas encore posé mon sac. Elle prend le message laissé par Geagea.

— Quel petit con !

Elle en fait une boule et le jette à la poubelle.

Hix semble offensé.

— Pas vous. Notre fichu attaché de presse. Bon, qu'avez-vous ?

Il pose un dossier en papier kraft sur son bureau.

— Je suis débordé avec toutes les analyses liées au dossier du Caméléon, mais j'ai pensé que vous voudriez voir ça.

Elle ouvre le dossier.

— Qu'entendez-vous par « ça » ? (Puis elle se souvient du dernier appel qu'elle a passé à Hix.) L'affaire Tamara Jacobs ?

— Laissez-moi vous expliquer, dit-il en sortant deux feuilles transparentes qu'il pose côte à côte sur le bureau. J'ai deux ADN qui correspondent.

— De quels échantillons s'agit-il ?

— Le premier concerne les cheveux prélevés sur l'appuie-tête de la Lexus retrouvée à l'agence de location de l'aéroport de L.A. Le second provient de la peau récupérée sous les griffes du chat mort qui était dans la maison de Tamara Jacobs.

— La revanche du minet, dit-elle en superposant les deux transparents. Un seul et unique ADN. Vous avez raison, nous avons une correspondance. Avez-vous le nom du tueur ?

L'expression du visage du scientifique lui indique que la réponse est négative.

— J'ai lancé le logiciel Profiler, et ça n'a rien donné. Mais je ne pensais pas trouver quoi que ce soit. Je vous l'ai déjà dit, votre type n'est pas d'ici.

— Loin de là, apparemment… Vous avez dit qu'il venait du Liban, non ?

— Du Mont-Liban, pour être plus précis.

Mitzi lève les yeux sur la photo de Tamara Jacobs épinglée au mur, celle qui ressort dans *Variety* ou *Hollywood Reporter* chaque fois qu'ils publient un article à son sujet.

— Son scénario comporte des scènes entières qui se passent au Moyen-Orient. Ce sont les scènes historiques, et non celles qui se passent à l'époque actuelle. Svenson m'a raconté une histoire à propos des Maronites…

Son téléphone sonne.

— Fallon.

Après une courte pause, elle ajoute :

— OK, dites-lui que je descends tout de suite, dit-elle en raccrochant, visiblement agacée d'avoir été interrompue. Désolée, ça concerne mon autre enquête. Jenny Harrison fait des siennes, en bas. Le policier qui s'occupe d'elle dit qu'elle va partir si je ne descends pas immédiatement.

— Je comprends, dit-il en rangeant les transparents dans son dossier. Vous savez où me trouver quand vous voudrez reparler de tout ça.

160

Genève-New York

Une heure après avoir quitté Genève, les lumières indiquant aux passagers de garder leur ceinture attachée sont toujours allumées. Des orages et des vents d'altitude soufflent en provenance de l'Atlantique et de la baie de Biscaye. La France et l'Espagne sont frappées de plein fouet et les turbulences secouent l'avion lorsqu'il traverse des trous d'air à mesure qu'il se dirige vers l'ouest.

— Je déteste prendre l'avion, dit Broussard en occultant la lumière venant du hublot. Quand j'étais plus jeune, c'était une véritable phobie, maintenant, j'arrive à faire face, mais je n'aime toujours pas ça.

— Oui, c'est un environnement contre nature, reconnaît Nic. Une carcasse de métal aussi lourde, chargée de tant de gens, qui arrive à flotter dans les airs, ça défie toutes les lois scientifiques. Mais vous savez, statistiquement…

Broussard l'interrompt d'un geste de la main.

— Ça ne défie pas la science. Ça ne vole que grâce à la science, dit-il d'une voix un peu sèche, à cause de la tension qu'il ressent. Et je connais toutes les statistiques, *merci.* C'est plus sûr que de traverser la route, de fumer une cigarette, etc. Mais ça ne me plaît pas pour autant.

— L'orage va passer, dit Nic d'une voix rassurante. Écoutez, quand ce sera terminé, je vais aller faire le tour de l'avion. Juste la routine. Je veux m'assurer que nous sommes entre amis.

— Vous ne pensez quand même pas que l'homme qui nous a attaqués est dans l'avion ?

— Je suis obligé de l'envisager. Même si c'est très improbable. Ne vous inquiétez pas. Laissez-moi faire mon travail, et tout ira bien.

Broussard essaie de se distraire en feuilletant les ennuyeux magazines proposés à bord. Il aurait voulu que rien de tout cela ne soit réel, ne jamais avoir rencontré Roberto Craxi et ne pas avoir laissé sa femme à des dizaines de milliers de kilomètres.

Les turbulences finissent par se dissiper, et Nic appuie sur le bouton d'appel, au-dessus de sa tête. Quelques instants plus tard, une brunette aux hanches imposantes se penche vers lui. Elle se présente en lui indiquant qu'elle s'appelle Glenda et lui demande en quoi elle peut l'aider. Conscient des regards qui se posent sur lui, Nic déplie sa pièce d'identité sur ses genoux en lui répondant à voix basse.

— Mademoiselle, je suis un agent de la police de Los Angeles et j'ai besoin de voir le steward responsable et le policier de l'air. Pourriez-vous arranger ça pour moi ?

Glenda a assez d'expérience pour ne pas se laisser décontenancer. Après dix ans de vols transatlantiques, elle a été confrontée à toutes les situations, des crises cardiaques aux alertes terroristes.

— Certainement, si vous voulez bien me suivre jusqu'à mon poste, je les appellerai pour vous.

Il la suit et jette un coup d'œil au scientifique en partant. Broussard est plongé dans un magazine et semble plutôt satisfait. Nic attend dans la cuisine, tandis que Glenda appelle le steward, et fait une annonce discrète que seul le policier de l'air est susceptible de comprendre.

— Le passager qui a oublié ses achats duty-free à Genève est prié de se faire connaître auprès du personnel de bord. Nous avons une bouteille de très bon cognac qui n'a pas encore de propriétaire. Merci.

Un steward d'une quarantaine d'années aux cheveux teints en noir apparaît derrière un rideau, l'air légèrement inquiet en s'adressant à Glenda.

— Que se passe-t-il ?

Elle fait un signe de tête en direction de Nic.

— Voici l'inspecteur Karakandez de la police de Los Angeles. Il veut te voir, ainsi que le policier de l'air.

Le steward ajuste sa cravate et s'adresse à l'inspecteur.

— Je m'appelle Brian. Puis-je voir une pièce d'identité s'il vous plaît ?

— Bien sûr, dit Nic en la sortant de sa poche arrière, avant de la lui présenter.

Brian est en train de la vérifier lorsqu'un blond costaud avec une barbe de plusieurs jours tirant sur le roux avance vers eux. Il a une trentaine d'années, porte un large sweat gris et un Levi's noir et, si

Nic ne se trompe pas, il porte aussi un Taser.

Le steward lui rend sa pièce d'identité.

— Voici l'agent Karakandez.

L'homme jette un coup d'œil au portefeuille et le passe à Nic.

— Gerry Brookes. Que se passe-t-il ?

— Je travaille sur une enquête qui m'a conduit en Europe, dit Nic en faisant un signe de tête en direction des passagers. L'homme qui est là-bas, à la 48A, est un témoin important, lié à une affaire de meurtre. Je voudrais faire le tour de l'avion et vérifier qu'il n'est pas menacé. Pourriez-vous garder un œil sur lui pendant que je fais ma ronde ?

— Bien sûr. Comment s'appelle-t-il ?

— Édouard Broussard.

— Quand voulez-vous le faire ?

— Maintenant, ce serait bien, dit Nic en se tournant vers le steward : Avez-vous une liste des passagers ? J'ai besoin de mettre un nom sur les visages.

— Bien sûr, dit le steward en prenant une liste fixée au mur à l'aide d'une pince. Tout le monde figure là-dessus.

— Y a-t-il un moyen d'identifier les réservations de dernière minute ?

Brian fait « non » de la tête.

— Pas à partir de cette liste. Mais peut-être l'a-t-on noté à la porte, dit-il en regardant Glenda. As-tu les feuilles préliminaires ?

Son visage indique que non.

— Désolé, dit Brian.

— Une dernière chose, ajoute Glenda, même au moment de l'atterrissage, il y a toujours des places inoccupées. Cela peut être des gens qui se sont allés en douce aux toilettes, ou qui ont échangé leur place avec un autre passager, ou qui sont simplement allés là où ils avaient plus d'espace. Voulez-vous que je demande aux gens de regagner leurs places attitrées ?

Nic réfléchit un instant. Il ne veut pas effrayer les passagers après l'orage – ou, si jamais l'assassin est à bord, il ne veut pas le rendre nerveux et conscient qu'on le cherche.

— Non, pas pour l'instant, merci. Laissez-moi faire un tour et voir combien de personnes manquent à l'appel. Si nécessaire, nous pourrons passer l'annonce par la suite.

161

SALLE D'INTERROGATOIRE N°4, POSTE DE POLICE DE LA 77e RUE, LOS ANGELES

— Vous avez une sale tête, Jenny. Qu'avez-vous pris, bon sang ? demande Mitzi en tenant la porte pour que l'agent en uniforme sorte.

— Merci, dit-elle tandis qu'il s'échappe dans le couloir.

Harrison lève la tête d'un air boudeur.

— J'prends rien. C'est pour ça qu'j'ai une sale gueule.

Mitzi prend une chaise.

— Où étiez-vous aujourd'hui ?

— J'ai marché. J'avais la tête à l'envers. J'ai pas dormi de la nuit, putain.

Ça ne surprend pas Mitzi. La vie de cette gamine venait d'être bouleversée, et elle sait que le sommeil est la première chose qui fout le camp dans ce genre de situation.

— Je vais vous chercher un café et une cigarette.

— Café et cigarette ? dit-elle sur un ton méprisant. C'est le deal du siècle, putain.

— Hé, surveillez votre langage. J'essaie de vous aider.

Mitzi sort de la pièce et tape deux Marlboro Ultra Lights à un agent de la circulation près du distributeur automatique. Sur le chemin du retour, elle prend deux tasses d'un truc noir dégueulasse qui ressemble vaguement à du café et retourne dans la salle d'interrogatoire.

— Voilà, c'est le mieux que j'ai pu faire.

— Merci. Je suis désolée d'avoir été désagréable, dit-elle, semblant sincèrement le regretter.

— Vous devriez l'être. Aujourd'hui, je me sens presque aussi mal que vous, dit-elle en lui passant les allumettes. Vous n'êtes pas censée fumer dans cette pièce, mais on n'est pas non plus censées être là un dimanche.

Harrison allume sa cigarette et aspire une bonne dose de nicotine.

Mitzi regarde ses doigts trembler. La fille est mal en point. Elle attend qu'elle ait exhalé la fumée et tiré une autre taffe.

— On a un type dans une cellule au bout du couloir. Je veux que vous y jetiez un coup d'œil.

Harrison écarquille grand les yeux.

— Vous l'avez ? Le tueur de Kim ?

— Calmez-vous. Je veux juste que vous regardiez ce type et que vous me disiez si vous le reconnaissez.

Harrison tape du poing sur la table.

— Je veux tuer ce putain de salaud.

— Hé, je vous ai dit de vous calmer. Ce type n'est même pas en état d'arrestation. Il est venu ici de son plein gré.

— C'est pas lui ?

— Je veux juste que vous le regardiez, Jenny. Pouvez-vous faire ça ?

Elle semble au bord des larmes. Colère. Tristesse. Rage. Peine. Ses émotions semblent osciller d'un extrême à l'autre.

Elle éteint sa cigarette du bout des doigts.

— Oui, je peux le faire.

— Vous pouvez prendre votre café.

Harrison prend le gobelet en papier et suit l'inspectrice dans le couloir gris.

Mitzi la conduit dans la zone de détention. Jimmy Berg est rentré chez lui et il y a un nouveau brigadier à l'accueil.

— Un témoin dans l'affaire Bass, crie Mitzi au policier, qui ressemble à Tiger Woods, mais chauve. J'ai besoin de jeter un coup d'œil dans la cellule 1 de façon non officielle.

— Allez-y, dit-il en leur faisant signe de la main.

Mitzi se sert de son passe magnétique. Elle ouvre une lourde porte en barres de fer, fait signe à Harrison de passer, puis la referme.

— Ne dites rien. Mettez juste votre œil contre le judas. Prenez bien le temps de regarder, puis reculez et ensuite dites-moi si vous reconnaissez l'homme qui est à l'intérieur.

Elle lui fait un signe de tête en direction d'une porte grise.

Harrison avance d'un pas. Elle pose la joue contre le métal froid et regarde à travers le verre épais dans la pièce éclairée par une lumière vive et blafarde. Dans un premier temps, elle ne voit rien. Puis, elle aperçoit un homme portant l'uniforme orange des détenus. Il est allongé. Elle a du mal à voir son visage. Il s'assoit, et réajuste l'oreiller posé sur la couchette.

Harrison sent son cœur cogner dans sa poitrine. Elle s'éloigne de la porte.

Mitzi sait à l'expression de choc qu'elle voit sur son visage qu'elle le connaît.

— Le reconnaissez-vous, Jenny ?

Elle hoche la tête mais est incapable de parler.

Mitzi la prend par la main et l'éloigne de la porte.

— Qui est-ce ?

Harrison reprend son souffle.

— Face… c'est Face de poisson.

— Le type de l'usine, le contremaître ?

Elle hoche la tête.

— Oui, monsieur James. L'ami d'Emma.

162

GENÈVE-NEW YORK

Nic jette un coup d'œil à la liste des passagers en avançant dans la cabine des « première classe ». Elle est composée de neuf rangées de sièges, configurée en trois groupes de deux. Tous les suspects habituels du monde de l'entreprise sont là. Des types prêts à tout pour gravir les échelons, avec leur iPad et leurs MacBook déjà ouverts. Un couple de cadres d'une cinquantaine d'années aux cheveux gris et au tour de taille en progression constante a visiblement succombé à trop de champagne et de nourriture riche. Une femme chic aux longues jambes est en train d'incliner son siège et de se pelotonner sous une couverture. Il croise brièvement son regard. Un contact éphémère. Un instant fugace.

Les issues de secours divisent les deux rangées suivantes en groupes de trois sièges, puis il y a quatre sections principales de classe économique. Nic promène son regard très lentement le long du couloir interminable, puis essaie de mettre un visage sur les passagers qui, d'après sa liste, prennent la correspondance pour L.A. Reto Ruhr et Stefan Sauber portent des noms à consonance suisse. Ce sont deux jeunes hommes minces et de taille moyenne. Nic se déplace pour les observer d'un peu plus près.

Ils se tiennent la main. Reto pose la tête sur l'épaule de son ami.

Nic les élimine de sa liste. Non pas à cause de leur homosexualité, mais parce que les tueurs professionnels ne mélangent pas boulot et plaisir.

Deux jeunes gamins quittent leur siège et partent en courant à l'autre bout de l'avion. On dirait qu'ils quittent les genoux de leurs parents pour ceux de leurs grands-parents. Nic ne peut s'empêcher de s'imaginer avec Caroline et Max en train de faire un voyage comme celui-là, rentrant chez eux après avoir fait visiter une partie de l'Europe à Max. Ils n'avaient jamais eu l'occasion de faire un voyage en avion avec lui. Ils n'avaient jamais été plus loin que la plage de Point Dume, à Malibu, où ils avaient joué dans le sable.

Il s'efforce de se concentrer. Huit sièges par rangée, quatre au milieu et deux de chaque côté, et à peu près trente-cinq rangées. Avec environ un ou deux sièges libres, cela faisait environ trois cents personnes. Il doit aller lentement. Très lentement.

Un type qui voyage seul en 24A attire son attention. Entre trente et quarante ans, il a les cheveux bruns et courts et porte un pantalon de jogging bleu et un sweat à capuche gris. Il est mince, en bonne condition physique et détendu. Il a une barbe de trois jours, et un regard qui dit qu'il voyage léger et est prêt à tout ce que la vie peut lui réserver. Ses yeux s'arrêtent sur Nic, et pendant une seconde ou deux, ils se jaugent mentalement. Nic vérifie sa liste. Steve Bryant. Il regarde plus loin sur la liste et voit que Kelly Briant occupe le siège 24B. Mari et femme. Un autre nom qu'il peut éliminer de sa liste.

Minutieusement, il continue jusqu'à l'arrière de l'avion, comparant sans relâche les visages aux noms figurant sur la liste, éliminant les citoyens vieux et obèses, les adolescents chétifs et les invalides. À mi-chemin, il s'arrête et s'assoit près d'un type du nom de Rico Aguero. Rico est un métis aux larges épaules d'une trentaine d'années. Il a l'air d'un type capable de se défendre. Cinq minutes plus tard, Nic reprend ses allées et venues dans le couloir. Rico est un analyste système de Manhattan et il est à mourir d'ennui.

L'inspecteur continue pendant encore environ quarante minutes avant de regagner sa place.

— Des raisons de s'inquiéter ? demande Brookes en se levant pour changer de place avec Nic.

— Je ne pense pas.

Gerry fait un signe de tête en direction de Broussard.

— Le vieux dort comme un bébé. Faites-moi signe si vous avez besoin d'aide.

— Je pense que ça ira, maintenant.

Nic lui serre la main.

Le scientifique ronfle paisiblement. Le pauvre devait être épuisé. Nic déplie la couverture, incline son siège et s'installe confortablement. Il peut enfin se détendre.

163

POSTE DE POLICE DE LA 77e RUE, LOS ANGELES

Mitzi laisse Harrison dans la salle d'interrogatoire et se dirige vers le bureau de Carter pour lui donner les dernières nouvelles.

Il est recroquevillé au-dessus de piles de papiers et ressemble davantage à un comptable en pleine clôture d'exercice qu'à un flic.

— Cela vous a-t-il déjà effleuré l'esprit de frapper avant d'entrer ?

— Non, c'est une sale habitude. Harrison a identifié votre cinglé. Elle est certaine à cent pour cent qu'il s'agit de John James, son contremaître, déclare Mitzi en prenant appui sur le bord de son bureau. De plus, elle dit que très récemment le cinglé s'est rapproché d'une de ses collègues nommée Emma Varley.

— Ce sont des choses qui arrivent. Gardez l'esprit ouvert, Mitzi. De nombreux individus – y compris les cinglés – rencontrent leur future femme sur leur lieu de travail.

— Ou de futures victimes. Varley a disparu depuis la semaine dernière. Un beau jour, elle ne s'est tout simplement pas présentée à son travail.

À présent, elle a attiré son attention.

— Une raison particulière ?

— Il n'a rien mentionné. James a dit aux employées qu'elle avait donné sa démission.

— Vous avez trouvé une adresse pour Varley ?

— Rien de précis. Harrison n'en savait rien, mais elle a dit qu'elle vivait dans le quartier de Gardena.

— Je vais demander à Dan de la trouver et d'aller y faire un tour. (Le téléphone de Carter sonne.) Oui ?

— Patron, c'est Kris. Je suis dans la maison de James, à Carson, et je peux vous dire que c'est carrément bizarre là-dedans.

— Qu'est-ce que vous avez ?

— Il n'y a aucun meuble. Aucun tapis. Aucun signe de confort. Il y a des feuilles de journaux étalées partout sur le sol. C'est comme si aucun être humain n'avait jamais vécu ici. Et il n'y a aucune lumière non plus. (Il avance dans la maison avec une torche.) Ça ressemble plus à un squat qu'à une maison. Je viens juste d'arriver dans la chambre, et ça pue carrément là-dedans. (Il promène le faisceau lumineux sur le plafond, les murs et le sol.) Il y a des bougies brûlées partout. Ça ressemble à un genre de rituel satanique. Ah, oubliez ce que je viens de dire… Il y a un énorme crucifix au mur. (Le faisceau s'arrête sur une pile de draps blancs, à l'autre bout de la pièce.) Il y a une pile de draps en lin pliés.

— Jetez-y un coup d'œil, dit Carter. Mais ne les touchez pas.

Lebowicz se penche au-dessus de la pile.

— Je ne suis pas un expert – comme ma femme pourrait en attester – mais ça a l'air bizarre. (Il éclaire la pile de haut en bas.) Y'a des mètres et des mètres de tissu, bon sang, assez pour envelopper une momie.

— Il l'a sans doute rapporté de l'usine où il travaille, dit Mitzi.

Quelque chose brille sous le faisceau de la torche.

— Nom de Dieu, il y a des centaines de lames de rasoir ici – les doubles lames à l'ancienne, dit-il en se penchant au-dessus. Elles sont pleines de sang et il y a une bouteille de désinfectant et un truc qui ressemble à un vieux mouchoir.

— C'est un adepte de l'automutilation, explique Carter. C'est son équipement. Ne touchez à rien, il peut très bien être séropositif.

— Je n'en avais pas l'intention, patron.

Lebowicz reste silencieux pendant quelques instants. Il se relève et éclaire le mur opposé. Des marques apparaissent. Il s'approche pour les regarder de plus près.

Du sang.

— Patron, je crois que j'ai quelque chose. Il y a des marques sur le mur. On dirait des traces de sang. (Il promène le faisceau sur les murs.) Il y en a des dizaines. (Il se tourne, et voit ce qui se trouve derrière lui.) Oh, merde.

— Qu'y a-t-il ? demande Carter.

— Il a gribouillé quelque chose sur le mur. Avec du sang. C'est écrit : « JE SUIS LA GUERRE. »

164

Aéroport JFK, New York

Pendant l'escale, au guichet d'embarquement pour L.A., Nic charme le personnel au sol et obtient un surclassement pour Broussard et lui tandis qu'il demande une nouvelle liste des passagers et des informations concernant d'éventuelles réservations de dernière minute à Genève. Aucune réservation de dernière minute n'apparaît à l'écran – pas même la sienne, ni celle de Broussard. Les systèmes de données du monde entier semblent toujours tomber en panne quand on a le plus besoin d'eux.

Lorsque l'avion décolle, Nic a déjà rencontré le nouveau steward et le policier de l'air – un ancien soldat, un dur prénommé Ike, qui s'est installé face à Édouard et lui, de l'autre côté du couloir. Le scientifique est plus détendu cette fois, et lorsque le signal indiquant d'attacher les ceintures s'éteint, Nic se lève pour faire sa ronde.

Glenda, l'hôtesse de l'air qui était sur le premier vol, avait raison – les passagers sont dispersés un peu partout. Par moments, personne ne semble correspondre à la liste. Des femmes sont assises sur le siège d'hommes. Des enfants manquent à l'appel. Et il y a de longues queues devant les toilettes et les cuisines.

Le temps que Nic regagne son siège, il pense qu'il y a plus d'une vingtaine d'hommes sur lesquels il n'a pas pu mettre un visage – à peu près deux fois plus que sur le premier vol. Tandis qu'il songe aux hommes manquants, Broussard se faufile dans le couloir.

— J'ai besoin d'aller aux toilettes, annonce-t-il en voyant le regard critique sur le visage de son compagnon.

Nic le regarde s'éloigner et ne quitte pas le Français des yeux. Il se dit qu'il est stupide, et qu'il ferait mieux de se détendre. Ils ont laissé toutes les menaces derrière eux, sur l'autoroute de Genève. Mais ses vieilles habitudes de policier ont la vie dure, et il ne peut s'empêcher de surveiller la porte des toilettes en attendant de voir le scientifique réapparaître.

Ses nerfs sont mis à rude épreuve quand un jeune type portant un tee-shirt crème et un jean délavé traverse l'avion dans le sens de la largeur et essaie d'entrer dans le cabinet fermé. Il est mince, mesure un peu moins d'un mètre quatre-vingts, est bronzé et en bonne forme physique. Il a des contusions et des égratignures derrière les bras. Il a une coupure non cicatrisée sur la mâchoire, sous l'oreille droite.

Il frappe à la porte une seconde fois. Nic ne reconnaît pas son visage – ni depuis Genève, ni depuis ses dernières rondes.

L'inspecteur se lève de son siège et fait un signe de tête à Ike. Le grand policier de l'air pose son livre et fait le tour de l'autre côté du couloir. Nic scrute l'inconnu à la recherche du moindre signe indiquant qu'il porte une arme et prie pour que personne ne soit blessé ici, en plein ciel. Une hôtesse de l'air indique à l'homme des toilettes libres, de l'autre côté de l'avion.

Nic le suit. Il observe l'homme des pieds à la tête tandis qu'il s'approche de lui. Il regarde le bas de son pantalon, se demandant s'il pouvait avoir caché une arme ou des explosifs dans une chaussette ou dans un protège-tibia.

L'inconnu s'arrête et essaie la porte des toilettes. Sur les jointures de la main droite, il a des coupures et il a la main enflée, comme s'il avait donné un coup de poing au cours des derniers jours écoulés. Nic vérifie qu'Ike soit bien parallèle à lui, de l'autre côté du couloir, puis il bouscule volontairement le type qui est devant lui.

L'homme se retourne et pose les mains sur l'inspecteur.

— Hé, mec, regarde ce que tu fais.

— Désolé, j'essayais de remettre ma montre à l'heure et je ne vous ai pas vu. Avez-vous entendu combien d'heures de décalage il y avait entre la Suisse et New York ?

Le type l'observe avec attention.

— Six.

— Merci, répond Nic en ajustant sa montre. Vous allez à L.A. pour le boulot ou pour le plaisir ?

— Pour le plaisir, et pour l'instant, vous avez le don de me le gâcher, lâche-t-il avant de faire demi-tour.

Ike se faufile derrière le rideau de la cuisine, et fait le tour, pour se retrouver face à Nic, et pour que l'inconnu se retrouve coincé entre eux deux.

Nic le force à nouveau à se retourner. Son regard montre qu'il n'a pas peur des éventuelles répercussions.

— Je n'ai pas fini de vous parler.

Le type lui lance un regard furieux.

— Vous êtes qui ? Un flic ?

— À vrai dire, oui, répond Nic en sortant son insigne. Quel est votre nom et votre numéro de siège ?

Le policier de l'air s'appuie contre une cloison et glisse la main dans son dos, à l'intérieur de sa ceinture et pose la main sur le Taser glissé sous sa veste.

— Manton, Jimmy D., dit-il en fouillant sa poche, avant d'en sortir le talon de son billet.

Nic le prend et vérifie sur sa liste. Cela correspond. Il le lui rend et désigne les écorchures sur sa main.

— Vous vous êtes battu récemment ?

— Jamais de la vie. Je ne me suis battu avec personne depuis le lycée. Je me suis rétamé en faisant du skate-board. C'est ce que je fais, pour le fun, et comme boulot. Je fais du skate et je surfe. Et je suis plutôt bien payé pour ça. Il y a une loi contre ça ?

— Pas encore. J'ai quelques connaissances en surf, mais instruisez-moi, monsieur Manton, qui sont les meilleurs surfeurs, selon vous ?

Le regard du type s'illumine.

— Oh, mec, pour moi c'est Mick Fanning – et de loin. Mais j'aime bien aussi cet Hawaïen, Torrey Meister. Mon style se rapproche plus du sien.

Nic regarde à nouveau sa liste. Il est convaincu que le type est bien qui il prétend être – un autre imbécile beaucoup trop sûr de lui qui gagne sa vie à Malibu grâce à des contrats de parrainage.

Au bout du couloir, Édouard réapparaît et retourne s'asseoir à sa place. Ike attire l'attention du flic et s'éloigne pour protéger le scientifique.

Nic en a fini avec ses questions.

— Passez un bon séjour en Californie, Jimmy D., et soyez prudent.

Il fait semblant de lui donner un coup de poing dans le bras pour plaisanter, puis retourne près de Broussard.

165

Gardena, Los Angeles

Dan Amis a encore un mouchoir sur la bouche lorsqu'il sort de la vieille maison en bois. Il respire longuement l'air du début de soirée, puis appelle pour dire ce qu'il vient de découvrir.

— On a besoin du légiste, patron. Corps d'une femme blanche disposée dans le style du Caméléon dans la chambre d'Emma Varley. Notre type est venu ici.

Carter écoute le message sur le haut-parleur, aux côtés de Mitzi. Il se prend la tête entre les mains. Une autre mort – un autre meurtre qu'il n'a pas réussi à empêcher.

— Vous pensez que c'est elle ?

— Ouais. Elle est déjà en état de décomposition, mais il y a une photo d'elle dans le salon, et c'est assez ressemblant.

— OK, restez sur place. Faites comme s'il s'agissait d'une scène de crime primaire. Je viens avec l'équipe de la police scientifique.

— Entendu.

Carter appelle Amy Chang sur son portable. Elle s'est occupée de toutes les autres scènes de crime du Caméléon, alors il veut qu'elle soit aussi sur celle-ci.

Elle répond après deux sonneries.

— Docteur Chang.

— Bonjour, c'est Tyler Carter. Désolé de foutre en l'air votre dimanche soir, mais on a un autre meurtre du Caméléon. Et on a peut-être même attrapé notre type.

— Je prépare le nécessaire.

— Le corps est une femme nommée Emma Varley. Une vingtaine d'années. Elle a été retrouvée à son domicile, dans le quartier de Gardena. Je demande à Mitzi de vous envoyer les coordonnées par e-mail. Amis est sur place – il dit qu'elle en est déjà au stade de la décomposition.

— Dites à Mitzi de ne pas m'envoyer d'e-mail – mon ordinateur a grillé l'autre soir, et j'ai du mal à me connecter depuis mon portable. Dites-lui de m'envoyer l'adresse par SMS.

— Je le ferai moi-même. Merci.

Il raccroche, prend son portable, tape l'adresse de la scène de crime et la lui envoie.

— Mitzi, pouvez-vous demander à Tom d'envoyer le CSI sur place ?

— Bien sûr. Est-ce que je peux vous faire part de quelque chose qui me chiffonne ?

— Allez-y.

— Il y a plusieurs choses qui me trottent dans la tête.

— Quel genre de choses ?

— Le cambriolage de Jenny Harrison et la disparition de son téléphone pour commencer.

— À quoi pensez-vous ?

— Peut-être que le Caméléon a tué Kim Bass et qu'il avait l'intention de tuer également Jenny Harrison. Et par chance, Jenny n'était pas chez elle cette nuit-là. Elle était sortie, elle s'est défoncée et a fini dans le lit d'un inconnu.

— Un instant de promiscuité sexuelle qui, pour une fois, aurait rendu sa vie meilleure ?

— Peut-être que même les Harrison de ce monde ont de la chance de temps en temps.

— Une équipe de recherche est partie retrouver Kris dans la maison de James. Je vais lui demander de chercher le téléphone.

Mitzi est encore en train de réfléchir à son hypothèse.

— Si James est allé chez Harrison, il a peut-être laissé des empreintes et son ADN. Il y a tellement de saletés et de merdes de chiens sur le trottoir qu'on peut peut-être encore relever des empreintes de chaussures.

— Matthews a dit que votre légendaire crochet du droit n'était qu'une simple distraction pour un esprit aussi brillant que le vôtre.

— Matthews ferait mieux de la fermer et de me payer davantage.

— Quoi d'autre ?

— J'ai vérifié auprès des antennes de police du quartier. Ils n'ont aucune trace d'un appel provenant de quelqu'un d'autre qu'Harrison à propos de Kim Bass. James a dit à Jenny qu'il avait appelé la police – et il ne l'avait visiblement pas fait.

— Ou ils ont oublié de noter son numéro dans leur registre. Nous aurons la liste de tous les appels passés depuis son domicile, son bureau et son portable d'ici une heure. Demandez à un des brigadiers de les croiser avec les postes de police de la région.

Je le ferai.

— Autre chose ?

— J'ai terminé.

— Alors passez ces appels et rejoignez-moi au rez-de-chaussée. Je vais faire le point avec le médecin, puis nous allons interroger monsieur James et voir ce qu'il a à nous raconter.

Mitzi jette un coup d'œil à sa montre. Cela fait plus de douze heures qu'elle a commencé son service et elle a l'impression que la journée n'en finira jamais.

— Espérons que ça commencera par « J'avoue » et que ça se terminera par une signature.

166

Le médecin de la police donne à Carter des nouvelles qu'il n'a pas envie d'entendre.

— Mon opinion médicale est qu'il n'est pas en état d'être interrogé.

— Quoi ? beugle Carter. Ne me dites pas que vous avez gobé sa folie simulée.

— Je ne suis pas sûr qu'il simule. Mais ce n'est pas la raison pour laquelle vous ne pouvez pas l'interroger.

— Alors pourquoi ?

— Il a ouvert ses blessures. (Carl Jenkins illustre ses propos avec la main.) Il s'est enfoncé les ongles dans ses coupures, et il a arraché les points de suture. C'est un massacre qui doit être très douloureux. Il aurait dû être mis sous camisole.

— Jamais de la vie. Il se prépare juste à plaider l'irresponsabilité.

— C'est une possibilité. Mais je dois malgré tout l'envoyer à l'hôpital.

— Je ne peux pas laisser faire ça, réplique Carter en faisant les cent pas. Si je le laisse entrer à l'intérieur d'un hôpital, des centaines de gens seront en danger. Faites-le soigner ici.

— Vous voulez dire que votre affaire est en danger.

— Oh, excusez-moi, mais oui, c'est aussi ce que je veux dire. Mon affaire de tueur en série est menacée. Il y a une chance pour qu'un homme dont on est à peu près sûr qu'il a tué beaucoup de femmes nous glisse entre les doigts.

— Tyler, je n'ai pas le choix, et vous non plus. L'automutilation à un tel degré implique que je l'envoie à l'hôpital, et que je le remette entre les mains de praticiens de la santé mentale qualifiés. Et vous devez appuyer ma demande sans réserve, sinon on risque de vous demander de rendre votre insigne.

— Dieu, donne-moi la force nécessaire.

— J'espère qu'il le fera. En attendant, la journée a été longue, et je dois m'occuper du transfert de cet homme aussi vite que possible.

Carter désigne Mitzi d'un hochement de tête.

— OK, mais on l'inculpe d'abord, et elle l'accompagne.

— Ce n'est pas de mon ressort, dit Jenkins. Elle peut faire le trajet avec lui, à moins qu'il ne s'y oppose, et je ne pense pas qu'il le fera. Regardons les choses en face, il aurait pu partir d'ici à n'importe quel moment au cours des douze heures écoulées. Mais peut-être voulez-vous y réfléchir à deux fois avant d'inculper un homme dont vous avez des raisons de penser qu'il souffre de maladie mentale.

Carter a envie de donner un coup de poing dans le mur.

— On peut l'inculper plus tard, dit Mitzi sur le ton de la conciliation. Le type est très mal en point. Je vais l'accompagner, et peut-être lâchera-t-il quelque chose dans l'ambulance. Comme vous l'avez dit, il est inutile de se précipiter sur cette affaire.

— OK, dit Carter. Mais vous ne prenez aucun risque avec cette ordure. Je vous fais accompagner par un policier en uniforme. En dépit de son apparence, n'oubliez pas un instant que c'est un tueur – un tueur en série.

167

John James – alias Délivrance – alias Face de poisson – est couvert de bandages quand Mitzi grimpe à l'arrière de l'ambulance. À un pas derrière elle, se trouve l'imposante carrure du géant Joey di Matteo, un jeune policier en uniforme du genre coriace, un des rares à avoir été élevés dans les quartiers de Compton et de Paramount et à ne pas avoir de casier. Quand le toubib ferme la portière, il masque presque toute la lumière.

Mitzi s'assoit sur le banc situé face au lit à roulettes sur lequel James est étendu. Il a une transfusion de sang reliée au bras gauche. Des ceintures de sécurité rouges attachées autour de sa taille l'empêchent de tomber.

— Je suis l'inspectrice Fallon, dit-elle doucement. Je vais vous accompagner et rester avec vous. Vous voulez bien ?

Il ouvre les yeux et un regard méfiant est la seule chose qu'elle parvient à tirer de lui.

Elle sait que ce qu'elle va dire maintenant sera décisif. Soit il s'ouvrira à elle, soit il se refermera comme une huître.

— Avez-vous déjà été à l'hôpital ?

La tête de James bouge, secouée par les mouvements de l'ambulance, mais il ne parle toujours pas.

— Vous n'avez aucune raison d'avoir peur. Ils vont bien désinfecter vos coupures, dit-elle d'une voix compréhensive. Une de mes amies a fait la même chose. Elle s'était mis dans la tête qu'elle devait être punie. C'est ce que vous pensez ?

Il passe la langue sur les lèvres, la gorge sèche, et murmure :

— J'ai péché.

— Je n'en doute pas. Moi aussi. Aucun d'entre nous n'est parfait, n'est-ce pas ?

Il marmonne quelque chose :

— … maté…

— Pardon ? Vous pouvez répéter ?

— Emma était, dit-il en la regardant intensément.

Le nom vient perturber le calme apparent de Mitzi.

— Emma ? Voulez-vous parler d'Emma Varley ?

— Mon Emma, dit-il à voix encore très basse.

— Vous avez dit qu'elle *était*, et non qu'elle *est*.

— Elle est avec le Seigneur maintenant, ajoute-t-il en essayant de s'asseoir. Plus aucun tourment. Plus de douleur. Elle est au paradis.

Au grand mécontentement de Mitzi, un auxiliaire médical se penche sur lui et, d'un geste de la main, l'empêche de se lever.

— Allongez-vous, restez calme.

Elle le foudroie du regard lorsqu'il s'éloigne en lui tournant le dos.

— Comment votre Emma est-elle allée au paradis ?

Il paraît satisfait.

— Je l'ai aidée. C'était mon devoir.

— Et les autres, les avez-vous aussi aidées ?

— C'était ma mission, de les aider, déclare-t-il, puis réfléchissant à ce qu'il venait de dire, il ajoute : Je suis un soldat de Dieu.

Mitzi tente sa chance.

— Et Kim Bass, l'avez-vous aidée ?

Son visage change d'expression. Son calme disparaît et ses traits deviennent tendus.

— Bass était une erreur. Elle était malfaisante, mais c'était une erreur de prendre sa vie. Elle avait besoin de temps pour se racheter. Pour réparer tout le mal qu'elle avait fait. C'était mal de ma part de la prendre avant qu'elle l'ait fait.

— De la prendre ?

— Je pensais que le Seigneur l'avait choisie, mais c'était une erreur. Son âme brûle en enfer et c'est de ma faute. Je n'aurais jamais dû la tuer. Il ne voulait pas que je le fasse.

L'auxiliaire médical prend le pouls de John James.

— Je pense qu'il a assez parlé maintenant, inspectrice. Son cœur bat très vite, et il est encore en état post-traumatique.

Mitzi cède. Elle a besoin de s'imprégner de ce qu'il vient de dire. Elle doit sortir de l'ambulance et dire à Carter que James a avoué devant témoins au moins un des meurtres.

JJ ferme les yeux, et il commence à prier.

— *Deus meus, ex toto corde paenitet me omnium meorum peccatorum, eaque detestor...*

— C'est du latin, dit Matteo. Il récite l'acte de contrition.

— *...quia peccando, non solum poenas a Te iuste statutas promeritus sum, sed praesertim quia offendi Te, summum bonum, ac dignum qui super omnia diligaris.*

— Vous connaissez l'acte de contrition ? demande Mitzi en regardant le grand flic avec surprise.

— J'étais enfant de chœur. L'Église catholique m'a sauvé, elle m'a empêché de traîner dans les rues. Ça veut dire *Mon Dieu, j'ai un très grand regret de vous avoir offensé parce que vous êtes infiniment bon, infiniment aimable, et que le péché vous déplaît. Je prends la ferme résolution, avec le secours de votre sainte grâce de ne plus vous offenser et de faire pénitence.* Amen.

— Impressionnant.

— On devait l'apprendre par cœur.

Mitzi regarde l'homme toujours en train de marmonner. Il n'allait certainement plus pécher. Et, avec un peu de chance, une équipe chargée des exécutions à San Quentin ferait le nécessaire pour s'en assurer.

168

HÔPITAL CENTURY, INGLEWOOD

C'est la fin de soirée et le personnel de l'hôpital semble déjà au maximum de ses capacités lorsque Délivrance est emmené dans le service spécial réservé au LAPD.

Il se passe plus d'une heure avant qu'un médecin soit disponible pour l'examiner. Et encore quarante minutes de plus avant qu'on lui fasse de nouveaux points de suture.

Joey di Matteo va chercher du café et des sandwichs, tandis que Mitzi aborde l'infirmière en chef en uniforme bleu, une femme mince aux cheveux roux très bien coupés, à hauteur d'épaules.

— Bonjour, savez-vous dans combien de temps je pourrai récupérer mon prisonnier ?

L'infirmière Stéphanie Dawson lui décoche un sourire professionnel très bien rôdé.

— Vous voulez parler de notre patient. D'après ce que nous a dit le docteur Jenkins il n'est pas en théorie un prisonnier. Et pour répondre à votre question : un certain temps.

— Nous payons la note, ma petite dame. Ce qui veut dire qu'il est à nous. Et pour ce qui est du dossier, il sera inculpé dès qu'on aura tiré ce fichu meurtrier d'ici.

Dawson comprend la situation. Elle comprend également que

cette femme flic n'est probablement pas le genre de personne à se laisser dicter sa conduite.

— Ses soins chirurgicaux sont loin d'être terminés. Et de toute façon, le psychiatre qui doit évaluer son état ne sera pas là avant au moins une heure.

— Vous plaisantez ?

— Ce n'est pas le genre de chose que nous faisons.

Mitzi regarde sa montre.

— Il est presque neuf heures du soir, et vous êtes en train de me dire que je ne pourrai pas voir un psy avant dix heures, peut-être onze heures ?

Nous sommes dimanche soir, et les médecins ont une vie – une vie normale.

— J'ai vu leur fiche de paie – et ce n'est pas ce que j'appellerais une vie normale.

L'infirmière sourit presque.

— L'argent n'a rien à voir là-dedans. En vérité, s'il ne s'agissait pas d'un cas particulier, nous le garderions en observation ce soir, et le médecin le verrait demain matin.

— Puis-je au moins lui parler ?

— J'ai bien peur que non. On l'a mis sous sédatif et il dort. Je vous suggère de faire une pause. Nous vous préviendrons dès que le psychiatre sera là.

Mitzi suit son conseil. Pour éviter de basculer elle-même dans la folie, elle appelle Carter pour le tenir au courant.

— James ne verra pas de psy avant dix ou onze heures.

— Ce n'est pas James, dit Carter. Il est né sous le nom de Jibril Walud Saleh Walud Khalid Al-Fulan.

— Je comprends pourquoi il a changé de nom.

— Sans doute pas pour les raisons que vous pensez. Madame Madison, sa mère, qui était d'origine américaine, a été la première à décider de son changement de nom. Juste après que son père musulman nommé Saleh a essayé de se faire sauter la cervelle dans une station de métro de New York.

— Oh, nom de Dieu.

— Le gosse a grandi sous le nom de Moore, le nom de jeune fille de sa mère. Et il aurait probablement gardé le nom de Moore, si les journaux n'avaient pas appris toute l'histoire quand il avait six ans. Madison a fait une overdose et le gamin l'a retrouvée morte dans son lit le lendemain matin.

— Elle est morte dans son lit, pendant son sommeil. Il y a quelque chose d'horriblement familier là-dedans, vous ne trouvez pas ?

— Les psys y verront sans aucun doute la cause de ses crimes. Gosse, on lui a dit que sa mère était allée au paradis. Dieu l'avait apparemment rappelée à lui.

— Elle a été rappelée avant que son heure ne soit venue.

— Les avocats de la défense vont avoir de quoi se mettre sous la dent, avec notre type.

169

AÉROPORT DE LOS ANGELES

L'A340 pique du nez et entame sa descente progressive vers le sixième aéroport au monde en termes d'affluence. À travers le hublot, Nic voit le quadrillage de lumières au-dessous de lui, comme s'il volait au-dessus d'une carte mère géante.

Broussard se réveille tandis que le personnel de bord s'affaire et que le commandant de bord les informe que grâce aux bonnes conditions atmosphériques, ils ont vingt minutes d'avance et que le temps est beau en Californie en cette fin de soirée.

— Vous avez bien dormi ?

— Comme ci, comme ça, répond-il en s'étirant. Je suis un peu raide et encore fatigué.

Nic regarde sa montre.

— Il est presque minuit, vous avez encore une bonne nuit de sommeil qui vous attend.

Le pilote atterrit en douceur, et une acclamation s'élève à l'arrière de l'appareil. Nic l'attribue à l'école d'athlètes – sans doute les seuls à avoir encore de l'énergie à cette heure.

L'équipage se tient près de la porte pour les remercier d'avoir voyagé avec Lufthansa et leur souhaite un bon séjour. Nic remercie Ike, le policier de l'air, d'un signe de tête, tandis que ce dernier reste à bord pour s'assurer que tout le monde sort de l'avion sain et sauf.

Tandis qu'ils traversent la passerelle qui mène au terminal, il se tourne vers Broussard.

— J'ai appelé notre bureau depuis JFK, et ils vous ont réservé une chambre, mais si vous voulez, vous pouvez dormir chez moi ce soir. Il y a une chambre d'amis, ce n'est pas aussi grand que votre villa, mais vous êtes le bienvenu.

Édouard comprend que Nic agit encore par mesure de sécurité.

— C'est très gentil.

— Pas du tout. Un jour, je viendrai en bateau dans le Sud de la France, et peut-être qu'Ursula et vous me ferez visiter Nice ?

— Ce serait un réel plaisir pour nous.

Dix minutes plus tard, ils ont fini de traverser la longue piste d'atterrissage, et ils arrivent dans le hall où il y a de longues files délimitées par des cordes et où les agents chargés de la sécurité du territoire font leurs contrôles. C'est là qu'ils se préparent à se séparer momentanément, Nic prenant la file rapide des résidents américains, et Édouard se dirigeant vers la section très encombrée des visiteurs.

— Je vous retrouve de l'autre côté, dit l'inspecteur. Je vous attendrai juste derrière la ligne.

La file de Nic avance rapidement, et il ne tarde pas à être appelé par un agent à l'air revêche. Le type observe ses documents et le fait passer sans la moindre chaleur. Comme promis, l'inspecteur attend Édouard de l'autre côté. Le Français lui avait paru plutôt pâle à la sortie de l'avion, et il espère que sa maladie du cœur ne l'a pas retardé et qu'elle ne lui a posé aucun problème.

Des visages familiers passent le contrôle – Steve Bryant passe par la porte des résidents, et Rico Aguero et les Suisses, Stefan et Reto, par celle des non-résidents. Nic s'approche et voit l'ensemble de la file des visiteurs de là où il est.

Il voit Jimmy Manton le surfeur, dont le regard croise celui de Nic après qu'il a passé le contrôle, tandis qu'il se dirige vers la zone des bagages. Le flic regarde à nouveau les files d'attente. Il ne voit toujours pas Broussard.

Il n'y a aucun signe de lui nulle part.

170

HÔPITAL CENTURY, INGLEWOOD

L'infirmière Dawson tient parole. À onze heures dix, elle tire Mitzi de sa rêverie :

— Monsieur Weinstock est là. Il vient juste d'arriver.

Son timing est parfait.

Robert John Weinstock, âgé de quarante ans, apparaît et se dirige droit vers le bureau des infirmières. Stéphanie vole vers lui comme un papillon de couleur bleu marine attiré par le costume à deux mille dollars et le petit homme brun très soigné qui l'accompagne.

Mitzi se demande si elle doit lui dire ce qu'elle sait – que Délivrance, alias John James, alias George Moore, avait en fait commencé sa vie en tant que Jibril Walud Saleh Walud Khalid Al-Fulan ? Et qu'il est le fils d'un terroriste, d'un fanatique prêt à tuer autant de gens innocents que possible avec une veste remplie d'explosifs. Tel père, tel fils – ce sont des tueurs-nés. Elle décide de ne pas le faire. Puis, elle se sent coupable. Elle sait qu'elle lui cache ces informations uniquement parce qu'elle ne veut pas que le psy en costume élégant dise que le Caméléon est fou et par conséquent habilité à passer le restant de ses jours dans un hôpital à regarder la télé ou à mater les infirmières.

Weinstock s'adresse brièvement à l'infirmière en chef Dawson, puis se dirige vers l'endroit où les flics sont assis. Mitzi se lève.

— Robert Weinstock, dit-il en lui tendant une main manucurée qui sent l'eau de Cologne. Je suis réellement désolé de vous avoir fait attendre. J'étais à un dîner de charité avec le maire.

— Inspectrice Fallon. Savez-vous pourquoi mon ami et moi sommes ici, dit-elle en désignant di Matteo d'un signe de tête. Avez-vous la moindre idée de ce que ce type a fait ?

— J'en sais suffisamment. Et je vous promets que je serai aussi prompt que mon professionnalisme me le permettra, dit-il en ponctuant sa phrase d'un sourire appuyé.

— Docteur… (Mitzi ne peut pas s'en empêcher. En dépit de son instinct, elle sait qu'elle ne peut pas lui cacher ce qu'elle sait.) J'ai quelque chose à vous dire. Nous venons juste d'apprendre certains détails le concernant, des faits liés à son enfance dont vous devriez vraiment prendre connaissance.

171

Aéroport de Los Angeles

Le moine procède à une dernière vérification.

Il pose deux doigts sur le cou du scientifique et cherche patiemment son pouls. Rien. Broussard est mort. Il a fini son travail. Il replace le corps sur le siège des toilettes dans lesquelles il l'a entraîné, et récupère le fil d'acier qui se trouve autour du cou de la cible. Il essuie le sang et le range dans un bracelet en cuir souple, qu'il remet autour de son poignet.

Ephrem monte sur le corps et regarde dans les cabinets attenants. Ils sont tous vides, mais il sait que cela ne durera pas longtemps. Il se hisse rapidement dans le cabinet le plus proche, ouvre la porte et sort des toilettes, la tête baissée.

Le hall est encore rempli de passagers fatigués qui font la queue avec impatience. Il avance lentement et avec assurance en direction de la file des résidents américains. Il avait trouvé amusant de voir Karakandez faire sa ronde dans l'avion, vérifier les noms qui se trouvaient sur sa liste, et ne pas le remarquer lorsqu'il avait disparu au bout d'un couloir tandis que le flic remontait l'autre couloir.

Il n'y a que cinq personnes avant lui. L'agent est méthodique et efficace, faisant avancer les gens rapidement, mais prenant le temps de les dévisager.

Ephrem arrive en tête de file. Il sort le passeport de sa poche et attend d'être appelé. Dans cinq minutes, il sait qu'il sera libre.

172

Nic montre son insigne à un des agents chargés de la sécurité intérieure, qui appelle le service de sécurité de l'aéroport. Dans les cabines vitrées dans lesquelles officient les agents, la nouvelle se répand très vite. Un par un, les agents de la police des frontières ferment leurs cabines et s'éloignent des portes. Personne ne passera tant que le flic n'aura pas retrouvé son compagnon de voyage.

Dans les files d'attente, les passagers commencent à se plaindre. Il est tard. Ils sont fatigués. Un retard de quelque nature que ce soit, sans parler d'une alerte sécurité, est la dernière chose qu'ils veulent.

Nic et les agents vérifient les files d'attente. Broussard ne se trouve dans aucune d'elles.

Où peut-il être, bon sang ?

Il voit des toilettes sur la gauche, et se rappelle à quel point Broussard était pâle en traversant le terminal. À présent, il se dirige vers les toilettes à grands pas, suivi de près par un des agents de sécurité. Lorsqu'ils entrent, l'agent sort son arme. Nic montre son insigne.

— LAPD, terminez et allez vous mettre dos au mur du fond.

Deux types debout devant les urinoirs semblent en état de choc.

— Faites ce qu'il dit, ajoute l'agent en levant son arme.

— Gardez un œil sur eux pendant que je vérifie les cabinets.

Nic regarde la rangée de portes et pousse la première. Elle s'ouvre en grand et révèle un cabinet vide. Il fait de même avec la deuxième porte. Vide.

Tout comme les trois autres.

La sixième porte est verrouillée. Il entre à l'intérieur du cinquième cabinet et monte sur la cuvette. Au-dessus de la cloison, il voit un corps qui est tombé en avant, la tête contre la cloison.

— Édouard…

Nic passe par-dessus la cloison et retombe dans le cabinet.

Il redresse le scientifique.

La chemise de Broussard est imbibée de sang. Il a une plaie béante autour du cou.

— Merde.

Il relâche le corps et sort du cabinet, avec une sensation de malaise au creux de l'estomac. Les types debout près du sèche-mains semblent déconcertés, mais ils ne ressemblent en rien à des tueurs, ni à des complices. Le meurtrier d'Édouard est parti.

La seule question étant : jusqu'où avait-il pu aller ?

173

Le moine est toujours en tête de file.

Toute la zone est bouclée et il n'est qu'à deux doigts de l'impunité. Il regarde l'espace vide devant lui qui l'attend de l'autre côté des cabines de verre. La liberté. Il sait que son faux passeport résistera à un examen minutieux. Il sait qu'il peut tenir bon face à n'importe quelle question que la police des frontières pourrait lui poser. Mais avec le flic du LAPD, c'est différent. C'est un élément imprévisible. Et il est à sa recherche. Il y a deux cents personnes, peut-être deux cent cinquante, qui sont encore dans les files d'attente. Et il en arrive toujours plus. Et il fait chaud. L'air conditionné devait être éteint. Il regarde les flics et les agents de sécurité avancer lentement au milieu des files d'attente, inspectant les passeports, les visas en posant des questions.

Beaucoup plus loin, au fond, il voit des auxiliaires médicaux pousser un brancard des urgences hors des toilettes.

Le scientifique.

Maintenant, il voit Nic Karakandez. Il s'éloigne des autres, avançant rapidement, scrutant tous les visages. Se fiant à son instinct, et non à sa logique. Ephrem détourne les yeux. Un agent de sécurité se présente devant sa file.

— Puis-je voir vos papiers, monsieur ?

Il lui tend son passeport sans dire un mot.

— D'où venez-vous, monsieur Blake ?

— De New York.

Les yeux de l'agent passent de la photo à son visage. De quel quartier ?

— Brooklyn. Près de l'arsenal maritime, dit-il en regardant l'agent droit dans les yeux. (Le salaud est en train d'essayer de deviner ses origines ethniques – ayant du mal à le cataloguer dans la catégorie des Hispaniques, des Afro-Américains ou peut-être des Arabes.) Au cas où vous vous poseriez la question, je tiens mon bronzage permanent de ma mère libanaise chrétienne et mon profil jeune et séduisant de mon père qui était un docker catholique.

— Vraiment ? lance l'agent en secouant la tête avant de lui rendre son passeport, pensant sans doute qu'il y avait toujours un petit malin dans la file. Bon séjour à L.A.

— Merci.

Ephrem range son passeport dans sa veste et l'agent de sécurité avance, pour continuer son travail. Il remarque Karakandez et un autre flic, seulement à quelques mètres de lui. Pendant une fraction de seconde, leurs regards se croisent. Le visage d'une femme obèse à la droite du moine est baigné de sueur, et elle semble sur le point de s'évanouir. Il avance vers elle pour l'aider. Tout comme une femme flic.

Nic s'éloigne du groupe et montre discrètement son badge à l'agent qui a vérifié les papiers d'identité d'Ephrem.

— D'où était le dernier type ?

— Il venait de New York, du côté de Brooklyn. Il m'a surpris à regarder la couleur de sa peau, et il a dit que son vieux était new-yorkais, mais que sa mère était libanaise ou quelque chose comme ça.

— *Libanaise*, c'est bien ce que j'avais cru comprendre.

La femme obèse tombe comme une crêpe et suscite les cris de surprise des files de passagers. Elle tombe la tête la première. La femme flic se baisse pour voir si elle va bien.

Ephrem va apporter son aide, lui aussi. Mais c'est surtout lui qu'il cherche à aider, avec le revolver que la flic porte à la ceinture.

174

HÔPITAL CENTURY, INGLEWOOD

Juste avant minuit, Robert Weinstock sort de l'unité sécurisée et Mitzi essaie, sans succès, de déchiffrer l'expression de son visage tandis qu'il avance vers di Matteo et elle. L'infirmière Dawson quitte aussitôt son poste pour voler à ses côtés.

— Désolé encore, inspectrice, de vous avoir fait attendre, dit-il avant de se tourner vers l'infirmière : Y a-t-il un endroit où je pourrais parler aux policiers en privé ?

— Mon bureau. Suivez-moi, s'il vous plaît.

— Merci.

— Je vais rester ici, indique di Matteo en désignant la chambre du Caméléon.

Tous trois se rendent à quelques mètres de là, dans un petit bureau.

— Merci, ce sera tout, dit Weinstock en refermant la porte derrière elle. OK, asseyez-vous s'il vous plaît.

Mitzi semble déprimée.

— Est-ce que je vais avoir besoin de m'asseoir ?

— Je crois que oui.

Mitzi prend une autre chaise en plastique, qu'elle installe face à elle.

— Vous connaissez les règles de M'Naghten, inspectrice ?

Elle se sent découragée.

— Non coupable pour cause d'aliénation mentale, c'est ça ? Un cadeau de ce bon vieux système judiciaire anglais.

— Exactement. Et d'après ces règles, l'homme que je viens de voir souffre bien d'aliénation mentale. Il n'y a aucun doute là-dessus. Il est assez lucide pour connaître son nom, son adresse, son âge et sa profession, mais le fait qu'il se mette spontanément à parler en latin, son dialogue intermittent avec Dieu, et l'automutilation profonde et persistante sont des signes évidents d'une extrême instabilité mentale. Et je n'ai pas vraiment d'autre choix que de lancer la procédure pour le faire admettre dans un hôpital psychiatrique.

Mitzi se prend la tête entre les mains. Carter sera suicidaire quand il apprendra ça.

— Je n'ai procédé qu'à un examen préliminaire ce soir, mais cela suffit déjà à déterminer qu'il est sujet à des crises de délire, et qu'il répond aux critères de M'Naghten caractérisant un trouble mental temporaire. Pour dire les choses simplement, au moment où il tue, monsieur James ne pense pas faire quoi que ce soit de mal. Il représente un danger, à la fois pour la société et pour lui-même.

— Et le test de pulsion irrésistible ? Ce type s'est glissé furtivement chez des femmes pour les tuer pendant leur sommeil. L'aurait-il fait s'il y avait eu un policier dans la pièce ?

Weinstock s'efforce de lui adresser un sourire compatissant.

— Peut-être, mais le cas de monsieur James n'est pas aussi simple que je vous l'ai décrit.

— Rien de ce que j'ai entendu ne semble simple. Est-ce quelque chose au niveau de son cerveau, de ses gènes, de son éducation qui l'a poussé à agir ainsi ? Quoi que ce soit en dehors du fait qu'il *voulait* simplement le faire ?

— Inspectrice, je vous en prie. Je comprends votre frustration, mais cette attitude ne va pas aider.

— Je suis désolée, dit-elle en secouant la tête.

— Monsieur James est totalement conscient de ce qu'il a fait. Il comprend la raison de votre présence et le fait que j'ai l'intention de le faire admettre dans un hôpital psychiatrique. Néanmoins, il a demandé à vous voir.

175

Aéroport de Los Angeles

Nic n'est pas distrait par la chute de la femme. Ses yeux n'ont jamais quitté le type d'allure agile qui se trouve près d'elle, et se précipite sur la femme flic pour lui prendre son arme.

Ephrem se retourne et tire un coup de feu au plafond avant que quiconque ne se rapproche de lui pour essayer de l'attraper. Des cris fusent çà et là et les gens se mettent à terre. Le moine saisit une petite fille en robe jaune et la serre étroitement avec son bras gauche. La fillette n'a pas plus de quatre ans, et pour l'instant, elle est son bouclier humain.

— Ne vous approchez pas ! (Son cri est dirigé contre deux agents de sécurité qui ont sorti leurs armes, au fond de la pièce.) Lâchez vos armes et restez où vous êtes, ou je la tue.

Les armes s'entrechoquent bruyamment sur le sol et Ephrem recule entre les cabines de verre. Ils vont le poursuivre, il le sait. Il doit les ralentir. Il lève son arme sous les yeux de la gamine terrifiée et tire deux coups de feu dans un groupe de passagers pétrifiés. Le premier atteint un adolescent dans le dos. Le second fait jaillir le sang de la tête d'un vieil homme en chaise roulante.

Ephrem se précipite vers la zone des bagages, portant toujours la fillette.

Nic est le premier à le suivre, et la plupart des agents de sécurité essaient de calmer la foule et de s'occuper des blessés. Quelqu'un allait sans doute demander des renforts par radio, mais il serait peut-être trop tard. Devant eux, se trouvent des douaniers qui ne se doutent de rien. Ils attendent mollement d'avoir fini leurs derniers contrôles avant que les passagers ne disparaissent dans le terminal principal.

Nic crie pour les mettre en garde :

— Il est armé ! Il est armé et il a une petite fille !

Trop tard. Les coups de feu retentissent. L'agent de sécurité à la droite de Nic tombe. Puis c'est au tour de son pote, à sa gauche. Nic prend un Smith & Wesson à un agent blessé et ôte le cran de sûreté. Il franchit les portes automatiques, et arrive dans le hall principal.

Une vague de gens le bouscule. Le tireur est parti. Il scrute le hall mais ne parvient pas à voir au-delà des pancartes blanches agitées par les chauffeurs. Soudain, il aperçoit brièvement une veste noire prenant une des sorties. C'est forcément lui.

Il pousse les gens pour se frayer un chemin jusqu'à la sortie. Une fois à l'extérieur, il tourne à droite. Le tireur est face à lui.

Nic cherche la petite fille. Elle n'est pas là. Il voit le revolver.

Trop tard.

Une balle lui traverse l'épaule gauche, le secoue, sa raison vacille.

Ses années d'entraînement prennent le dessus. Il reste concentré. Respire lentement. Il stabilise son arme, et appuie sur la détente. Il voit du sang gicler au loin. Il entend une détonation. Comme une vague d'applaudissements. Il voit une silhouette floue chanceler. Son esprit enregistre une autre détonation. Une deuxième balle atteint Nic. Il ne l'a pas vue venir. Il ne s'y attendait pas. Mais le fait qu'il y pense veut dire qu'il est en vie, c'est au moins une pensée réconfortante.

Ses jambes cèdent sous son poids. Aucune douleur. Pas encore. Mais ce n'est qu'une question de temps. Il ne peut plus respirer. Le choc lui bloque les poumons. Il n'arrive plus à inspirer le moindre souffle d'air. Une vague d'horreur glacée submerge ses nerfs et son cerveau. Nic voit ses mains, mais ne peut plus les bouger. Il ne les sent plus. Le sang forme une flaque entre ses doigts.

Il est touché au ventre. C'est une mauvaise blessure. Il sait au moins cela.

176

Hôpital Century, Inglewood

La première chose qui frappe Mitzi quand elle entre dans la salle avec le chef de service, c'est à quel point James semble paisible. En dépit de la masse de crucifix formant une croûte rouge sur son visage et son torse, il semble même afficher un sourire satisfait.

Quiconque a fait ce qu'il a fait ne devrait jamais être autorisé à se reposer en paix. Ce fichu animal devrait être tenu éveillé jusqu'au jour de sa mort et Mitzi espère qu'il viendra le plus tôt possible.

Weinstock referme la porte derrière eux et les paupières du Caméléon se ferment.

Mitzi sent sa gorge se serrer. Elle ne veut pas montrer sa rage. Pas encore. Pas avant que ce taré de psychopathe ait dit ce qu'il avait à dire.

John James regarde tour à tour l'inspectrice et le psychiatre d'un air endormi, luttant contre les effets des sédatifs tout en se redressant lentement sur son oreiller.

Mitzi installe une chaise près du lit.

— Monsieur Weinstock dit que vous voulez me parler.

— Oui, dit-il en hochant lentement la tête.

Elle essaie de dissimuler la haine qu'elle sent monter dans son propre regard, et de ne pas penser à toutes les images des scènes de crime, à toutes les femmes couvertes d'un drap, ni aux vies saccagées.

— Je sais ce que j'ai fait, inspectrice, dit-il en prenant un verre d'eau posé près de son lit. J'ai pris la vie d'autres êtres humains. J'ai besoin que vous compreniez que c'était ce qu'elles voulaient.

— J'en suis sûre.

— Oui. Toutes sauf Kim Bass et Emma – mon Emma.

— Je ne comprends pas.

Il avale une autre gorgée d'eau.

— J'ai tué Bass parce qu'elle et Harrison ont fait de la vie d'Emma un enfer. Dieu ne m'a pas dit de le faire. C'était juste ce que je voulais. J'aurais aussi tué Harrison si elle avait été là quand je suis entré chez elle par effraction.

Mitzi se dit qu'elle ne s'était pas trompée à propos du téléphone de Jenny.

— Pour que les choses soient bien claires, dit-elle en jetant un coup d'œil à Weinstock, pour qu'il ait bien conscience d'être témoin de ce qui se dit, vous reconnaissez le meurtre prémédité de Kim Bass et la tentative de meurtre de Jenny Harrison ?

— Et le meurtre d'Emma Varley, ajoute-t-il avant de détourner la tête.

Mitzi l'observe attentivement. Il pleure. L'homme qui a sauvagement assassiné au moins une douzaine de femmes est en train de chialer.

Il essuie ses larmes sur le coin de l'oreiller.

— Je ne sais pas pourquoi j'ai tué Em. Elle était tout pour moi. J'ai d'abord pensé que Dieu l'avait choisie, qu'il voulait que je l'aide à aller vers lui. Mais je me suis trompé.

— Trompé ?

— Mes sentiments pour elle m'ont fait commettre cette erreur.

— Vous l'aimiez.

— Je l'aime encore. C'est pour cela que je sais que c'était une erreur. Ça ne m'a pas semblé juste au moment où je l'ai fait. Mais je l'ai fait malgré tout.

— Et pourquoi me dites-vous tout ça maintenant ? Sans doute uniquement parce que vous savez que vous ne risquez ni d'être poursuivi en justice, ni la peine de mort. (Elle regarde Weinstock à nouveau.) Vous êtes absolument certain que le bon docteur qui est là insistera pour que vous soyez hospitalisé et qu'il n'y a aucun risque que vous soyez jugé.

Le visage du Caméléon se durcit.

— Non, vous vous trompez ! Je vous le dis, parce que Dieu veut que je sois jugé, dit-il prenant une longue inspiration, avant de retrouver son calme. Le Seigneur veut que je sois confronté à ce que j'ai fait. Il n'a pas honte de la façon dont il m'a guidé. Le monde doit apprendre que les erreurs commises étaient humaines et non divines.

Weinstock s'approche de son patient, et murmure :

— Voulez-vous que j'explique les choses plus clairement à l'inspectrice ?

— Oui, s'il vous plaît.

Le psychiatre se redresse.

— Avec tout mon respect, inspectrice, je ne pense pas que vous compreniez la portée de ce qui vient de vous être dit. Lors d'une affaire qui a fait jurisprudence il y a des années, la Cour a statué que la clause d'irresponsabilité pour aliénation mentale ne pouvait pas être imposée à un prévenu intelligent qui souhaite renoncer à une telle défense. Monsieur James est dans ce cas de figure.

— C'est exact, dit-il, le visage empli de satisfaction. Je souhaite renoncer à ce mode de défense. J'avoue les meurtres de Kim Bass et d'Emma Varley et je demande à être puni pour ces crimes.

177

Les sirènes retentissent. Des voix surgissent, puis disparaissent. Des lumières clignotent.

Nic sait, au chaos qui l'entoure, qu'il est dans une ambulance et qu'il est en train de mourir. La douleur a surgi maintenant. En fanfare. Le grand orchestre de cuivres de l'agonie lui délivre un message tonitruant. Son corps ne peut survivre à un tel trauma.

Des inconnus épongent le sang qui s'écoule de son ventre et crient dans un jargon médical où il est question de choc hydrostatique, d'hémorragie, de niveau de tension artérielle et de Dieu sait quoi.

Il sait, au ton de leur voix, qu'ils sont dans une course contre la montre pour lui sauver la vie – et qu'ils sont en train de la perdre.

Le visage d'un flic apparaît.

— Accroche-toi, mon gars, dit-il avec un sourire forcé. On est presque arrivés. Continue de me regarder.

Nic essaie de faire ce qu'il lui dit, mais ses paupières sont lourdes. Il ne peut plus résister.

Puis, c'est le noir.

— Il part. Vite, faites quelque chose.

— Tenez-le éveillé, nom de Dieu.

Les voix sont de plus en plus distantes. Il y a une secousse. Des sirènes. Une chaleur incroyable, puis des vagues de froid.

— Allez mon pote, ça va aller.

Nic ouvre les yeux. Il voit le flic à nouveau.

— C'est bien… Continue de me regarder.

Il connaît ce regard. Le regard qu'il avait lui-même souvent arboré quand, au coin d'une rue, des membres d'un gang – des gamins trop jeunes pour boire – perdaient leur sang. Il s'était agenouillé près d'eux, les avait regardés avec ce même regard et il leur avait menti, pendant leurs dernières minutes.

Il referme les yeux.

— Non, non. Allez mon pote !

Le noir est reposant. C'est là que se trouve la paix. Là où la douleur disparaît.

Il pense à Caroline et Max, à eux trois partant en avion pour des vacances qu'ils n'avaient jamais prises, pour courir dans le sable ensemble, en se tenant la main, en riant et sautant dans les vagues.

— On le perd.

L'orchestre de cuivres s'est arrêté.

La douleur a cessé de faire rage.

CINQUIÈME PARTIE

Je crois en Dieu, le Père Tout-Puissant, créateur du Ciel et de la Terre. Et en Jésus-Christ, son fils unique, notre Seigneur.

Symbole des Apôtres

178

POSTE DE POLICE DE LA 77e RUE, LOS ANGELES

Mitzi arrive à huit heures du matin, et le bureau est déjà presque au complet.

Elle jette un regard méfiant en direction des bureaux tout en ôtant son manteau.

— Qu'est-ce qui vous arrive, les gars ? Vous vous êtes tous fait virer par votre femme de façon collective ?

Un brigadier au visage impassible qui se trouve près de la photocopieuse attire son attention.

— Vous feriez mieux d'aller voir le commissaire, Fallon. Il a dit qu'il voulait être prévenu de votre arrivée.

Elle lance son manteau sur le dossier d'une chaise.

— Matthews, à huit heures un lundi matin ?

— Votre téléphone était coupé, explique le brigadier. Il a essayé de vous appeler.

— Merde.

Elle n'avait pas payé la dernière facture. Ils avaient fini par couper la ligne. Elle sort son portable de son sac. Plus de batterie. Il était déchargé depuis qu'elle avait appelé Carter en rentrant chez elle la veille. Et elle était trop fatiguée pour penser à le recharger.

Mitzi se dirige vers le bureau du patron. Si elle a des ennuis, c'est sans doute à cause de tout le tralala des formalités administratives à l'hôpital. Merde. Elle avait fait de son mieux. Ils ne pouvaient pas en demander davantage.

La secrétaire de Matthews n'est pas à son poste de garde. À travers la porte, elle le voit parler à Tyler Carter. Ils n'ont pas l'air de plaisanter.

Elle frappe et ouvre la porte.

— Vous vouliez me voir, monsieur ?

Son cœur bat un peu plus vite.

— Entrez, et fermez la porte, dit-il en lui faisant signe.

Elle n'aime pas l'expression qu'elle voit sur leur visage.

— Qu'y a-t-il ?

— Nic Karakandez a été touché par balle hier soir à l'aéroport de L.A. lors d'un échange de coups de feu avec un homme qui tentait d'échapper aux gardes-frontières.

Elle prend une longue inspiration.

—Il a pris une balle dans le ventre et une autre dans l'épaule, ajoute Matthews.

— Oh, mon Dieu.

Il lève la main.

— Laissez-moi finir. Ils l'ont emmené aux urgences. Il est vivant mais dans le coma. (Matthews la conduit jusqu'à une chaise.) Il a tué le type qui s'enfuyait, et qui l'avait touché avec deux balles de 45. (Carter pose la main sur son épaule.) Broussard, le scientifique qu'il ramenait, est mort lui aussi, tout comme un vieux type handicapé qui a pris une balle dans la tête. Et un adolescent va rester paralysé pour le restant de ses jours.

Mitzi reste sans voix.

— Broussard a été retrouvé assassiné dans les toilettes de l'aéroport, avant le passage de la frontière. C'est ce qui a provoqué la fusillade.

— Je pensais qu'ils étaient rentrés sains et saufs, finit-elle par dire. Nic m'a appelé de l'aéroport JFK en me disant que tout allait bien.

— Eh bien, non, dit Matthews, essayant de rester le plus concret possible. Tyler a envoyé deux de ses hommes sur la scène de crime et les deux corps sont à la morgue.

— J'aimerais aller à l'hôpital, dit-elle en regardant Carter. Si vous voulez bien ? J'essaierai de boucler mon rapport sur le Caméléon à mon retour.

— Bien sûr. Faites attention à vous, là-bas. La presse a déjà eu vent des fusillades à l'aéroport de L.A. et ils ont envahi les services des urgences des hôpitaux du coin.

Lorsque Mitzi se lève, la porte du bureau s'ouvre, et Amy Chang apparaît.

Le visage de la légiste est rempli de sympathie.

— Salut Mitzi, je suis venue dès que j'ai appris la nouvelle.

Elle est contente de la voir.

— Merci.

Matthews ne peut pas la laisser partir sans lui expliquer clairement la situation, la préparant au pire.

— Mitzi, les choses se présentent plutôt mal pour Nic. La nuit dernière, les médecins disaient qu'il n'avait que quarante pour cent de chances de s'en sortir.

— Les médecins peuvent aller se faire foutre, dit Mitzi en ouvrant la porte. Il a un bateau à faire naviguer, et je vais m'assurer qu'il le fera, nom de Dieu.

179

HÔPITAL DE COUNTY, LOS ANGELES

Sa visite à l'hôpital de County faillit briser le cœur de Mitzi.

Pour une raison étrange, elle avait espéré que le seul fait d'être à son chevet aurait une sorte d'effet magique – comme cela se passe dans les films. L'alchimie du timing – lorsque la bonne personne se trouve au bon endroit au bon moment, et que tout redevient normal.

Mais pas cette fois.

Son regard passe des tubes, des perfusions de sang et de plasma et des moniteurs qui font des bips, à Amy Chang.

— Est-ce que tu pourrais aller leur parler – tu sais, de médecin à médecin ? Et me dire quelles sont réellement ses chances de s'en sortir ?

— Bien sûr.

La légiste sort de la chambre.

Mitzi regarde Nic à nouveau. Merde, il aurait l'air d'un héros, s'il ne ressemblait pas à un mort. Elle se déteste d'avoir pensé cela.

— Plus que quatre jours, espèce d'idiot, lâche-t-elle en lui prenant la main. Quatre putains de jours. Comment peux-tu merder à ce point-là alors que t'avais plus que quatre jours à tirer ? Je devrais te botter le cul. D'ailleurs, je le ferai dès que tu seras sorti d'ici.

Elle regarde le moniteur face à elle et prend les doigts de Nic entre ses mains, et reste ainsi, sans bouger. Elle se retourne en entendant Amy ouvrir la porte.

— J'ai une bonne et une mauvaise nouvelle, Mitz. La balle qu'il a reçue dans le ventre l'a traversé de part en part. Il a perdu énormément de sang mais aucun organe vital n'a été touché. C'est un très bon point. La mauvaise nouvelle, c'est qu'il s'est ouvert le crâne en tombant et que cela a entraîné une hémorragie cérébrale et un œdème qu'ils n'ont découvert qu'après lui avoir fait passer un scanner. Ajoute à cela la blessure à l'épaule, l'importante perte de sang et le traumatisme et tu comprendras les raisons de l'encéphalogramme plat. Le personnel médical a fait un boulot incroyable pour le faire revenir et le maintenir en vie jusqu'à l'opération.

— Quelles sont ses chances, Amy ?

— C'est vraiment difficile à dire.

— Ne joue pas à ce jeu-là avec moi. D'amie à amie. Est-ce qu'on fait les réservations pour sa fête d'adieu à la police, ou on organise son enterrement ?

Amy réussit à sourire.

— Les prochaines heures nous le diront.

180

Quarante pour cent de chances. C'est le chiffre qui tourne en boucle dans la tête de Mitzi. Nic avait sûrement déjà battu des statistiques pires que celles-là. Elle se ronge les ongles et regarde fixement par la vitre côté passager tandis qu'Amy les reconduit au poste de police. Si elle ne l'avait pas envoyé en Italie, rien de tout cela ne serait arrivé. Mais elle sait qu'il est inutile de culpabiliser, cela n'allait pas le faire aller mieux. Elle ronge le dernier ongle qu'il lui reste et se tourne vers son amie.

— Le type que Nic a descendu, est-ce que tu as fait son autopsie ?

Amy secoue la tête.

— Non, c'est Terri Jones qui s'en occupe. Je n'avais pas encore fini avec Emma Varley quand ils ont appelé.

— Est-ce que tu l'as vu ? Tu sais à quoi il ressemble ?

Elle sait pourquoi elle lui pose cette question.

— Juste un bref coup d'œil. Il ne sortait pas de l'ordinaire. Arabe. Athlétique. Un peu moins de quarante ans, je dirais. Je n'ai pas fait très attention.

Mitzi ne peut s'empêcher de poser la question :

— Où Nic l'a-t-il touché ?

— À la tête, dit-elle en mettant un doigt juste au-dessus de son nez.

— Dommage. Ce salaud a dû mourir rapidement.

Elles se garent et entrent au poste à l'aide de leur badge magnétique.

— Je t'appelle plus tard, dit Amy. J'ai encore des trucs à faire. Oh, au fait, j'ai terminé ce rapport pour toi sur le Suaire. Dis-moi si tu le veux, et quand.

— Merci. Ça ne semble pas très important pour l'instant.

— Non, rien ne l'est quand la vie de quelqu'un est en danger.

Bon, je te l'envoie par courrier interne.

— Merci, répond Mitzi avec un sourire. Qu'en penses-tu ? C'est un faux ?

— Sans tenir compte de toutes les affirmations des sceptiques et des cinglés en tous genres – je dirais que les marques qui apparaissent sur le Suaire peuvent correspondre à une personne ayant été crucifiée, puis poignardée.

— Et tu répéterais ça devant une cour ?

— Probablement, mais pas sans un gros chèque à la clé.

Elles rient en chœur et Amy lui fait un signe de la main en la quittant.

— Et ne t'avise pas de rentrer chez toi avant de m'avoir appelée.

— Je ne m'y risquerais pas.

Mitzi retourne à la brigade criminelle et s'apprête à aller voir Carter. Elle va rester occupée, et ne pas penser aux moniteurs, aux tubes, ni aux statistiques défavorables.

Carter est debout dans son bureau avec Tom Hix, les mains sur sa table de travail, penché sur des papiers et des transparents étalés devant lui. Il lève la tête quand Mitzi entre.

— Quelles sont les dernières nouvelles ?

— Ils disent que son état est stable, mais encore critique.

— Il est sorti du coma ?

Elle secoue la tête.

— Non. Amy Chang pense que les deux heures à venir seront décisives.

Hix acquiesce.

— Avant, on pensait que les lésions cérébrales se produisaient au moment où la blessure se produisait. Mais on sait à présent que les heures qui suivent sont bien plus dangereuses. Il y a toujours un risque d'œdème cérébral et de complications telles que l'hémiplégie spastique, l'hyperréflexie, la quadriplégie statique…

— Non, Tom, l'interrompt Carter. On ne va absolument pas parler de ce genre de conneries. Si vous voulez commencer à énumérer ce genre de complications, allez le faire ailleurs.

— Désolé, Tyler. J'ai parlé sans réfléchir.

Mitzi désigne le bureau d'un hochement de tête.

— Qu'est-ce que vous regardez ?

Carter marque une pause.

— Tom a découvert quelque chose d'inhabituel. C'est inhabituel et troublant, dit-il en étalant trois séries de codes ADN sur le bureau. Vous êtes le scientifique, mieux vaut que vous expliquiez.

Hix est content de pouvoir le faire.

— Le premier transparent imprimé est l'ADN de l'agresseur qui a laissé son empreinte génétique dans la maison de Tamara Jacobs et dans la Lexus de location. Nous avons déjà fait les tests sanguins qui indiquent que c'est l'homme que Nic a tué hier soir. C'est un seul et même homme.

Mitzi semble satisfaite.

— Nous avons donc le tueur de Tamara.

— Et d'Édouard Broussard ajoute Carter.

Tom apporte une précision.

— Oui. Sous réserve de faire un test ADN complet, mais ce n'est qu'une formalité. À présent, regardez ce deuxième profil, dit-il en sortant un autre transparent de son dossier. C'est le prélèvement que Nic nous a envoyé par FedEx d'Italie – l'empreinte génétique laissée par le tueur du scientifique Mario Sacconi. (Il le fait glisser sur le premier transparent imprimé.) Un seul et unique ADN.

— Ses empreintes correspondent également, ajoute Carter. Nous avons une empreinte partielle prélevée sur le sparadrap pris sur l'autre victime, la femme, en Italie. Et c'est suffisant pour que la correspondance ADN soit concluante.

Hix sort trois autres transparents.

— Maintenant, les choses deviennent encore plus intéressantes. Savez-vous à qui appartiennent ces empreintes génétiques ?

Mitzi y jette un coup d'œil, mais elle sait qu'elle n'a aucune chance de le deviner.

— Aucune idée.

— Le premier est le profil ADN du Caméléon. Nous l'avions dans notre fichier depuis plus d'un an. Le deuxième provient du prélèvement que John James nous a donné hier, de son plein gré. Et le troisième vient d'un cheveu retrouvé sur le corps d'Emma Varley.

Il pose les trois transparents côte à côte.

— Il y a une concordance parfaite entre les trois, annonce Carter. Si nous arrivons à persuader le procureur de le poursuivre en justice, l'affaire sera bouclée en peu de temps.

Carter et Hix échangent un regard.

— Quoi ? lance Mitzi. Nous avons deux tueurs distincts et deux profils ADN qui les relient à leurs crimes. Est-ce qu'il y a autre chose ?

Le scientifique sort avec précaution un transparent d'une chemise en plastique.

— C'est l'ADN du sang qui, d'après Nic, provient du Suaire de Turin, l'échantillon qu'Erica Craxi lui a remis dans un médaillon de saint Christophe.

Elle regarde le transparent imprimé. À ses yeux, ce n'est qu'un amas de segments, mais même elle est capable de dire en quoi il est différent des autres.

— Et alors ? Quel est le lien ?

Hix sort deux des précédents transparents.

— Celui de gauche est l'homme tué par Nic. Celui de droite est John James, alias le Caméléon. (Il marque une pause et laisse Carter et Mitzi regarder longuement les transparents.) Et celui que j'ai à la main est l'ADN du Suaire. (Il le pose d'abord sur le profil de gauche, qui est celui de l'homme tué par Nic.) Ici, vous voyez des concordances. Elles sont partielles, et ne touchent pas toutes les colonnes, ce ne sont que des correspondances familiales. Des relations distantes, diluées au fil des générations, peut-être même des siècles, mais ce sont néanmoins des correspondances. (Il le soulève, puis le place sur le deuxième profil, celui du Caméléon.)

Ici encore, vous voyez des concordances. Elles ne sont toujours pas parfaites, mais elles sont concluantes pour indiquer un lien familial distant.

Mitzi n'est pas sûre de comprendre.

— Vous voulez dire que le Caméléon et l'homme tué par Nic sont les descendants de la même lignée que l'homme au Suaire ?

— C'est exactement ce que je veux dire. (Hix juxtapose les deux profils.) Ici, au niveau de ces segments, vous pouvez le voir. Des liens de paternité distants, un lien génétique qui traverse les pays et les siècles.

— *Le gène du criminel*, dit Carter sur un ton moqueur. C'est un cadeau du ciel pour toutes les bonnes âmes qui pensent que les tueurs de sang-froid tels que le Caméléon ne peuvent tout simplement pas s'en empêcher – ce sont juste de pauvres types victimes d'un défaut génétique, inévitablement transmis de père en fils. Excusez-moi, mais ça me donne envie de vomir.

181

ROME

Andreas Pathykos pensait ne jamais revoir son vieil ami. Mais ce n'est pas à l'occasion d'une célébration qu'ils se retrouvent face à face. Et le lieu de leur rendez-vous est une indication de sa gravité.

Nabil Hayek passe chercher le conseiller du pape devant le Vatican et descend la via della Conciliazone, puis tourne rapidement dans une petite rue non éclairée. Les deux hommes sont assis dans une vieille Fiat qui appartient au prêtre libanais depuis plus d'une décennie. La lune éclaire leur visage tandis qu'il explique la raison de cette entrevue de dernière minute.

— Le moine est mort. Il a été tué par balle par un policier à Los Angeles.

— Oh, mon Dieu.

Hayek décide de lui raconter la suite avant qu'il ne commence à poser des questions.

— Quatre personnes ont été blessées. Deux agents de sécurité de l'aéroport, un adolescent et le policier qui a tué Ephrem, dit-il, avant de marquer une pause. Et j'ai bien peur qu'un homme âgé ait également été tué.

Pathykos est blême sous l'effet du choc.

— Comment est-ce possible ?

Hayek garde pour lui une grande partie de ce qu'il sait.

— Ce n'est pas très clair. J'ai été informé que le moine avait presque accompli sa tâche lorsque la police l'a coincé à l'aéroport. Il semble qu'il n'a pas eu d'autre choix que de se battre jusqu'à son dernier souffle.

Le conseiller baisse la tête, et a une pensée pour les morts, les blessés et leurs proches. Tellement de souffrances avaient été causées.

— Est-ce que tout est terminé, maintenant, Nabil ?

Le visage de son ami lui indique que ce n'est pas fini.

— Craxi et le scientifique, Broussard, sont morts mais tous les échantillons de l'ADN prélevé sur le Suaire n'ont peut-être pas été détruits.

— Quoi ? Mais le but de la mission du moine consistait à faire disparaître les conclusions des analyses de ces prélèvements sacrilèges.

— Je sais, mais il semble que la source d'origine ait été divisée en différents échantillons, et que l'un d'entre eux soit arrivé jusqu'au laboratoire de la police de Los Angeles.

— Alors nous devons nous assurer qu'il ne sera jamais analysé. Il est de notre devoir de garantir que le lien avec le Saint Suaire reste invérifiable.

— Je suis d'accord – mais c'est à *toi* de le faire, Andreas. Tu dois te servir du nom du Saint-Père et contacter certains de nos amis.

Pathykos hoche la tête.

— Mais cela ne suffira pas. Tu comprends, n'est-ce pas ?

— Ne me donne pas de leçons sur mes responsabilités, Nabil. Ramène-moi au Vatican. Je sais ce qui doit être fait.

182

Poste de police de la 77e rue, Los Angeles

La longue et horrible journée se termine par un coup au moral inattendu – elle est à nouveau appelée dans le bureau de Matthews.

Mitzi se sent épuisée tandis qu'elle se traîne dans le couloir qui mène au bureau du commissaire. Tous les traumas l'ont laissée exsangue. La secrétaire de Matthews lui sourit depuis son bureau et lui fait signe d'entrer. Elle ouvre la porte et le regrette aussitôt. Matthews trône au bout de sa petite table de conférence, près de lui, il y a Carter et Tom Hix. Face à lui – vêtue d'un tailleur Armani noir – se trouve la procureur générale adjointe Maria Sanchez.

Maria représente tout ce qu'une femme peut détester chez une autre.

Mitzi ne peut pas lui pardonner d'être une garce sans cœur égocentrique qui s'était servie du meurtre d'un enfant l'année précédente pour assurer sa propre publicité. Mais ce qu'elle ne lui pardonnera *jamais*, c'est que quelle que soit l'heure du jour ou de la nuit, la magistrate aux cheveux de jais – qui avait trois ans de plus que Mitzi – se débrouillait toujours pour paraître la moitié de son âge.

— Asseyez-vous, dit Matthews en faisant signe à Mitzi de les rejoindre autour de la table de conférence. Nous discutons de l'affaire du Caméléon, et plus particulièrement des preuves ADN réunies par Tom Hix.

Mitzi s'assoit face à Matthews.

— En quoi puis-je vous aider ?

— Nous n'allons pas poursuivre James en justice, dit Matthews avant de marquer une pause, pour lui laisser le temps de digérer la nouvelle. Il va être interné dans un hôpital psychiatrique.

Sanchez s'éclaircit la voix.

— Commissaire, si votre équipe parvient à relier les confessions de James à la mort de Varley et Bass, le commissaire divisionnaire Bradley fera une déclaration publique indiquant que ces crimes ont bien un lien avec James, mais qu'il n'est pas apte à être jugé. Il pourra ainsi déclarer publiquement que l'affaire du Caméléon est désormais close, et que vous n'êtes plus à la recherche du coupable.

Matthews se gratte la tête et regarde Carter.

— Au regard de l'opinion publique, cela a le même effet que de gagner le procès. L'affaire est close.

— La décision du divisionnaire, ajoute Sanchez, permet également d'éviter tout risque de révélation incorrecte, et tout coût supplémentaire pour le contribuable.

Carter semble furieux.

— Par « incorrecte », vous parlez de preuves scientifiques – de faits que les citoyens américains sont en droit de connaître ?

Elle écarte les propos de l'inspectrice d'un geste de la main.

— Ne soyez pas immature. Quatre-vingt-dix pour cent d'entre eux ne les comprendraient pas si on leur rendait visite individuellement pour essayer de les leur expliquer.

— Pourquoi ? demande Mitzi, essayant de garder son calme. Pourquoi essayez-vous de passer toutes ces découvertes sous silence ?

Sanchez pousse un soupir.

— Vous devez réfléchir à toutes les implications, lui dit-elle avec un regard condescendant. Si nous divulguons publiquement cette information, nous risquons de donner des armes à tous les avocats de la défense du pays, qui vont plaider les circonstances atténuantes pour des raisons génétiques.

— Tout ça, c'est des conneries ! ne peut-elle s'empêcher de répondre. Il y a des exemples partout à travers le monde de citoyens honnêtes, droits et respectueux des lois – des hommes, des femmes et des enfants – qui ont un lien direct, et non distant, avec des meurtriers et des terroristes. Ce ne sont pas de *mauvaises* personnes, et leurs gènes ne sont pas porteurs du mal absolu.

— Mitzi a raison, dit Carter. Les gens qui font le mal ne le font que parce qu'ils font ce choix.

— On ne peut pas ouvrir la boîte de Pandore, dit Sanchez en levant les mains. Le sujet est clos.

Le silence se répand comme un poison autour de la table. Mitzi prend un verre au milieu de la table et se sert de l'eau.

— Il y a autre chose, n'est-ce pas ?

Personne ne répond.

Elle regarde tour à tour leurs visages.

— Allez, je suis une grande fille, je suis capable d'entendre pas mal de choses. Après tout, c'est pour ça que je suis là. Vous voulez que je me mette au pas, que je hoche la tête gentiment, et que j'accepte d'autres conneries pour des raisons hautement politiques, c'est ça ?

Matthews attend qu'elle se soit calmée.

— Mitzi, toute l'histoire du Suaire est un problème – un véritable problème. Et cela peut s'avérer très délicat, aussi bien pour nous que pour les Italiens.

Elle avale une autre gorgée d'eau.

— Vous voulez parler des *carabinieri* ?

Il hoche la tête.

— Le divisionnaire a eu des diplomates sur le dos tout l'après-midi, des ambassadeurs. Ils ne veulent aucun déballage public sur le fait qu'on ait pu toucher au Suaire, et que des prélèvements aient pu être faits en toute illégalité, dit-il en regardant Hix. Surtout en ce qui concerne des analyses non autorisées faites dans des pays étrangers, et qui sont liées à des affaires de meurtres en série.

— Ben voyons, ça j'en suis sûre, qu'ils ne le veulent pas, dit Mitzi, gagnée par la colère.

Il essaie de la raisonner.

— Les relations italo-américaines ont toujours été bonnes, et elles sont importantes pour les deux pays.

Elle secoue la tête.

— Et on oublie la mafia ?

Maria Sanchez lui lance un regard noir.

— Les décisions ont été prises, inspectrice. Le commissaire Matthews vous a fait venir par pure courtoisie, c'est tout. Le procureur et le divisionnaire ont déjà donné leur promesse qu'aucun commentaire de notre part ne sera fait sur l'affaire Tamara Jacobs, ou sur quoi que ce soit concernant le Suaire de Turin, dit-elle en repoussant sa chaise, s'apprêtant à partir. Et celui ou celle qui enfreindra cette règle se retrouvera sans travail, et sans pension de retraite. Bonne journée à tous.

Mitzi a les yeux rivés au sol, le cœur battant comme si elle venait de courir un marathon.

— Excusez-moi, madame la conseillère.

Sanchez s'arrête, la main sur la poignée de la porte.

— Inspectrice ?

— Quand vous irez à la messe catholique ce dimanche – comme je suis sûre que le font toutes les bonnes filles espagnoles – j'espère que toute l'église se lèvera et vous adressera la salve d'applaudissements que vous méritez si manifestement.

La porte de Matthews claqua si fort que le verre faillit se briser.

183

Rome

Andreas Pathykos réussit sans problème à prendre la clé qui se trouve dans l'antichambre du pontife. Le Saint-Père dort depuis longtemps et ses gardes ont l'habitude de laisser entrer le vieux Grec tard le soir pour déposer des documents et s'acquitter de certaines tâches.

En entrant dans la pièce sombre, son esprit est envahi d'un mélange dérangeant de science, de religion et d'histoire. Au fil des siècles, l'Église a vénéré les artefacts tels que la couronne d'épines et la lance qui a transpercé le corps du Christ. Mais personne jusque-là n'a jamais produit d'échantillon pour lequel les scientifiques pouvaient attester de façon fiable qu'il s'agit de sang – le sang d'un homme, le sang de Jésus-Christ, le fils de Dieu.

Même le Suaire de Turin n'avait jamais fourni aucune preuve biologique – jusqu'à ce qu'un prélèvement ait été volé et analysé avec des méthodes bien plus évoluées que toutes celles employées par le Vatican jusque-là. Et à présent, la comparaison était possible. La science pouvait employer sa tromperie moderne pour anéantir les croyances et la bonté de la foi catholique. Pire encore, elle ferait ressortir la vieille histoire de Saladin et provoquerait la résurgence des groupes musulmans.

Pathykos ne peut laisser cela se produire. La police américaine allait peut-être décider de défier les pressions politiques et faire des révélations concernant l'ADN volé, mais elle n'avait rien à quoi le comparer. Le conseiller en qui le pontife avait le plus confiance – son plus vieil ami – entre dans la chambre à coucher du Saint-Père. La pièce est fraîche et sent la lavande. Il avance doucement vers le grand lit qui porte la représentation divine de Dieu sur Terre. À moins de quinze centimètres du pontife endormi, il y a un coffret en vermeil à l'intérieur duquel se trouve un éclat de bois qui porte la goutte de sang la plus précieuse au monde.

Le sang du Christ pris sur la vraie Croix. Préservé et protégé par les saints chevaliers avant que Saladin ne vole la vraie Croix durant la bataille de Hattin.

Pathykos sent son cœur battre si vite et si fort qu'il pense qu'il va s'évanouir avant d'avoir quitté la chambre avec l'objet de son larcin. Chaque pas qui l'éloigne du pontife lui semble prendre une éternité. Chaque mètre parcouru apporte au Grec une atroce douleur. Était-ce cela que Judas avait ressenti à l'heure de sa trahison ? Lorsqu'il regagne sa propre chambre, il a les larmes aux yeux. Il verrouille la porte et regarde par la fenêtre la Ville Éternelle.

Le jour ne tardera pas à se lever. Les cloches de l'église sonneront au-dessus des toits et les fidèles se rendront à la prière du matin.

Il ne sera pas parmi eux.

Le feu brûle encore dans l'âtre. Il est resté assis ici là de nombreuses heures, à contempler sa vie et ses croyances, à regarder les flammes, réconforté par leur chaleur éphémère. Il prend un tisonnier, et alimente la flamme, puis il s'en sert pour briser le coffret et l'ouvrir. Les mains couvertes de suie, il s'agenouille et pose doucement le fragment de bois béni sur les flammes.

Le feu prend au bout d'une seconde. Le bois sec s'enflamme et crépite brièvement. Pathykos ressent comme un coup de poignard dans le cœur. Il laisse ses mains au-dessus du feu et les flammes lui brûler la peau. Tandis que les poignets de son habit s'enflamment, il incline la tête dans l'éclat de la lumière orange. Avant que le feu ne s'empare de lui, il prononce ces dernières paroles :

— Bénissez-moi mon Père, parce que j'ai péché.

184

Hôpital de County, Los Angeles

Les quarante pour cent sont maintenant réduits à vingt pour cent.

Le médecin annonce la mauvaise nouvelle à Mitzi peu après son arrivée. Il est possible qu'il ne passe même pas la nuit. Et dans le cas contraire, il pourrait rester à l'état végétatif pour le restant de ses jours.

Vingt pour cent de chances.

État végétatif.

Des putains de statistiques.

Ces pensées se bousculent dans la tête de Mitzi tandis qu'elle erre dans les couloirs. À cet instant, elle regrette d'avoir dit à Amy de ne pas venir avec elle. Elle se sent atrocement seule.

Le distributeur de boissons de l'hôpital dispense la pire soupe de poulet qu'elle ait jamais goûtée. Mais c'est tout ce qu'elle parvient à avaler. Les muffins qui étaient dans le bureau de Carter sont le dernier aliment solide qu'elle ait ingurgité, et elle a l'impression que c'était il y a des semaines. Elle emporte le gobelet en plastique près du lit de Nic et reste assise près de lui, médusée. Attendre était une chose que les flics savaient faire mieux que quiconque, mais Mitzi avait toujours eu du mal avec ça. Surtout quand il s'agit d'attendre que quelqu'un meure.

Elle regarde son visage blême. Ses yeux étaient toujours brillants de malice, et il était le plus beau flic qu'elle ait jamais vu parmi ses jeunes recrues. Elle avait nié tous ses sentiments naturels pour lui. Elle avait éteint la flamme dès qu'elle était née. Elle n'avait été rien d'autre que professionnelle. Elle lui avait appris les ficelles du métier. Elle l'avait accompagné. Elle l'avait guidé sur sa première scène de crime. Elle l'avait soutenu quand il avait failli vomir à sa première autopsie. Et elle l'avait saoulé quand il avait perdu sa première affaire devant un tribunal.

Elle avait tout fait. Sauf l'aimer.

Elle pose les lèvres sur les doigts entrelacés dans les siens et lui embrasse la main. C'est le baiser le plus important qu'elle lui ait jamais donné. Jusque-là, ils n'avaient jamais rien échangé d'autre qu'une bise sur la joue. Cette pensée la fait presque rire et pleurer en même temps. Comment a-t-elle pu enfouir ses sentiments à ce point ? À cause d'Alfie, elle suppose.

Alfie et les jumelles.

Elle avait été une bonne épouse et une bonne mère. Elle avait été déterminée à ne pas être une de ces femmes flics qui ont des aventures avec leur collègue. Maintenant, elle regrette de ne pas l'avoir fait. Oh mon Dieu, comme elle le regrette. Elle aurait voulu que leur aventure ait été longue et passionnée. Pleine de vie. C'est ce qui se produit quand on côtoie la mort de près. On a envie de vivre pleinement, et on regrette chaque seconde perdue de ce précieux temps qu'on a sur cette Terre. Mitzi se lève et prend un mouchoir sur la table de nuit. Elle se mouche et essuie ses larmes. Il est onze heures du soir. Elle restera jusqu'à minuit, peut-être une heure, puis elle rentrera chez elle. Et à l'instant même où elle pense cela, elle sait qu'elle sera sans doute encore sur cette chaise le lendemain matin, la nuque raide, se demandant quelle quantité de café elle allait devoir boire pour rester éveillée pour une nouvelle journée de travail.

Qu'ils aillent se faire foutre. Peut-être n'irait-elle même pas travailler le lendemain. Être là était plus important que tous leurs arrangements politiques. Elle regarde autour d'elle, à la recherche de quelque chose pour la distraire du bip monotone des machines.

Il n'y a rien.

Elle a déjà lu tout ce qu'il y avait à lire. Même les pancartes sur les murs – à propos des heures de visite, de l'importance de se laver les mains, du risque de contamination et toutes les règles concernant l'interdiction d'utiliser les téléphones portables. En relisant cette dernière mise en garde, elle a envie d'appeler les filles.

Le seul fait d'afficher le numéro de Jade lui fait retrouver le sourire. Au moins, elles se parlaient toujours. Leur désaccord était en train de se résoudre, et leurs liens en sortiraient renforcés.

Un bip sonore et intense la fait sursauter. Elle pense d'abord que c'est le téléphone et elle le fait tomber sous l'effet de la surprise. Puis, elle comprend ce que c'est. Une alerte venant du moniteur. La porte s'ouvre et une infirmière entre d'un pas vif. Le genre de démarche que les flics et le personnel médical ont quand ils veulent cacher un moment de panique.

C'est exactement ce qui est en train de se produire. Elle le sait. *Elle le sent.*

— Que se passe-t-il, demande Mitzi en se rapprochant du lit. Quel était ce bruit ?

— Reculez s'il vous plaît.

Elle sent une main sur son épaule. Un médecin en blouse blanche la pousse doucement pour pouvoir passer. Il porte un stéthoscope à ses oreilles et se penche au-dessus du corps de Nic.

Il est en train de mourir. À cette minute même. Son instinct de flic la pousse à regarder sa montre – une des premières choses qu'on leur apprenait était de noter l'heure à laquelle ce genre d'événement arrivait. L'instant où tout bascule. La précieuse seconde à laquelle la vie laisse place à la mort. De nouvelles blouses blanches emplissent la chambre. Mitzi recule vers le mur, hors du champ d'action, comme repoussée par une force centrifuge.

À travers la mêlée de corps et la forêt de bras étendus au-dessus du lit, elle voit les spasmes du corps de Nic.

Les affres de la mort.

Ses pieds sont secoués de haut en bas. Elle voit les électrochocs. Une dernière tentative pour faire repartir son cœur brisé.

Debout à le regarder, elle se sent perdue. Comme une épouse, ou une sœur. Pas comme une flic, ni comme aucun autre professionnel présent dans la pièce. Le discours médical n'est qu'un brouhaha dépourvu de sens. Le temps s'est arrêté. Elle attend qu'ils abandonnent et lui annoncent la nouvelle.

La mauvaise nouvelle.

Ils regardent les moniteurs. Quelque chose redonne vie aux jambes de Mitzi et elle redevient un flic. Elle fait le tour du lit et trouve un espace. S'il va mourir, ce ne sera pas sans la main d'une amie – la main de quelqu'un qui l'aime.

Un médecin jette un coup d'œil en direction du moniteur. Le corps de Nic s'agite à nouveau. Elle lui prend la main. Elle la serre, et reste forte.

Il tousse.

— Stable ! crie une infirmière. Pouls normal.

Nic tousse à nouveau. Il cligne des yeux.

Elle le regarde, pétrifiée. Les mourants ont souvent un dernier souffle.

— Mi-t-zi.

Le mot murmuré lentement est déchirant.

Le personnel médical agite des tubes, vérifie les moniteurs et prend son pouls à nouveau.

Les yeux de l'inspectrice restent fixés sur Nic. Si elle détourne les yeux, si elle les ferme une fraction de seconde, il mourra. Elle le sait.

Il peine à sourire. Sa voix n'est qu'un murmure faible et douloureux.

— Où suis-je ?

Elle lève la main de Nic et l'embrasse encore.

— Où est-ce que tu te crois ? Sur ton fichu bateau ?

Imprimé en France. - JOUVE, 1, rue du Docteur Sauvé, 53100 MAYENNE
N° 849486X. - Dépôt légal : Mars 2012